나의 문화유산답사기
3

나의 문화유산답사기

3

말하지 않는 것과의 대화

유홍준 지음

창비

답사기를 다시 매만지며

그리고 세월이 많이 흘렀다. 『나의 문화유산답사기』 첫 책이 간행된 것은 1993년 5월이었다. 두번째 책은 94년에, 세번째 책은 97년에 연이어 펴냈다. 집필을 시작한 1991년 3월부터 셈하면 20년 전, 15년 전에 쓴 글인데 지금도 독자들이 찾고 있다는 것이 한편으로는 고맙고 신기하게 생각되지만 저자로서는 좀 미안한 감이 없지 않다.

지금 읽어보면 답사처의 환경과 가는 길이 크게 바뀌어 글 내용과 맞지 않는 것도 있고, 새로 발견되어 유물 설명이 누락된 부분도 많으며, 유적지 관리가 부실하다고 비판한 데가 면모일신하여 말끔히 고쳐진 곳도 있다. 글 쓸 당시의 세태를 빗대어 은유적으로 말한 것은 왜 그 시점에 그 얘기가 나오는지 새 독자들은 잘 이해하기 힘들 것 같다. 어떤 독자는 태어나기 전에 씌어진 글을 읽는 셈이니, 심하게 말하면 내가 육당 최남선의 『심춘순례』를 읽는 것 같은 거리감이 있을 성싶다.

이 점은 『나의 북한 문화유산답사기』에서 더 심하다. 내가 처음 방북한 것은 1997년 9월이었다. 당시 나의 방북은 하나의 사건이었다. 분단 50여년 만에 남북 양측이 처음으로 공식적인 허가를 내준 것이다. 그 때문에 많은 제약도 있었다. 당시 독자들은 북한의 문화유산보다도 그들이 사는 방식에 더 많은 관심을 갖고 있었다. 그래서 남한의 답사기와는 전혀 다른 맥락에서 썼다. 기회가 있을 때마다 답사기 행간에 그네들의 일상생활, 그네들의 유머감각, 그네들이 생각하는 태도를 본 대로 느낀 대로 중계방송하듯 기술했다. 그래서 남한의 독자들이 반세기 동안 닫혀 있던 북한사회를 편견 없이 볼 수 있는 계기가 되기를 희망했다.

그러나 나의 방북 이후 북한의 문이 점점 열려 정상회담도 두차례나 있었고 지금은 북한에 다녀온 사람도 적지 않아, 내가 신기한 듯 전한 사실들이 이제는 모두가 알고 있는 평범한 이야기가 되었고 지금이라면 더 생생히 말할 수 있겠다는 생각도 갖게 되었다.

북한답사기 두번째 책인 '다시 금강을 예찬하다'의 경우는 나의 방북 이듬해에 금강산 관광길이 열리게 됨으로써 방북 직후 집필한 것을 폐기하고 2년간 현대금강호를 타고 철따라 다섯차례를 답사한 뒤에 다시 쓴 것이어서 그나마 생명을 지닐 수 있었다. 그러나 나중엔 육로 관광길이 열려 뱃길로 다니던 현대금강호는 다시 떠나지 않게 되었고 지금은 다시 금강산 답삿길이 끊겼다.

나는 이 다섯 권의 답사기를 그냥 세월의 흐름 속에 맡길 생각이었다. 언젠가 수명을 다하면 그것으로 끝낼 생각이었다. 그래서 이미 북한답사기 두 권은 어느 시점에선가 절판시켰다. 그러나 『나의 문화유산답사기』 국내편에는 미결로 남겨둔 것이 있었다. 남한의 답사기를 세 권이나 펴내도록 충청북도, 경기도, 서울, 그리고 제주도와 다도해의 문화유산은 언급조차 못했다. 어쩌다 이 지역 독자들로부터 항의성 부탁을 들을 때면 언젠가는 이를 보완하겠다고 그들과 약속했고 나 스스로도 사명감 같은 것을 갖고 있었다. 북한편도 개성, 백두산, 함흥을 남겨두었다.

그러나 답사기에만 매달릴 수 없었다. 사실 답사기는 원래 내 인생 스케줄에 없던 일이었다. 나는 오랫동안 업으로 삼아온 미술평론집도 펴냈고, 한국미술사 연구논문집도 출간했다. 또 답사기보다 먼저 연재를 시작했던 '조선시대 화인열전'도 마무리해야 했다. 그리고 바야흐로 다시 답사기를 시작하려는 시점엔 공직에 불려나가 4년간 근무하고 돌아오는 바람에 10년의 공백이 생기고 말았다.

이렇게 미루어만 오다가 재작년 가을부터 '씨즌 2'를 시작한다는 자세로 답사기 집필에 들어가 마침내 여섯번째 책을 출간하게 되었다. 그러고 보니 앞서 나온 다섯 권의 책에 대해 저자로서 책임질 부분이 생긴 것이다.

어떻게 할 것인가? 나는 많은 사람들에게 자문을 구했다. 굳이 고쳐 쓸 이유가 없다는 견해, 가는 길이 뒤바뀐 것을 다 손본다는 것은 거의 불가능할 것이라는 조언, 글 사이에 들어 있는 언중유골의 에피소드는 신세대 독자들을 위해 상황 설명을 덧붙이라는 권유 등 내가 미처 생각지 못한 것을 많이 지적해주었다.

이럴 경우 저자가 의지할 가장 좋은 조언자는 역시 편집자다. 편집자는 '제일의 독자'이자 '독자의 대변인'이기 때문에 그들이 이상하게 느끼면 독자도 이상하게 느끼고, 그들이 괜찮다면 독자들에게도 괜찮은 것이다. 편집자는 내게 이렇게 권유하였다.

1) 반드시 개정증보판을 낼 것. 2) 처음 씌어진 글도 그 나름의 역사성과 의미를 갖고 있으므로 되도록 원문을 살리고 각 글 끝에 최초의 집필일자를 명기할 것. 3) 수정 보완이 필요한 부분은 첨삭을 한 다음 최

초 집필일자와 수정 집필일자를 병기할 것. 4) 행정구역 개편으로 달라진 지명은 글 쓴 시점과 관계없이 현재의 지명에 따를 것. 5) 답사처로 가는 길은 변화된 도로 상황만 알려두고 옛길로 갔던 여정을 그대로 살릴 것. 6) 사진은 흑백에서 컬러로 바꿀 것.

　나는 편집자의 이런 요구에 응하기로 했다. 이 원칙에 입각해 다섯 권의 책을 오늘의 독자 입장에서 다시 읽어보며 마치 메스를 손에 쥔 성형외과 의사처럼 원문을 수술하는 개정작업에 들어갔다. 그 결과, 그동안 부기로 밝혀놓았던 오류들은 모두 본문에서 정정하였고, 강진 만덕사의 혜장스님 일대기, 감은사탑에서 새로 발견된 사리장엄구, 에밀레종의 음통과 울림통에 대한 과학적 분석결과, 무령왕릉 전시관과 공주박물관 부분은 새로 보완하였다. 또 북한답사기에서는 누락되었던 조선중앙력사박물관과 조선미술박물관 순례기도 써넣었다. 그리고 화재로 인해 새로 복원한 낙산사는 거의 새로 집필하였다.

　개정판 작업에서도 답사회 총무인 김효형(도서출판 눌와 대표)님의 큰 도움을 받았다. 특히 답사일정표와 새 지도를 직접 제작해준 것에 대해 깊이 감사드린다. 흑백사진을 컬러로 바꾸거나 낡은 사진을 더 좋은 사진으로 교체하면서 많은 분들의 도움이 있었다. 사진자료 수집을 맡아준 김혜정 조교, 사진작가 김복영, 김성철, 김형수, 안장헌, 이정수, 故 김대벽 선생님, 그리고 낙산사와 운문사에 감사의 인사를 전한다.

　이리하여 다섯 권의 개정판을 세상에 내놓게 되니 밀렸던 숙제를 다 하고 난 개운함이 없는 것은 아니지만, 마음에 걸리는 일이 따로 생겼다. 하나는 북한답사기를 진작에 절판시켜놓고 이제 와 창비에서 개정판으로 다시 펴내게 되었으니 중앙M&B에 미안한 마음이 일어난다. 고맙게도 『나의 문화유산답사기』를 전집 형태로 마무리하고 싶다는 저자의 마음을 넓은 마음으로 이해해주셨다.

그러나 어디에 대고 양해조차 구할 수 없는 미안함이 따로 남아 있다. 그것은 기왕에 다섯 권을 구독한 독자들이다. 이는 모든 개정판 저자들이 갖는 고민인데 나로서도 출판사로서도 어쩔 도리가 없다. 책이 수명을 연장해가는 하나의 생리라고 이해해주십사 독자 여러분의 너그러움에 호소할 따름이다.

내가 지난날의 독자분들에게 따로 보답할 수 있는 길은 이제 막 시작한 답사기 '씨즌 2'를 열심히 잘 써서 다시 즐거운 글읽기와 행복한 답삿길이 되게 하는 것밖에 없는 것 같다. 그리고 언젠가 『나의 문화유산답사기』가 전집으로 완간되면 그때 독자 여러분께서는 저자가 이 씨리즈를 완성하는 데 세월을 같이했다고 보람을 나눌 수 있기를 바라는 마음이다. 넓은 마음으로 이해해주시고 기왕의 따뜻한 격려를 다시 한번 부탁드린다.

2011. 4. 10.

유홍준

문화유산의 생산과 소비자로서 인간

독자들과 약속한 대로, 또 나의 희망대로 세번째 책을 세상에 내놓게 되었다. 애초의 계획보다 많이 늦어졌지만 결국 책이 나왔다는 안도감 때문에 늦어진 것에 대한 미안함을 못 느끼고 있다. 그만큼 나는 이 책을 쓰면서 고군분투하였다.

돌이켜보건대 내가 답사기를 쓰기 시작한 것은 1991년 5월, 월간 『사회평론』에 연재를 시작하면서부터였다. 글을 쓰게 된 동기는 문화유산이 지닌 미학을 전공자가 아닌 일반독자를 위해 재미있고 친절하게 쓰겠다는 소박한 생각에서 비롯된 것이다.

그리고 2년 뒤인 1993년 5월, 첫번째 책을 세상에 선보이게 되었다. 출간 이후 뜻밖의 반응과 세평으로 나는 무수한 인터뷰와 강연에 시달려야 했다. 그러면서도 둘째 권을 당연히 내야 하는 것으로만 생각했다. 그때 나는 나 자신에게 이런 다짐을 했다. 이 기회에 문화유산에 대한 일반인의 인식을 한 단계 끌어올려보자고. 그것이 얼마나 큰 오만인가를 잘 알면서도 그런 욕심은 인생에 한번쯤 배팅하듯 던져볼 만하다고 생각했다. 그래서 둘째 권은 첫째 권과 다른 방향에서 써나갔다.

내가 첫번째 책에서 문화유산을 통하여 하고 싶었던 얘기는 사랑과 관심이었다. 그래서 '아는 만큼 보일 뿐'이라는 명제를 내걸기도 했고 "사랑하면 알게 되고 알면 보이나니 그때 보이는 건 전과 같지 않다"는 말을 인용하기도 했다.

그런데 나의 독자들은 이미 문화유산과 깊은 사랑에 빠져 있었다. 뒤늦게 배운 사랑이 밤새는 줄 모르는 격이었다. 이제 더이상 사랑을 강조할 필요가 없었던 것이다. 그래서 둘째 권을 쓰면서 나는 문화유산의 해석에 관한 문제를 강조했다. 둘째 권에서 유명한 미술사가를 비롯한 당대의 대안목들이 보여준 높고, 깊고, 넓은 해석을 많이 소개한 것은 이런 마음에서 나온 것이었다. 그래서 둘째 권은 첫째 권보다 재미없고 지루하다는 평을 받아야 했다. 그 점은 누구보다 나 자신이 잘 알고 있었던 사항이다. 우현(又玄) 고유섭(高裕燮) 선생의 "종소리는 때리는 자의 힘만큼 울려퍼진다"는 가르침에 따라 더 많은 것을 제시하고 싶었던 것이다.

그렇게 두번째 책을 펴낸 뒤에 나는 당분간 답사기를 중단하고 새로운 글쓰기를 위한 재충전의 기간을 갖겠다고 했다. 사실 그때 나는 많이 지쳐 있었다. 그리고 셋째 권을 어떤 각도에서 쓸 것인가에 대한 뚜렷한 비전이 없었다.

물리학에서 말하는 관성(慣性)의 법칙은 인간의 사고와 행동에도 그대로 적용될 때가 많다. 내가 확고한 주제의식을 견지하지 않는 한 나의 글쓰기는 관성에 따라 둘째 권 또는 첫째 권의 패턴을 따라가게 마련인 것이다. 20회로 끝낼 연속극을 시청률 높다고 30회로 늘리는 일 비슷해질 수 있다는 위기의식이 있었다. 나는 결코 그런 식으로는 셋째 권을 쓰고 싶지 않았던 것이다.

그리고 2년쯤 지난 연후에야 나는 문화유산이 창조되고 사용되는 과정을 얘기하면서 자연스럽게 그 미학의 성격을 드러나게 하는 방법을 생각하게 되었다. 논리적 사변의 전개가 아니라 삶의 체취로 다가서보는 것이다. 요컨대 문화유산의 생산과 소비자로서 인간의 이야기이다.

사실 따지고 보면 우리가 문화유산을 얘기하고 있는 것은 그것이 인간의 일이기 때문이다. 금세기 최고의 미술사가라 할 에르빈 파노프스키(Erwin Panofsky)는 「인문학의 실현으로서 미술사」라는 유명한 논문에서 하나의 작품 속에는 인간 정신의 기록과 기쁨과 고뇌, 소망과 믿음이 서려 있는바 미술품을 통해 인간 정신의 발달과정을 탐구하면서 더 높은 고양을 구현하는 것이 미술사의 임무라고 했다. 나는 그 정신을 답사기 세번째 책에 실어보고 싶었다. 여기서 나는 또 한번 모험을 하게 된 셈이다.

문화유산의 미학과 그것의 사용자인 인간의 이야기를 날줄과 씨줄로 교직하면서 그 고유의 미학에 접근한다는 이 원대한 구상이 얼마만큼 성공했는지는 이제 독자들의 심판을 겸허히 기다릴 뿐이다.

세번째 책에서는 답사처를 네개의 문화권으로 압축하였다. 하나는 부여·공주·익산·서울 등지에 남아 있는 백제의 미학이고, 둘째는 경주 불국사가 보여주는 통일신라의 조화적 이상미(理想美)이며, 세번째는 안동 문화권에 서려 있는 조선시대 양반문화의 미학이다. 그리고 네번째로는 섬진강·지리산변의 옛 절집에 담겨 있는 산사(山寺)의 미학을 말하고 싶었는데 구례 연곡사로 입문한 상태에서 셋째 권을 마무리하게 되었다.

나는 앞으로도 답사기를 꾸준히 써갈 것이다. 그러나 그것을 어떤 방식으로 써서 언제 책을 펴내겠다는 약속은 드리지 않겠다. 한국미술사를 연구하는 학도로서 그 본업에 열중하면서 틈을 보아가며 써나가겠다. 그렇게 하는 것이 일의 순리이며 나를 위해서도, 답사기를 위해서도 좋다는 판단이다.

내가 지금 답사기를 여기서 끝내지 못하는 이유는 세 권을 쓰도록 일언반구도 언급하지 않은 경기도, 충청북도, 제주도 그리고 못다 쓴 남도의 산사, 가야의 숨결이 살아있는 경상남도 지역과 나의 고향인 서울 그리고 내 삶의 새 터전이 된 대구가 기다리고 있기 때문이다. 게다가 꿈은 자꾸 부풀려져 일본과 만주에 있는 해외편과 언젠가는 쓰게 될 북한편도 염두에 두며 살고 있으니 어쩌면 답사기라는 굴레를 벗어던지지 못하고 살아갈 것도 같다. 스스로 좋다고 만든 멍에이니 무얼 탓하고 누굴 원망하겠는가.

세번째 책을 내는 데는 신세진 분이 많다. 시사월간『Win』에 연재하지 않았으면 글을 모을 수 없었으니 나를 반강제로 끌고 간 벗 장성효 부장과 박준영 주간 이하『Win』편집부원들께 감사드린다. 또 이시영(李時英) 부사장 이하 창비 식구 40명께도 똑같은 고마움의 뜻을 전한다. 사진으로 말할 것 같으면 '프레스·큐'의 최재영 팀장과 사진작가 권태균·이창수님, 한국문화유산답사회 김성철님, 사진작가 김복영님, 안동문화회관 이진구 관장님, 복제를 허락해주신 원로작가 김대벽·이경모 선생님께도 감사드린다. 그래서 이번 책에선 나의 사진 이외에는 모두 사진작가를 명기해두었다. 그리고 문화유산답사회의 김효형, 서종애 총무의 도움은 거의 결정적인 것이었다.

이제 나는 감사의 말을 마치고 독자에게 부탁드릴 차례가 되었다. 책머리말에서 필자는 독자에게 사랑과 질책과 성원을 부탁드린다고 말하는 것이 거의 공식으로 되어 있다. 나는 이런 기본적인 부탁 말고 특별한 청을 하나 더 드리고 싶다. 그것은 세번째 책은 드러누워서 읽지 말고 앉아서 읽어주십사는 부탁이다. 책상에 앉아 밑줄까지야 그을 일 있으리요마는 이야기의 행간에 들어 있는 상징과 은유를 간취했을 때만 나의 뜻이, 아니 문화유산의 진실이 다가오기 때문이다. 부탁드린다.

1997. 6. 15.

수졸당에서 유홍준

나의 문화유산답사기
3

차례

저 잔잔한 미소에 어린 뜻은

서산마애삼존불 / 관리인 할아버지 / 보원사터 / 오층석탑 / 철불 /
법인국사 보승탑

직장인에게 답사란 꿈일 뿐

작년 추석날이었다. 차례 지내고 나서 특별한 일도 없어 낮잠이나 늘어지게 자보려고 길게 차리고 있는데 막내동생이 평소와는 달리 제 처와 함께 정중히 찾아와서 부탁하는 것이었다.

"형! 우리도 답사 좀 데려가줘."
"누가 오지 말래? 네가 직장이 바빠서 못 따라온 거지."
"그러니까 오늘 가면 안돼? 운전은 내가 할게."
"정신나가기 전에야 이 연휴에 어딜 간다고 나서냐?"
"그래도 연휴 아니고서야 갈 수 없잖아. 형수하고 우리 넷이서 1박 2일로 갑시다. 엄마, 아버지가 집 봐준다고 했어."

미리들 다 짜고 조르는 것인 줄 그제야 알고 나는 본격적으로 안된다고 방어태세를 갖추는데 제수씨가 앞질러나온다.

"아주버니, 저도 꼭 가보고 싶었어요."

그것을 거부할 힘이 내게는 없었다. 직장인, 그것도 소위 괜찮다는 직장의 중간간부는 사실상 자기 생활이 없다는 것을 나는 잘 알고 있다. 내 아우의 하루는 그야말로 쎄븐-일레븐이다. 아침 일곱시에 출근해서 밤 열한시에 돌아온다. 그런 동생이 맘먹고 부탁한 걸 교통지옥이 아니라 생지옥이라도 들어주지 않을 수 없는 일이었다.

그러면 어디로 갈 것인가? 동생 내외와 나의 처와 함께 둘러앉아 답사 계획을 짜는데 아우는 폐사지라는 걸 하나 보았으면 좋겠다고 하고, 제수씨는 아무데고 한가한 곳이면 좋겠다고 하는데, 나의 처는 하나를 보아도 제대로 된 감동적인 유물을 보았으면 한다고 했다. 이 세가지 요구를 다 받아들이는 답사 코스로 내가 서울에서 당일 답사의 영순위로 삼고 있는 서산마애불(磨崖佛)과 보원사(普願寺)터를 제시했고 모두들 거기에 합의했다.

더없이 평온한 내포 땅의 들판길

집을 떠나 서울에서 천안을 거쳐 예산으로 들어가는 데 물경 일곱시간 이 걸렸지만 오랜만에 한 공간에 앉아 형제간에 동서간에 얘기꽃을 피우 느라고 지루한 줄 몰랐다. 우리가 이렇게 긴 시간 한자리에 함께한 적은 없었던 것 같다. 이윽고 우리가 달리는 45번 국도가 훤하게 뚫렸을 때 비

| **내포평야** | 내포 땅의 풍요로움을 남김없이 느낄 수 있는 이 평화로운 길은 평범한 것의 아름다움을 되새기게 해준다.

로소 우리는 답사 기분을 낼 수 있었다.

내포 땅을 가면서 차창 밖으로 펼쳐지는 들판을 바라보는 것은 그 자체만으로도 커다란 기쁨이다. 이 길을 지나면서 잠을 잔다거나 한밤중에 이 길을 간다는 것은 거의 비극이라 할 만하다.

창밖에 스치는 풍광이라고 해봤자 낮은 산과 넓은 들을 지나는 평범한 들판길이다. 그러나 이 비산비야(非山非野)의 들판길은 찻길이 항시 언덕을 올라타고 높은 곳으로 나 있기 때문에 넓게 내려다보는 부감법의 시원한 조망이 제공된다. 아름다운 드라이브 코스란 흔히 강을 따라 난 길, 구절양장으로 기어오르는 고갯길을 먼저 떠올리겠지만 그런 고정관념을 깨뜨리면서 평범한 들판길이 오히려 아름답다는 것을 보여주는 곳이 바로 여기다.

초가을 45번 국도변에는 코스모스가 만발해 있었다. 희고 붉게 핀 꽃대가 무리지어 끝없이 늘어서서 앞차가 일으킨 바람에 쏠려 눕다가도 우리가 다가서면 다시 곧추 일어서서 환영의 도열이라도 하듯 꽃송이를 흔든다. 내 맘 같아서는 진홍빛 붉은 꽃이 좀더 많이 심겨 꽃띠의 행렬이 더 진하게 느껴졌으면 하는 바람도 있지만, 이따금 나타나는 금송화의 노란 꽃과 철 늦도록 피어 있는 키 큰 접시꽃의 마지막 꽃송이들이 의외의 기쁨을 더해준다.

들판엔 추수를 기다리는 벼포기들이 문자 그대로 황금빛을 이루면서 초추(初秋)의 양광(陽光) 속에 해맑은 노랑의 순색을 발하고 있다. 벼포기의 초록빛과 벼이삭의 누런빛이 어우러져 덜 익은 논은 연둣빛이 되고 웃익은 논은 갈색이 되지만 엷은 바람에는 너나없이 단색의 노랑으로 변하며, 그 일렁이는 황금빛 물결 속에 먼 산의 단풍도 길가의 화사한 꽃들도 모두 묻혀버린다. 나는 언젠가 가을 답사 때 동행했던 나의 주례어른이신 리영희(李泳禧) 선생이 가을 들판을 바라보면서 독백처럼 흘렸던 얘기를 기억하고 있다.

"나는 가을날의 단풍이라고 하면 먼 산을 울긋불긋하게 물들이는 화려한 색감을 말하는 것으로만 생각했는데 나이가 들어가면서 단풍의 주조는 누렇게 익어가는 벼이삭에 있다는 것을 알게 됐어요. 나이가 들고서야."

이처럼 지극히 평범하고 지극히 일상적인 풍광이 느끼기에 따라선 기암절경보다도 더 진한 감동으로 다가올 수도 있다. 그것은 지금 우리가 가고 있는 충청도 땅, 옛 백제의 아름다움 속에 피치 못하게 개입해 있을 풍토적 성격일지도 모른다.

서산마애불의 '발견 아닌 발견'

　우리의 여로는 꽃길을 헤치고 달리다 황금빛 들판을 가로질러 달리기를 몇차례 거듭하다가 제법 번화한 운산에 닿았다. 여기서는 찻길이 비좁아 항시 시가지를 빠져나가는 데 좀 애를 먹는데 운산에서 서산마애불이 있는 용현계곡으로 들어가기 위하여 고풍으로 꺾어들어가 저수지 둑 위로 오르니 호수의 평온한 풍광도 풍광이지만 눈 아래 아련하게 펼쳐지는 고풍마을의 모습이 더없이 평화롭게 느껴졌다. 한가한 곳에 가고 싶다던 제수씨는 벌써부터 답사를 만끽하며 "야, 좋다!"라고 가벼운 탄성을 내며 차창 유리를 내린다.

　서산마애불은 이 고풍저수지가 끝나면서 시작되는 용현계곡, 속칭 강댕이골 계곡 깊숙한 곳 한쪽 벼랑 인바위(印岩)에 새겨져 있다. 하기야 불상이 새겨져 있어서 인바위라는 이름을 얻었겠건만 이제는 거꾸로 그렇게 말할 수밖에 없게 됐다.

　인바위에 마애불이 있다는 사실을 인근 사람들은 오래전부터 알고 있었지만 문화재 관계자들은 몰랐다. 그래서 강댕이골 저 안쪽 보원사터에 있는 석조물들은 일찍부터 문화재로 지정되었지만 마애불에 대해서는 알려진 바가 없었다.

　그러던 중 1959년 4월, 오랫동안 부여박물관장을 지낸 금세기의 마지막 백제인이라 할 연재(然齋) 홍사준(洪思俊, 1905~80) 선생이 보원사터로 유물 조사 온 길에 마애불의 존재를 알게 되었다. 홍사준 선생은 이를 즉각 국보고적보존위원회(현 문화재위원회)의 이홍직(李弘稙), 김상기(金庠基) 교수에게 보고하였으며 위원회에서는 그해 5월 26일 당시 국립박물관장 김재원(金載元) 박사와 황수영(黃壽永) 교수에게 현장조사를 의뢰하였고 조사단은 이 마애불이 백제시대의 뛰어난 불상인 것을 확인하였다. 이때부터 우리는 이 불상을 서산마애불 또는 서산마애삼존불이라고 부르게 되었다.

　서산마애불의 발견 아닌 발견은 실로 위대한 발견이었다. 서산마애불의 등장으로 우리는 비로소 백제 불상의 진면목을 말할 수 있게 되었다. 서산마애불 등장 이전에 백제 불상에 대하여 말한 것은 모두 추론에 불과했다. 저 유명한 금동미륵반가상이나 일본 코오류우지(廣隆寺)의 목조반가사유상, 일본 호오류우지(法隆寺)의 백제관음 등은 그것이 백제계 불상일 것이라는 심증 속에서 논해져왔던 것이다. 그러나 서산마애불은 이런 심증을 확실한 물증으로 전환시키는 계기로 되었다.

　서산마애불은 미술사적으로 두가지 측면에서 크게 주목받고 있는데 그것이 바로 이 불상의 양식적 특징이자 매력의 포인트이기도 하다. 하나는 삼존불 형식이면서도 곁보살(脇侍菩薩)이 독특하게 배치된 점이며, 또 하나는 저 신비한 미소의 표현이다.

　먼저 삼존불 형식을 볼 것 같으면 이는 본래 삼국시대에 크게 유행한 것으로 동시대 중국과 일본의 불상에도 많이 나오는 6,7세기 동북아시아의 보편적 유행형식이라고 할 수 있다. 삼존불 형식이라고 하면 여래상을 가운데 두고 양옆에 보살상이 배치되는 것으로 엄격한 도상체계에 따르면 석가여래에는 문수와 보현보살, 아미타여래에는 관음과 세지보살, 약사여래에는 일광과 월광보살 등이 배치되게끔 되어 있다. 그러나 그런 치밀한 도상체계는 훨씬 훗날의 일이고 6세기 무렵에는 여래건 보살이건 그 존명(尊名)보다도 상징성이 강해서 그 보살이 무슨 보살인지 추정하기 힘든 경우가 많다.

| **서산마애불의 옛 모습** | 　용현계곡 한쪽 벼랑에 새겨진 마애불의 옛 모습. 한때 보호각이 설치되었으나 지금은 보호각을 걷어내서 옛 모습을 되찾았다. (1959년 11월 이경모 촬영)

그런데 서산마애불은 중국이나 일본, 고구려나 신라에서는 볼 수 없는 아주 독특한 구성으로 오른쪽에는 반가상의 보살, 왼쪽에는 보주(寶珠)를 받들고 있는 이른바 봉주(捧珠)보살이 선명하게 조각되었기 때문에 이 도상의 해석이 매우 흥미로운 과제로 되었던 것이다. 반가상의 경우는 미륵보살로 보는 데 별 이론이 없지만 봉주보살에 대해서는 아직 의견의 일치를 보지 못했다.

현재까지 연구된 학설로는 문명대(文明大) 교수가 이를 『법화경』에 나오는 수기삼존상(授記三尊像)으로 해석하여 제화갈라보살로 보는 견해(『한국조각사』, 열화당 1980)와 김리나(金理那) 교수가 다른 나라의 봉주보살 예를 검증하면서 관음보살로 보는 견해(『한국고대불교조각사연구』, 일조각 1989)로 나뉜다.

기왕 말 나온 김에 소견을 말한다면 나는 김리나 교수 설에 손을 들고 있다. 당시의 신앙형태를 염두에 둘 때 현세에서 도와주는 관음과 내세에서 도와주는 미륵이라야 믿음도 든든하고 논리도 맞는다는 생각 때문이다. 본래 예배의 대상이 되는 불상이란 까다로운 경전의 풀이보다도 간명한 도상을 취하는 것이 보통이기도 하다. 또 삼존상의 연원이 된 간다라의 군상부조를 해석함에 있어서 불교미술 연구의 선구자인 프랑스의 알프레드 푸세(Alfred Foucher)가 그 유래를 '사위성(舍衛城)의 기적'에서 나왔다고 풀이한 이래 여러 학설의 공방이 일어났지만 간다라 삼존불의 가장 보편적인 형식은 여래 좌우에 관음과 미륵이 배치된 것이라는 사실에는 아무 이론이 없음을 생각할 때 더욱 그러하다.

그런 중 이 도상의 '해석 아닌 해석'이 서산마애불의 '발견 아닌 발견'에 결정적 계기가 된 재미있는 일화가 하나 전해지고 있다.

홍사준 선생은 보원사터를 조사하러 나올 때 마을사람들이나 나무꾼을 보면 혹시 산에서 부처님 새긴 것이나 석탑 무너진 것 본 일 없느냐고 묻곤 했다고 한다. 이곳에는 본래 99개의 암자가 있었는데 어느 스님이 100을 채운다고 백암사(百庵寺)라는 절을 세우자 모두 불타버렸다는 전설이 있다. 이 백암사의 전설은 우리에게 절제와 겸손의 미덕을 가르치기 위해 옛 어른들이 만든 얘기이겠지만 실제로 용현계곡 곳곳엔 암자터가 있었다. 지금 서산마애불로 가는 길목에 돌미륵 한분이 돌무지 위에 세워져 있는데 여기가 본래 백암사터였다는 설이 있다.

그때는 교통사정, 도로사정이 아주 흉악하고 인적이 닿지 않는 심심산골이 많던 시절이었다. 6·25동란이 끝난 지 불과 6년밖에 안된 때였다. 그러던 어느날 인바위 아래 골짜기에서 만난 한 나이 많은 나무꾼이 이렇게 말하더라는 것이다.

"부처님이나 탑 같은 것은 못 봤지만유, 저 인바위에 가믄 환하게 웃는 산신령님이 한분 새겨져 있는디유, 양옆에 본마누라와 작은마누라도 있시유. 근데 작은마누라가 의자에 다리 꼬고 앉아서 손가락으로 볼따구를 찌르고 슬슬 웃으면서 용용 죽겠지 하고 놀리니까 본마누라가 짱돌을 쥐고 집어던질 채비를 하고 있시유."

나무꾼의 해석은 당시만 해도 사회적으로 큰 문제가 됐던 축첩에 대한 반영이기도 하지만 본래 우리나라 산신령은 처첩을 거느리고 있어서 탈춤에도 노장(老長)과 소무(小巫)로 나타나고 있으니 그 풀이의 그럴듯함에 다시 한번 홍소를 터뜨리게 된다.

'백제의 미소'와 그 미소의 뜻

서산마애불의 또다른 특징이자 가장 큰 매력은 저 나무꾼도 감동한 환한 미소에 있다. 삼국시대 불상들을 보면 6세기부터 7세기 전반에 걸친 불상들에는 대개 미소가 나타나 있고, 이는 동시대 중국과 일본의 불상에서도 마찬가지다. 그러니까 6,7세기 불상의 미소는 당시 동북아시아 불상의 보편적 유행형식이었다. 이 시대 불상의 미소란 절대자의 친절성을 극대화시켜 상징한 것으로 7세기 이후 불상에서는 이 미소가 사라지고 대신 절대자의 근엄성이 강조된 것과 좋은 대비를 이룬다.

그런데 6,7세기 동북아시아 불상의 일반적인 특징은 사실성보다 상징성을 겨냥하여 입체감보다 평면감, 양감보다 정면관(正面觀)에 치중했다는 데 있다. 불상을 사방에서 둘러보는 것이 아니라 정면에 서서 시점의 이동 없이 본다는 전제하에 제작된 경향이 있다. 그래서 옷주름과 몸매를 표현한 선은 날카롭고 엄격하며 직선이 많다. 그로 인하여 불상은 인체를 기본으로 했지만 인간이 아니라 절대자의 모습으로 부각되게 된 것이다.

그러나 서산마애불을 비롯하여 백제의 불상들을 보면 오히려 인간미가 더욱 살아나는 것을 느낄 수 있다. 이 점에 착목하여 삼불(三佛) 김원용(金元龍) 선생은 서산마애불이 발견된 이듬해에 「한국 고미술의 미학」(『세대』 1960년 5월호)이라는 글을 통하여 다음과 같은 제안을 하기에 이른다.

백제 불상의 얼굴은 현실적이며 실재하는 사람을 모델로 쓴 것 같은 느낌을 주고 있다. 그 미소 또한 현세적이다. 군수리 출토 여래좌상은 인자한 아버지가 머리를 앞으로 내밀고 어린아이들의 이야기라도 듣고 앉은 것 같은 인간미 흐르는 얼굴과 자세를 하고 있어서 백제 불상의 안락하고 현세적인 특징을 단적으로 표시하고 있다. 그런 중

| 서산마애불 전경 | 은행알 같은 눈으로 활짝 웃고 있는 여래의 모습은 '백제의 미소'라는 찬사를 자아내게 한다.

가장 백제적인 얼굴을 갖고 있는 것은 작년(1959)에 발견된 서산마애불이다. 거대한 화강암 위에 양각된 이 삼존불은 그 어느 것을 막론하고 말할 수 없는 매력을 가진 인간미 넘치는 미소를 띠고 있다. 본존불의 둥글고 넓은 얼굴의 만족스런 미소는 마음좋은 친구가 옛 친구를 보고 기뻐하는 것 같고, 그 오른쪽 보살상의 미소도 형용할 수 없이 인간적이다. 나는 이러한 미소를 '백제의 미소'라고 부르기를 제창한다.

이후에도 삼불 선생은 백제 불상의 인간적인 면을 누누이 지적하면서 "백제 불상의 외형적 특색은 그 둥글고 복스러운 얼굴에 있으며, 그 얼굴에는 천진난만하고 낙천적인 소녀 같은 웃음이 흐르고 있다"면서 '백제의 미소'라는 표현을 강조하였다. 그런데 삼불 선생의 '백제의 미소' 제안에는 어떤 반향도 없었다. 찬론도 반론도 없었다. 내가 알기에 어떤 미술사가도 이를 한국미술사의 용어로 받아들인 예가 없다. 그것은 참 이상한 일이다.

그나저나 더 이상한 일은 이 신비한 백제의 미소와 백제 불상의 대표작에 부친 제대로 된 찬문(讚文)의 아름다운 수필이나 시 한 편이 없다는 사실이다. 명작에는 명작에 걸맞은 명문이 따르게 마련이고 그 명문으로 인하여 명작의 인문적·미학적·역사적 가치가 고양되건만 서산마애불에는 아직 그 임자가 나타나지 않았다. 이는 1960년대 이후 우리의 시인들이 현대적 내지 서구적 정서에 심취하여 우리의 문화유산을 노래하는 데 아주 인색했다는 증거이기도 하다.

내가 본 서산마애불 예찬은 모두 문필가가 아닌 학자들이 쓴 아주 짧은 글로 황수영 교수의 명품해설과 이기백(李基白) 교수의 수필 등 두 편뿐인데 두분 모두 이 천하의 명작에 보내는 찬사는 침묵이었다. 황수영 교수는 김재원 관장과 함께 이 마애불을 찾은 순간의 감격을 이렇게 표현했다.

> 애써 찾은 이 백제 삼존불 앞에 선 두 사람은 모두 말이 없었다. (…)
> 어떻게 이 충격을 표현해야 할지 몰랐던 것이다. 아마도 무언만이 이
> 같은 순간에 보낼 최고의 웅변이며 감격의 표현이었는지도 모른
> 다.(황수영「백제 서산마애불」,『박물관신문』 1974. 8. 1)

이기백 교수의 수필「서산마애불의 여래상」(『박물관신문』 1975. 5. 1)은 가
운데 여래상이 석가여래일 것이라는 희망어린 추론을 조심스럽게 펼친
글인데 글머리엔 첫번째 답사 때는 너무 늦게 도착하여 어둠 속에 죽어
있는 것을 보게 되어 크게 실망하고 이후 5년 뒤 다시 찾아갔을 때의 감
격을 다음과 같이 적고 있다.

> 예정보다 지연되긴 했으나 열시쯤에는 마애불에 도착할 수가 있었
> 다. 맑은 날씨에 빛나는 햇살이 환히 비쳐 불상들은 불그레 물들어 있
> 었다. 만일 신비로운 경지라는 말을 할 수 있다면 바로 이런 경우가
> 아닐지 모르겠다. 오랜 숙원이 이루어진 기쁨에 가슴이 벅차왔었다.
> 아마 영 잊을 수 없는 추억의 한 토막으로 남을 것 같다.

이 두 편의 글은 학자들의 진솔한 표현이긴 하지만 이 명작에 대한 찬
사를 다했다고 할 수는 없을 것이다. 다만 나는 현란한 형용사나 나열하
여 원래의 이미지를 흐려놓는 들뜬 문사의 글보다야 훨씬 낫다고 생각하
지만, 진짜로 서산마애불에 부친 명문의 주인공이 언젠가 나타나기를 기
다려본다.

서산마애불의 위치 설정

서산마애불은 한동안 보호각 속에 고이 보존되어왔지만, 발견 당시의 상황을 보면 주변의 자연경관과 흔연히 어울리면서 인공과 자연의 절묘한 조화를 보여준다. 그러나 서산마애불은 결코 과학적 계산을 고려하지 않은 자연스러움이 구사된 것이 아니라 오히려 기계적 계산을 넘어선 진짜 과학적 배려에서 위치가 설정되고 방향이 결정되었다.

서산마애불이 향하고 있는 방위는 동동남 30도. 동짓날 해뜨는 방향으로 그것은 일년의 시작을 의미하며, 일조량을 가장 폭넓게 받아들일 수 있는 방향이다. 경주 토함산 석굴암의 본존불이 향하고 있는 방향과 같다.

마애불 정면에는 가리개를 펴듯 산자락이 둘러쳐져 있다. 이는 바람이 정면으로 마애불을 때리는 일이 없도록 막아주는 역할을 한다. 마애불이 새겨진 벼랑 위로는 마치 모자의 차양처럼 앞으로 불쑥 내민 큰 바위가 처마 역할을 하고 있어서 빗방울이 곧장 마애불에 떨어지는 일이 없도록 하는데, 마애불이 새겨진 면석 자체가 아래쪽으로 80도의 기울기를 갖고 있어서 더욱 효과적으로 빗방울을 피할 수 있다. 한마디로 광선을 최대한 받아들이면서 비바람을 직방으로 맞는 일이 없는 위치에 새긴 것이다.

불상조각 중에서 가장 만들기 힘든 것이 석불이다. 목불, 금동불, 소조불 등은 측량과 계산에 따라 깎고 빚어 만들면 되지만 석불은 한번 떨어져나가면 다시는 수정할 수 없다는 긴박한 조건에서 만들어진다. 그래서 석불을 조각할 때면 코는 먼저 크게 만들고서 점점 줄여가고, 눈은 우선 작게 만들고 점점 키워가면서 조화를 맞춘다. 석불조각에서 한번 뜬 눈은 다시는 작게 할 수 없는 일이니 보통 조심스러운 것이 아니다.

석불 중에서도 화강암에 새기는 것이 가장 힘들다고 한다. 대리석이나 납석 같은 것에 비할 때 화강암은 단단하여 여간 다루기 힘든 것이 아니란다. 또 같은 석불 중에서도 자연석에 그대로 조각하는 것이 제일 어렵다고 한다. 비계를 매고 조각하는 어려움도 어려움이지만 면이 반듯하지 않은 자연조건을 그대로 살려내려면 기하학적 측량이 아니라 능숙한 임기응변의 변화로 보는 이의 시각적 체감에 근거를 두지 않으면 안되기 때문이다.

서산마애불의 경우 바위의 조건이 왼쪽은 높고 오른쪽은 낮다. 그래서 가운데 여래상의 조각을 보면 오른쪽 어깨가 바위에 얕게 붙어 있는데 왼쪽 어깨는 바위면에서 높이 솟게 새겨져 있다. 그러나 이런 차이가 있음으로써 보는 사람은 오히려 자연스럽게 느끼게 되는 것이다. 그런 가운데 서산마애불이 기법상으로 가장 절묘하게 구사된 점은 뭐니뭐니 해도 야외 조각의 특성에 맞춰 얼굴은 높은 돋을새김으로 하고 몸체는 아래로 내려오면서 차츰 낮은 돋을새김으로 처리한 것이다. 이 점은 실로 놀라운 것이다.

서산마애불은 이처럼 가장 어려운 조건에서 제작되었으면서도 그 결과는 아무런 어려움 없이 제작된 듯한 편안한 인상을 준다. 그것은 바로 소리없는 공력과 드러내지 않는 기교의 미덕을 모범적으로 보여준 것이다. 이 점은 실로 귀한 것이다.

마애불 관리인 성원 할아버지

서산마애불이 다시 세상에 나타날 때는 그냥 홀로 나온 것이 아니었다. 당신의 관리인이자 살아있는 수문장이며 그 아름다움의 대변인을 데리고 나타났다고나 할까.

서산마애불에 보호각이 준공된 것은 1965년 8월 10일인데 그때부터 오늘에 이르기까지 30년도 넘게 마애불의 관리인으로 근무하고 계신 분이 있다. 이름은 정장옥(鄭張玉), 수계받은 법명은 성원(性圓)인데 스님은 아니고 속인으로서 한평생을 이 마애불과 함께해왔다. 성원 아저씨는 작년에 환갑이었다고 하니 30세 때부터 여기를 지키고 계신 것이다.

성원 아저씨는 작은 키에 언행이 조신하고 느려서 옆에 있어도 있는지 없는지 모를 정도로 조용한 분이다. 그러나 이 마애불에 대한 존경과 자랑, 믿음과 사랑은 그 누구도 당할 수 없어서 어떤 답사객이 오고 참배객이 오든 해설을 부탁하면 수줍어하면서도 사양하지 않는다.

뿐만 아니라 성원 아저씨는 마애불의 미소가 보호각으로 인해 보이지 않는 것이 안타까워 암막(暗幕)을 설치하고는 긴 장대에 백열등을 달아 태양의 방향대로 따라가며 비추면서 미소의 변화를 보여주는 장치를 해놓았다.

"이제 제가 해뜨는 방향에서부터 시작해서 해가 옮겨가는 대로 움직일 테니 잘 보십시오. 자, 아침에 해가 뜨면 이렇게 비칩니다. 그리고 한낮이 되면 미소가 없어지죠. 그리고 저녁이 되면 미소가 이렇게 다시 살아납니다."

성원 아저씨의 삿갓등의 움직임에 따라 마애불은 활짝 웃기도 하고 잔잔히 미소짓기도 한다. 답사객들은 연방 "우와—"하면서 저 신비로운 미소의 변화에 감탄을 더한다. 그럴 때면 성원 아저씨는 더욱 신명을 내서 삿갓등을 이쪽저쪽으로 옮겨가면서 보여주고 또 보여준다. 이러기를 하루에도 몇번씩 하고 계시며, 또 무려 30년이나 이렇게 하셨다. 이쯤 되면 그 단조로운 반복을 마다않는 인내는 거의 영웅적이라고 할 만하다.

해마다 거르는 일 없이 서산마애불을 찾다보니 나는 이제 성원 아저씨의 얘기를 외울 수 있게 되어 다른 답사객이 들어가도록 자리를 내준다

| 관리인 할아버지 | 30여년 마애불과 함께해온 관리인 할아버지가 삿갓등으로
마애불의 미소를 드러내 보이고 있다. 광선의 방향에 따라 미소가 달라진다.

는 구실로 밖에 있곤 했다. 그러다 재작년엔 성원 아저씨께 미안한 생각
이 들어 나도 따라 들어갔다. 하루에도 몇번씩 하시는 분도 있는데 일년
에 한번 듣기를 진력난다고 안 들어갈 수 있는가 싶었던 것이다. 그랬는
데 그날따라 성원 아저씨는 신들린 듯 청산유수로 설명하는 것이었다.

나는 15년 전에 뵌 분이기에 그냥 아저씨라고 불러왔지만 그날 성원
아저씨의 모습은 인생을 달관한 한 할아버지의 모습이었다. 그때부터 나
는 성원 할아버지라고 부르게 됐다. 성원 할아버지는 마애불의 미소를

여러 각도로 보여준 다음 이렇게 말을 이었다.

"이 마애불의 미소는 조석으로 다르고 계절에 따라 다르게 나타납니다. 아침에 보이는 미소는 밝은 가운데 평화로운 미소고, 저녁에 보이는 미소는 은은한 가운데 자비로운 미소입니다. 계절 중으로는 가을날의 미소가 가장 아름답습니다. 어느 시인은 '강냉이가 익걸랑 함께 와 자셔도 좋소'라고 읊었지만 강냉이술이 붉어질 때 마애불의 미소는 더욱 신비하게 보입니다. 그래서 일년 중 가장 아름다운 미소는 가을해가 서산을 넘어간 어둔녘에 보이는 잔잔한 모습입니다."

나는 그 말을 듣는 순간 놀랍고도 기쁘고 신기한 마음에 "할아버지! 금방 뭐라고 하셨어요?"라며 받아쓸 준비를 하자 성원 할아버지는 "아녀, 아녀, 그건 내가 그냥 해본 소리여. 학자들이 한 말이 아녀"라며 한사코 다시 말하기를 거절한다. 나는 인간의 깨달음이 말하지 않는 것과의 대화 속에서 도통하듯 이루어질 수 있음을 성원 할아버지의 모습에서 다시 본다. 그리고 성원 할아버지가 말한 서산마애불 미소의 변화에 대한 설명, "아침에 보이는 미소는 밝은 가운데 평화로운 미소이고 저녁에 보이는 미소는 은은한 가운데 자비로운 미소"라는 표현은 이 불상에 보낸 가장 아름다운 찬사라고 생각하고 있다.

성원 할아버지의 자찬묘비명

내가 동생 내외와 함께 서산마애불에 도착했을 땐 성원 할아버지가 계시지 않았다. 아마 추석 쇠러 갔겠거니 생각하고 그날은 내가 대나무 장대를 잡고 성원 할아버지 하던 방식대로 마애불 미소의 변화를 연출해 보였다. 동생 내외는 물론이고 하나를 보아도 제대로 된 감동적인 유물이 보고 싶다던 나의 처도 진짜 크게 감동하여 좀처럼 자리를 뜨지 못했다.

성원 할아버지는 마애불이 바라보는 앞산 자락 양지바른 곳에 산신각을 모셔놓았다. 언젠가 내가 물으니 산이 좋아서 신령님께 감사하는 뜻으로 세웠다는 것이다. 나는 번번이 답사회원을 인솔하고 가는 바람에 철망 너머 난 길을 줄줄이 따라올까봐 가보지 못했는데 이번 기회에 산신각에 한번 올라가보았다. 벼랑을 타고 오르니 오솔길이 나오는데 길 한쪽엔 놀랍게도 성원 할아버지의 묘비가 아주 작은 까만 돌 위에 세워져 있었다.

여기 오고가는 성원이 있노라고
실은 성원은 오고감이 없노라고
병자 8월 11일생

나는 황망한 마음이 일어 바삐 내려가 관리소로 가보니 문이 굳게 닫혀 있었다. 다시 계곡 아래로 내려가 강댕이골 식당 주인에게 조심스럽게 성원 할아버지 어디 갔느냐고 물으니 태연하게 조금 전까지 있었다는 것이다. 내친김에 이 집 명물인 어죽을 시켜놓고 할아버지 올 때를 기다렸다. 무엇에 홀린 것 같기도 했고 모든 게 믿기지 않았다. 왜 자찬묘비(自撰墓碑)를 세웠을까?

퇴계 선생이 미리 묘비에 사용할 글을 지었고, 다산 선생이 스스로 「자찬묘지명(自撰墓誌銘)」을 썼고, 삼불 선생이 생전에 유언장을 매번 갈아 썼다는 얘기는 알고 있었지만 산 사람이 자신의 묘비를 미리 세운 것은 처음 듣고 보는 일이다.

이윽고 성원 할아버지가 돌아오셨다. 나는 진짜 돌아가신 분을 다시 만나는 반가움으로 인사를 드리고 왜 비석을 세웠냐고 물으니 언제까지나 여기 있을 일이 아니라 있었던 흔적을 만들어놓았다며 우물우물하는 것이다. 나는 성원 할아버지가 이제 여기를 떠나 어디론가 갈 채비를 하는 줄로 알고 자꾸 물으니 마침내 속을 내놓는 것이었다.

성원 할아버지가 처음 마애불의 관리인을 자원했을 때는 무보수 관리인이었는데 1981년부터는 기능직 9급 공무원으로 임명을 받게 됐단다. 그래서 월급도 나오고 해서 먹고사는 문제는 해결이 됐는데 내년엔 정년이라는 것이다. 이것도 벼슬이라고 하겠다는 사람이 나서면 자리를 내줄수밖에 없고 그렇게 되면 떠나는 수밖에 없으니 그동안 있었던 흔적을 비석에 새긴 것이란다. 그러면서도 "알아보니 일용직 고용인으로 해서 나를 계속 쓸 수두 있대나봐유"라며 일말의 희망을 말하는 것이다. 그러니까 서산마애불을 떠난 자신은 죽은 것이나 마찬가지로 생각하고 있는 것이었다. 나는 이 쓸쓸하고 기막힌 말을 듣고 성원 할아버지를 위안하는 마음으로 흰소리를 쳤다.

"할아버지, 염려 마세요. 저 마애불이 절대로 할아버질 그냥 보내질 않을 겁니다."

보원사터의 유적과 유물

서산마애불에서 용현계곡을 타고 조금만 안으로 들어가면 계곡은 갑자기 조용해지고 시야는 넓어지면서 제법 넓은 논밭이 분지를 이룬다. 거기가 서산마애불의 큰집 격인 보원사가 있던 자리다.

보원사는 백제 때 창건되어 통일신라와 고려왕조를 거치면서 계속 중창되어 한때는 법인국사(法印國師) 같은 큰스님이 주석한 곳이었다. 그

| 보원사터 | 정확한 창건연대는 알 수 없지만 서산마애불과 연관된 백제의 고찰로 생각돼 통일신라, 고려로 이어지는 많은 석조유물들이 남아 있다. 당간지주, 오층석탑, 승탑과 비가 작은 내를 사이에 두고 줄지어 있다.

러다 조선시대 어느 땐가 폐사되어 건물들은 모두 사라지고 민가와 논밭 차지가 되었고 오직 인재지변, 천재지변에도 견딜 수 있는 석조물들만이 남아 그 옛날의 자취와 영광을 말해주고 있다.

개울을 가운데 두고 앞쪽엔 절문과 승방이, 건너편엔 당탑(堂塔)과 승탑(僧塔)이 있었던 듯 개울 이쪽엔 당간지주와 돌물확〔石槽〕이, 개울 저쪽엔 오층석탑과 사리탑이 남아 있다.

비바람 속에 깨지고 마모되긴 했어도 그 남은 자취가 하나같이 명물이어서 일찍부터 나라의 보물로 지정되었는데 통일신라 때 만든 당간지주건 고려시대 때 만든 석탑과 물확이건 유물에서 풍기는 분위기와 멋스러움에 백제의 숨결이 느껴져 미술사가들은 그것을 백제지역에 나타난 지방적 특성이라며 주목하고 있다.

오층석탑은 고려시대 석탑 중 최고의 걸작으로 꼽힐 뿐만 아니라 감은 사탑 같은 중후한 안정감과 정림사탑 같은 경쾌한 상승감이 동시에 살아난 명품이다. 기단부 위층에 새겨진 팔부중상의 조각들은 그 하나하나가 독립된 릴리프(relief)로서 손색이 없고 기단부 아래층에 새겨진 제각기 다른 동작의 열두 마리 사자상은 큰 볼거리다. 아래위로 튼실하게 짜여진 기단부 위의 오층 몸돌은 정림사탑에서 보여준 정연한 체감률도 일품이지만 마치 쟁반으로 떠받치듯, 두 손으로 공손히 올리듯 넓적한 굄돌을 하나 설정한 것이 이 탑의 유연한 멋을 자아내는 요체가 되었다. 이런 굄돌받침의 형식은 보령 성주사터의 삼층석탑에서 처음 나타난 것으로 통일신라시대와 고려시대에 걸쳐 이 지역의 석탑에만 나타나는 백제계 석탑의 '라벨' 같은 것이다.

보원사터 승탑과 비는 고려초의 고승으로 광종 때 왕사(王師)를 거쳐 국사가 된 법인스님 탄문(坦文)의 사리탑과 비석으로, 탑명은 보승탑(寶乘塔)이며, 비문의 글은 김정언(金廷彦)이 짓고 글씨는 한윤(韓允)이 썼다. 유명한 스님에 유명한 문장가에 유명한 서예가의 자취가 여기 모두 모여 이 무언의 돌 속에는 인간과 사상과 예술이 그렇게 서려 있다. 일반적으로 고려초에 만들어진 고승의 사리탑들은 고달사터 원종대사 혜진탑에서 보이듯 크고 장대하게 만드는 것이 하나의 추세였는데 이 법인국사 보승탑은 소담하고 얌전한 자태를 취하고 있다. 여기서도 역시 백제 미학의 여운을 느낄 수 있다. 비석을 받치고 있는 돌거북도 용맹스럽거나 사나워 보이는 고려초의 유행을 벗어나 차라리 산양(山羊)의 자태로 귀염성이 있고, 꼬리를 꼬아서 돌린 폼은 아주 여유롭다. 그것도 백제의

| 보원사터 오층석탑 | 부여 정림사터 오층석탑의 백제 전통과 통일신라시대 삼층석탑의 기단 형식이 결합된 고려시대의 대표적 석탑으로 안정감과 상승감이 빼어나다.

| 법인국사 보승탑과 비 |　전형적인 고려시대 팔각당 사리탑으로 형체가 조순해 보이고 비석은 받침과 지붕이 완전한 당대의 대표작이다.

여운이라면 여운일 것이다.

　그런 마음과 눈으로 당간지주를 보면 매끄럽고 유려한 마감새에서 백제가 느껴지고, 돌물확은 어느 해인가 겨울에 물을 빼지 않아 얼어서 깨진 것이 안타까운데 안팎으로 아무런 장식은 없지만 형태미는 여지없는 백제 맛이다.

　남아 있는 석물들만이 백제의 풍모를 보여주는 것이 아니었다. 여기서 나온 불상들은 더욱 그렇다. 보원사터는 1968년에 발굴 정비되었는데 그때 백제시대 금동여래입상이 하나 발견되어 지금은 공주박물관에 가면 볼 수 있다. 그 부처님의 얼굴 역시 서산마애불과 마찬가지로 살이 복스럽게 올라 있어서 백제인의 미인관을 짐작게 한다.

　그리고 여기서는 장대하고 수려한 철불(鐵佛) 한분도 발굴되었다. 그것은 국립중앙박물관 진열실에 옮겨져 지금도 우리나라 철불을 대표하

| **보원사터 출토 철불** | 완벽한 몸매의 균형과 유연한 옷주름의 표현이 돋보이는 이 불상은 우리나라의 대표적인 철불로 제작시기에 대해서는 8세기 설과 10세기 설로 나뉘고 있다.

고 있다. 해외에서 열린 '한국미술 5천년전' 같은 전람회 때면 반드시 출품됐던 한국미술사상 간판스타 격인 철불이다. 떡 벌어진 어깨에 당당한 체구와 준수한 얼굴, 잘 균형 잡힌 신체 등은 경주 석불사 석불이 철불로 변한 듯한 감동을 준다. 그런데 이 철불을 두고 8세기 통일신라 제작으로 보는 학설(강우방姜友邦)과 10세기 고려초로 보는 학설(문명대)이 팽팽히 맞서 있는 것은 일반인들도 한번쯤 들어볼 가치가 있다. 그런 것을 이해할 때 미술사에 대한 지식도 높아지고 안목도 생기며 소견이 당당해진다.

8세기로 보는 근거는 완벽한 몸매의 균형, 유연한 옷주름의 표현, 풍만

한 육체, 알맞게 살진 얼굴 그리고 근엄하면서도 너그러운 인상이 전형적인 8세기 불상의 모습으로 10세기에서는 그런 예를 볼 수 없기 때문이다. 이에 반해 10세기로 보는 견해는 얼굴의 표정이 젊고, 체구가 당당하며, 입이 작고 귓불이 밖으로 휘어내린 것 등이 10세기 철불의 일반적 특징으로 8세기에는 없던 형식이기 때문이다.

이렇게 학설이 팽팽하게 나뉘니까 그러지 말고 조금씩 양보해서 공평하게 9세기로 해두자는 천진한 학설도 나온 적이 있다. 그런데 삼불 선생은 이 불상의 제작연대 추정에 대하여 절묘한 해석을 내렸다. '10세기에 만들어진 8세기풍의 복고양식'이라는 것이다. 논리상으로는 그렇게 풀이하면 된다. 그러나 삼불 선생은 그렇게 해석을 해도 미진한 문제가 남는다면서 이 불상이 10세기의 다른 불상과 달리 천연스럽고 부드럽게 옷주름을 표현한 것은 역시 백제의 고지(故地)에서 제작된 백제 미술의 전통 때문일 것이라고 덧붙였다.(『한국 고미술의 이해』, 서울대학교출판부 1980)

그런 식으로 보원사터 들판에는 백제의 숨결과 향기가 그윽하다. 몇해 전까지만 해도 서산마애불에서 보원사터에 이르는 1킬로미터 남짓한 시골길은 비포장 흙길이어서 큰 버스는 지나가기조차 힘들었는데 길이 넓혀지고 닦이면서 매운탕집과 숯불갈비 가든이 하나둘씩 들어앉고 안동네 소담한 마을 한쪽으로는 제멋이 사나운 별장식 벽돌집이 들어서서 이 답사의 명소를 멍들게 하고 있다.

보원사터의 사계절

나는 보원사터를 유난히 좋아했다. 폐사지인데도 따뜻하게 느껴지는 것이 좋았고 전국의 어느 답사지보다도 여기처럼 산천의 자연과 농촌의 사계절을 체감할 수 있는 곳이 없기 때문에 더욱 좋아했다. 고향다운 고향이 없는 나로서는 차라리 향수어린 고향 같다.

늦은 봄, 개울가에 망초꽃이 흐드러지게 필 때면 당간지주 옆 넓은 밭에는 항시 키 큰 호밀이 바람에 흐느꼈다. 소를 몰아 밭을 갈아 밀밭의 고랑이 작은 호(弧)를 그리며 휘어진 것이 더욱 운치를 자아내곤 했는데 장난기와 호기심에 밀밭으로 들어가면 몇 발자국 옮기지 않아도 거짓말처럼 밖이 보이지 않고 흙내음 풀내음이 진하게 다가왔다. 그때 나는 스코틀랜드 민요 「밀밭에서」에 등장하는 "밀밭에서 너와 내가 서로 만나면 키스를 한다 해서 누가 아니요"라는 노랫말의 리얼리티를 체감할 수 있었고, 그런 날이면 호밀밭 위로 종달새가 높이 날아가고 앞산에선 뻐꾸기가 참으로 아련하게 울곤 했다. 그러나 지금은 수지를 맞출 길 없는 밀농사는 사라지고 그 호밀밭엔 고추나 고구마가 심겨 이제는 돌아오지 않는 추억에만 남아 있다.

성원 할아버지가 말하는 중추가절에 오면 보원사터 금당 자리에 있는 감나무와 은행나무 단풍이 그렇게 고울 수 없다. 단풍이야말로 무공해 단풍이 아름답다는 사실을 그때 알았다. 철을 놓쳐 늦가을 낙엽이 모두 진 녘에야 찾아올 때면 돌물확 언저리에 있던 옛 돌담집 빈터에 주인 잃고 서 있는 고욤나무의 서리 맞은 열매가 그렇게 달콤할 수 없다.

도회지에서 소년으로 자랐던 내가 소설 속에서나 나올 향토적 서정의 그림 같은 정경 속에 나를 내던지고, 내가 소년시절로 되돌아가는 것을 허락해주는 보원사터에서의 한순간은 어떤 기쁨과도 바꾸기 싫은 잃어버린 향수의 쟁취이기도 했다.

보원사의 빈터에서

보원사터에 와서 다른 답사객을 만난 적은 거의 없었다. 그래서 더욱 한적한 맛이 일어난다. 그런데 재작년 가을 답사 때 일이다. 늦가을의 마지막 정취를 기대하고 찾아왔건만 그해따라 된서리가 일찍 내려 단풍의 철은 일찍 끝나버리고 감나무, 은행나무의 앙상한 가지에 붙어 있는 마지막 잎새들이 아침나절에 뿌리고 지나간 가을비에 흠씬 젖어 있는 한량없이 쓸쓸한 날이었다. 보원사터에 다다르니 우리보다 먼저 온 스무명 남짓한 답사객이 개울 건너 승탑 쪽으로 가고 있었다. 처량하다 못해 청승맞던 폐사지에 갑자기 생기가 돌았다. 우리도 앞서 간 답사팀의 뒤를 쫓아 개울 건너 법인국사 보승탑에 다다르니 먼저 온 답사객은 뜻밖에도 초등학생들이었다. 같은 명승지를 찾아왔다는 동질감 때문이었을까, 아니면 황량한 폐사지에서 기대치 않던 답사객을 만났다는 의아스러움 때문이었을까. 그들은 우리를 물끄러미 바라보고 우리는 그들을 살피고 있었다.

그런 중 얼굴빛이 건강하게 그을린 한 장년의 남자분이 나를 알아보고 다가와 새마을모자보다는 약간 세련된 차양이 긴 모자를 벗으면서 인사를 청해왔다. 서산 명지초등학교 5학년 담임교사인데 애들하고 추억만들기를 하러 나왔다는 것이다. 올 때 내포 땅에 대해 쓴 나의 글을 복사해주었는데 이렇게 만나니 반갑다면서 이른바 '저자 직강'을 부탁하는 것이었다. 나는 초등학교 애들은 가르쳐본 일이 없다고 한사코 사양했지만 애들은 안 그렇다면서 청하고 또 청한다. 하도 부탁하는 것이 간절하고 정겨움까지 느껴져 나는 응하게 되었다.

마침 우리 답사팀에 초등학교 교사가 두분이 있어 그분들께 나의 난처한 처지를 털어놓으니, 초등학생이라 의식하지 말고 평소 말하던 대로만 하면 아이들이 다 가려서 듣고 안다는 것이다. 초등학교 3학년만 돼도 우리 담임 실력이 있다 없다를 따지는데 5학년이니 충분히 이해할 것이란다. 다만 초등학생의 정신적·육체적 집중시간은 2분 30초를 못 넘기므로 옆의 애를 찌르거나 막대기로 땅을 긋기도 하겠지만 개의치 말고 계속하고 대화체를 많이 써서 대답을 유도하는 게 좋다는 것이다. 이런 코치를 받은 뒤 나는 드디어 난생처음으로 초등학생을 상대로 강의하게 되었다.

잔디밭에 옹기종기 모여앉은 아이들을 내려다보니 그들은 오히려 나를 올려다보는데 윤기, 물기 도는 해맑은 눈빛이 너무 고와서 기쁘고도 놀라웠다. 어떤 아이는 그 눈가에 생글생글 도는 미소가 서산마애불 곁보살의 모습 같았고, 어떤 아이는 두 볼에 살이 도톰히 올라 복스럽게 생긴 것이 서산마애불 부처님의 손자쯤 되어 보였다. 저 애가 크면 영락없이 저 본존불 닮았다는 소리를 들을 것이라는 생각이 들면서 백제인의 얼굴 모습은 바로 여기서 그릴 수 있다는 것을 새삼 느꼈다. 그런 생각을 하면서 이 백제의 후예들에게 나는 서서히 강의를 시작했다. "여기는 백제 때 세운 큰 절로 보원사라고 했고 나중에는 고란사라고도 했습니다. 백제 때……" 나의 얘기를 처음에는 호기심있게 열심히 듣는 것 같더니 나도 모르게 전문적으로 흐르는 바람에 이야기의 줄거리를 놓친 아이들은 몸을 비틀며 뒤를 돌아보고, 한 애는 연방 풀을 쥐어뜯고, 한 애는 꼬챙이로 땅을 쑤시고, 한 애는 앞의 애 궁둥이를 발로 비비는 등 내 눈이 어지럽다. 그래도 또렷한 눈망울의 아이를 바라보면서 얘기를 계속했다. "여러분, 보원사가 그렇게 중요했다는 것은 서산 땅이 중요했다는 뜻입니다. 지금 서산은 작은 지방도시지만 백제시대에는 오늘날의 부산에 해당하는 곳이었어요……"

학생들은 내 말 중간중간에 서산 소리가 나오면 귀를 쫑긋 세우다가 다른 낱말이 나오면 고개를 돌린다. 그러면서 서울사람 주제에 서산 소리를 하는 것이 영역 침범으로도 느끼는 것처럼 보였다. 나는 권위를 찾기 위해 대화법을 꺼냈다.

"여러분, 여러분은 명지초등학교 학생이죠?"

"예!"
"명지초등학교는 대산면에 있지요?"
"………"

어럽쇼! 아무 대답이 없다. 분명히 대산면에 있다고 했는데. '예'라고 해야 내 권위가 서는데…… 나는 다시 물었다. "대산면에 있지요!" 그러나 역시 대답이 없었다. 그렇다고 '아니요'도 아니었다. 나는 눈망울이 또렷한 학생에게 슬며시 물어보았다.

"그러면 어디 있니?"
"대산읍에 있시유."

아뿔싸! 이런 낭패가 어디 있담. 면에서 읍으로 된 지 석달이 지났단다. 그럼에도 불구하고 대학교수라는 자가 무식하게 그것도 모르고 '무슨 실례의 말씀'을 했냐는 식이다. 그들의 침묵 속에는 그런 자존의 뜻이 서려 있었다.

나는 서해안고속도로가 뚫리게 되면 서산은 다시 우리 땅에서 중요한 위치로 올라서게 될 것이고, 서산을 찾는 사람이 많아지면 이 쓸쓸한 절터에도 항시 방문객이 끊이지 않으면서 서산이 얼마나 아름답고 역사의 향기가 어린 곳인가를 말하게 될 것이라고 하며 끝냈다.

그로부터 열흘 뒤 내 연구실로 대산읍에서 두 통의 편지가 날아왔다. 하나는 눈망울이 또렷한 학생의 편지였고 또 하나는 권경남 선생이 보낸 그때 찍은 기념사진이었다.

신앙과 역사의 산물로서의 불상

우리 가족은 나의 그런 얘기를 들으면서 폐사지를 거닐고 있었다. 제수씨 원대로 한가한 전원의 정취를 맘껏 느끼겠노라며 오랫동안 보원사 터에 있고 싶어했다. 초가을 장난기있는 보드라운 바람이 모자를 날리고 머리채를 흔들어놓으니 그것이 또 웃음을 자아내고 이쪽에서 저쪽으로 피해다니며 사진을 찍게 한다. 나는 제수씨가 어려워 웃음조차 크게 내지 못하는데 아우는 버젓이 제 형수를 껴안고 다정하게 포즈를 취한다.

아우는 직장에 매여 살다 오랜만에 답사를 나오니 사는 맛도 맛이지만 궁금한 것이 꽤나 많았던 모양이다. 법인국사 사리탑 옆 금잔디에 앉아 오층석탑 너머 쪽빛 하늘을 바라보면서 깊은 생각에 잠긴 듯하더니 갑자기 무슨 용기를 내듯 물어본다.

"형, 옛날 사람들은 왜 그렇게 종교에 열중했어? 그리고 우리 종교는 왜 외래 종교에 밀렸어? 불교는 인도의 소산인데도 백제의 불교미술에 확고한 정체성이 있다고 할 수 있나?"

나는 동생의 이 물음에 내포된 여러 복합적인 질문을 다 간취하고 있다. 많은 사람들이, 특히 나중 질문은 국수주의자나 기독교인들이 곧잘 마음속에 품는 의문사항인 줄로 안다. 아우는 지금 형한테니까 단도직입적으로 물은 것이고 나는 형이니까 솔직히 대답했다. 나의 얘기가 길어질 기미를 눈치챘는지 내 처는 먼 데를 보며 어디론가 슬며시 가려는데 제수씨가 동서언니 팔을 끼고 다가와 함께 앉는다. 그 바람에 내 처는 맘에 없는 사설을 들어야 했고 나는 일없이 존대로 말해야 했다.

"우리나라에도 고대국가 이전에는 민간신앙이 있었어요. 즉 샤먼의 전통 속에 살았지요. 부족국가 시절에는 살림 규모가 작아 그럴 수 있었지만 고대국가는 달랐어요. 이제는 샤먼의 힘으로 다스리기엔 나라가 커졌고 인구도 많아졌고 인지가 발달하게 된 것이지요. 모든 고대국가는 크게 세가지 특징이 있었다고 해요. 첫째 영토의 확장, 둘째 강력한 행정·율령체계, 셋째는 그것을 받쳐줄 종교였지요. 종교는 단지 죽음의 문제만 다룬 인생의 위안이 아니라 그 종교적 세계관을 통해 세계를 인식하고 사회조직의 틀을 유지시켜주는 그런 이데올로기로서의 종교였어요. 그러니까 고대국가는 잘 짜인 이데올로기를 위해 좀더 발달한 종교를 갖기를 원했고 결국 동아시아에서 얻은 결론은 불교였어요.

중국은 자국이 낳은 훌륭한 종교가 있었지만 남북조시대에 이민족이 지배하면서 불교로 바뀌게 됐고 당나라 때는 오히려 이 이국의 종교를 더욱 발전시켰지요. 요컨대 그것을 수입해서 우리의 삶이 고양된다면 얼마든지 수입해서 쓰는 겁니다. 그것은 주체성의 상실이 아니라 오히려 문화적 포용력의 개방성이라고 해야 해요. 불교미술은 결코 이교도들의 신앙물이 아닙니다. 우리 조상들이 살아온 방식의 정직한 표정이고 사상의 산물이지요. 보십시오. 서양 중세의 문화는 기독교문화입니다. 기독교적 세계관이 지배했고 기독교 건축과 조각이 발달했지요. 그런데 오늘날 어느 누구도 유럽의 중세문화를 이스라엘의 아류라고 하지 않아요. 필요하면 얼마든지 갖다 쓰는 것이지요. 다만 맹목적 모방이었냐, 주체적 수용을 통한 재창조였냐가 중요한 것이지요. 백제의 미학은 그래서 빛나는 겁니다. 그들이 우리 고대국가의 세련된 고전미를 창출해냈거든요. 인도·중국·일본에선 볼 수 없는 화강암의 건축과 조각, 즉 석탑과 석불이 그 대표적 예인데 우리는 그중 석불의 아름다움을 답사한 것입니다. 저 잔잔한 '백제의 미소'에는 그런 뜻이 서려 있는 겁니다."

  그리고 그날 우리는 이곳이 자랑하는 불야성의 덕산온천이 아니라 제
수씨의 희망에 따라 철 지난 한적한 만리포해수욕장에 숙박지를 잡았다.
만리포에 갔으면 당연히 찾아가야 할 천리포수목원 구경은 다음날 아침
'해장답사' 감으로 남겨두고 우리는 형제는 형제끼리, 동서는 동서끼리
밤바다를 거닐면서 서울이 어디더냐고 까맣게 잊어버리고 크리넥스 홑
겹보다도 더 홀가분한 마음으로 하룻밤을 보냈다.

1996. 10.

* 서산마애불의 보호각은 통풍의 문제로 더이상 둘 수 없어 2007년에 철거되었고, 성원 할아
  버지는 정년 뒤 몇해 더 근무하다 결국 자리를 떠나게 되었으며, 서해안고속도로는 이미 개
  통되어 외지에서 들어가는 길이 아주 쉬워졌다.

저문 섬진강에 부치는 노래

섬진강 / 피아골 계단식 논 / 연곡사 / 연곡사 사리탑 / 현각선사탑 /
소요대사탑 / 새할아버지

강을 따라가는 길

옛 지도는 참 재미있다. 아주 간명하면서도 대단히 회화적이다. 산세
와 강줄기를 파악하는 데는 옛 지도가 요즘 지도보다 훨씬 유리하다. 그
런데 이상하게도 옛 지도에서는 길은 따로 표시된 것이 없고 동그라미로
나타낸 고을과 고을을 붉은색 실선으로 곧게 그은 것이 곧 길이었다. 길
이라면 자동차 길을 먼저 생각하고 지도라면 도로지도부터 생각하는 현
대인으로서는 신기하게 생각되기도 한다. 그러나 따지고 보면 신작로가
만들어지고 철길이 놓이면서 길에 대한 개념이 그렇게 바뀐 것이지 옛날
에는 그 방향으로 앞사람이 걸어간 자취를 따라가면 그것이 길이었다.

그런 시절 옛날 분들이 가장 좋아한 길은 강을 따라가는 길이었다. 산
을 넘어가는 고갯길은 가마를 타고 가도 고생스럽지만 강을 따라가는 길

은 심신이 모두 편하고 즐거웠다. 그래서 길은 강을 따라 발달했고 이것은 근대사회에서도 예외가 아니었다. 그중 북에서 남으로 유유히 흐르는 낙동강과 섬진강이 하류에 이르러 만들어낸 길은 정말 아름답다.

둘 중 어느 길이 더 아름다운가를 말한다는 것은 심히 어렵고 곤란한 일이지만 나는 삼랑진에서 물금에 이르는 경부선 철길이 가장 아름답다고 생각하고 있다. 밀양부터 불어나기 시작한 낙동강이 합천 황강 쪽에서 흘러오는 또다른 줄기와 어우러지는 삼랑진부터 자못 위용을 갖추니 여기부터 양산 물금까지 도도히 흘러내리는 모습은 차라리 장중한 교향악 같다고나 할 만하다. 특히 낙동강 하구는 폭이 좁게 마감되어 그 흐름이 더욱 유장해 보이는데 어떤 풍수가는 그로 인해 영남에서 인물이 많이 나왔다고 하고, 어떤 풍수가는 부산에 부자가 많게 됐다고 해석한다. 그러나 그 아름다운 낙동강변 경부선 철길도 구포에 이르면 갑자기 불개미집 같은 아파트가 차창으로 엄습하여 그간의 서정을 송두리째 앗아간다. 그래서 구포에 가까워오면 고개를 위로 돌리고 말게 되니 삼랑진에서 물금까지만 아름답다고 한 것이다.

그러나 기찻길이 아닌 자동차 길로 말한다면 단연코 섬진강을 따라가는 길이 아름답다. 섬진강은 남원 지나 곡성부터 물이 차츰 붙기 시작하여 조계산 쪽에서 흘러오는 보성강(일명 압록강)과 합수머리를 이루는 구례 압록부터 장히 강다운 면모를 갖춘다. 여기부터 하동까지 백릿길, 지리산 노고단을 저 멀리 두고 왕시루봉, 형제봉에서 뻗어내린 산자락 아랫도리를 끼고 섬진강을 따라가는 길은 이 세상에 둘이 있기 힘든 아름다운 길이다.

곡성부터 바짝 따라붙은 전라선 철길과 함께 섬진강을 나란히 달릴 때면 강 건너 산자락에 편안히 자리잡은 강변마을들이 더없이 정겹게 다가온다. 구례 입구에서 전라선을 순천 쪽으로 내려보내고 지리산 밑으로 사뭇 섬진강을 따라가노라면 철따라 강가에선 은어를 잡고 재첩을 줍는 풍광이 산수화 속의 한가한 점경인물(點景人物)로 다가온다. 그리고 화개장터 강나루에는 건너갈 사람을 기다리는 나룻배가 거기를 지키고 있고, 악양 평사리께를 지나자면 은모래 백사장의 포플러가 항시 강바람에 좌우로 휩쓸리곤 한다.

이 길은 무리지어 피어나는 꽃길로도 이름높다. 진달래, 개나리 피는 계절 아름답지 않은 곳이 어디 있으리요마는 그보다 약간 앞서 피는 구례 산동면 상위마을의 산수유꽃과 그보다 약간 뒤에 피어나는 쌍계사 계곡 십릿길 벚꽃은 이곳의 본디 큰 자랑이다. 게다가 연전에는 강 건너 광양 쪽으로도 백운산 자락을 타고 섬진강에 바짝 붙여 새 길을 내었는데 다압면 섬진마을에서는 청매실농원에서 재배하는 매화밭이 하도 엄청스러워 매화꽃 향기가 지나는 차창에까지 깊이 파고든다.

그리하여 해마다 3월 하순에는 산수유, 개나리, 진달래부터 매화와 벚꽃까지 모두를 즐길 수 있는 날이 며칠은 있게끔 되어 있다. 그때가 섬진강답사의 황금기라 할 것이다. 그러나 지난번 답사 때는 그런 좋은 꽃철을 다 놓치고 5월의 섬진강변을 달리면서 신록이 아름답다고 스스로 위로해보는데 구례 토지면 오미리, 운조루(雲鳥樓)가 있는 묵은 동네 뒷산 솔밭으로는 가볍게 지나가는 봄바람에도 노오란 송홧가루가 황사를 일으키듯 회오리를 치며 멀리 날리고 있었다.

저문 섬진강에 부치는 노래

섬진강은 특히나 해질녘 노을 물들 때가 정말 아름답다. 한낮의 섬진강은 진초록 쑥빛을 띠지만 석양을 받아 반사하는 저물녘의 섬진강은 보랏빛으로 변한다. 그 풍광의 경이로움을 보통내기들은 절대로 묘사해내

| **섬진강** | 섬진강은 구례부터 하동까지가 그림처럼 아름답다. 한낮의 섬진강은 초록빛을 띠지만 저무는 섬진강은 보랏빛으로 물든다.

질 못한다. 그래서인지 섬진강을 읊은 시인들은 한결같이 저문 섬진강을 노래했다. 섬진강 시인 김용택(金龍澤)의 「섬진강 1」 끝부분은 "저무는 섬진강을 따라가며 보라"고 했는데 고은(高銀) 선생의 「섬진강에서」는 첫 구절이 "저문 강물을 보라. 저문 강물을 보라"로 시작한다.

그런 중 내가 가장 좋아하는 섬진강의 시인은 이시영이다. 구례에서 태어나 구례중학교를 나온 그의 섬진강 노래에는 고향의 따스함과 그리움이 짙게 서려 있어 차창 밖으로 노을을 비껴 보면서 사치스런 낭만이나 화려한 애수를 늘어놓는 우리들의 서정과는 다르다. 그의 시 중에서 「형님네 부부의 초상」(『바람 속으로』, 창작과비평사 1986)은 잔잔한 감동이 가슴까지 저미는 명시다.

고향은 형님의 늙은 얼굴

혹은 노동으로 단련된 형수의 단단한 어깨

이마가 서리처럼 하얀 지리산이 나를 낳았고

허리 푸른 섬진강이 나를 키웠다

낮이면 나를 낳은 왕시루봉 골짜기에 올라 솔나무를 하고

저녁이면 무릎에 턱을 괴고 앉아

저무는 강물을 바라보며

어느 먼 곳을 그리워했지

(…)

우리가 떠난 들을 그들이 일구고

모두가 떠난 땅에서 그들은 시작한다

아침 노을의 이마에서 빛나던 지리산이

저녁 섬진강의 보랏빛 물결에

잠시 그 고단한 허리를 담글 때까지

우리 답사회에는 참으로 개성적인 회원이 많다. 그중 중년신사인 우사장은 사람을 아주 편하게 해주는 능숙한 친화력을 가진 분인데 말하는 것은 꼭 MBC FM '배철수의 음악캠프'의 배철수 비슷해서 회원들간에 인기가 아주 높다. 우사장은 항시 부부가 다니는데 한번은 '섬진강변의 절집들' 답사 때 혼자 왔다. 부인은 친정에 우환이 있어 못 왔는데 섬진강을 잘 보고 집에 와서 얘기해달라고 했다는 것이다. 떠날 때는 생각없이 그러마고 했지만 이제 집에 가서 이 감동적인 아름다움을 어떻게 말해야 할지 큰 고민이라며 나에게 도와달라고 했다. 나는 이 애매한 물음을 슬기롭게 피할 궁리를 내어 즉흥적으로 "보는 섬진강이지 말하는 섬진강이 아니다라고 대답하십시오"라고 했다. 그러자 우사장은 명답을 얻었다고

좋아하며 몇번이고 그 말을 되뇌었다.

그리고 이튿날 답사를 마치고 돌아가는 길에 꿈결 같은 저문 섬진강을 보게 되었을 때 우사장은 내게 다시 물었다.

"유선생, 어제 섬진강을 뭐라고 말하라고 했지요?"
"그새 잊어버렸어요? 잘 생각해보세요."
"두마디로 했는데 한마디가 생각 안 나요."
"한마디는 생각나요?"
"네, 섬진강은 말이 없다. 그다음은 뭐죠?"

피아골의 계단식 논

섬진강변 지리산 산자락엔 명찰이 많다. 천은사, 화엄사, 쌍계사 등이 그중 이름높은 절집인데 나는 이들보다도 연곡사(鷰谷寺)를 더 좋아하고 더 높이 친다. 요즘 가본 사람들이 죄다 한마디씩 하듯이 지리산의 산사들은 고찰(古刹)로서의 면모를 다 잃어버렸고 연곡사도 십여년 전의 고즈넉함에 비하자면 마땅치 않지만 그나마 연곡사는 유례를 찾아보기 힘든 승탑(부도)들의 축제를 고이 간직하고 있어서 여기를 섬진강변 지리산 옛 절집의 마지막 보루로 삼고 있는 것이다.

그리고 내가 아직도 연곡사를 남달리 사랑함은 연곡사로 올라가는 피아골 골짜기의 계단식 논의 아름다움 때문이기도 하다. 그것은 연곡사 승탑 못지않은 피아골의 문화유산이다. 피아골은 지리산 수백 골짜기 중에서도 계류가 크고 깊어서 연곡천이라는 이름을 따로 갖고 있으며, 골짜기 위로 트인 하늘은 넓고 밝아 어느 계곡보다도 기상이 호방한데 그 골짜기로 기운 경사면을 계단식 논으로 쌓아올린 신기로움과 아름다움

| **피아골 계단식 논** | 피아골 계곡의 벼랑을 계단식 논으로 만든 것은 자연을 대상으로 벌인 최대의 설치미술 같다. 요즘은 특용작물인 차를 많이 재배해 계단의 느낌이 사라졌다.

은 차라리 눈물겨운 것이기도 하다.

옛날 우리의 논배미는 거의 다 계단식 논이었다. 경작지라고 해야 들판보다 비탈이 더 많으니 위에서부터 물을 대는 천수답이 아니고서는 논을 고루 경영할 수 없었던 것이다. 그리하여 비탈을 타고 내려오는 계단식 논의 굽이진 논배미는 조상들의 슬기와 삶의 멋이 한껏 배어 있는 우리 땅의 가장 아름답고 전형적인 표정으로 되어 있다. 경지정리가 되면서 계단식 논은 우리 주위에서 자꾸 사라져가고 있지만 아직도 그것은 지울 수 없는 우리네 향토적 서정의 징표다. 그래서 가톨릭대 안병욱(安秉旭) 교수는 '내 마음속의 문화유산 셋'을 논하면서 그중 하나로 이 논배미를 꼽고 이렇게 말했다.

원만하게 굴곡진 먼 들판의 모습은 자연과 가장 잘 어울린 인간이 만들 수 있는 최고의 예술품, 바로 그것이다. (…) 어디도 모나지 않은 논배미는 순한 농군의 심성을 그대로 반영한다. 그 논은 절대로 한쪽으로 기울지 않는다. 우리 선인들은 자연을 거스르지 않고 그 흐름에 따라 물결 같은 논두렁을 그리면서 중심 바닥만은 공평을 잃지 않은 것이다. 나는 들녘을 바라보면서 생존의 고단함을 무심히 달랬고 거기 넘실대는 나락을 보면서 생의 의지를 돋우었을 농민을 생각해본다.

그런 계단식 논배미의 마지막 보루가 여기 피아골이다. 가파르게 계곡으로 내리지르는 비탈을 깎아 논을 만들자니 비탈마다 보통은 몇십 계단의 논으로 석축을 쌓았는데 논배미가 작은 것은 겨우 열 평 남짓 되는 것도 있고, 높게 쌓은 석축은 사람 키 두 길이나 되는 것도 있고 또 봇물을 끌어댄 물길이 '실하게 두 마장은 되는 것'도 있다. 그리고 숲속으로 돌아간 논두렁 끝이 보이지 않는 높은 비탈엔 거의 100층의 논배미가 계단을 이루고 있다. 정말로 장관이다.

피아골 계단식 논은 여기에서 벌을 치면서 4년간 글을 쓴 송기숙 선생이 철저하게 관찰해서 그 미세한 사실들을 소설 『녹두장군』 제5권 '공중배미' 편에 세세하게 묘사해놓았는데, 어느 논두렁 석축도 안으로 기운 것이 없고 모두 한 뼘이라도 더 넓히려고 바짝 곧추세웠다는 것이다. 그래서 논배미는 생긴 모양에 따라 삿갓배미, 치마배미, 항아리배미 같은 별명이 붙은바 어떤 논은 아랫논에 기댄 것이 5분의 1도 안되니 차라리 공중배미라고 할 만한 것이었다는 얘기다.

피아골 계단식 논은 농민들의 땅에 대한 무서운 사랑과 집념을 남김없이 보여준다. 옛 속담에 '자식 죽는 것은 보아도 곡식 타는 것은 못 본다'는 그런 농군의 정성이 피아골 계단식 논을 가능케 한 것이다.

피아골의 계단식 논, 그것은 우리의 위대한 문화유산이자 우리 조상들이 장기간의 세월 속에 이룩한 집체창작이며, 삶과 예술이 분리되지 않고 자연과 예술이 하나됨을 보여주는 달인들의 명작인 것이다. 계단식 논이 살아있는 한 피아골은 살아있고, 그것이 살아있을 때 피아골은 살아있다.

연곡사의 연혁과 역사

지금 연곡사는 제법 큰 절로 모양새를 갖추어 주차장 공터도 넓고 법당도 그럴듯하며 요사채 쪽 돌축대도 장해 보인다. 또 한쪽으로는 선암사의 뒷간을 모방한 잘생긴 화장실도 지었다. 그러나 그 역사(役事)들은 최근 일어난 일이었다. 1983년에 대적광전이 준공되고 85년에 요사채와 선방이 낙성되었는데, 그 이전에는 6·25동란 때 폐사가 된 뒤 조그마한 대웅전이 요사채를 겸하면서 절의 명맥을 유지해왔을 뿐이다. 그래서 나는 뇌리에 각인된 첫인상 때문에 연곡사를 아직도 폐사지로 생각할 때가 많다.

연곡사의 연혁에 대해서는 전남대학교박물관에서 펴낸 『구례 연곡사 지표조사 보고서』(1993)에서 이계표씨가 쓴 「연곡사의 연혁」이 가장 자세하고 신빙할 수 있는 글이다.

연곡사는 8세기 통일신라의 큰스님인 연기법사(緣起法師)가 창건했다고 한다. 연기법사는 지금 호암미술관이 소장하고 있는 『백지묵서 화엄경 사경(寫經)』을 총감독한 스님으로 연곡사 이외에도 화엄사, 대원사 등 지리산에만도 세개의 절을 세운 전설적인 인물이다. 그러나 이때의 모습을 알려주는 유물이나 기록은 아무것도 없다. 다만 그로부터 100년쯤 뒤로 생각되는 9세기 후반에 세워진 것이 틀림없는 연곡사 사리탑(연곡사 동부도, 국보 제53호)과 비석을 잃은 돌거북 비석받침과 용머리 지붕돌(보물 제

| 연곡사 삼층석탑 | 연곡사 절집 초입에 외로이 서 있는 통일신라 삼층석탑은 원래 금당이 이쪽에 있었음을 말해준다.

153호)만이 남아 있을 뿐이다. 우리나라의 대표적인 승탑 중 하나인 이 연곡사 사리탑의 주인공이 누구냐는 한국미술사의 큰 의문 중 하나이다. 속전(俗傳)에는 도선국사(道詵國師, 827~98) 사리탑이라는 설이 있는데 그 근거는 알 수 없지만 그럴 수 있는 가능성이 전혀 없는 것은 아니다. 만약 그것이 정말로 최창조(崔昌祚)씨가 주장하는 '자생 풍수'의 원조인 도선국사의 사리탑이라면 그 역사적 가치는 엄청난 것이다.

연곡사 사리탑 다음의 역사를 말해주는 유물은 역시 비석을 잃은 돌거북 비석받침과 용머리 지붕돌만 남아 있는 현각선사(玄覺禪師)탑비(보물 제152호)와 현각선사의 사리탑이라고 생각되는 현각선사탑(북부도, 국보 제 54호)이다. 현각선사탑은 고려 경종 4년(979)에 세워진 것으로 연곡사 사 리탑을 빼어내듯 흉내낸 것이다. 나말여초의 선종사찰에는 이처럼 하대 신라 개창조와 고려시대 중창 조의 사리탑이 쌍을 이루는 것이 많다. 문 경 봉암사, 곡성 태안사, 남원 실상사, 장흥 보림사, 여주 고달사 등이 모 두 똑같은 현상을 보였으니 이는 우연이 아니라 고려초에는 빙켈만 (Johann J. Winckelmann)이 말한 '모방자 양식'의 풍조가 있었던 것이 라고 할 만하다.

그러나 정작 현각선사가 누구인지는 모르겠고 지금 연곡사 한쪽 켠에 있는 삼층석탑(보물 제151호)은 대개 현각선사 시대의 유물로 추정되고 있다.

이후 고려시대에는 진정국사(眞靜國師)가 주석한 적이 있다는 단편적 인 기록과 조선시대 중종 때(1530) 편찬한『신증동국여지승람』에 구례현 에는 연곡사가 있다는 기록이 있으니 그럭저럭 사맥(寺脈)을 유지해온 듯하다. 그러나 정유재란 때 일이다. "1598년 4월 10일 왜적 400명이 하동 악양을 거쳐 지리산 쌍계사, 칠불사, 연곡사에 들어와 살육과 방화를 자 행했다"는『난중잡록(亂中雜錄)』의 기록이 있어서 이때 폐허가 된 상황을 짐작게 한다.

조선후기 이래의 연곡사

불탄 연곡사를 다시 중창한 분은 서산대사의 제자로 조선후기 큰스님 인 소요대사(逍遙大師) 태능(太能, 1562~1649)이다. 바로 이분의 사리탑이 소요대사탑(서부도, 보물 제154호)이다. 이 무렵(1655) 사세(寺勢)가 제법 확장되었던 듯 연곡사에서는 「석가여래 성도기(成道記)」를 목판으로 찍어 내기도 했다.

그리고 연곡사가 역사 속에 다시 나타나는 것은 1728년, 이인좌가 모반을 일으켰을 때 스님 대유(大有)와 승려 출신의 술사(術士) 송하(宋賀)가 쌍계사와 연곡사를 거점으로 명화적(明火賊)들과 연합하여 이 반란에 가담했다고 하는데, 이 반란이 실패하자 그들은 지리산 속으로 종적을 감추었다고 한다. 그들은 그 당시의 빨치산이었던 셈이다.

연곡사는 이후 역사의 기록에 다시 한번 나타나는데, 1745년(영조 21년) 10월 21일 나라에서 연곡사를 왕가의 신주목(神主木, 위패를 만드는 나무)을 봉납하는 장소로 지정하여 연곡사 주지가 밤나무 단지를 경영하는 책임자로 된 것이다. 그것은 연곡사의 한 특권이기도 하여 이로 인해 연곡사는 지방향리의 경제적 수탈에서 벗어날 수 있었다. 그 무렵 연곡사 스님들의 수도와 포교가 계속되어 "원암(圓庵)스님이 만년에 연곡사 용수암에서 도반 취운(翠雲)과 함께 하루 한끼만 먹으면서 수년 동안 용맹정진했다"는 기록도 있고 '보월당(葆月堂) 영탑(靈塔)'이라는 명문이 있는 보주(寶珠)형 사리탑이 하나, 팔각지붕을 얹은 작은 사리탑 두개가 남아 있어서 끊길 듯 이어진 연곡사의 역사를 살필 수 있다. 그러나 19세기말에는 연곡사 밤나무를 남벌하여 율목봉산지소(栗木封山之所)로서 자기 기능을 못한 책임이 돌아올까 두려워 중들이 절을 버리고 도망가게 되니 그로 인해 폐사가 되고 말았다.

그런 연곡사가 또다시 역사에 나타나는 것은 을사조약으로 제2차 의병운동이 일어날 때 고광순(高光洵)이 1907년 8월 26일 연곡사에 본영을 설치하고 항일투쟁을 벌이면서이다. 고광순은 봉기와 동시에 화개장터로 내려가 일본군 열명을 죽이고, 연일 일본군을 공격하면서 9월 6일에는 의병 소재를 찾으러 들어온 일본군 수십명을 공격하여 또 열명을 죽

| **고광순 순절비** | 항일의병대장 고광순의 순절비가 동백나무 아래 조용히 모셔져 있다.

이는 전공을 거두었다. 그러나 무기 하나 신통한 것 없으면서도 오직 나라를 잃어서는 안된다는 의지와 신념으로 싸워온 고광순 의병대는 한달 뒤인 10월 11일 일본군의 야간기습을 받아 연곡사 옆 피아골 계곡에서 전멸하고 연곡사는 일본군의 방화로 잿더미가 된다. 지금 연곡사 소요대사 사리탑 아래쪽 해묵은 동백나무 그늘 아래 1958년에 까만 대리석으로 세운 고광순 의병장의 순절비(殉節碑)가 그 뜻을 기리고 있다.

이후 연곡사는 일제시대에 한 불교신자가 암자를 지어 경영하다가 6·25동란 때 다시 폐사가 되었다. 피아골은 동란 뒤 만든 전쟁영화, 노경희 주연의 「피아골」 때문에 살벌한 분위기로 뇌리에 강하게 박힌 노인네들이 적지 않을 텐데, 이태(李泰)의 『남부군』에서는 '피아골의 축제'가 빨치산의 한순간 낭만을 흥겹게 그려냈으니 그것을 인상깊게 생각하는 젊은이들이 또 적지 않을 것 같다. 그러나 피아골 자체는 계곡의 하늘이 넓어 은폐하기 어렵기 때문에 빨치산 전투에는 부적격하여 큰 전투는 없었던 곳이라고 한다. 이후 연곡사는 1960년대 후반에 작은 절이 들어섰다가 80년대에 큰 절로 발돋움하게 된 것이다. 이것이 우리가 지금 알고 있는 연곡사 역사의 전부이다.

여담 같은 얘기로 연곡사는 소설 속에 한번 크게 등장했다. 박경리의 『토지』에서 최참판댁 안주인인 윤씨부인이 요절한 남편의 명복을 빌기 위해 연곡사에 백일기도를 드리러 갔다가 연곡사 주지인 우관스님의 동생으로 동학의 장수인 김개주에게 겁탈당하고 사생아 김환을 낳는다는 얘기이다. 그러나 소설 속에선 오직 이 이야기만 나올 뿐이다. 피아골의 눈물겨운 아름다움의 계단식 논배미, 그리고 연곡사의 그 요염한 승탑의 생김새 얘기는 없어 서운했다.

승탑 중의 꽃, 연곡사 사리탑

연곡사의 역사를 살피면서 나는 우리나라 돌문화의 위대함을 다시 한번 새겨보게 된다. '연곡사 사적기'라는 것이 제대로 전하는 것이 없어도 통일신라부터 조선말기까지 시대를 점철하는 석조물이 있어서 그 면면한 역사를 읽어낼 수 있으니 그것이 돌의 위대함이 아니고 무엇인가.

뿐만 아니라 연곡사는 저 아름다운 연곡사 사리탑이 있어 연곡사의 이름도 빛내고 피아골의 역사적·인문적·예술적 가치를 드높이고 있다. 아무리 문화유산이 많아도 뛰어난 작품 하나가 없으면 어딘지 허전하지만, 모든 게 사라진 폐허라도 그 속에 천하의 명품 하나가 있으면 축복받을 수 있는 법이다. 변변한 문화유산을 간직지 못한 태백산, 설악산, 소백산 어느 골짜기에 이런 명품 하나가 있을 경우 그 산과 계곡이 얻었을 명성을 생각해본다면 우리 돌문화의 위대함을 새삼 깨닫게 된다.

연곡사 사리탑은 완벽한 형태미와 섬세한 조각장식의 아름다움으로 승탑 중의 꽃이라는 찬사를 받고 있다. 아마도 쌍봉사 철감국사 사리탑과 쌍벽을 이룰 치밀한 아름다움이 있다. 팔각기단 연화받침에 팔각당 몸체를 앉히고 팔각기둥을 씌운 전형적인 팔각당 사리탑으로 기단부엔 사자, 연화대좌엔 날개 달린 주악천녀(奏樂天女), 몸체엔 사천왕과 문짝, 그리고 지붕돌엔 서까래와 천녀, 상륜부엔 극락조(가릉빈가) 등이 섬세하고 아름답게 조각되어 그 야무진 조형미로 우리를 뇌쇄한다.

연곡사 사리탑은 무엇보다도 형태상에서 몸체에 해당하는 팔각당을 사다리꼴로 위를 약간 좁게 하여 날렵한 인상을 주고, 지붕돌은 맵시있게 반전하여 그 경쾌함이 산들바람에도 날릴 것 같은데, 치밀한 조각장식은 마치 몸매가 다 드러나도록 꽉 조이는 쫄쫄이 옷을 입은 젊은 미녀를 연상케 하는 탄력이 있다. 어디를 봐도 미운 구석이 없고 불완전한 티가 없다. 이처럼 연곡사 사리탑은 날렵하고 경쾌한 형태미를 자랑하지만 가볍거나 들떠 있다는 느낌이 없다.

앙증맞고 발랄하지만 되바라진 데도, 새침한 데도 없다. 귀엽고 명랑하고 예쁘기 그지없지만 젠체하는 구석이 없다. 저런 아름다움을 창출할 수 있었던 때가 9세기 하대신라 호족문화의 시대였던 것인데, 정작 저 사리탑의 주인공을 알지 못하니 그게 안타까울 뿐이다.

승탑을 찾아가는 환상특급

섬진강 지리산 언저리를 순례하는 답사가 우리 답사회에서는 1년에 한번은 꼭 있다. 그럴 때마다 탐방하는 유적도 약간씩 다르고, 주제도 다르게 잡히는데 한번은 2박3일 일정으로 남도의 하대신라 선종사찰을 두루 답사한 적이 있다. 그때 어느 회원이 이번 3일간의 답사는 승탑을 찾

| **연곡사 사리탑** | 우리나라 승탑 중의 꽃이라 할 만큼 형태미와 조각솜씨가 빼어나다. 그러나 어느 스님의 사리탑인지 아직 모른다. 이 사진은 복원하기 전의 모습으로, 복원과정에서 상륜부 꼭대기의 보륜 위치가 바뀌었다.

아가는 환상특급을 탄 기분이었다며 낱낱 승탑에 대해 은유법으로 말하는데 그게 참 인상적이었다.

"쌍봉사 철감국사탑은 큰 영광을 얻은 분의 모든 것 같고, 실상사

| **현각선사탑** | 북부도라고 칭하는 현각선사탑은 연곡사 사리탑을 빼다박은 듯한 모방작이다. 사진으로는 거의 구별할 수 없을 정도로 같으나 분위기는 사뭇 다르다.

증각국사탑은 듬직한 큰아들 같고, 태안사 적인선사탑은 정숙한 며느리 같고, 보림사 보조선사탑은 능력있는 사윗감 같은데, 연곡사 사리탑은 귀엽게 자란 막내딸 같습니다.

쌍봉사 철감국사탑은 비단 마고자를 입은 중년남자 같고, 실상사

| **연곡사 사리탑 비석받침과 지붕돌** | 사리탑의 뛰어난 조형감각에 걸맞게 비석받침의 거북조각과 비석지붕의 용조각이 생동감 넘치는 사실성을 보여준다.

증각국사탑은 양복에 코트까지 입은 젊은 남자 같고, 태안사 적인선사탑은 검정색 투피스로 정장한 중년여인 같고, 보림사 보조선사탑은 멋쟁이 콤비를 입은 총각 같은데, 연곡사 사리탑은 미니스커트 아니면 청바지에 빨간 하이힐을 신은 것 같습니다."

연곡사 사리탑은 그렇게 발랄하고 앙증맞으면서 한편으로는 색태(色態)가 느껴지는 가벼운 요염성도 없지 않아 있다.

연곡사 사리탑을 보고 나서 현각선사탑을 보면 눈 없는 사람은 똑같은 것이 거기 또 있는 줄로 알고, 눈 있는 사람은 모방작이 갖는 게으름에 혀

| 현각선사탑비 받침과 지붕돌 | 돌거북의 모습엔 다소 과장이 들어 있어 힘이 장사로 느껴진다.

를 절로 차게 된다. 만약에 연곡사 사리탑을 보지 않고 먼저 현각선사탑을 보았다면 우리는 그 형태미와 조각의 섬세함에 찬사를 보냈을 것이다. 그러나 우리는 이미 완벽한 조형미를 보고 온 터인지라 이런 모방자 양식엔 감동은커녕 실망을 말하게 된다. 그래서 나는 맹목적인 모방은 미움이고 실패일 뿐이라는 교훈을 새기는 현장으로 연곡사만한 데가 없다고 생각하며, 미술사적 안목의 훈련과 시험장으로 여기보다 좋은 곳이 없다고 생각하고 있다.

이에 반하여 서부도라 불리는 소요대사탑은 연곡사 사리탑을 본뜨긴 했으면서도 그것을 익살스럽게 변화시켜 보는 이로 하여금 절로 웃음을

| 소요대사탑 | 연곡사 사리탑을 본떴지만 사천왕의 조각에는 의도적으로 희화화한 솜씨가 돋보인다.

짓게 한다. 이런 것이 진짜 패러디(parody)이다. 진지한 것을 희화화(戲畫化)해 유머도 풍기면서 동질성을 획득한다는 것은 모방이 아니라 변주이며 계승인 것이다. 특히 사천왕상은 능글맞고 넉살좋게 조각되어 코미디를 보는 듯한 경쾌한 즐거움이 있다.

연곡사 승탑밭에서 또 무시할 수 없는 것은 보주형(寶珠型)의 보월당탑과 팔각형 몸체에 팔각지붕을 얹은 승탑이다. 이 둘은 그간 보아온 3기의 승탑에 비할 때 공력과 재력이 많이 든 것은 아니다. 그러나 주어진 조건 속에서 최선을 다한 조형적 성실성과 세련미는 만점이다. 저런 능력의 조각가에게 큰일을 맡겼다면 또 어떤 대작의 명품이 나왔을지도 모를 가능성이 감지된다. 그러나 그 곁에 있는 둥근 몸체에 팔각지붕돌을 얹은 승탑과 20세기 후반의 종인화상탑은 조형상으로 그 자리에 같이 있다는 사실 자체가 오만으로 비칠 정도로 조형적 특징이나 매력이 없다.

한 4년 전 일인가보다. 영남대 조형대학 교수연수회와 연곡사로 왔을 때 나는 시각디자인을 전공하는 이봉섭(李奉燮) 교수와 한국화가인 정치환(鄭致煥) 교수에게 모두 7기의 승탑에 대해 평점표를 만들어달라고 하고 나 또한 작성했는데 놀랍게도 우리들의 채점은 같았다.

1. 연곡사 사리탑: A⁺   2. 현각선사탑: B°   3. 소요대사탑: A°

4. 보월당탑: B⁺   5. 팔각몸체에 팔각지붕을 한 승탑: A°

6. 원형몸체 팔각지붕돌 승탑: D   7. 종인화상탑: F

지리산 새할아버지

피아골 연곡사의 사계절은 참으로 특색있다. 사실 그것을 즐기는 것만으로도 피아골은 대단한 답사처다. 특히 봄과 가을이 좋다고 한다. 아닌 게아니라 피아골 계곡 바닥으로 집채만한 바윗덩이 틈새에 자란 물철쭉이 만개하는 늦은 봄과 등산로 가로수로 심겨진 단풍나무가 빨갛게 물드는 늦가을이 피아골의 큰 자랑이라 하겠지만 계곡 물소리가 우렁찬 여름날과 흰눈이 소복이 쌓인 한겨울의 피아골이 그만 못할 것도 없다.

연곡사에 가면 유난히 새가 많다는 것을 알게 된다. 산비둘기 구구대는 소리와 5월이 되기 무섭게 울어대는 뻐꾸기야 우리 산천 어딘들 없으리요마는 이 나무 저 나무로 때로는 홀로 때로는 무리지어 나는 새를 쉽게 만나게 된다. 그래서 나는 속없이 연곡사라고 제비 연(鷰)자가 들어온 것이 이런 새와 무슨 관련 있나 혼자 생각해왔다.

| 보월당 영탑 | 조선후기의 보주형 승탑으로 형태미가 매우 깔끔하다.
| 팔각몸체에 팔각지붕을 한 승탑 | 조선후기의 전형적인 사리탑 형식이지만 이처럼 잘 짜인 구조미를 보여주는 명품은 흔치 않다.

그러다 3년 전에 나는 연곡사에서 새할아버지를 만나고서 그 연유를 알게 됐다. 새할아버지는 이제 나이 칠순을 넘겼고, 이름이 김행률이라는 것 이외에는 산새를 보호하기 위하여 새먹이를 놓고 다니는 일을 30년 동안 한결같이 해오시고 있다는 사실만을 알고 있을 뿐이다.

새할아버지는 어렸을 때 꿈이 '푸른 산을 만들자. 내 자손에겐 푸른 산을 넘겨주자'였다고 한다. 전쟁이 끝나고 벌거벗은 붉은 산에 나무를 심는 일, 그것으로 70평생을 살아오셨단다. 그는 치산녹화 10개년 계획 때 몸을 바쳐 일했고 그때 박대통령에게 불려가 작은 벼슬자리라도 받을 기회가 있었단다. 그러나 그는 나무 100억 주를 심겠다며 오직 나무 심는 일만 했고 이제 생각하니 지난 50년간 그만큼 심은 것도 같다는 것이다.

그러나 5·6공을 거쳐 문민정부에 이르기까지 정부가 나무 심는 것은 고사하고 심은 나무 관리에도 정성을 보이지 않았고 오히려 그나마도 죽어가는 것을 보니 이제는 '나무를 심자'가 아니라 '보호하자'가 더 중요하게 생각되어 산림보호에 나섰다는 것이다.

산림보호의 치명상은 벌레인데 벌레 제거에는 산새가 최고라는 것이다. 박새, 할미새, 곤줄박이 같은 작은 토종새가 벌레 잡는 데 귀신이고 산까치, 꿩, 덤불새 같은 큰 새도 한 짐씩 거든다고 한다. 그런데 지금의 자연환경에서는 먹이가 부족하여 산새가 제대로 살 수 없으므로 승탑밭, 돌기단, 언덕배기의 큰 바위 한쪽 등 길목마다 먹이를 놓아 보호하고 계신 것이다.

새할아버지의 산새 보호는 도봉산, 북한산에서부터 시작했단다. 누가 시킨 것도 누가 곡식을 준 것도 아니란다. 새할아버지 말씀대로 '아르바이트'해서 새모이를 주었다. 쌀, 좁쌀, 콩 같은 낟알을 새가 잘 보이는 데 꾸준히 놓으니 새들이 모여들고 살아가기 시작하였단다. 그렇게 몇해를 하고 나니 산새를 1만 마리 정도 헤아리게 됐다는 것이다. 새할아버지 얘기를 그렇게 듣고 있는데 나서기 잘하는 한 여성회원이 톡 튀어나왔다.

"할아버지 1만 마리인지 어떻게 알아요?"

"다 세는 법이 있지. 인간은 의리를 저버려도 짐승은 그러질 않아요. 내가 백무동으로 올라가면 최소 2천 마리는 나를 따라오며 에스코트해요. 새를 사람만 못하다고 하지 마세요."

새할아버지의 이 정성을 알고 '양귀비 같은' 등산반원 일곱이 북한산 산새 관리를 맡겠다고 나섰다 한다. 그래서 새할아버지는 용문산으로 가서 또 몇해 새모이를 놓으니 거기서도 1만 마리를 번식시키게 됐단다. 그래서 1994년에는 지리산으로 와서 이렇게 모이를 주고 다니니 벌써 3만 마리가 됐다며 지리산의 위대함을 말한다. 그러면서 우리에게 답사 올 때 곡식을 한 됫박씩 들고 와 놓으라고 권하셨다. 놀랍기도 하고 고맙기도 하고 한편 부끄럽기도 하였다. 나는 새할아버지의 뜻에 같이한다는 마음을 표하고 싶었다.

"할아버지, 우리가 미처 몰라서 그냥 왔는데 저희가 좁쌀 한 가마 사드리면 좀 놓아주시겠어요?"
"아, 그야 물론이지."

나는 답사회 총무 서종애씨를 찾았다.

"서총무, 우리 답사운영비에서 5만원만 봉투에 넣어서 할아버지 드리세요."
"아, 봉투는 필요없어. 그런데 요즘 좁쌀 한 가마는 6만원인데……"

그때 회원들은 즉석에서 따로 모금해서 좁쌀 한 가마니 값을 만들었고 '섬진강은 말이 없다'의 우사장은 따로 좁쌀 한 가마니 값을 헌금했다. 새할아버지는 횡재했다며 어서 아침 새모이 놓겠다고 떠나셨다. 그리고 우리가 현각선사탑을 거쳐 소요대사탑에 왔을 때 승탑 기단석에 모이를 놓고 있는 새할아버지를 다시 만났다. 할아버지는 우리가 드린 지폐를 왼손에 꼭 쥐고 계셨다.

"할아버지, 돈은 주머니에 넣으시지 왜 들고 다니세요?"
"아! 이 사람아! 새들한테 보여줘야지, 오늘 너희들 먹이 살 돈 들어왔다고. 그러지 않고 내 주머니에 쑥 집어넣으면 새들이 기분 좋겠어?"

그때 나서기 잘하는 그 회원이 또 튀어나왔다.

"할아버지, 조류학자 얘기를 들어보니 고기 기름을 가져다가 나무에 걸어주면 좋다고 하던데요."

"좋기야 좋지. 새들이 거기에 부리를 비비며 좋아하지. 그러나 나무 벌레 잡아먹는 새는 박새, 할미새 같은 작은 새거든. 특히 박새는 식사를 어떻게나 깨끗이 하는지 한 나무를 다 잡아먹어야 다음 나무로 가요. 완벽하게 청소하지. 그런데 고기 기름 걸어놓으면 까마귀 같은 큰 새가 차지하려고 작은 새는 막 쪼아 쫓아버려요. 이론하고 실제하곤 많이 달라. 새는 어디까지나 새여."

"그래도 조류학자 얘기는 그런 게 있어야 희귀조가 보호된다고 하던데요."

"왜 조류학자들은 앉아서 희귀조와 새 색깔만 따지나 몰라. 주둥이 까마면 까만부리 무슨 새, 머리에 빨간 점이 있으면 빨강머리 무슨 새 하고 희귀조니 뭐니 하는지 모르겠어. 빨강머리 할미새고 까만부리 할미새고 새가 굶어죽는데 밥을 줘야지. 새도 먹이가 없으면 죽는다는 것은 누가 연구하나."

대답을 마치고 새할아버지는 이러다가 아침 모이 주는 것 늦겠다며 우리를 뒤로하고 피아골 계곡을 계속 올라가셨다.

1996. 5.

'니껴'형 전탑의 고장을 아시나요

탑리 오층석탑 / 빙산사터 / 소호헌 / 조탑동 전탑 / 동부동 전탑 /
법흥동 전탑 / 임청각 군자정

영남답사 일번지 — 북부 경북

내가 답사기 첫째 권에서 남도답사 일번지로 강진과 해남을 꼽은 것을
보고서 "그렇다면 영남답사 일번지는 어디가 되겠느냐"는 질문을 곧잘
해온다. 그럴 때면 나는 어김없이 그리고 지체없이 안동을 중심으로 한
북부 경북이라고 대답한다. 그런 질문은 대개 재미삼아 사견을 물은 것
이니 무슨 객관적 근거까지 제시할 필요는 없지만 나는 이내 영남답사
일번지는 남도답사 일번지와 여러 면에서 다른 점을 서슴없이 늘어놓곤
했다.

낙동강 반변천(半邊川)의 푸른 물줄기를 따라 안동, 영양, 봉화 땅을 누
비면서 북부 경북지역을 순례하자면 낮은 언덕을 등지고 기품있게 자리
잡은 반촌(班村)이 처처에 보인다. 퇴색한 고가(古家)와 재실(齋室), 운치

있는 누정(樓亭)과 늠름한 서원(書院)들이 펼쳐 보이는 이 유서깊은 옛 고을의 풍광은 조선시대 한 정경을 연상케 하는 명실공히 양반문화의 보고로, 달리는 차창 밖으로 그것을 하염없이 바라보는 것만으로도 훌륭한 답사가 된다.

안동문화권에는 독특한 불교문화 유적도 남아 있다. 통일신라시대에는 삼층석탑이 전국적으로 유행하였지만 이 지역만은 전탑양식을 고수하는 독자적인 모습을 보여주었고, 우리나라에서 가장 오래된 목조건물로 첫째 둘째를 다투는 봉정사 극락전과 부석사 무량수전이 모두 여기에 건재하고 있으니 불교문화의 뿌리와 전통이 얼마나 깊은가 알 수 있다.

뿐만 아니라 하회탈춤을 비롯하여 차전놀이, 놋다리밟기 같은 민속문화도 여느 지역이 견주기 힘들 정도로 잘 전승되어왔다. 서원마다 때맞추어 지내는 향사(享祀)와 내력있는 종갓집에서 거하게 치르는 불천위(不遷位)제사는 안동문화권이 아니면 볼 수 없는 무형의 문화유산이다. 이와같이 안동문화권에 유교·불교·민속 등 전통적 삶의 형식이 모두 잘 보존되어왔다는 것은 거의 기적에 가까운 일이다.

작년 봄(1996), 살아있는 금세기 최고의 지성이라 할 위르겐 하버마스(Jürgen Habermas)가 우리나라에 와서 보름 동안 전국을 돌며 여러차례 강연과 토론회를 가졌던 것을 많은 분들이 기억하고 있을 것이다. 나는 하버마스에 대해서는 그가 프랑크푸르트학파의 한 적자(嫡子)로서 동구식 좌파가 아니라 서구식 좌파 이론가로 '의사소통 이론'에 탁월한 견해를 갖고 있다는 정도로만 알고 있고 또 그 이상의 관심은 없다. 그가 한국의 통일전망에 대하여 강연한 요지를 보면서 "북한 인구 2,500만명이라는 것은 남한이 흡수통일하기에는 너무 벅찬 수치이다"라는 등 그의 사려깊은 식견에 경의를 표하기는 했지만 "한국의 미래를 굳이 동구나 서구의 모델에서 해답을 찾지 말라"는 그의 충고대로 그가 한 일과 우리가 할 일이 다르다고 생각하면서 그에 대한 지나친 기대와 대접과 보도에 다소는 거부감도 없지 않았다. 그런데 우연히 기차 안에서 남이 버리고 간 한 시사주간지에서 하버마스의 이한(離韓) 인터뷰 기사를 읽고 큰 감명을 받았다. 그는 확실히 놀라운 안목을 가진 세계적인 석학이었다.

한국사회에는 불교가 갖고 있는 도덕적 순수성과 유교가 지닌 공동체 지향적 윤리의 전통이 있습니다. 이것을 결합시킨다면 한국사회는 새로운 문화적 정체성을 확보할 수 있을 것 같습니다. 그런데 한국 학자들은 왜 이런 것에 대해 좀더 깊이있고 진지한 연구작업을 진행하지 않고 (하버마스를 연구하고) 있는지 모르겠습니다.

이 인터뷰에 참석한 국민대 최종욱(崔鍾旭) 교수가 우리는 "하버마스의 한국이 아니라 한국의 하버마스가 필요한 것"이라고 뼈있는 논평을 쓴 것을 읽은 것은 뒤의 일이었는데, 그때 내 머릿속에 전통의 원형질을 지켜준 문화유산의 보고로 가장 먼저 떠오른 곳은 안동이었다.

'약무호남(若無湖南) 무시조선(無是朝鮮)'이라는 말이 있다. '호남이 없으면 그것은 조선이 아니다'라는 뜻인데 그것은 남도의 풍부한 물산과 따스한 인정, 멋진 풍류를 두고 하는 말인 줄로 안다. 그와 마찬가지로 지금 우리가 '약무안동(若無安東) 무시조선'이라는 명제를 내걸고 '안동이 없다면 그것은 조선이 아니다'라고 말할 수도 있을 것이니 그때는 무엇보다도 정신과 도덕을 두고 하는 말임에 모두가 동의하게 될 것이다.

내가 남도답사 일번지에서 느낀 귀한 감정이란 따뜻한 고향의 품, 외갓집을 찾는 편안함, 정겨운 이웃과 함께하는 친숙함이었다. 이에 반하여 영남답사 일번지라 칭할 북부 경북의 안동문화권에서는 어느 지역에서도 찾아볼 수 없는 지적인 엄숙성, 전통의 저력, 공동체적 삶의 힘 같은 것을 절절히 느끼게 되니, 그곳에 갈 때면 나를 정신적으로 성숙시켜준 모교를 찾아가는 그리움 같은 것이 느껴진다. 그래서 남도답사 일번지는 화려한 원색의 향연을 벌이는 화창한 남도의 봄과 어울릴 때 제격이었듯이, 영남답사 일번지는 처연한 만추의 안동을 찾았을 때 더욱 깊은 감회를 새기게 된다.

'능교'형과 '니껴'형의 차이

지금 내가 안동문화권을 답사하면서 그 제목에 '북부 경북'이라는 표현을 쓰고 있는 것은 단순한 지역 구분이 아니다. 이 고장 사람들에게 북부란 거의 고유명사화되어 안동에서 발행하는 지방신문의 이름이 '북부신문'일 정도로 일반화된 표현이다.

북부 경북은 여타의 경북지역과 비슷하면서도 또다른 독특한 문화권을 형성하고 있다. 그래서 북부 경북 답사는 서울사람들과 가는 것보다 대구사람들과 가는 것이 훨씬 재미있다. 미묘한 차이의 대표적인 예는 말씨다. 언젠가 나는 『영남일보』에서 「능교형과 니껴형의 지역분포」라는 아주 재미있는 학술기사를 읽은 적이 있다.

나는 처음엔 이 괴이한 언어를 알아차리지 못했는데 기사를 읽어보니 '했능교?'와 '했니껴?'라는 어미의 차이로 경상도 방언의 지역 구분을 시도한 국어학자들의 논의를 소개한 글이었다. 능교형의 대표 지역은 대구이고 니껴형은 안동을 비롯한 예천, 의성, 영양, 봉화, 영주 등이다. 같은 북쪽이라도 문경, 점촌, 상주는 또 달라서 북부가 아니라 서부로 분류하여 선산, 구미, 김천 등과 함께 '사요'형으로 구분되고 있으니 옛날에는 이 지역을 낙동강 서쪽이라고 해서 낙서(洛西)지방이라고 불렀던 것이다. 그리고 어미뿐만 아니라 이른바 성조(聲調)라고 하는 말의 높낮이와

길이에도 차이가 있어서 '학교 안 가나'에서 능교형의 대구에서는 '안'에 악센트가 있지만 니껴형의 안동에서는 '가'에 악센트가 있다. 이른바 고평평(高平平)과 평고평(平高平)의 차이다.

대구 예술마당 솔의 답사반은 초급과 고급 두 반이 있는데 초급반은 뗀석기반, 고급반은 간석기반이라고 부른다. 재작년 간석기반 답사를 인솔할 때 나는 이 능교형의 대구사람들에게 니껴형의 안동문화를 해설하면서 평소 나의 지론대로 지방문화를 지키는 최소한의 몸짓으로 지방방송국 아나운서들이 그 지방 말씨를 사용해야 한다는 주장을 폈다. 능교형과 니껴형을 사용하자는 것이 아니라 표준말을 사용하되 서울말씨와 다른 그 지방 고유의 억양을 살려서 지역적 자긍심과 향토애를 키워야 한다는 얘기였다. 그러나 나의 이 주장에 대하여 간석기반 회원들은 이상하게도 동의하지 않고 반신반의하는 것 같았다. 나는 약간은 당황스러워 할말을 잊고 잠시 머뭇거리는데 황금동에 사는 한 회원이 강하게 반론을 제기했다.

"택도 없심더! 우리가 들어도 씨끄러버예!"

이 능교형의 정직성을 '서울공화국' 사람들은 다는 모를 것이다. 저 담대하고 확실함이 간혹은 무례하고 무뚝뚝하고 멋없어 보인다는 오해를 낳기도 하지만 경상도 반찬 중 저래기(겉절이)의 싱싱하면서 매운 듯 달콤한 그 매력은 겪어본 사람만이 안다.

아닌게아니라 경상도 말씨는 거세고 시끄럽다. 이것이 남쪽으로, 또 바닷가로 갈수록 심해서 악센트는 강하게 앞쪽으로 쏠려, 아주머니를 부를 때 '아지매'라고 하면서 '아'를 짧고 강하게 부른다든지, 말끝마다 '씨껍했다' '니 지기쁜다' 같은 강한 말을 붙이는 걸 들으면 기겁을 할 정도고 오죽하면 부산 자갈치시장 같다는 말이 나왔겠나 이해할 만하다.

그러나 북부 경북의 니껴형 말씨는 그렇지 않다. 단어 또는 문장상에서 악센트를 뒤쪽으로 주므로 힘도 있고 설득력도 있다. 고평평의 능교형, 평평평의 서울말과 달리 평고평의 니껴형에는 무엇보다도 리듬감과 여운이 있다. 우리가 간혹 경상도 말인데 정말 듣기 좋다고 느끼는 경우는 모두 북부 경북사람 말씨다. 이를테면 KBS 제1FM '즐거운 한마당'에서 한동안 최종민 교수(안동)가 보여준 친숙함, MBC 라디오 칼럼에서 홍사덕 의원(순흥)이 보여준 명쾌함, 역사학자 조동걸(趙東杰) 교수(영양)·문학평론가 임헌영(任軒永) 선생(의성)의 강의를 들으면 느끼는 당당함, 김도현 전 문화체육부 차관(안동)의 말씨에 서린 넉넉함 등이 모두가 니껴형 말씨의 고운 모습이다. 언젠가 영양에서 길을 묻는데 "그리 가믄 머얼데이"라고 말한 아저씨의 평고평의 여운있는 말씨가 답사에서 돌아오도록 내내 내 귓가에 기쁘게 남아 있었다.

신라탑의 출발점, 탑리 오층석탑

요즘 대구에서 북부 경북 순례길을 떠난다면 새로 개통된 중앙고속도로를 이용하여 남안동 인터체인지로 들어가 조탑동 오층전탑을 첫 기착지로 삼거나 서안동 인터체인지까지 가서 봉정사나 하회로 곧장 들어가는 코스를 취하는 것이 정석일 것이다. 그러나 답사는 역시 옛길로 갈수록 깊은 맛을 느끼게 된다. 여행이란 되돌아갈 것을 잊고 떠날 때 제맛이듯이 답사는 들를 곳마다 다 들르며 느긋이 다닐 때 정서적으로 부자가 된 기분이다. 그래서 북부 경북 순례의 첫 기착지는 아무래도 탑리 오층석탑이 제격이다. 의성군 금성면 탑리 중심부에 자리잡고 있는 이 오층석탑은 우리나라 석탑의 역사에서 빼놓을 수 없는 확고한 위치를 차지한다. 우현 고유섭 선생은 우리나라 석탑의 시원양식은 익산 미륵사탑, 부여 정림사탑 이외엔 탑리 오층석탑밖에 없음을 지적하면서 이 탑의 중요성을 강조했는데, 김원용 선생은 이를 다음과 같이 간명하게 정리하여 설명했다.

> 7세기 전반기에 분황사의 모전석탑을 만들어낸 신라는 7세기 중엽에 와서 백제인들이 먼저 시작한 것처럼 화강석을 써서 목탑·전탑 혼합식이라 할 수 있는 신라 석탑의 초기 형식을 구현하는 데 성공하였다. 경북 의성군 금성면 탑리 소재 오층석탑은 (…) 기단의 형식, 몸돌, 지붕돌의 형식 등이 소위 신라 석탑 형식에로의 방향과 청사진을 만들어놓아 (…) 모든 신라 석탑의 출발점이 되고 있다. (김원용·안휘준 『신판 한국미술사』, 서울대학교출판부 1993)

탑리 오층석탑은 그런 기념비적 유물이다. 그렇다고 그것이 양식 이동의 과도기에 나타난 하나의 징후에 머무는 것은 결코 아니다. 탑리 오층석탑은 그 자체로 하나의 조형의지와 미감을 갖추고 있다. 정림사 오층석탑을 방불케 하는 늘씬한 상승감과 튼실한 기단이 지닌 안정감이 함께 살아나 있으며 기둥돌에는 배흘림이 표현되고 기둥머리엔 받침돌이 들어 있는데 문틀 또한 겹틀로 잘 표현되어 있어서 건축물이 지니는 세부미가 하나씩 읽힌다. 더욱이 이 탑은 높은 토축 위에 세워져 있어서 푸른 하늘을 배경으로 오롯하게 서 있는 그 기상이 더욱 당당하게 느껴진다.

의성군 금성면은 이 탑으로 인하여 문화사·미술사뿐만 아니라 지방사적으로도 큰 이름을 얻었는데, 그 이름이 너무 큰 바람에 오히려 금성이라는 이름이 가려져, 시외버스 행선지 표시조차 '탑리(금성)'로 되어 있다. 또 금성면 봉황재에서 부산대 지질학과 김항목 교수가 발견한 공룡

84

의 화석은 '울트라사우루스 탑리엔시스', 우리말 이름으로 '탑리 한외룡'이라는 이름이 붙여졌다. 이런 경우를 잡아먹혔다고 해야 하나 기특하다고 해야 하나.

몇 해 전까지만 해도 이 탑은 금성면사무소 한쪽에 애물단지도 아닌 천덕구니로 팽개쳐져 있는 것으로 비쳐 퍽 민망스럽고 안타까웠는데, 지금은 면사무소가 이사 가고 제법 널찍한 공간에 우뚝 솟아 있어 여간 보기 좋은 것이 아니다. 그러나 우리가 답사 가면 항시 만나는 그 '망할 놈의' 철책을 이중으로 높이 쳐놓고 출입문 열쇠는 면사무소 자리에 들어앉은 향토예비군 의성군 금성연대에서 관리하고 있다. 그래서 답사 때면 나는 항시 미인계를 써서 큰 불편 없이 자물쇠를 열고 들어가보곤 하는데 남들도 그렇게 무난히 들어가보는지 잘 모르겠다.

오층탑은 바로 학교 담과 붙어 있다. 평소에 나는 그저 금성초등학교겠거니 생각했는데 간석기반과 왔을 때 석탑 둔덕에서 내려다보니 운동장에 중학교 여학생만 가득했다. 이런 면소재지에도 여학교가 따로 있나 신기한 생각이 들어 학교 이름을 물어보려고 "얘들아, 얘들아" 하고 큰 소리로 불러도 학생들은 들은 척도 하지 않는다. 할 수 없이 안동 출신 회원에게 본토 발음으로 불러서 물어보라고 하니까 그들끼리는 금세 대화가 오갔다.

"엉이여! 보자! 뭔 학교니껴?"
"여중이래요."
"뭔 여중이니껴? 의성여중인껴, 금성여중이니껴?"
"탑리여중이래요."

| 의성 탑리 오층석탑 | 목탑과 전탑의 혼합형식으로 만들어진 이 탑은 이후 신라 석탑의 청사진이 되었다.

나중에 알고 보니 탑리여중 저쪽으로는 금성여자상업고등학교가 또 있었다. 참으로 예외적인 일이었지만 보기에도 듣기에도 여간 좋은 것이 아니었다. 나는 그때 그 학교가 장수하길 속으로 간절히 빌었다.

빙계계곡 빙산사 오층석탑

미술사만의 얘기가 아니겠지만 미술사에 국한해 말할지라도 하나의 전형은 유행을 낳고, 하나의 명작은 아류를 낳는다. 석탑의 경우 불국사 석가탑이라는 삼층석탑의 전형은 이후 통일신라 석탑의 유행을 낳았다. 이에 반해 정림사 오층석탑이라는 명작은 장하리 오층석탑이라는 모방작을 낳았다. 사리탑은 더 심해서 연곡사 사리탑에 대한 현각선사탑, 태안사 혜철스님탑에 대한 광자스님탑 등이 그 예다. 그런데 아류가 갖는 필연적인 속성은 형태상의 힘은 약해지고 긴장미가 떨어진다는 점이다. 그 대신 아류는 장식이 발달하거나 변형을 가하거나 또는 장소를 색다르게 이용하는 것으로 그 부족한 미감을 대신한다. 의성 탑리 오층석탑이라는 명작은 그곳으로부터 20리 떨어진 그윽한 골짜기 빙계계곡에 빙산사(氷山寺)터 오층석탑이라는 모방작을 낳았다. 간석기반 답사 때고 미술사학과 답사 때고 버스로는 갈 수 없는 곳이어서 여기를 들르지 못한 것은 참으로 유감이었다.

의성에서 가장 경관이 수려한 경승지로 누군가가 경북8승(慶北八勝)의 하나로 꼽은 바도 있는 빙계계곡은 느릿하고 밋밋한 이곳 산세에서는 전혀 예기치 못한 깎아지른 절벽이 그림 같은 병풍을 이루는 절경이다. 계곡도 크고 깊어 갈지자로 몇굽이의 곡류(曲流)를 이루며 흐른다. 거기에는 『세종실록지리지』에도 언급되어 있는 빙혈(氷穴)과 풍혈(風穴)이

| **빙산사터 오층석탑** | 의성 탑리 오층석탑을 본받았지만 생략이 많고 약간 둔중한 느낌이 있다. 그러나 빙계계곡의 봉우리들과 어울려 아늑하고 경쾌한 맛을 준다.

있어서 일찍부터 명승지로 이름을 얻게 됐다. 계곡 한쪽 언덕에 큰 바위가 있는데 아래쪽 구멍인 빙혈은 한여름에 얼음이 얼고 위쪽 구멍인 풍혈은 한겨울에 더운 바람이 나온다는 오묘한 곳이다. 바로 이 빙혈과 풍혈 곁 평평한 곳에 빙산사 오층석탑이 아름답게 서 있다. 탑리 오층석탑과 무엇이 다른지 서툰 눈에는 잡히지 않는다. 더욱이 전문가들의 해설에 의하면 탑리 오층석탑의 아류로 그것에 비해 미감이 떨어진다고 적혀 있건만 막상 여기에 와서 보면 오히려 빙산사 오층석탑이 멋지다는 생각조차 갖게 된다. 그 이유는 다름아닌 주위 환경 때문이다.

탑 자체를 놓고 보면 탑리탑보다 규모도 작고 고유섭 선생의 지적대로 기단과 기둥의 경영이 매우 편습적(便習的)이며, 몸돌의 모서리기둥에 생략이 많고 둔중한 표현도 없지 않다. 그러나 빙계계곡의 수려한 봉우리들이 가까이에서 받쳐줌으로써 이 탑은 온화하고 늠름하고 경쾌해 보이는 것이다.

어쩌다 늦가을 이곳에 들르면 마을사람들은 모두 가을걷이하러 일터로 나가고 개 짖는 소리마저 끊어진 빙계리 서원동의 빙산사터에는 낮은 적막이 감돈다. 붉게 물들어 바닥에 누운 고운 낙엽이 뉘라서 치울 이 없어 두툼한 카펫을 이루고, 스치는 바람에 삐라처럼 떨어지는 작고 노란 느티나무 낙엽에 휘감기면 차마 그곳을 떠나지 못한다. 그 아름답고 스산한 정취에 취하여 나는 세차례나 늦가을 빙산사터 오층석탑 앞을 서성였건만 지금도 만추의 안동을 가려면 먼저 여기를 들를 생각을 버리지 않고 있다.

농협 직원의 특산물 자랑

탑리에서 다시 의성 쪽을 향하면 넓은 분지가 제법 시원스럽게 펼쳐진다. 마침 간석기반 답사회원 중에는 농협에 근무하는 조재일이라는 맘씨고운 회원이 있어 마이크를 넘겨주며 의성 특산물을 좀 소개하라고 했더니 생각 밖으로 유창했다.

"의성은 경상북도의 최고 중앙에 있어 의성 북쪽을 북부 경북이라고 할 수 있겠습니다. 의성의 특산품으로는 마늘, 작약, 감을 들 수 있습니다. 의성 마늘은 누구나 알지만 군 내에서도 마늘의 품질이 특히 좋은 곳은 사곡면 일대라는 것을 다른 지역 사람들은 잘 모릅니다. 방금 우리가 다녀온 탑리 오층석탑이 있는 금성면과 사곡면 경계지역엔 금성산이 있는데 금성산은 남한에서 유일하게 화산분화구가 남아 있으며 화산재가 토양을 형성한 사곡면 마늘에는 벌레가 없고 거기다 안동댐 조성 이후 경북에서 가장 추운 곳이 되어 한지형 마늘의 대표적 생산지가 되었습니다. 보통 의성 마늘로 통하는 사곡 마늘은 향기가 높고, 매운맛이 강하고, 즙액이 많아서 주부들에게 인기가 높습니다."

조재일씨의 힘있고 조리있는 설명에 간석기반 회원들은 넋을 잃고 쥐 죽은 듯이 경청하고 있었다. 모처럼 의성과 농협을 동시에 홍보할 기회를 얻었다는 듯 조재일씨는 쉼없이 이야기를 이어갔다.

"사곡에서 본래 유명한 것은 감이었습니다. 지금은 거의 잊혀가고 생산량도 많지 않은 사곡시(柿)는 옛날엔 진상품이었습니다. 사곡시에는 씨가 하나도 없고, 첫서리가 내리기 전 배꼽이 붉어질 때 따서 비닐봉지에 밀봉한 뒤 장독에 넣어 땅에 묻었다가 12월 말쯤에 먹으면 단감하고는 비교할 수 없는 단맛과 개운한 맛이 있습니다. 이런 사곡시도 다른 곳에 심으면 씨가 생겨 멀리 퍼지지 못하는데 요즘엔 돈이 되지 않는다는 이유로 산수유에 밀려 재배면적이 줄어 이러다 언젠가는 토종 사곡시가 멸종될까 걱정입니다.

여러분들, 토산품을 아끼고 애용하셔야 합니다. 수입 농산물보다 비싸다고 생각하지 마십시오. 수입 화장품은 빠리에서 2천원 하는 걸 대구에서 2만원에 사면서도 좋으니까 좋다고 하시지요, 우리 토산품은 정말 좋은 겁니다. 내 몸에 좋고, 우리 땅에 좋고, 나라에 좋고, 농민에게 좋은데 몇푼 더 비싼 게 문젭니까. 다시 본론으로 돌아와서 의성은 한국에서 작약이 제일 많이 재배되는 곳입니다. 꽃 피는 5월이면 의성 땅 곳곳에 작약꽃이 환하게 핍니다. 작약꽃의 다른 이름이 함박꽃이죠. 함박꽃이 탐스럽게 활짝 피면 정말 함박웃음만큼 복스러워

보입니다."

조재일씨가 인사하고 돌아가 자리에 앉을 때까지 탄성과 박수가 그치지 않았다. 그리고 기쁨과 놀라움에 겨워 모두가 함박웃음을 지었고 이럴 때면 능교형에서만 나오는 특유의 감탄사가 연발했다. "굉장하다! 굉장해!"

망호리 소호헌의 이모저모

우리를 태운 버스가 제법 번화한 의성읍내를 관통하여 계속 북쪽으로 달리기를 어느만큼 하였을 때 차창 밖으로 '고운사 10km'라는 샛길 안내 표지판을 누구나 볼 수 있었다. 그러나 버스는 마치 그것을 못 본 체하기라도 하려는 듯 쏜살같이 그 앞을 스치며 지나갔고 단촌면 소재지를 지나 안동 쪽으로 사뭇 달리니, 가늘고 예쁘기가 눈썹 같다고 해서 미천(眉川)이라고 하고 또는 깊이 파였다고 해서 골천이라고도 부르는 실개천이 바짝 따라붙는다. 골천은 여기부터 물이 붙기 시작해서 무릉쯤 다다르면 제법 큰 내가 되고 이윽고는 낙동강으로 흘러든다. 의성군과 안동시의 경계선상을 넘으면 우리는 곧 오른쪽으로 고색창연한 기와집이 늘어선 양반마을을 만나게 된다. 여기는 망호리(望湖里), 한산 이씨·대구 서씨·영양 남씨의 동성(同姓)마을이 있다. 예서부터가 옳게 안동답사다.

안동사람들은 이곳을 망호리라고 부르지 않고 그냥 소호(蘇湖)라고 하는데 그것은 안망실(安望室)과 소호를 통합하면서 만든 망호리는 아직 익숙지 않기도 하거니와 소호헌(蘇湖軒)이 하도 유명해서 그렇게 입에 붙은 것이다.

길가에 바짝 붙어 있는 소호헌은 옛날엔 앞내를 바라보는 것이었겠건

| **소호헌** | 사랑채와 누정의 기능을 복합시킨 낭만적인 건축으로 구조와 건축적 기교가 뛰어나 보물로 지정되었다.

만 지금은 꼭 한데로 나앉은 것 같아 좀 민망스럽기도 하고 미안하기도
한데 낮은 돌기와담이 옹위하듯 둘러쳐진 한쪽 모서리에 높직한 누마루
로 번듯하게 올라앉은 소호헌에는 보물 제475호라는 명예에 값하는 기
품이 서려 있다.

소호헌은 여러 면에서 개인주택으로는 호사로운 구조를 갖춘 별당 서
실(書室)이다. 여덟 칸 마루와 두 칸 온돌방을 고무래 정(丁)자로 연결하
여 형태상에서 힘과 권위와 화려함이 드러나는데 여덟 칸 마루 중 여섯
칸은 마루방으로 만들어 복합의 띠살창문으로 감아싸고, 두 칸 마루는
누마루로 빼내어 온돌방의 툇마루와 연결시켰다. 그 변화도 변화이지만
기능적인 실용미가 더욱 돋보인다. 게다가 누마루는 높은 돌기둥 주춧돌
에 받쳐져 있고 그 아래에 원래 연못이 있었으니 아름다운 정자, 편안한
사랑채와 조용한 독서실을 겸했던 이 소호헌은 권위적이면서 서정적이

며, 고전적 기품에 낭만적 운치가 함께하는 안동의 명소가 되었던 것이다.

소호헌은 본래 안동 법흥동 임청각(臨淸閣)의 고성 이씨 이명(李洺)이 그의 다섯째아들 이고(李股)를 분가시키며 지어준 집인데 이고에겐 아들이 없어 그의 외동딸에게 장가온 서해(徐嶰)가 이 집 주인이 되었다. 그리고 서해의 아들인 약봉(藥峯) 서성(徐渻, 1558~1631)은 과거에 급제하여 판중추부사에 이르고 사후엔 영의정에 추증되며 충숙공이라는 시호를 받았다. 이후 대구 서씨는 크게 번창하여 이 집안은 4대에 걸쳐 대과 5인에 정승 3인을 낳은 명문이 되었다. 더욱이 안동의 대부분 문중이 정치적으로는 남인계열이 되어 집권층으로부터 멀어질 수밖에 없었지만 소호의 대구 서씨는 봉화 법전의 진주 강씨, 예안 외내의 광산 김씨와 더불어 북부 경북의 드문 노론계열인지라 벼슬하는 자손이 많았던 것이다.

소호헌 안쪽의 안망실에는 영양 남씨 송곡파(松谷派)인 둔재(屯齋) 남창년(南昌年, 1463~?)의 후손들이 집성촌을 이루고 있는데, 남씨 영모사(永慕祠)에는 임란 때 의병을 일으킨 청천(晴川) 남태별(南太別, 1568~1635) 위패를 모시고 봄가을로 향사를 지내고 있다.

그런가 하면 소호헌 건너편에는 목은 이색의 후손들이 살고 있는 한산 이씨 동성마을이 있다. 개천 하나를 두고 노론과 남인 마을로 갈라서 있다. 이 마을은 안망실로 들어가는 남쪽편 산자락에 있어서 양지마라고 부르는데 영조 때 대산(大山) 이상정(李象靖, 1711~81)이라는 큰 학자가 나와 안동의 명문으로 확고한 위치를 차지하고 있다. 소호의 한산 이씨 입향조(入鄕祖)는 목은의 10대손인 수은(睡隱) 이홍조(李弘祚)로 광해군 때 정국이 혼탁한 것을 보고는 외가인 안동으로 내려와 이곳에 정착하게 되었다. 그는 본래 전북 함열 태생이지만 어머니가 서애(西厓) 류성룡(柳成龍)의 따님인지라 여덟살 때 어머니 따라 하회에 가서 외할아버지인 서애에게 글을 배웠다. 그러니까 소호의 대구 서씨는 처가인 고성 이씨로부터 떨어져나온 것이고, 한산 이씨는 하회 류씨와 연을 맺으면서 자리잡게 된 것이다. 이것을 우리는 혼반(婚班)이라고 하는데, 안동의 양반들이 양반의 체통과 품격을 유지하는 데 아주 중요한, 어떤 면에서는 가장 중요한 형식이었다. 그러니까 한 동네에서 세 집안이 내세우는 자랑과 긍지가 다르다. 하나는 벼슬, 하나는 의병, 하나는 학문이다. 그리고 앞으로 보면 알겠지만 안동지역에선 벼슬보다 학문, 학문보다 지조를 더높이 치는 경향이 있다. 이것이 여타 지역과 안동이 다른 점이다.

이런 식으로 안동의 반촌 하나씩을 답사한다는 것은 정말로 세월 모르고서야 할 일이니 안동문화권의 답사가 무궁무진함은 이제 더이상 말하지 않아도 알 것이다.

사과밭 속의 조탑동 오층전탑

소호를 지나면 우리는 금세 일직면 다운타운과 만나게 되고 여기서 남안동 톨게이트 진입로로 들어서면 조탑동 오층전탑에 다다르게 된다.

남안동 톨게이트는 일직면 조탑동에 위치하여 들어가고 나오는 나들목길이 마침 조탑동 오층전탑을 가운데 두고 원을 그리게끔 되었다. 이것이 잘된 것인지 잘못된 것인지 얼른 판단이 가지 않는데 그나마도 이 보물 제57호, 통일신라시대 전탑이 있어서 길을 비켜간다고 옆으로 낸 것이 이 길이란다.

본래 조탑동 오층전탑이 있던 이 일대는 낮은 산자락이 느슨하게 감아싼 참으로 아늑하고 오붓한 터였다. 그래서 절집이 여기에 자리잡았고, 세월이 흘러 폐사지가 된 다음에는 사과밭이 되어 여기에 답사 오면 답사객들이 탑보다 먼저 좋아한 것이 사과과수원이었다. 새 길이 뚫려 그 아늑한 맛은 사라졌지만 사과과수원은 그대로 남아 있어 그 아쉬운 마음

| **조탑동 오층전탑** | 이 오층전탑은 전탑의 고장 안동의 상징이다. 전탑을 만드는 일이 얼마나 거했으면 동네 이름
조차 조탑동이 되었을까.

에 큰 위안이 된다.

조탑동 오층전탑은 '전탑의 고장' 안동의 한 상징이다. 시내 안동역전에 있는 동부동의 오층전탑, 임청각 옆에 있는 법흥동의 칠층전탑과 함께 이 지역의 고집스러운 '전통고수의 전통'을 유감없이 보여준다.

통일신라시대에 전국이 화강암 삼층석탑을 취하고 전탑이나 모전석탑은 버렸을 때 이 니껴형 북부 경북에서는 오히려 전탑을 발전시켜 우리나라 탑파의 역사에서 별도의 한 장(章)을 만들게 했으니 그 고집으로 문화의 다양성이 확보되었다는 것은 오늘날 지방문화의 창달에 큰 시사점을 던져준다.

조탑동 오층전탑은 무수히 많은 벽돌로 쌓아올려졌다. 아마도 탑을 만

| **조탑동 오층전탑의 인왕상** | 해학적으로 표현된 인왕상에서는 조선후기 장승 못지않은 변형과 파격의 아름다움이 느껴진다.

들기 위해 벽돌을 구우면서 이 동네 이름조차 조탑동이 됐을 성싶다. 그것이 퇴락하여 무너진 것을 다시 쌓는 과정에서 옛 모습이 많이 변하게 되었는데 그중 가장 아쉬운 것은 옛 전돌은 예쁘고 섬세한 당초무늬가 돋을새김으로 새겨져 있는데, 보수용 전돌은 민짜로 했으니 이 전탑의 이미지는 완전히 바뀐 것이나 마찬가지다.

조탑동 오층전탑에서 가장 매력적인 부분은 1층 몸돌의 감실을 지키고 있는 두분의 인왕상 모습이다. 법계(法界)를 수호하는 경호실장급의 이 신상(神像) 두분은 무서운 퉁방울눈에 태권도의 공격과 방어자세를 취하고 있는데 공격하는 분은 입을 벌리고 방어하는 분은 입을 다문 것으로 표현하고 있다. 이것을 이른바 아상(啊像)과 우상(吽像)이라고 하는

데, 우리가 석굴암에서도 보았고 경주 분황사탑에서도 본 바 있는 도상이다. 그런데 조탑동 오층전탑의 인왕상은 무섭지도 위엄스럽지도 않고 오히려 귀엽기 짝이 없다. 사람을 겁주거나 놀라게 하기는커녕 꿀밤 한 대 먹이지도 못할 애기주먹이다.

그 변형과 파격의 아름다움은 조선후기 장승보다도 더하다. 나는 이 파격미가 어떻게 가능했는가를 곰곰이 생각해보았다. 그것은 아마도 지역적 특성을 고수하는 자세로 인하여 중앙의 통제와 권위로부터 훨씬 자유로울 수 있었던 조형의지의 자율성에서 나온 것이리라.

『몽실 언니』의 권정생 아저씨

조탑동은 또 조탑동대로 깊은 마을의 역사가 있다. 조탑동 오층전탑 바로 옆에는 유허각 하나가 있는데 여기엔 일직 손씨의 시조인 손홍량(孫洪亮, 1287~1379)의 비가 모셔져 있다. 손홍량은 홍건적의 난을 평정할 때 큰 공을 세웠는데 공민왕이 그를 평해 '일직(一直)한 사람'이라는 칭찬과 함께 지팡이와 초상을 하사하여 그 말이 일직면, 일직 손씨에 붙게 됐다.

오층전탑 과수원 앞에는 철탑 종루가 있는 오래된 교회가 하나 있다. 여기는 일직교회로 『몽실 언니』(창작과비평사 1984)를 쓴 동화작가 권정생(權正生) 선생의 옛 직장이었다.

권정생 선생은 이 교회 종지기 아저씨로 새벽 4시와 저녁 6시에 무쇠종을 쳐왔다. 그러다 10년 전쯤, 그 '망할 놈의' 전자 차임벨이 나오는 바람에 이 종지기 아저씨는 실직하고 말았다. 졸지에 직장을 잃은 권정생 아저씨는 교회 뒤편 대문도 없는 일곱 평 초가삼간에서 글쓰기와 텃밭일로 조용히 세월을 살고 계셨다.

| 권정생 선생 | 『몽실 언니』의 故 권정생 선생은 삶과 표정이 그의 동화 속 인물처럼 티없이 맑고 선하기만 했다. 영남대 시절 김윤수 선생과 함께 조탑동을 답사할 때 권선생 댁에서 찍은 사진이다.

　동화작가로서 권정생의 인간상과 작가상을 가장 멋있게 그려낸 글은 국민일보 손수호 기자가 『책을 만나러 가는 길』(열화당 1996)에 쓴 「아, 권정생」이다. 나는 이 글을 읽고 나서야 저 『몽실 언니』가 지닌 뜻을 더욱 절절히 새길 수 있었다.

　권정생 선생은 1936년 일본 토오꾜오에서 태어나 해방의 감격을 안고 귀국하여 부산에서 재봉틀상회 점원으로 일해왔는데 그러던 1955년 어느날, 그는 갑자기 숨이 가빠 자전거로 언덕을 오르지 못했고 그때 자신이 늑막염에 폐결핵을 앓고 있다는 것을 알게 됐다. 그는 안동으로 돌아와 신앙생활로 투병하였다. 그러면서 한편으로는 거지생활까지 하면서 가난과도 싸워야 했던 그는 결국 부고환결핵이라는 몹쓸 병마저 얻게 됐고 절망 끝에 죽을 자리까지 보아둔다. 그러나 끝내 스스로를 극복하여 그는 죽음을 미루어두고 종지기를 하면서 동화작가로 나서게 됐다.

1973년 『조선일보』 신춘문예에 「무명 저고리와 엄마」가 당선된 이래 그는 "환상만이 지배하던 우리 아동문학계"에 빛나는 감성과 생생한 현실을 어린이들에게 되돌려주는 건강한 동화를 선사했다. "지순한 동심을 통해 가난한 백성이 겪는 불행의 원인과 그것을 잉태시킨 사회구조의 모순을 예리하게 짚어낸 한국 아동문학의 신기원" 『몽실 언니』는 그렇게 탄생한 것이다.

1975년 그가 제1회 한국아동문학상 수상작가로 상을 타게 되어 이오덕(李五德) 선생 손에 이끌려 서울에 올 때 그는 "무릎이 벌쭉하게 나와 종아리가 다 드러난 검은 바지에 검은 고무신을 신고 있었다"고 했는데 우리가 찾아갔을 그때도 권정생 선생은 그 바지에 그 고무신을 하고 변함없이 담담하게 조탑동에 살고 계셨다. 권정생 아저씨야말로 한결같이 꼿꼿한 분, 일직한 분이다.

안동역 한쪽의 오층전탑

조탑동에서 안동시내까지는 빨라도 30분은 걸리니 같은 안동이라도 외진 외곽임을 알 수 있다. 여기서 시작되는 안동답사는 크게 두 갈래로 갈린다. 하회마을과 봉정사 쪽 답사라면 다시 고속도로로 해서 서안동으로 들어가야 하고 도산서원, 안동댐, 임하댐 지역으로 가려면 시내로 들어가야 한다. 시간에 따라, 일정에 따라 조절할 수밖에 없겠지만 가장 바람직한 코스는 시내로 들어가 안동역전의 오층전탑과 법흥동 칠층전탑을 보고 나서 안동댐 민속경관지로 가서 점심을 드는 것이다.

대부분의 지방도시들이 그러하듯 안동 역시 역을 중심으로 도시가 팽창했다. 그리고 역 앞엔 우리가 흔히 잘못 말하는 '역전앞' 광장이 있다. 안동역전 광장 서쪽 구석엔 보물 제56호로 지정된 동부동 오층전탑이 있

| 동부동 오층전탑 | 안동역 한쪽 천덕구니처럼 처박혀 있지만 통일신라시대에 전탑의 전통을 견지했던 안동의 저력이 엿보인다.

다. 여기는 옛날 법림사(法林寺)가 있던 자리로 지금은 당간지주와 함께 이 전탑이 하나 남아 있어 니껴형 전탑의 고장을 장식하고 있다.

동부동 오층전탑은 비록 상륜부는 잃었지만 몸체는 완형을 갖추어 벽돌의 텍스처(texture)를 최대한 강조하고 1층부터 5층까지 급격히 체감하여 날카로운 상승감을 유도하고 있다. 그리고 각층마다 화강석으로 감실을 만들고 2층 감실엔 조탑동 탑처럼 인왕상을 화려하게 새겨놓아 변화를 보여주며, 지붕엔 각층마다 기와를 얹어 목조건축을 모방했다는 취지를 확연히 보여준다.

그런데 참말로 유감스럽게도 안동사람도, 안동역에 내린 방문객 그 누구도 눈앞의 이 명작을 1초도 보지 못하고 지나간다. 이유는 역전 광장 서쪽으로 들어앉은 어마어마하게 큰 안동관광안내판이 이 탑을 가로막고 있기 때문이다. 그러니까 관광안내판이 관광의 명소를 가린 셈이니 이런 아이러니가 어디 있을까? 만약 역전 광장을 이 탑까지 연결한다면 대한에 유례가 없는 역전공원이 될 것이 틀림없을 것을.

지난번 답사 때 회원들을 이끌고 주르르 탑 쪽으로 몰려가니 무슨 구경이나 난 줄 알고 따라오는 할머니가 한분 있었다. 그런데 이 탑 1층 탑신부 감실엔 또 어느 귀신이 불장난을 했는지 그을음이 가득 엉겨 있었다. 말도 나오지 않을 정도로 한심해서 넋을 잃고 보고 있는데 따라온 할머니가 나를 보고 묻는 것이 더욱 걸작이었다.

"언제부터 예 이런 굴뚝이 있었니껴?"

천년을 두고 우뚝한 칠층전탑

안동은 일명 영가(永嘉)라고 한다. 영가란 오래도록 아름답다는 뜻쯤 되는데 그 글자 속에는 아름다운 두 줄기 물길이라는 뜻이 서려 있다. 즉 길 영(永)자를 파자(破字)하면 두 이(二)자와 물 수(水)자로 나뉜다. 이는 봉화 청량산에서 흘러오는 낙동강과 영양 일월산에서 먼 길을 흘러오는 반변천이 안동에 와서 만나기 때문에 얻은 이름이다. 뜻도 좋고 이름도 예쁘며 속뜻은 더욱 재미있다. 안동시내 남쪽 낙동강가에는 영호루(映湖樓)가 있다. 지금은 새로 지어 별 감동이 없지만 그 옛날에는 밀양 영남루, 진주 촉석루와 함께 영남 3대 누각의 하나였다.

| **고성 이씨 종택과 법흥동 칠층전탑 전경** | 우리나라에서 가장 키가 큰 이 벽돌탑은 앞으로는 철둑, 뒤로는 양반집을 두고 있다. 그런 열악한 환경 속에서도 천년을 두고 건재한 이 탑은 옛 건축의 튼실한 시공을 묵언으로 증언해준다.

안동시내 동쪽을 감싸고 있는 낙동강 강둑으로는 일제 때 중앙선 철길이 놓였는데 그 철둑은 법흥동 칠층전탑을 아슬아슬하게 비켜가고, 낙동강을 유유히 내다보는 전망 좋은 산자락에 자리잡은 고성 이씨 종택과 임청각 군자정은 철길로 인하여 행랑채를 잃어버렸고 지금도 기차가 지나갈 때마다 지축이 흔들리는 진동과 소음을 감당하고 있으니 그 열악한 환경에서 나라의 국보와 보물이 시달리고 있는 것이 안쓰럽기 짝이 없다.

법흥동 칠층전탑은 어떤 책에는 신세동 칠층전탑으로 되어 있어서 나는 항시 그것이 의문이었다. 그러다 서수용(徐守鏞) 편저『안동의 문화재』(영남사 1995)를 보니 그것은 지정할 때 윗동네 이름을 잘못 알고 쓴 것으로 법흥동이 맞다는 것이다. 통일신라시대에는 이 자리에 법흥사(法興

寺)라는 큰 절이 있었지만 조선시대 폐불정책 때 안동부(安東府) 내의 절들을 강제로 철폐하여 폐사가 되고, 무너뜨리기조차 겁나는 이 거대한 칠층전탑은 이러지도 저러지도 못한 채 방치해두었는데 그것이 결국은 오늘날 안동의 한 상징탑이 된 것이다.

법흥동 칠층전탑은 높이 17.2미터로 현존하는 우리나라 탑 중 가장 키가 큰 탑일 뿐만 아니라 그 장대한 스케일에 걸맞게 웅혼한 기상을 유감없이 보여준다. 층마다 지붕돌엔 기와가 얹혀 있어서 7층이라는 당시로서는 최고층 빌딩의 이미지를 한껏 발휘했는데 지금도 2층, 3층 지붕엔 기와들이 남아 있다. 뿐만 아니라 야문 화강암으로 구축한 기단부에는 팔부중상이 멋지게 조각되어 있다.

그러나 우리나라 국보 중에서 이 탑만큼 시달림과 수모와 푸대접을 받고 있는 것은 없다. 절은 양반이 빼앗아갔고, 강변의 빼어난 경치는 철둑과 안동댐이 막아버렸는데 곱게 쌓은 기단부는 20세기 인간들이 시멘트를 거의 맹목적으로 처발라 볼썽사납기 그지없게 되었다. 어떻게 시멘트를 그렇게 바를 생각을 해냈을까. 한심함을 넘어 신기함조차 느껴진다.

그러나 법흥동 칠층전탑은 안동인들의 저력을 상징하듯 오늘도 꿋꿋하다. 코앞에서 벌어진 철둑공사를 어떻게 견뎌냈고 시시각각으로 지나는 기차의 진동을 어떻게 이겨내며 천년을 두고 저렇게 우뚝 서 있을 수 있는지 장하기도 하고 신비롭기도 하며, 삼풍백화점, 성수대교 붕괴의 치욕을 더욱 치욕스럽게 느끼게 하는 거룩한 문화유산이기도 하다.

| **법흥동 칠층전탑** | 전탑의 2층, 3층 지붕에는 아직도 기와들이 남아 있다. 뿐만 아니라 야문 화강암으로 구축한 기단부에는 팔부중상이 멋지게 조각되어 있다.

임청각 군자정, 고성 이씨 종택

법흥동 임청각은 우리나라에 현존하는 살림집 중에서 가장 큰 규모로 철도 부설 때 50여 칸의 행랑채와 부속건물을 철거당하고도 이런 규모를 보여주는 99칸 집이었다.

이 집은 김봉렬(金奉烈) 교수의 말대로 "우선 규모에 놀라고 다양한 기능이 체계적으로 조합된 공간조직에 놀라게 된다"(『한국의 건축』, 공간사 1985). 쓸 용(用)자형으로 반듯하게 구성된 이 양반집은 살림채, 사당, 별당(군자정)으로 구분되고 살림채는 또 안채, 사랑채, 행랑채로 나누어져 있는데 이 복잡한 구성과 기능을 유기적으로 연결하는 마당의 운용이 탁월하여 다른 대갓집에서 느끼던 숨막힐 듯한 답답함이 없다.

이 집에는 크고 작은 다섯개의 마당이 있다. 안마당(중정), 사랑채마당, 행랑채마당, 대문진입마당 그리고 헛간마당 등이다. 그런데 이 마당들은 각기 자기 기능에 알맞은 크기를 가졌을 뿐만 아니라 레벨을 몇단으로 나누어서 대문진입마당과 사랑채마당 사이에는 2.5미터 정도 높이의 차이가 난다. 이로 인해 임청각은 외용상의 권위를 포기하지 않으면서 한옥의 온화한 정취도 함께 살려내는 데 성공했다. 같은 대갓집이면서도 경주 안강 양동마을의 여강 이씨 향단(香壇)이 사랑채, 안채, 행랑채를 한 몸체로 엮어서 여백의 묘를 살리지 못한 것을 생각할 때 임청각의 마당 운용은 더욱 돋보이는 것이다.

여기는 고성 이씨의 동성마을이었다. 법흥동 고성 이씨는 세종 때 좌의정을 지낸 이원(李原)의 여섯째아들인 이증(李增)이 이곳 풍광에 매료되어 여기에 자리잡음으로써 입향조가 되었고, 이증의 셋째아들로 중종 때 형조좌랑을 지낸 이명이 임청각, 군자정을 지으니 보통 임청각이라고 하면 이명을 지칭하는 것이다.

| 군자정 | 군자정은 임청각의 별당채로 고무래 정(丁)자 평면을 이루는 건물이 화려하지만, 낮은 담으로 둘러싸인 작고 아담한 앞마당은 안온한 분위기를 연출해준다.

　고성 이씨의 입향조 형제 조카 들은 모두 대단한 학자로 무오·갑자사화에 절개를 지켜 명문으로 기틀을 다졌다. 이후에도 많은 인물이 나와 안동 양반사회에서 도산서원 원장과 함께 최고의 명예직으로 삼고 있는 안동좌수(座首)를 이 집안에서 가장 많이 배출했다는 것이 가문의 큰 명예며, 금세기 초 상해 임시정부의 초대 국무령을 지낸 석주(石洲) 이상룡(李相龍)이 임청각 출신이라는 것은 비단 고성 이씨의 자랑이 아니라 안동의 자존심으로 칭송된다.

　임청각, 군자정에 오면 나는 항시 두가지 사실에 놀라워하고 또 고마워한다. 하나는 이 집을 항시 개방하고 있는 너그러움이다. 살림집이 자기를 노출한다는 것이 얼마나 힘든 일인데 그것도 사시장철 밤낮없이 답사객이 다녀갈 수 있게 한다는 친절성은 고마움을 넘어 놀라움을 느끼게 한다. 또 하나는 나라에서 지원해주는 것이 따로 있을 리 만무한데도 이 엄청난 대갓집을 유지하며 생생히 보존·관리하고 있는 정성이 어디에서 나오는 것인가라는 의문 아닌 놀라움이다. 어떤 희생을 치르더라도 종가만은 끝끝내 유지하려는 안동 양반들의 지극한 정성만이 그것을 가능케 했던 것이다.

양반의 삶은 흔히 봉제사(奉祭祀), 접빈객(接賓客)으로 그 특징을 요약하기도 한다. 제사를 받드는 그 정성이 이 거대한 종택을 유지케 하고 손님을 기꺼이 맞는 전통이 이 집을 항시 개방하는 너그러움으로 발전했던 것이다. 그렇게 함으로써 이 집안에 무엇이 득이 되었냐고 묻는 사람이 있을지도 모르는데 득실을 따져서는 할 수 없는 일을 지금 안동분들이 하고 있다는 사실이 중요한 것이다. 이런 질문에 대한 대답은 논리적 설명보다도 상징과 은유의 어법이 훨씬 편할 것 같다. 안동이 어떤 곳인가를 노래한 시로는 임동면 박실 태생의 류안진(柳岸津)이 쓴 「안동」(『누이』, 세계사 1997)보다 좋은 것이 없다. 그게 안동이다.

어제의 햇볕으로 오늘이 익는
여기는 안동
과거로서 현재를 대접하는 곳
(…)

옛 진실에 너무 집착하느라
새 진실에는 낭패하기 일쑤긴 하지만
불편한 옛것들도 편하게 섬겨가며
차말로 저마다 제 몫을 하는 곳

눈비도 글 읽듯이 내려오시며

바람도 한 수(首) 읊어 지나가시고
동네개들 덩달아 댓귀(對句) 받듯 짖는 소리
아직도 안동이라
마지막 자존심 왜 아니겠는가.

　이런 정신적인 것의 이야기가 안동의 문화유산마다 어려 있어 '들을
안동이지 볼 안동이 아니다'라는 말이 있다. 이는 어느정도는 사실이고,
어느정도는 겸손이며, 어느정도는 변명이다. 그게 안동이다.

1997. 2.

---

* 2007년 지병으로 작고한 권정생 선생은 유산과 인세를 남북한과 분쟁지역 어린이들을 돕는
  데 쓰라는 유언을 남겼다.
* 조탑동 오층전탑을 둘러싸고 있던 사과나무 과수원은 탑 주변이 정비되면서 없어졌다.

니, 간고등어 머어봤나

안동 민속경관지 / 제비원 석불 / 봉정사 / 영산암 / 검제 학봉 종가 /
병호시비 / 경북선 교각 / 풍산들판

건진국시와 헛제삿밥

여행이건 답사건 집을 떠난 사람에게 가장 큰 어려움은 어디 가서 잘
것인가이고 그다음 문제는 무얼 먹는가이다. 그러나 기왕지사 맛있는 향
토식을 맛보고자 한다면 그것은 문제가 아니라 때론 큰 기대가 된다. 그
런데 경상도 음식이 짜고 맛없다는 사실은 경상도사람만 모르고 전국이
다 아는지라 경상도답사에서는 애시당초 기대할 것이 없는데 그래도 능
교형보다는 니껴형 음식이 맛깔스러운 데가 있고 같은 니껴형 중에서도
안동에는 향토식이 따로 있어서 그것이 이 지역 답사의 한차례 먹을거리
가 된다.

법흥동 임청각에서 굴다리로 철둑을 빠져나오면 바로 눈앞엔 안동댐
보조댐이 나타나고 댐 건너편 산자락으로는 민속박물관과 민속경관지

| **민속경관지** | 안동댐 수몰지구에서 옮겨놓은 전통가옥이 즐비하여 그것만도 볼거리인데, 여기서 헛제삿밥과 건진 국시를 맛볼 수 있다.

가 한눈에 들어온다. 안동댐으로 수몰될 운명에 있던 건물 중 예안의 선성현(宣城縣) 객사(客舍), 월영대(月映臺), 석빙고 같은 준수한 건물들을 옮겨놓았고 까치구멍집, 도투마리집, 통나무집 같은 안동지방의 민가들도 옮겨와 야외 건축박물관을 만들면서 바로 그 민가에서 안동의 향토음식을 팔고 있다. '죽은 집'이 아니라 '산 집'으로 그렇게 이용되고 있는 것이 여간 슬기로운 게 아니다. 그래서 나는 안동답사 때면 항시 여기에 와서 헛제삿밥이든 건진국시든 안동의 향토식을 한 그릇 들고 간다. 그렇게 해야 외지의 답사객들은 안동의 살내음을 점점 진하게 느낄 수 있는 것이다.

건진국시는 '건진 국수'의 사투리로 밀가루와 콩가루를 거의 같은 비율로 섞어 반죽해서 푹 삶았다가 국수가 물 위에 뜨면 건져서 찬물에 헹구어 식혀낸다. 그래서 건진국수라고 한다. 찬물에 받아낸 국수는 은어

달인 국물에 말고 그 위에 애호박을 썰어서 기름에 볶은 꾸미를 얹은 다음, 다시 실고추와 파, 지단을 채로 썰어 고명으로 얹는다. 그 담박한 맛은 그야말로 양반음식이라 자랑할 만하다. 특히 안동 국수는 조밥 한 공기와 상추쌈이 함께 나오므로 매끈한 국숫발과 거친 조가 서로 맛을 돋우며 국수만 먹으면 배가 쉬 꺼져 허한 것을 보완해준다. 그래서 안동사람들은 타지역 국수를 먹고 나면 항시 서운타고 말하곤 한다.

헛제삿밥도 별미 중 별미이다. 본래 제사지낸 다음 음복하던 제삿밥을 그대로 밤참으로 애용하여왔는데 요즘은 헛제삿밥이라 하여 별미음식으로 정착하게 되었다. 제사도 지내지 않고 먹는 제삿밥이라고 해서 헛제삿밥이라고 하는 것이다. 헛제삿밥은 일종의 패스트푸드여서 사람마다 찬이 따로 나오는데 나물이 큰 반찬인지라 콩나물, 숙주, 도라지, 무나물 무침 등이 철 따라 서너가지씩 나온다. 산적으로는 쇠고기, 상어, 문어가 오르며 탕국으로는 무(안동에서는 무꾸라고 한다)를 네모나게 썰어넣고 끓인 쇠고깃국이 나온다. 그런데 안동 헛제삿밥은 탕국이 사람마다 나오지 않고 상에 하나만 나와 시원스레 들이마실 수 없으니 나는 항시 그게 서운하다.

헛제삿밥에는 간고등어가 성냥갑 반만하게 썰려 나오는데 이것이 또한 안동의 별미다. 본래 특산품이란 생산지에서 만들어내는 것이지만 반대로 소비지가 역창출하는 예외도 있다. 간고등어가 바로 그런 대표적인 예다. 간고등어는 생산지는 별로 중요하지도 따지지도 않지만 안동에 와야 많고, 또 안동시장에 와야 제맛나는 것을 구할 수 있다. 그 이유는 다음과 같다.

안동은 내륙 중의 내륙인지라 뱃길이 닿지 않아 냉동시설이 없던 옛날에는 생선을 구할 길이 없었다. 그래서 고등어에 굵은 왕소금을 잔뜩 뿌려 절여서 가져와야 상하지 않을 수 있었으니 그렇게 만든 자반고등어는 짜도 보통 짠 게 아니다. 그래도 이 간고등어는 안동사람들의 밑반찬으로 애용되어 반의반 토막을 썰어놓고 온 식구가 밥을 다 먹기도 한다. 전라도 음식으로 치면 밥맛 돋우는 젓갈 구실도 하는 셈이다. 그 간고등어 중에서도 뱃자반이라고 해서 배에서 금방 잡은 싱싱한 놈을 곧장 소금에 절인 것은 진짜 별미이다(대구에서는 이를 제자리간이라고 한다). 지금도 안동장에서는 장바구니에 뱃자반 간고등어를 한 손 사가지고 걸음도 상쾌하게 돌아가는 할머니를 얼마든지 볼 수 있다. 한 손이란 보통 두 마리인 줄로 아는데 정확히 말해서 큰 것 하나에 작은 것 하나로 한 손에 꽉 쥘 수 있는 양을 말한다. 그래서 어려서부터 여기에 입맛을 길들인 안동사람은 간고등어가 없으면 서운해하며 안동에만 틀어박혀 산 아이들은 생선은 고등어 외엔 없는 줄로 알고 자란다. 그런 사람을 안동 답답이 또는 갑갑이라고 한다.

지금 경상대 지리학과에 있는 김덕현 교수는 나하고는 대학 때부터 친구인데, 의성 김씨 학봉 김성일의 직손으로 안동병중(안동사범 병설중학)을 나온 전형적인 안동인으로 나는 그에게 안동을 참 많이 배웠다. 그리고 그의 중형(仲兄) 되는 김도현형을 통하여 안동인의 기질을 많이 느낄 수 있었다. 체통을 아는 그 당대함과 대인다운 너그러움 그리고 절대로 기가 죽지 않는 기개가 그의 안동인다운 미덕이다.

그런데 언젠가 도현이형과 여럿이 전라도 음식 잘하는 집에 가서 저녁 한끼를 환상적으로 먹은 적이 있다. 식사 후 다른 사람들은 벽에 기대 두 다리를 뻗고 담배 피우며 먹은 음식마다 짚어가면서 젓갈도 맛있고, 전도 잘 부쳤고, 회도 좋았고, 꼬막도 간이 잘 먹었고 하며 되새김하듯 칭찬을 아끼지 않았다. 그러나 도현이형만은 아무 말 없이 가만히 듣고만 있더니 이윽고 나를 부르면서 큰 소리로 묻는 것이었다.

"준아! 니, 간고등어 머어봤나?"

이것이 안동인의 자존심이다. 여기서 간고등어의 악센트는 '간'에 있지 않고 '고'에 있다. 니껴형은 평고평이니까.

팔도 성주의 본향, 제비원

안동지역의 답사는 동서남북으로 넓게 열려 있어서 이 모두를 한번에 연결하는 순회 코스를 짠다는 것은 불가능하다. 최소한 2박3일은 가져야 북부 경북을 순례할 수 있는데 하회지역, 도산서원지역, 임하 임동지역 등으로 권역을 나누어 살피는 것이 경제적이고 효율적이다. 그런 중 안동의 역사와 답사의 리듬을 고려할 때 우리가 가장 먼저 찾아가야 하는 코스는 제비원 석불을 보고 서후(西後)로 가서 봉정사(鳳停寺)를 답사하는 것이다.

안동시내에서 영주로 가는 5번 국도를 타고 북쪽으로 시오리쯤 가면 느릿한 고갯마루 너머 오른쪽 산기슭 암벽에 새겨진 커다란 마애불을 길에서도 훤하게 바라볼 수 있다. 이 불상은 '안동 이천동(泥川洞) 석불상'(보물 제115호)이라는 공식명칭을 갖고 있지만, 조선시대에 제비원이라는 역원(驛院, 요즘의 여관)이 있던 자리여서 흔히 제비원 석불로 통한다. 요즘엔 그 독한 안동 제비원 소주로 이름이 낯설지 않게 되었지만 원래 제비원의 이미지는 소주보다는 단연코 이 석불에 있다고 해야 할 것이다.

멀리서 바라보면 큰 바위에 몸체를 표현하고 그 위에 얼굴을 조각하여 얹어놓은 것으로 보이지만, 예불드리는 바로 앞으로 다가가면 이 불상은 두개의 큰 바위 사이에 기도드리는 공간을 설정해놓고 있음을 알게 된다. 이는 신령스런 바위를 신령스런 부처님으로 전환시킨 것이리라. 그

래서 그런지 이 불상에는 자비롭고, 원만하고, 근엄한 절대자가 아니라 주술성조차 느껴지는 샤먼의 전통이 살아있다. 어떤 때 보면 옛 제비원 주막에 계셨을 주모의 얼굴 같기도 하고, 어떤 때 보면 산신 사당을 지키는 무녀 같기도 하다. 이를 미술사적으로 풀이하면 파격적이고 도전적이며 지방적 성격을 강조한 전형적인 고려 불상인 것이다. 그런데 최근에 고쳐쓴 문화재안내판에는 이렇게 설명되어 있다.

긴 눈과 두터운 입술 등의 얼굴에는 잔잔한 미소가 흐르고 있어 고려시대에 조성된 괴체화(塊體化)된 불상에서 느껴지던 미련스러움이 보이지 않는다.

한동안 안내문에는 느낌은 적지 않고 복잡한 구조만 설명해놓더니 요즘에는 글쓰는 사람의 주관적 인상을 서슴없이 표현하면서 '미련스럽다'는 과격한 단어까지 공식적으로 사용하고 있다. 혹자는 이런 것이 유아무개 답사기의 악영향이라고도 한다. 요컨대 제비원 석불은 고려시대의 여타 매너리즘 경향의 불상과는 달리 파격적이라 할 정도로 확실한 자기 이미지를 갖고 있는 것이다.

바로 이 점 때문에 제비원 석불은 많고 많은 전설을 갖게 됐다. 임재해(林在海) 교수가 「성주의 본향, 제비원의 노래와 전설」(『한국 민속과 전통의 세계』, 지식산업사 1991)에서 조사·발표한 것을 보면, 불심 많은 착한 연이(燕伊) 아가씨의 화신이라는 설화에서 이 석불을 모신 절 이름이 연미사(燕尾寺)로 되었다는 얘기, 임진왜란 때 이여송이 우리 산천의 지맥을 끊고

| 제비원 석불 | 제비원 고갯마루 겹겹의 바위를 이용해 조성한 고려시대 석불이다. 파격적이고 개성적인 고려 불상의 좋은 본보기인데 「성주풀이」에서 무당의 본향을 여기로 지목한 것이 아주 흥미롭다.

다닐 때 이 불상의 목을 잘랐다는 설 등등이 주저리주저리 얽혀 있다. 그 중 가장 중요한 사실 하나는 우리나라 무가(巫歌) 중 「성주풀이」라고 해서 성주님께 치성드리는 성주굿 노래에서 어느 지역이든 성주의 본향(本鄕)을 따지는 대목에서는 모두가 이 제비원 석불을 지목하고 있다는 사실이다.

　　성주님 본향이 어디메냐/경상도 안동 땅/제비원이 본일러라/제비원의 솔씨 받아 (…)

　그래서 안동은 불교문화, 양반문화의 본향임과 동시에 민속문화의 본향이라고도 말하고 있는 것이다.

안동 언어생활의 전통성

　제비원에서 조금 더 내리막길을 타고 내려가다보면 우리는 이내 봉정사로 들어가는 저전동(苧田洞)에 닿게 된다. 저전동은 지금도 할머니 할아버지 들은 '모시밭'이라고 짧고 빠르게 발음하는 예쁜 이름의 옛 마을이다. 말이 나왔으니 말인데, 안동은 언어생활에서도 전통고수의 집념을 보여준다. 저전(苧田)을 모시밭이라고 하듯 천전(川前)보다 내앞, 수곡(水谷)·박곡(朴谷)보다 무실·박실, 온혜(溫惠)보다 더운골 등이 입에 익숙하다. 언젠가 와룡면 일대를 누비고 다니는데 윗골, 고누골, 음지마, 양지마, 가장실, 가느실, 밤실, 짓실, 대밭골, 택골, 도장골, 잣골, 오리실, 건너나별, 고불고개 등 듣기만 하여도 향토적 서정이 물씬 일어나는 동네 이름을 보면서 얼마나 기뻤는지 모른다. 얼핏 생각하기에 안동 양반들은 한자어를 많이 썼을 것 같은데 이처럼 한글 이름을 많이 보유하고 있는 것은 한글이고 한자고 한번 접수한 것은 무조건 끝까지 지키고 보는 전통고수의 저력 때문인 것이다. 그래서 안동사람들은 일상 속에서는 순한글을 많이 쓰다가 품위와 권위를 찾을 때는 한자어를 많이 쓰는 독특함이 있는 것이다. 예를 들어 평소에는 '더운골 할배' '건네 아재' 하고 친숙하게 말하다가도 저전 장질(長姪), 춘양 삼종숙(三從叔, 9촌아저씨) 하면서 힘주어 말하기도 한다.

안동에는 요즘도 손자를 교육시키면서 "니 그라믄 인(人) 안된다"며 '사람 안된다'는 말을 끝까지 안 쓰는 할배가 있다. 또 한번은 어느 종갓집에 가서 이 구석 저 구석 사진 좀 찍을 요량으로 연줄을 대서 종손을 찾아뵙고 인사를 드릴 때 큰절까지 하여 소기의 목적을 달성한 적이 있었다. 그뒤 소개해준 분께 답사 잘했노라고 감사의 전화를 드렸더니 오히려 그쪽에서 내 덕에 종손에게 좋은 인사를 받았다고 고마워했다. 그래서 종손이 뭐라고 칭찬하더냐고 했더니 "그 유교수 작인이더구면" 하더라는 것이다. 사람됨(作人)을 그렇게 한자어로 굳이 만들어 쓰는 것이다. 경상도 사투리로 혼났다를 '씨껍했다'고 하는데 이 말의 유래가 식겁(食怯), 즉 겁먹었다는 말이니 분명 안동에서 만들어 퍼뜨린 것 같다.

이래저래 안동에는 한자어를 둘러싼 많은 일화가 있다. 임재해의 『이 바구세상』(한울 1994)에는 이런 얘기가 나온다. 한 총각이 강제로 선도 보지 않고 결혼을 하게 됐는데 여자가 반촌 출신이 아니라 민촌(民村) 출신인지라 영 맘에도 안 들고 깔보게 되어 첫날밤 신방에서 색시를 멋지게 골려주려고 한자로 운(韻)을 던져 대구(對句)를 읊어 제시하지 못하면 면박을 줄 속셈으로 "청포대하자신노(靑袍帶下紫腎怒)"라 했다는 것이다. 풀이하여 '푸른 도포 허리띠 아래에서 붉은 신이 노했도다'. 그런데 색시는 뜻밖에도 이를 척 받아서 화답하는데 "홍상과중백합소(紅裳袴中白蛤笑)", 즉 '붉은 치마 고쟁이 속에서 흰 조개가 웃는다'라고 했다는 것이다.

세상에 많은 대구가 있지만 이처럼 절묘한 것은 드물다. 우리 학교(영남대) 한문교육과의 김혈조 교수는 교양한문 시간에 한시를 고리타분하게 여기는 학생들에게는 이 대구를 가르쳐주면 약발을 잘 받는다고 한다.

모시밭에서 봉정사 가는 길

모시밭마을 입구에는 안동 어디서나 볼 수 있듯이 네모난 돌기둥에 빨간 글씨로 '김태사묘(金太師廟) 입구'라고 씌어 있는 푯말과 함께 '천등산(天燈山) 봉정사(鳳停寺)'라는 안내판도 보인다.

여기에서 봉정사로 가는 길은 10년 전에는 비포장 농로였어서, 이 길로 버스가 들어가자면 퍽이나 고생스러웠다. 그때 관광버스 기사에게 나는 엄청스레 욕을 먹었다. 그래서 답사는 완전히 망쳐버렸고 다시는 낯모르는 기사의 버스는 빌리는 일이 없게 됐으며 나의 답사를 깊이 이해해주시는 대한여행사 마종영 기사님과만 다니게 됐다. 마기사님처럼 직업의식이 투철한 분을 보면 우리나라가 어떤 때는 곧 무너질 것 같지만 용케도 버티는 것은 바로 저런 분이 각 분야의 기층을 이루고 있기 때문이라고 생각하고 그것이 국력이라고 믿게 된다. 아무튼 마기사님과 일정이 맞지 않으면 나는 답사일자를 변경할지언정 다른 버스는 타지 않았다.

봉정사로 들어가는 그 흉악한 흙길이 이제는 아스팔트로 깔끔히 포장되어 있지만 그래도 농로는 여전히 농로인지라 낮은 산비탈 아랫자락을 알뜰히 살려낸 논과 밭을 양옆에 끼고 구불구불 넘어가니 말하지 않아도 봉정사가 예사롭지 않은 깊은 산사임을 절로 알게 된다. 몇해 전까지만 해도 봉정사 입구 주차장 주위에는 아무것도 없었다. 그저 저 건너 솔밭 아래 주인 떠난 폐가들이 드문드문 보일 뿐이었다. 그러다 5년 전인가 컨테이너하우스 구멍가게가 생겨 그런대로 귀엽고 편했는데 작년엔 드디어 번듯한 식당이 들어섰으니 이 조용한 명소에 일어날 불길한 변화가 불안하기만 하다.

주차장에서 강파른 언덕, 잔솔밭을 가볍게 두어 굽이 넘어가자면 왼쪽 계곡 안쪽으로는 퇴계가 여기서 공부한 것을 기념하여 지은 창암정사(蒼巖精舍)와 명옥대(鳴玉臺)라는 그럴듯한 정자가 있지만 지금은 봉정사가 목표인지라 거기에 발길이 닿을 여유가 없다. 여기서 다시 한 굽이 넘어서면 안쪽 주차장과 함께 새로 세운 일주문이 봉정사에 다 왔음을 알려준다.

일주문을 넘어서면 산길 좌우로는 해묵은 고목들이 높이 치솟아 하늘을 가리는데 그 나무가 굴참나무라는 사실이 차라리 놀랍다. 우리는 보통 야산에 즐비한 작은 참나무만 보아와서 참나무가 이렇게 크게 자랄 수 있다는 생각을 좀처럼 하지 못한다. 그러나 숯 중에는 참나무숯이 최고이고, 철도 침목처럼 강하면서도 탄력이 있어야 하는 것에는 참나무를 썼던 것을 생각하면 참나무가 왜 수많은 나무 중에서 '진목(眞木)'이란 뜻의 참나무라는 이름을 차지했는지 알 수 있게 된다. '숲과문화' 동인들을 따라 서울 종묘를 답사했을 때 종묘 숲의 70퍼센트가 참나무인 것을 알았고 참나무의 참모습과 참가치도 그때 들어 배워서 알았다. 그러고 나서 봉정사에 다시 왔을 때 나는 여기도 참나무 숲길이 있음을 비로소 알게 됐으니 사람이 알고 보는 것과 모르고 지나치는 것이 얼마나 큰 차이인가를 새삼 깨닫게 됐다.

참나무 숲길을 벗어나면 갑자기 하늘이 넓게 열리며 산속의 분지가 나타나고 저 앞쪽 멀리로는 돌축대, 돌담을 끼고 늠름히 서 있는 봉정사 만세루가 아련히 들어온다. 어찌 보면 만세루가 오히려 은행나무, 감나무 사이로 어리어리 비치는 우리를 물끄러미 쳐다보고 있는 듯한 착각이 일어나고 우리는 그 만세루 눈길에 이끌리어 거기를 향해 한 걸음 한 걸음 옮기게 된다.

| **봉정사 가는 길** | 절집의 분위기는 편안하면서도 엄정함이 있고 규율이 있으면서도 자연스러움이 있어 더욱 매력
을 느끼게 된다.

만추의 안동, 참나무 갈색 낙엽이 단색조로 차분히 누렇게 물들고 있
을 때면 노랗게 물든 은행잎에 햇살이 부서지며 밝은 광채를 발하고 누
구라 따갈 이 없는 늙은 감나무에 홍시가 빠알갛게 익어 그 가을빛은 더
할 수 없는 아름다움을 자랑한다. 그것은 비췻빛 고려청자 매병에 백학
이 상감되어 있는 것만도 황홀한데 그 학 머리에 붉은빛 진사(辰砂)로 점
을 찍어 단정학(丹頂鶴)을 새겨놓은 것만큼이나 눈과 마음을 상큼하게
열어준다.

지금은 진입로의 잡목을 많이 쳐내어 옛날처럼 보일 듯 보이지 않으면
서 우리를 그쪽으로 신비롭게 유도하는 감칠맛이 적어졌지만 그래도 봉
정사의 저력은 여전히 살아있다.

최고의 건물, 봉정사 극락전

봉정사가 세상에 이름높은 것은 현존하는 목조건물 중 가장 오래된 집인 극락전(국보 제15호)이 있기 때문이다. 이로 인하여 안동은 절집에 있어서도 목조건축의 보고(寶庫)라고 당당히 말하는 바이니 차제에 어찌해서 최고의 건물인가 그 논증을 정밀히 살펴보고자 한다.

현재 창건연대를 확실히 알고 있는 가장 나이 많은 집은 예산의 수덕사 대웅전이다. 수덕사 대웅전에서는 1934년 해체공사 때 1308년에 창건되었다는 기록을 발견했다. 그렇다고 이 집이 가장 오랜 건축이라고는 말할 수 없다. 부석사 무량수전은 1916년 해체 중수 때 묵서명(墨書銘)이 발견되었는데 이에 따르면 1376년에 중건한 것으로 되어 있다. 그러니 창건은 이보다 100년 이상 앞선 것으로 추정된다. 그래서 한동안 부석사 무량수전이 최고의 목조건물로 지목되기도 했다.

그런데 1972년 9월, 봉정사 극락전을 중수하기 위해 완전 해체했을 때 중도리에 홈을 파고 '기록이 들어 있는 곳'이라는 뜻으로 '기문장처(記文藏處)'라고 표시한 게 있어서 열어보았더니 정말로 상량문이 거기에 들어 있었다. 이 상량문은 이렇게 시작된다.

안동부 서쪽 30리쯤 천등산 산기슭에 절이 있어 봉정사라 일컬으니, 절이 앉은 지세가 마치 봉황이 머물고 있는 듯하여 이와같은 이름으로 부르게 됐다. 이 절은 옛날 능인대덕(能仁大德)이 신라 때 창건하고 (…) 이후 원감(圓鑑), 안충(安忠) 등 여러 스님들에 의해 여섯차례나 중수되었으나 지붕이 새고 초석이 허물어져 1363년(공민왕 12년, 至正 23)에 용수사(龍壽寺)의 대선사 축담(竺曇)이 와서 중수했는데 다시 지붕이 허술해져서 수리하였다.

이 상량문은 1625년에 기와 수리공사를 하면서 써둔 것인데 여기서도 창건시기는 밝히지 않고 있지만 부석사 무량수전보다 13년 앞선 1363년에 중수한 사실만은 명확히 알려주고 있다. 그러나 봉정사 극락전이 부석사 무량수전보다 13년 앞서 중수했다는 사실만으로 지금 최고(最古)의 건물로 지목되고 있는 것은 아니다. 여기서 13년이라는 수치는 거의 무의미한 것이며, 그 주된 논거는 건축양식상 고식(古式)으로 판단되는 점이 많기 때문이다.

봉정사 극락전은 흔히 고구려식 건축으로 통한다. 그것은 고구려 고분벽화에는 기둥과 공포(拱包) 그림이 나오는데 그것과 합치되는 결구방식을 보여주고 있으며, 또 기둥과 기둥 사이에서 옆으로 가로지른 창방 위에 올라앉은 나무받침이 역시 고구려 벽화에서 보이는 복화반(覆花盤,

즉 꽃잎을 엎어놓은 모양)을 하고 있고, 사용한 자〔尺〕가 고구려자였으며 무엇보다도 간결하면서도 강건한 인상을 주는 건물의 느낌이 그러하다는 것이다. 그리고 미술사가들은 고려초에 삼국시대 문화에 대한 일종의 복고풍조가 석탑, 불상 등 각 장르에 넓게 퍼져 있었음을 상기하면서 그런 시대적 분위기에서 나온 고식으로 이해하고 있다.

봉정사 극락전의 아름다움

봉정사 극락전의 이 간결하면서도 강한 아름다움은 내부에서 더 잘 보여준다. 곱게 다듬은 기둥들이 모두 유려한 곡선의 배흘림을 하고 있는데 낱낱 부재와 연등천장이 남김없이 다 드러나면서 뻗고 걸치고 얽힌 결구들이 이 집의 견고성을 과시하듯 단단히 엮여 있다. 그리고 곳곳에 화려한 복화반 받침이 끼여 있어 가벼운 리듬과 변화를 일으킨다.

이 집의 또다른 매력은 지붕이 높지 않고 낮게 내려앉아 안정감을 줄 뿐만 아니라 아주 야무진 맛을 풍긴다는 점이다. 그것은 이 건물의 측면관에도 잘 나타나 있지만 무엇보다도 내부에서 정확히 관찰된다. 이 집은 9량집으로 되어 있으면서도 9량집 건물이라면 가운데에 들어앉아야 할 네개의 높은 기둥〔高柱〕 중 앞쪽 두개를 생략했다. 그래서 내부공간이 아주 넓고 시원해 보인다. 그러나 앞쪽 고주가 생략된만큼 대들보는 뒤쪽 고주로 직접 연결하지 않으면 안된다. 그 높이에 차이가 있으므로 이것을 어떤 식으로든 처리하지 않으면 안되는 가구〔架構〕상의 문제가 생기는데 그것을 아주 슬기롭고 멋있게 해결했다.

앞의 평주에서 고주로 대들보가 걸리는데 이 대들보를 다듬은 방식이 흔히 보는 살림집 것과는 다르다. 청자의 매병처럼 보의 어깨를

| 봉정사 극락전 | 현존하는 목조건축 중 가장 나이가 많은 건물로 단순하면서 힘있는 것이 고식의 요체라 한다.

넓게 잡고 차츰 내려오면서 훑쳐서 홀쭉하게 하고 굽에 이르러서는
직선으로 다듬었다. 그래서 항량(缸㮸)이라고도 부르는데 이 항아리
보는 주심포계(柱心包系)의 구성에서만 볼 수 있는 특색이며, 이것은
12세기의 보 형태로 여겨진다.(신영훈 감수 『한국의 미 13: 사원건축』, 계간미
술 1983, 217면)

봉정사의 정연한 가람배치

봉정사에는 극락전 말고도 국가지정 문화재로 대웅전(보물 제55호), 화
엄강당(보물 제448호), 고금당(古今堂, 보물 제449호)이 있으니 낱낱 건물의
가치와 중요성은 강조하지 않아도 알 수 있을 것이다. 그러나 봉정사가

| **봉정사 내부** | 고려시대 목조건축은 내부의 결구들이 아주 간명하게 드러나 청신한 멋을 느끼게 한다.

봉정사일 수 있는 것은 낱낱 건물 자체보다도 그 건물을 유기적으로 포치한 가람배치의 슬기로움에 있다.

봉정사는 결코 큰 절이 아니다. 그러나 봉정사는 정연한 건물배치로 우리나라에서 가장 단정하고 고풍스러운 아름다움을 보여주는 산사가 되었다. 봉정사는 불국사처럼 대웅전과 극락전이라는 두개의 주전(主殿)을 갖고 있고 각각의 전각이 독자적인 분위기를 장악하고 있어서 이 두 공간의 병렬적 배치가 봉정사에 다양성과 활기를 부여한다.

봉정사의 절집 진입로는 만세루인 덕휘루(德輝樓) 아래로 난 돌계단으로 되어 있다. 정성을 다해 가지런히 쌓았으면서도 천연의 멋을 다치지 않았다. 돌계단을 밟고 만세루를 향하면 품에 안을 듯 압도하는 누각에 몸을 맡기고 싶어진다. 그리고 우리는 반드시 누마루 아래로 난 돌계단을 따라 고개를 숙이고서야 안마당으로 들어서게 되니 성역에 들어가는 겸손을 저절로 보이게 되는 것이다.

봉정사 대웅전 앞마당은 전형적인 산지중정형(山地中庭形)으로 남북으로는 대웅전과 만세루, 동서로는 선방인 화엄강당과 승방인 무량해회(無量海會)가 포치하고 있다. 그런데 이 앞마당에는 석탑이나 석등 같은 일체의 장식물이 없고 반듯한 축대에 반듯한 돌계단이라는 정면성이 강조되어 있다. 수평면에서도 대웅전을 슬쩍 올렸다는 기분이 들 뿐 평면감이 강하게 느껴진다. 그 단순성과 표정의 절제로 우리는 어디에서도 볼 수 없는 말간 느낌의 절마당을 맛보게 된다.

이에 반하여 바로 곁에 있는 극락전의 앞마당은 중정에 귀여운 삼층석탑이 자리잡고 극락전 돌계단 양옆으로는 화단이 있어서 정겨운 공간이 연출되고 그 앞으로는 거칠 것 없이 시원한 전망이 열려 있어서 대웅전 앞마당 같은 엄숙과 위압이 없다. 이 대조적인 두 공간의 병존이 우리로 하여금 봉정사의 가람배치에 경탄을 금하지 못하게 하는 것이며 우리나라 산사의 대표적인 아름다움을 보여준다는 찬사를 보내게 하는 것이다.

봉정사에는 다른 볼거리도 많다. 특히 봉정사 대웅전은 단청과 불화로도 이름높다. 이처럼 고색창연한 아름다움을 지켜주고 있는 것만도 고마운데 얼마 전에는 후불탱화 뒤에 고려시대에 제작된 후불벽화가 숨어 있듯 남아 있는 것이 발견되었으니, 그것이 보수되어 세상에 제 모습을 드러낼 때면 봉정사는 세인의 입에 회자되고 탐방객의 발길이 더욱 바빠질 것이 틀림없다.

그러나 그런 아름다운 축제는 먼 훗날의 얘기이고 지금 우리가 봉정사에 와서 만나는 기가 막힌 20세기 유물(?)은 저 붉은 소방서 색깔의 소방도구들이다. 나라의 보물이 많은지라 봉정사 안에는 자그마치 예닐곱개의 소방 쎄트가 장기판 병졸처럼 구석구석을 차지하고 있으니 그것은 차라리 절묘한 현대 설치미술가의 작품 같다고나 할 일인가.

마당을 알아야 한옥이 보인다

봉정사답사는 요사채 뒤쪽 산자락에 자리잡은 영산암(靈山庵)까지 다녀와야 제맛을 알게 된다. 영산암은 영화 「달마가 동쪽으로 간 까닭은」을 촬영한 곳으로 유명한 암자인데 거기가 참선방인지라 누가 일러주는 일도 없어 그냥 지나쳐버리는 이들이 많아 안타깝다. 영산암은 안에 들어가지 않고 낮은 돌담 너머로 안마당을 구경하는 것만으로도 즐겁고 뜻깊은 답사가 될 수 있다.

영산암은 낡고 낡은 누마루인 우화루(雨花樓) 밑으로 대문이 나 있고 안에 들어서면 서너 채의 승방이 분방하게 배치되어 있다. 안마당은 굴곡과 표정이 많아서 조금 전 우리가 본 봉정사 대웅전이나 극락전과는 전혀 다른 느낌을 갖게 된다. 일부러 가산(假山)을 만들고 거기에 괴석(怪石)과 굽은 소나무를 심고 여름꽃도 갖가지, 관상수도 갖가지다. 툇마루도 있고 누마루도 있고 넓은 정자마루도 있으며 뒤뜰로 이어지는 숨은 공간도 많다. 뭔가 부산스럽고 분주하면서 그런 가운데 질서와 묘미를 찾으려고 한 흔적이 역연하다.

나는 이렇게 감정의 표정을 많이 담은 마당은 본 적이 없다. 그렇다고 이것이 요사스럽거나 번잡스럽게 느껴지지 않으니 그것이 참으로 신기할 뿐이다. 봉정사에서 기도처인 대웅전, 극락전의 앞마당은 정연한데, 수도처인 영산암 앞마당은 일상의 편안함이 깃들어 있는 것이다.

그러고 보니 봉정사에 와서 우리는 서로 성격이 다른 세개의 마당을 보았다. 대웅전 앞의 엄숙한 마당, 극락전 앞의 정겨운 마당, 영산암의 감정표현이 강하게 나타난 복잡한 마당. 마당을 눈여겨볼 줄 알 때 비로소 한옥을 제대로 보았다고 말할 수 있을 정도로 우리 건축의 에쎈스는 마당에 있다. 이 점에 대해서는 건축가 승효상(承孝相)이 「내 마음속의 문화

| **영산암** | 봉정사 큰절 바로 위에 있는 이 암자는 그 마당이 복잡하면서 다양한 분위기를 갖고 있어 건축학적으로 주목받고 있다.

유산 셋」이라는 문화 칼럼(『중앙일보』 1997. 2. 16)에서 아주 핵심을 잡아 논한 것이 있다.

> 우리의 전통음악에서는 음과 음의 사이, 전통회화에서는 여백을 더욱 소중하게 여겼던 것처럼 전통건축에서는 건물 자체가 아니라 방과 방 사이, 건물과 건물 사이가 더욱 중요한 공간이었다. 즉 단일 건물보다는 집합으로서의 건축적 조화가 우선이었던 까닭에 그 집합의 중심에 놓이는 비워진 공간인 마당은 우리 건축의 가장 기본적 요소이며 개념이 된다. 이 마당은, 서양인들이 집과 대립적 요소로 사용한 정원과도 다르며 관상의 대상으로 이용되는 일본의 정원과는 차원을 달리한다. (…)

| 우화루 현판 | 우화(雨花)는 부처님이 설법할 때 꽃비가 내렸다는 얘기에서 나온 것이다.

서양인의 눈에는 그냥 남겨진 이 비움의 공간은 집의 생명을 길게 하여 가족공동체를 확인시키고 사회공동체를 공고히하여 우리의 주체를 이루게 하는 우리의 고유한 건축언어이며 귀중한 정신적 문화유산인 것이다.

마당은 이처럼 건물들을 유기적으로 연결하면서 또 유기적으로 분할하고 건물의 성격과 표정에 결정적 역할을 한다. 그것을 지금 우리는 봉정사에 와서 확연히 보고 있는데, 앞으로 북부 경북 순례길에서는 더 많은 종류의 마당을 보게 될 것이다.

안동의 삼태사 묘소

봉정사에서 나와 우리의 다음 목적지인 하회의 병산서원으로 향하면 모시밭으로 나갈 것 없이 서후에서 검제(금계)를 지나 풍산으로 들어가면 된다. 서후로 가다보면 길에는 '장태사묘(張太師廟) 입구'가 있고 또 검제 더 가서는 '권태사묘(權太師廟) 입구'도 나온다. 그러니까 이 안쪽은 바로 '안동 삼태사의 묘'가 모두 모여 있는 안동 역사의 진원지인 것이다.

안동의 옛 이름은 고창(古昌)이었다. 후삼국 때 왕건과 견훤은 서로 신라를 쟁탈하려고 그 외곽을 둘러싼 진주, 상주, 고창(안동)을 연결하는 전선에서 치열하게 대결을 벌였다. 그런데 이 팽팽한 대결이 왕건 쪽의 승리로 기울게 된 결정적인 전투가 930년에 벌어진 고창전투였다. 당시 왕건은 앞서 공산(公山)전투에서 신숭겸(申崇謙) 장군을 잃는 등 참패를 당하고 구사일생으로 고창 북쪽으로 도망해 왔는데, 다행히도 이 지방 토호인 권행(權幸), 김선평(金宣平), 장길(張吉) 등이 향군을 이끌고 도와 대승리를 거두게 되었다.

여기서 왕건은 통일의 기틀을 마련하게 되었고, 후삼국 통일 후 '동쪽을 안정시켰다(安於大東)'는 뜻으로 이 고장 이름을 안동이라 지어주고는 3인의 호족에게 각각 태사 벼슬을 주어 그들이 곧 안동 권씨, 안동 장씨, 안동 김씨의 시조가 되었다. 이 세분의 묘소가 모두 이 서후 안쪽에 있고 시조묘의 묘비와 사당과 재사(齋舍)가 갖추어 있어서 집안마다 시제 때는 보통 700명에서 1천명이 모인다. 그때는 각지에서 올라온 관광버스 40,50대가 길가에 쭉 늘어서 있으니 그런 장관이 없다. 그것은 안동의 저력이기도 하다.

검제, 의성 김씨 학봉 종택

서후면사무소를 지나면 오른쪽 산자락 능동(陵洞)골로는 '권태사묘'로 가는 이정표가 서 있고, 또 어느만큼 가다보면 길 왼쪽으로 번듯한 반촌에 번듯한 반가(班家)가 한눈에 들어온다. 길가의 빗돌엔 '검제(금계)'라고 씌어 있는데 여기엔 학봉(鶴峯) 김성일(金誠一, 1538~93)을 불천위로 모시는 의성 김씨 검제 종가가 있다. 검제의 학봉 종택에 많은 고문서가 있어서 일괄유물로 56종 261점을 보물 제905호로, 17종 242점을 보물

| **의성 김씨 검제 종가** | 의성 김씨 종택으로 안동의 명문임을 자랑하는 권위와 품위가 보인다. 안동지방 종가의 전형적인 모습이다.

제906호로 지정하여 이것이 지금 운장각(雲章閣)에 보관·진열되어 있으니 그 때문에 관심있는 자의 또 한차례 답사처가 된다.

특히 의성 김씨 검제 종가는 보종(輔宗)을 잘하는 것으로 안동에서도 이름높은데, 10년 전 김혈조 교수가 이 댁을 답사했을 때는 종손 이하 어른들은 누런 두루마기로 정장을 하고 맞이하며 동네 친척 아낙들이 총동원되어 80명 밥을 해주는데 그것은 고마움을 넘어서 큰 볼거리였다고 한다. 찾아온 손님을 절대로 홀대하지 않는 접빈객의 전통과 종갓집 보필 가풍이 그런 귀찮은 일을 마다치 않게 했던 것이다.

한번은 내가 이 댁에 들렀을 때 안채 대청 서까래 못에 굴비가 두 마리 걸려 있는 것을 보았다. 나는 혹시 자린고비들이 밥 먹으면서 쳐다보았다는 게 저런 모양 아닐까 하고 실없이 웃었는데, 나중에 이 집 후손인 김도현형께 물어보았더니 정반대의 뜻이 있는 것이었다. 그 굴비는 언제든지 손님을 맞이할 자세로 매달아놓은 것이며, 저것이 상할 때가 되어도 손님이 오지 않으면 그것을 내려 집안식구끼리 먹고 그 대신 새로 굴비를 사다가 미지의 손님을 위하여 매단다는 것이다. 그것이 안동 양반의 체질화된 접빈객의 자세인 것이다.

지금 우리는 여기를 들를 시간상의 여유가 없어 그냥 지나칠 수밖에 없다. 그러나 우리는 여기서 학봉 김성일이 누구인가를 확실히 알아야 한다. 이는 안동을 이해하기 위해 기존의 상식을 재점검해야만 하는 몇 가지 필수사항 중 하나이다.

우리가 역사에서 배운 바로 학봉은 임진왜란 직전에 일본에 부사(副使)로 갔을 때 "반드시 전쟁이 있을 것(必有兵禍)"이라고 보고한 정사(正使) 황윤길(黃允吉)과는 반대로 "그러한 정세를 보지 못했다(不見如許情形)"라고 잘못 말한 장본인이다. 그래서 간혹 방송 사극에서는 학봉이 당리당략의 좁은 소견으로 나라를 전쟁으로 몰아넣은 역사의 죄인으로 묘사되고 있다. 그러나 안동에 오면 학봉을 찾고 칭송하는 일을 자주 보게 되며 의성 김씨 문중은 학봉의 이런 이미지를 바로잡기 위해『학봉 김성일과 항일 구국운동』이라는 소책자도 펴낸 바 있다.

훗날 서애 류성룡이『징비록(懲毖錄)』에서 밝혔듯이 학봉이 그때 불침론을 주장한 것은 정사 황윤길이 동래에 도착하자마자 곧 전쟁이 날 것처럼 말하여 민심을 뒤흔드는 것을 진정시키기 위해서였다는 것이며, 이것이 훗날의 변명이라면 어떤 역사가의 말대로 일본에 가서 정사라는 자가 겁먹고 당황하는 모습을 못마땅해하며 조선 사신으로서 당당한 모습을 보여주고자 했던바, 그 기개를 앞세운 나머지 현실을 잘못 읽었던 것이다. 아무튼 학봉은 일본에 사신으로 가서는 당당했고 국내에 와서는 오판을 말했다. 임진왜란이 일어나자 학봉은 자신의 과오에 사죄하듯 초유사(招諭使)로 종군해서 전국에 격문을 띄워 의병을 모집하고 관찰사로서 노심초사하다가 결국 진주성이 함락되기 얼마 전 성중(城中)에서 전사하고 만다.

이처럼 학봉은 우리가 단편적으로 알고 있는 그런 속 좁은 서생이 아니었다. 학봉이 안동에서 특히 존경받고 이름높은 이유는 퇴계의 수제자로 학문이 깊었고 그를 따르는 제자가 많았다는 사실에 있다. 학봉은 서애와 함께 퇴계의 오른팔, 왼팔을 다투는 위치에 있었고, 바로 그 힘겨루기로 끝끝내 해결을 보지 못한 병호시비(屛虎是非)를 몇백년 두고 계속하게 되었던 것이다. 이 병호시비는 안동을 이해하기 위한 또 하나의 필수적인 예비지식이기도 하다.

병호시비, 3차의 공방전

병호시비는 류성룡의 병산서원(屛山書院)과 김성일의 호계서원(虎溪書院) 간의 두분 사후 라이벌 대결을 말하는 것이다. 퇴계(退溪) 이황(李滉)의 양대 제자라 할 두분을 비교해보면 나이는 학봉이 네살 위였으나 벼슬은 서애가 영의정을 지낸 데 비해 학봉은 경상도 관찰사에 머물렀다. 서애 쪽은 벼슬이 높은만큼 관(官)으로 진출하는 이가 많았으나 학봉 쪽은 학문에 힘쓰는 이가 많아 영남 유림은 오히려 학봉 쪽이 강했다. 퇴계 선생은 처음 학봉을 보았을 때 "나는 이런 아이는 일찍이 보지 못했다(吾目中未見其此)"고 극찬을 했는데, 서애를 보고 나서는 "하늘이 내린 아이(天之所出者)"라고 했다. 둘은 이래저래 쌍벽의 수재였는데 결국은 두분 사후에 제자들간에 라이벌 대결이 벌어진 것이었다.

시비의 발단은 1620년 퇴계를 모신 호계서원(당시 이름은 여강서원廬江書院)에 수제자 두분을 함께 모시기로 결정을 보았는데 누구를 왼쪽(상위)에 모시느냐로 시비가 일어난 것이다. 학봉 쪽은 장유유서로 하자고 했고 서애 쪽은 관작(官爵)으로 해야 한다고 했다. 그래서 당시 상주에 은거중인 영남학파의 장로 격인 정경세(鄭經世, 1563~1633)에게 결정해달라고 한 결과 그가 서애 쪽에 가까웠던 까닭이었던지 서애를 왼쪽에 모시라는 판결을 내렸다. 이 시비는 결국 이렇게 끝났다.

병호시비의 2차전은 1805년 영남 유림에서 서울 문묘(文廟)에 서애, 학봉 및 한강(寒岡) 정구(鄭逑, 1543~1620), 여헌(旅軒) 장현광(張顯光, 1554~1637) 네분을 종사(從祀)케 해달라는 청원을 올리기로 합의를 보고 네명의 자손들이 서울에 모여 소장(疏章)을 쓰는데, 네분의 이름 중 누구를 먼저 쓰느냐는 문제였다. 그런데 한강과 여헌은 벼슬을 별로 중요시하지 않은 분이었기 때문에 나이순으로써 학봉, 서애, 한강, 여헌 순으로 쓰기로 한 것이다. 그러나 서애 쪽에서 이에 승복하지 않고 서열이 잘못됐다고 독자적으로 상소를 올리니 조정에서는 둘 다 기각해버렸다. 한강, 여헌 쪽 입장에서는 억울하고 한심하기 짝이 없는 일이었다. 고래싸움에 새우등 터진다더니 그런 유만부동도 없었다.

그래서 이 사건은 여기서 끝나지 않고 3차 시비로 들어가게 된다. 학봉, 서애의 알력으로 다 된 문묘종사를 망친 한강, 여헌의 사림들이 대구 이강서원(伊江書院)에 모여 독자적으로 상소할 것을 결정하고 영남 유림에 통보했다. 그러자 이 통문을 받은 안동의 유림은 서애, 학봉 양 파의 다툼을 중지하고 한강, 여헌 양 파를 규탄하는 통문을 띄우기로 결정하고 그 통문은 전주 류씨 류회문(柳晦文)이 작성하기로 했는데, 그가 학봉 학통이어서 그랬는지 글을 쓰면서 두 선생의 순서를 학봉, 서애로 했다는 것이다. 이에 서애파들은 호계서원과 결별하고 이후는 병산서원에 따로 모이게 되니 안동의 유림은 학봉의 호계서원(사실은 3위 모두 모셔져 있음)과 서애의 병산서원으로 갈라서게 되었다.

이 자존심과 체면 싸움은 의성 김씨와 풍산 류씨의 다툼이 아니라 학봉학통과 서애학통의 알력이기 때문에 안동 유림 전체가 이 시비에 말려들고 만 것이다. 아마도 안동 양반들의 엄청스런 고집을 말하라고 하면 이 병호시비처럼 좋은 예가 없으며, 그런 병통은 오늘의 안동인에게도 어느정도는 전통으로 남아 있는 것 같다. 그래서 안동 갑갑이, 안동 답답이라는 말 이외에 안동 외고집, 안동 ×고집이라는 말도 생겨난 것이다.

미학·미술사학과 답사 때 한 학생이 이 병호시비에 대하여 조사해온 바를 병산서원 만대루에서 이야기체로 쭉 발표하는데, 죄다 재미있어하면서 끝내 해결 못 볼 일이라고 닭싸움 구경하듯 하니 김윤수(金潤洙) 선생이 한말씀 하신다.

"어느 집안이든 우리 쪽이 양보하겠다고 한마디만 하면 역사 속에서 영원한 승자가 되겠건만 그런 현명한 말 한마디가 얼마나 힘들다는 것을 또 이 병호시비의 역사가 말해주는구먼. 허, 허."

폐허로 남아 있는 경북선의 교각

검제는 학봉 종택 말고도 갑자사화 때 명현이라 꼽히는 용재(慵齋) 이종준(李宗準)의 고향으로 유명하고, 또 안동 장씨의 본거지로 경당(敬堂) 장흥효(張興孝)의 후예들이 동성마을을 이루고 있다는 것을 알고는 있으나 나의 답사가 거기까지 미친 적은 없다. 이쯤에 오면 나는 항시 서둘러 우리가 하룻밤을 묵을 하회로 향하면서 조바심을 내며 해지기 전에 거기에 다다를 수 있는가 시간을 계산해보곤 한다. 답사는 항시 이렇게 하는 일 없이 바쁘다.

검제마을을 지나면 우리는 저 아래로 안동과 예천을 잇는 34번 국도를 자동차들이 느릿하게 달리는 것을 볼 수 있다. 지금 한창 공사중이긴 하

| **경북선의 교각** | 멀쩡한 철길을 일제는 쇠붙이를 공출할 때 뜯어가고, 일제강점기 상처를 증언하듯 교각만 이렇게 남았다.

지만 아직은 편도 1차선의 좁고 굽은 길이어서 좀처럼 속력을 못 낸다. 이쯤 되면 우리의 찻길은 작은 실개천을 곁에 끼고 달리며, 냇가로는 해묵은 갯버들이 늘어서서 이 유서깊은 마을의 연륜을 대변해준다. 그런데 송야천(松夜川)이라고 불리는 이 냇가에는 개천을 가로지른 다리 곁으로 굵직한 콘크리트 교각이 일정한 간격으로 늘어서 있어서 어떤 사람은 지금 철도공사를 하는 것 아닌가 생각하기도 한다.

그러나 이것은 철도공사가 아니라 옛날에 철도가 놓였던 것을 뜯어낸 기막힌 사연의 폐허인 것이다. 일제시대에는 김천에서 영주까지 철도를 놓고 이것을 경북선이라고 불렀다. 그런데 대동아전쟁이 일어나자 전쟁 물자를 공출하여 쇠붙이란 쇠붙이는 절집의 부처님, 민가의 놋요강까지 모두 빼앗아갈 때 그들은 마침내 태평양전쟁에 큰 소용이 닿지 않을 것 같은 경북선 철길을 뜯어가버린 것이다. 쇠붙이를 공출한다고 철도를 뜯

| **풍산들판** | 안동사람들이 '세계에서 가장 넓은 들판'으로 생각한다는 풍산들판은 언제 어느 때 보아도 풍요의 감정으로 가득하다.

어갔다니! 참으로 믿기 어려운 거짓말 같은 사실이다.

해방이 되고, 6·25동란이 지나고 전쟁의 상처를 복구하기 시작할 때 경북선 철길도 새로 놓게 되었으나 그때는 예천에서 안동을 거치지 않고 곧장 영주로 연결해버렸으니, 다시는 저 교각 위로 철길이 놓이는 일 없게 되고 송야천을 건너뛰는 철다리 교각만 저렇게 덩그러니 폐허로 남게 되었다.

풍산들판을 지나면서

이제 차머리를 하회에 두고 34번 국도를 어느정도 달리다보면 풍산읍이 나오고 풍산읍 상리(上里) 어귀의 체화정(棣華亭)부터 또다시 반촌의 행렬이 이어진다. 그러나 벌써 우리는 안동에 와서 그런 고가(古家)의 예

| **체화정** | 풍산들판 한쪽 산자락에 있는 예안 이씨의 체화정은 정자 겸 서재로 꾸며진 아주 참한 건물이다.

스러운 풍광을 너무 많이 보아 그것이 차라리 일반사가 되어 더 흥미로울 것도 없고 그저 양반마을이 참 많기도 많다는 찬탄만 나올 뿐이다.

체화정은 예안 이씨 이민적(李敏迪, 1663~1744)이 지은 것으로, 그의 조카 이한오(李漢伍)가 노모를 모시고 효도한 곳이고, 훗날 순조가 효자 정려(旌閭)를 내린 명소이다. 체화란 산앵두나무의 꽃으로 『시경』에서 형제의 두터운 우애를 비유적으로 노래하였다.

체화정은 삼신산을 모신 아담한 연못가에 세워진 잘생긴 누각으로 구들을 놓은 온돌방을 한 칸 들여 정자 겸 서재로 꾸며졌다. 특히 이 방의 창살문은 그 구성과 무늬가 매우 기발하고 아름답기로 유명한데 방문 바로 위에는 담락재(湛樂齋)라는 현판이 걸려 있다. 이 현판은 안동 바로 곁인 안기에서 찰방을 지낸 단원 김홍도가 1786년 나이 42세 때 3년간의 임

| 체화정 창살 | 밖에서 볼 때 체화정 창살은 복잡한 구성 같았는데, 안에서 내다본 창살무늬는 이처럼 환상적인 분위기를 연출하고 있다.

기를 마치고 돌아가면서 여기서 즐거운 한때를 가졌던 것을 기념하며 이별의 징표로 써준 것이다.

1992년 겨울, 나는 안동대 임재해 교수의 안내로 이곳 체화정을 찾아 담락재 현판을 처음 보고는 마치 단원의 모습을 본 듯한 반가움을 금치 못하였다. 그뒤 영남대 제자들과 다시 찾아와 정성들여 탁본한 것이 지금도 내 서재에 걸려 있다. 그래서 체화정 앞을 지날 때면 오래도록 거기에 눈길을 두곤 한다.

풍산읍을 한쪽에 밀어두고 외곽으로 차고 나가는 새 길로 들어서면 우리는 갑자기 넓은 들판과 마주하게 된다. 여기가 풍산들, 북부 경북에서 가장 큰 곡창지대로 안동 농업생산력의 반 이상을 감당하고 있는 곳이다. 본래 경북지방은 호남과 달리 평야가 발달하지 않아서 커봤자 500만 평을 넘지 못하는 큰 들판 정도이다. 그나마도 의성 안계들, 경주 안강들,

| **담락재** | 단원 김홍도가 안기찰방을 떠나면서 써준 현판이다. 임재해 교수의 안내로 여기를 찾아와 단원의 현판을 본 순간 당신을 만난 듯한 깊은 감회가 있었다.

경산 압량들, 상주 상주들 등 너덧밖에 없으니 풍산들이 크긴 큰 것이다.

실제로 안동 양반들이 중소지주로 행세할 수 있던 경제적 토대의 반 이상이 여기에 달려 있기도 했다. 활 모양으로 굽은 풍산들판을 끼고 돌면서 각 집안마다 혹은 몇천 석, 혹은 몇백 석을 수확해갔던 것이다.

풍산읍 우렁골의 선성 이씨, 오미동(五美洞)의 풍산 김씨, 소산(素山)의 안동 김씨, 하회의 풍산 류씨, 풍산 가곡(佳谷)의 안동 권씨 등등이 모두 풍산들판 언저리를 돌면서 동성마을을 이루고 있다. 그 연륜있는 세거지(世居地)는 우리가 소호리, 법흥동, 검제에서 보았듯이 모두 내로라 하는 조상에 번듯한 목조건축으로 한차례의 답사처가 되는데, 그것을 다 둘러본다는 것은 현실적으로 물리적으로 불가능하다.

그 대신 우리는 이 넓고 풍요로운 풍산들판을 하염없이 바라보는 것으로 우리의 여정(旅情)을 달랠 뿐이다. 사실 우리가 답삿길에 이처럼 넓은 들판을 오래도록 음미할 기회는 별로 없다. 막 모내기를 한 들판의 연둣빛 광채, 녹음과 함께 푸른 여름 들판, 바람결에 파도를 이루는 가을날의 황금들판, 추수가 끝난 늦가을 들판의 황량함, 그리고 눈 덮인 겨울날의 하얀 들판, 어느 계절 어느 때고 들판이 아름답게 보이지 않을 때가 없다. 그리고 들에서 일하는 농부들의 몸동작이 하나의 점경(點景)으로 들어올 때도 그것이 계절마다 움직임이 다르다는 것을 나는 풍산들에서 보고 알았다.

봄이면 곳곳에서 서성이는 움직임이 제각기 분주하고, 여름이면 여기저기서 반듯하게 줄지어 움직이고, 가을이면 군데군데 무리지어 있는데 움직임은 느리다. 그리고 겨울이면 들판엔 집채만한 낟가리들이 처처에 열지어 있을 뿐, 인적은 찾아볼 수 없게 된다. 모든 게 정겹고 아름답고 풍요롭다. 그래서 나는 '풍산(豊山)'이라는 이름이 혹시 풍요로움이 산같이 크다는 뜻에서 나온 것이나 아닌지 혼자 생각해보았다. 그렇지 않고서야 산도 없는 이 들판에 왜 뫼 산자를 붙였겠는가.

풍산들이 유난히 넓고 풍요롭게 느껴지는 것은 풍산을 거쳐 하회로 들어가는 찻길이 풍산들의 가장자리를 타고 돌기 때문에 그 넓이의 최대치를 보게 되는 것도 한 이유이지만, 또다른 큰 이유는 북부 경북 순례길은 산등성, 분지뿐이라는 그 상대성에서 나온 것이기도 하다.

그래서 안동에만 틀어박혀 어린시절을 보낸 안동 갑갑이는 '이 세계에서 가장 넓은 들판은 풍산들'이라고 생각하며, 나중에 커서 김제 만경의 지평선이 가물거리는 장대한 외배미들을 보면서도 '안동에 가면 풍산들은 이보다 더 크다'고 엉뚱한 고집을 부리며 어려서 상상 속에 키워온 이미지를 좀처럼 바꾸지 않는다.

안동사람들은 이처럼 자존심이 강하고 자기중심적 사고도 강하다. 그래서 안동에 앉아서 남쪽을 내려다보면서 영천, 경주, 대구 등 능교형 사람들을 '하도(下道)사람'이라고 하기도 한다. 또 줄곧 안동에서만 자란 한 학생이 서울로 유학 가서 남대문시장을 구경하고는 안동에 돌아와서 "할배요, 세상에 안동장보다 더 큰 시장이 있데예"했다는 것이다. 그게 바로 안동의 자존심인 것이다. 그게 안동사람이고, 그게 안동의 풍산들이다.

1997. 3.

형님, 음복까지는 제사요!

하회마을 / 병산서원 / 소산 삼구정 / 오천 군자리 / 탁청정 /
불천위제사

하회마을 예찬

관광 안동의 명소로 가장 널리 알려진 곳은 하회마을이다. 실제로 하회의 풍산 류씨 동성마을은 우리나라에서 가장 잘 보존된 민속촌이다. 나라에서 민속마을을 중요민속자료로 지정한 것이 적지 않아 아산의 외암 민속마을, 순천의 낙안읍성 민속마을, 경주의 양동 민속마을, 고성의 왕곡 민속마을, 제주의 성읍 민속마을 등이 나름대로 특징과 명성을 얻고 있지만 그 규모와 내용의 다양성 그리고 수려한 풍광에서 하회를 당할 곳은 없다. 너무 잘한다고 한 것이 그만 민속의 원형보다 관광용으로 변질됐다는 비난을 받을지언정 최고임엔 틀림없다.

하회는 이중환(李重煥)의 『택리지』에 나오는 유명한 가거처(可居處)로 일찍부터 명성을 얻고 있었다.

바닷가에 사는 것은 강가에 사는 것만 못하고 강가에 사는 것은 시냇가에 사는 것(溪居)만 못하다. 대체로 시냇가의 삶은 반드시 큰 고개(嶺)에서 멀지 않아야 한다. 그래야 평시건 난시(亂時)건 오래 살 수 있다. 그런 계거처로는 영남의 도산과 하회가 제일이다.

『택리지』가 보증한 하회는 풍산들판의 꽃뫼(花山)를 꽃내(花川, 즉 낙동강)가 오메가(Ω)자를 쓰듯 반 바퀴를 휘돌아나가므로 '물돌이동(河回洞)'이라고도 하는데, 풍수상으로는 태극형 또는 연화부수형(蓮花浮水形)이라고 한다. 그래서 큰 인물이 많이 나왔고 평온을 유지해왔다는 것이다. 서애 류성룡과 그의 형인 겸암(謙庵) 류운룡(柳雲龍)에 의해 가문이 크게 일어난 이 풍산 류씨의 하회마을에는 지금 서애 종택인 충효당(忠孝堂)과 겸암 종택인 양진당(養眞堂)이 보물로 지정되어 있고 북촌댁, 남촌댁, 빈연정사(賓淵精舍), 원지정사(遠志精舍) 등 중요민속자료로 지정된 목조건축이 많고 많아 전통한옥의 특징과 아름다움을 살피는 데 여기만큼 좋은 볼거리를 제공하는 곳도 없다.

더욱이 하회는 예스러운 분위기를 지키기 위하여 전깃줄을 모두 지하로 묻어놓아 돌담을 끼고 도는 고샅길을 걷노라면 은연중 조선시대 정취가 느껴지는 고격(古格)이 일어난다. 물 위에 떠 있는 연꽃 형상이라더니 강 쪽으로 비스듬히 내려뻗은 밭고랑에는 장다리, 배추, 콩, 옥수수 같은 밭작물과 키 큰 해바라기, 코스모스, 달리아 같은 들꽃들이 뒤섞이면서 답사객의 산책길을 자꾸만 먼 곳까지 이끌어낸다.

마을을 한바퀴 돌다보면 우리의 발길은 자연히 강변의 송림으로 향하게 된다. 이 솔밭은 방풍을 위한 인공조림이라고도 하고 또 어떤 이는 마을 풍수의 비보책(裨補策)이라고도 하는데 흔히는 동수(洞藪), 이곳 말로

| 하회마을 전경 | 하회마을을 휘감고 도는 물돌이동의 꽃내는 단 한번도 큰물이 넘치는 일이 없었다고 하니 참으로 연화부수형이라 하겠다.

는 그냥 '쑤'라고 부른다. 내 친구 김덕현은 「전통 촌락의 동수에 관한 연구」라는 글에서 결과적으로 동수는 그 마을의 품위를 유지하기 위한 조림이었다는 주장을 폈는데, 그의 글을 읽고 보니 하회의 풍산 류씨 마을뿐만 아니라 내앞의 의성 김씨, 무실의 전주 류씨, 주실의 한양 조씨 마을 입구에는 이런 쑤가 참으로 기품있게 형성되어 있다는 것을 새삼 깨달을 수 있었다. 그래서 각 문중은 이 쑤 지키는 것을 조상님 사당 모시는 것 못지않은 끔찍스런 정성으로 하였으니 하회 솔밭의 장함도 거저 이루어진 것이 아님을 알겠다.

하회답사는 그냥 스쳐가는 답사로는 너무 아쉽고 안타깝다. '가장 큰 민박집'이든 '가장 좋은 민박집'이든 한옥에 민박하여 뜨뜻한 구들장, 시원한 구들장에서 하룻밤을 지내보고, 하회탈춤 강습소에서 춤추는 것도

| 하회마을 | 우리나라에서 옛 모습이 가장 잘 남아 있는 조선시대 양반마을이다.

구경하고, 무엇보다도 꽃내 건너 옥연정사(玉淵精舍)에 가서 낮잠도 자보고, 아슬아슬한 부용대(芙蓉臺) 벼랑에 올라 꽃뫼 아래 납작하게 들어앉은 물돌이동의 자리매김새를 바라보면서 수려한 풍광과 예스러운 분위기가 연출하는 포근한 아름다움과 그 아름다움에 힘과 권위를 더해주는 쑥의 의미까지 살필 때 우리는 비로소 하회를 보았다고 말할 수 있을 것이다.

낙동강이 해마다 한차례는 큰 물난리를 일으켰지만 강으로 둘러싸인 강마을인 하회로는 을축년(1925) 대홍수 때를 제외하곤 단 한번도 강물이 범람한 일이 없었으니 굽어서 휘돌아가는 물은 넘치는 법이 없다는 사실이 신비로울 뿐이다.

하회는 이처럼 우리 선조들이 슬기롭게 자연을 선택하고, 이용하고, 다스리고, 즐기던 모습을 생생하게 보여주니 조선의 미학을 이해하고 연

| 양진당 | 한옥의 품위를 여실히 보여주는 조선시대 대표적인 양반가옥으로 높은 격조와 품위가 느껴진다. 지붕 너머로 부용대가 보인다.

구하는 하나의 사례가 되고도 남음이 있다. 그러나 그런 하회를 여름방학에 갔다가는 큰 실망을 하고 되돌아가게 된다. 수용능력이 얼마 될 리 없는 옛 마을에 피서객들이 모여들 때면 답사객은 딴 곳으로 피해가는 수밖에 없다. 게다가 모처럼 옛 분위기를 맛보러 갔다가 상업화된 민속마을에서 추악한 20세기 저질문화나 만나게 되면 그 실망이 말할 수 없이 크기 때문에 나는 또 가을날의 하회마을을 권하게 된다.

병산서원으로 가는 길

하회의 답사적 가치는 어떤 면에서는 하회마을보다도 꽃뫼 뒤편 병산서원(屛山書院)이 더 크다고 할 수 있다. 병산서원은 1572년 서애 류성룡이 풍산읍내에 있던 풍산 류씨 교육기관인 풍악서당(豐岳書堂)을 이곳

| **병산에서 내려다본 병산서원 전경** | 밖에서 본 병산서원은 여느 서원건축과 큰 차이를 못 느끼는 평범한 서원으로 보인다. 그러나 내부에서 보면 사정이 달라진다.

병산으로 옮겨 지은 것이다. 이후 1613년에는 정경세를 비롯한 서애의 제자들이 류성룡을 모신 존덕사(尊德祠)를 지었고, 1629년에는 서애의 셋째아들인 수암 류진을 배향했으며 1863년엔 병산서원이라는 사액을 받았다. 그리고 1868년 대원군의 서원철폐 때도 건재한 조선시대 5대 서원의 하나이다.

병산서원은 그런 인문적·역사적 의의 말고 미술사적으로 말한다 해도 우리나라에서 가장 아름다운 서원건축으로 한국건축사의 백미이다. 그것은 건축 그 자체로도 최고이고, 자연환경과 어울림에서도 최고이며, 생생하게 보존되고 있는 유물의 건강상태에서도 최고이고, 거기에 다다르는 진입로의 아름다움에서도 최고이다.

병산서원은 하회 입구에서 마을로 가는 길을 버리고 왼쪽으로 낙동강을 따라 십리 남짓 걸어가면 나온다. 지금도 시골버스, 경운기나 다니는 비포장 흙길이어서 그것이 병산서원 보존의 큰 비결이었는데, 슬프게도 이 비책 아닌 비책은 곧 무너지게 되어 있다. 그것이 이 글을 쓰는 순간에도 안타깝기 그지없다.

병산서원 답삿길에 나는 항시 이 십릿길을 걸어다녔다. 다리가 아프고 피곤하면 고갯마루까지만 타고 가서는 거기부터 오릿길이라도 걸었다. 병산서원은 반드시 걸어갈 때 병산서원에 간 뜻과 건축적·원림적(園林的) 사고가 맞아떨어진다. 그곳에 이르는 길은 절집 입구의 진입로와 같아서 만약 선암사, 송광사, 해인사, 내소사를 자동차를 타고 곧장 들어갔을 때 그 마음이 어떠할까를 생각해본다면 왜 걸어야 하는가에 대한 답이 저절로 구해질 것이다.

병산서원 가는 길은 사뭇 왼쪽으로 낙동강과 풍산들을 두고 걷게 된다. 오른쪽 산비탈은 사과과수원 아니면 콩밭이어서 시골의 정취를 더해만 준다. 여름이면 볕 가릴 가로수조차 없는 높은 고개를 넘을 때 진땀이 흐르지만 낙동강 푸른 물에 흰빛 갈매기가 훨훨 날아가는 것을 보면 더운 줄도, 다리 아픈 줄도 모르고 유유히 걸으면서 이 좋은 길을 자동차 타고 후딱 들어간 인생들이 왠지 불쌍케만 생각되는 측은지심도 일어난다.

벌써 3년 전 일인가보다. 동양철학을 전공하는 소장학자들의 모임이 병산서원에서 열리는데 기왕이면 답사를 겸하자는 여론이 일어 한림대 이광호(李光虎), 서울대 허남진(許南進) 교수가 나를 초청하는 바람에 나는 친구 따라 강남 가듯 여기에 또 오게 됐다. 그때 길이 서울부터 크게 막혀 어둔녘에야 풍산에 도착했는데, 아무리 일정이 바빠도 이 길은 걸어야 한다는 나의 주장으로 이 '천진한 동양철학자'들은 죄없이 다리품을 팔게 됐다. 그런 중에도 인재와 귀신은 따로 있어서 다섯인가 여섯인가의 '노련한 동양철학자'는 문명의 이기는 이용하는 게 문명인이라며

| **병산서원 복례문** | 병산서원 바깥 출입문인 외삼문은 아주 단아하고 조촐한 모습이다.

차를 타고 먼저 가버렸다. 먼저 간 자의 흙먼지를 뒤집어쓰고 일없이 걷는 동안 '천진한 동양철학자'들은 뭔가 나에게 속은 듯한 느낌을 갖는지, 아니면 어디 속는 셈 치고 따라보자는 것인지 시무룩이 발끝만 보고 걷고 있었다. 나는 그때 침묵의 무게가 얼마나 부담스러웠는지 모른다. 그러길 어느만큼 하다가 마침내 고갯마루에 올라 낙동강을 저 아래 발치로 내려다보게 되자 누가 먼저 질렀는지 "우아―" 하는 탄성이 일어났고, 그 탄성은 데모꾼들 복창처럼 하늘을 덮었다. 침묵은 그렇게 깨졌고 운동화 코끝만 보며 떨구었던 고개는 먼데 병산과 풍산들을 번갈아보며 분주히 움직인다. 누군가는 정지용의 「향수」를 콧노래로 부르고 있었다. 그러고는 우리가 걸었는지 말았는지 발에 아무런 느낌도 없이 줄곧 낙동강을 내려다보면서 비탈을 내려와 솔밭과 마주한 병산서원에 당도하니 먼저 온 대여섯명이 더욱 불쌍해 보였다. 걸어온 자는 활기찬 목소리로 그 걸

어온 기쁨을 얘기하는데 타고 온 자는 힘없이 부러운 눈초리로 그 즐거움을 말하는 입만 쳐다본다. 그것만으로도 타고 온 자는 벌써 후회스럽고 억울한데 누군가가 놀린다.

"타고 온 자가 문명인이냐, 걸어온 자가 문명인이냐?"

이에 더이상 못 참겠던지 타고 먼저 온 한 '노련한 동양철학자'가 느긋하게 답한다.

"편하게 타고 오면서도 걷는 맛까지 다 느낀 자가 문명인이다."

서원건축의 기본구조

그리하여 병산서원에 당도하면 몇채의 민가와 민박집 그리고 병산서원 고사(庫舍)가 먼저 우리를 맞이하고 주차장에 들어서면 왼쪽으로는 유유히 흐르는 낙동강과 모래밭, 그 앞으로는 잘생긴 강변의 솔밭이 포진하고, 그 오른쪽으로 병산서원이 아늑하게 자리잡고 있다. 외견상으로 병산서원은 장해 보일 것도, 거해 보일 것도, 아름답게 보일 것도 없다. 그저 외삼문(外三門)을 가운데 두고 기와돌담이 반듯하게 돌려 있는 여느 서원과 다를 바 없다. 본래 서원의 구조는 매우 간명하게 되어 있다.

1543년, 주세붕(周世鵬)이 세운 소수서원을 기폭제로 하여 전국으로 퍼져나간 서원은 그 구조가 거의 공식화되었을 정도로 아주 정형적이다. 크게 선현을 제사지내는 사당과 교육을 실시하는 강당 그리고 원생(院生)들이 숙식하는 기숙사로 이루어진다. 이외에 부속건물로 문집의 원판을 수장하는 장판고(藏板庫), 제사를 준비하는 전사청(典祀廳) 그리고 휴

| 서원 대청마루에서 내다본 전경 | 마루에 앉아 앞을 내다보면 동재·서재가 좌우로 늘어서고 정면에는 만대루가 병산을 배경으로 늠름히 자리하고 있음을 볼 수 있다. 건축은 이처럼 사용자 입장에서 볼 때 제멋을 찾을 수 있다.

식과 강학의 복합공간으로서 누각(樓閣)과 어느 건물에나 당연히 있을 뒷간이 있으며, 서원을 관리하고 식사를 준비하는 관리소인 고사는 별채로 구성된다. 건물의 배치방법은 성균관 문묘나 각 고을의 향교와 비슷하여 남북 일직선의 축선상에 외삼문, 누각, 강당, 내삼문(內三門), 사당을 일직선으로 세우고 강당 앞마당 좌우로 동재(東齋)와 서재(西齋), 강당 뒤뜰에 전사청과 장판고를 두며 기와돌담을 낮고 반듯하게 두른다. 사당과 강당은 구별하여 내삼문 좌우로 담장을 쳐서 일반의 출입을 막는다. 강학공간은 선비정신에 입각하여 검소하고 단아하게 처리하여 단청도 금하고 공포에 장식을 가하지도 않는다. 그러나 사당은 권위를 위해 단청도 하고 태극문양을 그려넣기도 한다.

이런 단순한 구조에 무슨 변화가 크게 있을 것 같지도 않고, 그 멋이 대개 비슷할 것 같으나 그게 그렇지 않다. 어디가 달라도 다르며, 공간분할의 크기가 약간만 차이나도 이미지상에는 엄청난 변화를 가져온다.

병산서원의 공간운영

병산서원 또한 그런 전형적인 서원배치에서 조금도 벗어나 있지 않다. 그러나 병산서원은 주변의 경관을 배경으로 하여 자리잡은 것이 아니라 이 빼어난 강산의 경관을 적극적으로 끌어안으며 배치했다는 점에서 건축적·원림적 사고의 탁월성을 보여준다.

병산서원이 낙동강 백사장과 병산을 마주하고 있다고 해서 그것이 곧 병산서원의 정원이 되는 것은 물론 아니다. 이를 건축적으로 끌어들이는 건축적 장치를 해야 이 자연공간이 건축공간으로 전환되는 것인데 그 역할을 충실히 수행하고 있는 것이 만대루(晩對樓)이다. 병산서원의 낱낱 건물은 이 만대루를 향하여 포진하고 있다고 해도 과언이 아닐 정도로 여기에 중심이 두어져 있다.

서원에 출입하는 동선을 따라가보면 만대루의 위상은 더욱 분명해진다. 외삼문을 열고 만대루 아래로 난 계단을 따라 서원 안마당으로 들어서면 좌우로 시위하듯 서 있는 동재, 서재를 옆에 두고 돌계단을 올라 강당 마루에 이르게 된다.

강당 누마루에 올라앉으면 양옆으로는 한 단 아래로 동재와 서재가 지붕머리까지 드러내면서 시립하듯 다소곳이 자리하고 있다. 동재는 일신재(日新齋), 서재는 직방재(直方齋)라 하여 답사객들은 어디서 들어본 듯한 말인데 그 뜻을 알 듯 모를 듯하여 고개를 갸우뚱하곤 한다. 한번은 어떤 스님이 내게 와서 "직방이라니? 직방(바로) 알려준다는 뜻인가요?"라며 농을 섞어 묻는 바람에 모두들 한바탕 웃은 적이 있다.

일신이란 『대학』의 "구일신 일일신 우일신(苟日新 日日新 又日新)"에서 나온 것으로 "진실로 날로 새롭겠거든 날로 날로 새롭게 하고 또 날로 새롭게 하라"라는 뜻이다. 직방이란 『주역』 「곤괘」의 "경이직내(敬而直內) 의이방외(義以方外)"에서 나온 말로 "공경하는 마음으로 내면(마음)을 곧게 하고, 올바름으로 외면(행동)을 가지런히한다"에서 나온 것이다. 학생들은 모름지기 이 두 경구를 조석으로 간직하여 올바르고 새로워져야 함을 강조한 것이었다.

강당에서 고개를 들어 앞을 내다보면 홀연히 만대루 넓은 마루 너머로 백사장이 아련히 들어오는데 그 너머 병산의 그림자를 다 받아낸 낙동강이 초록빛을 띠며 긴 띠를 두르듯 흐르는 것이 눈에 들어온다. 순간 마음 같아선 당장 만대루로 달려가서 더 시원한 조망을 보고 싶어진다. 만대루에서의 조망, 그것이 병산서원 자리잡음의 핵심인 것이다.

만대루에 중심을 두는 건물배치는 건물의 레벨 선정에서도 완연히 나타난다. 병산서원이 올라앉은 뒷산은 화산(花山)이다. 이 화산의 낮은 구릉을 타고 외삼문에서 만대루, 만대루에서 강당, 강당에서 내삼문, 내삼문에서 존덕사로 레벨이 올라간다. 하지만 단조로운 기하학적 수치의 증폭으로 이루어지는 것이 아니다. 이 공간운영을 자세히 따져보면, 사당은 위로 추켜올리듯 모셨는데, 만대루 누마루는 앞마당에서 볼 때는 위쪽으로, 그러나 강당에서 볼 때는 한참 내려보게 레벨이 잡힌 것이다. 사당은 상주 상용공간이 아니고 일종의 권위와 상징 공간이니 다소 과장된 모습을 취했지만 만대루는 정반대로 봄부터 가을까지 상용하는 공간이므로 그 기능을 최대치로 살려낸 것이다.

나는 병산서원에 오면 대부분의 시간을 이 만대루에서 보내면서 만대루의 슬기로움에 감탄한다. 그리고 이 공간의 슬기로움이 어디에서 나왔

| **만대루** | 병산서원 건축의 핵심은 만대루이다. 200명을 수용하고도 남음이 있는 이 시원한 누마루는 낙동강과 병산의 풍광을 건축적으로 끌어안는 구실을 한다.

는가를 생각해본 적이 있다. 나는 만대루의 성공은 병산서원의 중정(中庭)이 갖는 마당의 기능을 이 누마루가 차출함으로써 건물 전체에서 핵심적 위치로 부각된 점에 있다는 결론에 도달했다.

실제로 병산서원처럼 마당의 기능이 약하고 누마루의 기능이 강화된 예를 찾아보기 힘들다. 병산서원에 들어가 강당마루에서 보건, 동재 서재의 툇마루 앞에서 보건, 마당으로 떨어진 시선은 곧바로 농구공 튀듯 '원 바운드로 튀어 만대루에 골인'한다. 나는 병산서원의 구조를 이런 각도에서 세밀하게 분석해볼 필요가 있다고 지금도 믿고 있다.

이제 병산서원을 우리나라 내로라하는 다른 서원과 비교해보면, 소수서원과 도산서원은 그 구조가 복잡하여 명쾌하지 못하며, 회재(晦齋) 이언적(李彦迪)의 안강 옥산서원은 계류(溪流)에 앉은 자리는 빼어나나 서

| **만대루 나무 계단** | 만대루로 오르는 계단은 통나무를 깎아 만든 비스듬한 사다리로 기능도 좋고 멋도 만점이다.

원의 터가 좁아 공간운영에 활기가 없고, 남명(南冥) 조식(曺植)의 덕천서원은 지리산 덕천강의 깊고 호쾌한 기상이 서렸지만 건물배치 간격이 넓어 허전한 데가 있으며, 한훤당(寒暄堂) 김굉필(金宏弼)의 현풍 도동서원은 공간배치와 스케일은 탁월하나 누마루의 건축적 운용이 병산서원에 미치지 못한다는 흠이 있다.

이에 비하여 병산서원은 주변의 경관과 건물이 만대루를 통하여 흔연히 하나가 되는 조화와 통일이 구현된 것이니 이 모든 점을 감안하여 병산서원이 한국 서원건축의 최고봉이라고 주장하는 것이다.

병산서원에서의 하룻밤

병산서원에는 마스터플랜뿐만 아니라 디테일에서도 감탄을 자아내는 아름다움이 있다. 우선 만대루로 오르는 두개의 통나무 계단은 그 자체가 감동적이다. 그런 통나무 계단은 세계에 다시는 없을 것이다. 병산서원의 외삼문 돌담 모서리에 있는 2인용 뒷간은 '뒷간연구가'이기도 한 민속학자 김광언(金光彦) 교수가 보증하는바 최고의 명작 뒷간이다. 깔끔하고 단정한 면 분할과 갸름한 타원형의 밑창은 뛰어난 기하학적 구성이다. 나의 찬사를 듣고 뒷간을 열심히 살핀 대구 예술마당 솔 답사회 간석기반의 한 나이 드신 여성회원이 혼잣말로 "특히 남성이 좋아하게 생겼구먼" 하고 우스갯소리를 했다가 곁에 내가 있으니까 얼굴이 빨개지며 줄행랑을 놓았다. 듣고 나서 보니 그런 말이 나올 만도 했다.

그러나 병산서원 뒷간의 묘미는 울 밖에 있는 머슴 뒷간과 비교할 때 더욱 절묘해진다. 서원관리소 격인 고사 앞마당 텃밭 한쪽 곁에는 달팽이 울타리로 하늘이 열린 야외용 뒷간이 있는데 사용자는 틀림없이 머슴이었을 것인지라 우리는 '머슴 뒷간'이라고 부른다. 이 머슴 뒷간은 그 자체도 운치가 있지만 이 안쪽 양반네들 뒷간과 잘 대비되고 있어서 그것이 더욱 재미있게 다가온다.

그리고 병산서원의 아름다움은 별채로 앉혀 있는 전사청 건물과 아늑한 울타리에서도 또 발견되며, 여름날 이 전사청 안팎에 피어나는 늙은 목백일홍꽃은 화려하다 못해 장엄하기 그지없다.

이처럼 병산서원의 아름다움에 대한 예찬은 끝도 없는데 나는 병산서원이 어느 서원도 따를 수 없이 깨끗하고 건강하게 보존되어 있음을 또 말하지 않을 수 없다. 해마다 여름이면 여기에서 건축학교가 열리는데 만대루 넓은 누각에는 200여명이 앉아 수강하는데도 오히려 공간에 남음이 있다. 강당의 마루는 상기도 마른걸레질 쳐서 윤기를 잃지 않았고, 동재와 서재 그리고 원장실은 추운 날이면 장작불을 때어 흙벽이 바스러지는 일이 없다. 그 싱싱한 보존의 비결은 서원을 지금도 사람이 기거하

| 뒷간 | 병산서원 돌담 모서리에 있는 이 뒷간은 그 내부가 아주 슬기롭고 깔끔하게 되어 있다.

| 머슴 뒷간 | 서원 바깥 텃밭 한쪽에 있는 이 야외용 달팽이 모양의 뒷간은 '머슴 뒷간'이라는 애칭을 갖고 있다.

는 양 조석으로 쓸고 닦고 여름이면 문을 활짝 열어주고 겨울이면 군불을 때어주는 것이며, 그렇게 방문객들의 체온이 나무마루와 토벽에 서려 병산서원은 이제껏 옛 모습을 지켜오고 있다. 그런 데에는 무엇보다도 지극정성으로 고사를 지키는 류시석 아저씨의 노고를 빼놓을 수 없다. 서애의 후손으로 풍산 류씨에 인물 많음은 세상이 다 알지만 문화유산 보호에 있어 시자 석자 아저씨 같은 분은 병산서원만큼이나 세상에 다시 없는 귀한 분이다.

서원집에 민박하면 아저씨는 밤늦도록 만대루에 앉아 달을 희롱하는 것을 허락해주시고, 강변에 나가 모닥불 피우도록 장작을 마련해주시기도 한다. 강변의 모닥불 놀이는 듣기만 하여도 그 낭만적 정취를 능히 상상할 수 있을 것이다. 잘 마른 장작이 불꽃을 튀며 달아오를 때 불길 너머 반대쪽에 있는 사람들을 보면 얼굴이 발갛게 상기되어 모조리 미인으로 보인다. 상기된 얼굴은 무조건 미인으로 보인다는 생물학적 원리 때문에 모닥불에서 짝짓기가 잘 이루어지는 것인지도 모른다.

그런데 타오르는 불꽃을 보면 그 빛깔은 노란색인데 우리에겐 이상하게도 불꽃은 빨간색으로 각인되어 있고 불자동차 색도 그렇다. 참 이상스러운 일이다. 그러나 불꽃은 노란색이다. 답사를 다니면서 이런 모닥불을 심심치 않게 피워보면서 나는 장작의 성격을 조금은 알게 됐다. 그 중 신기한 것은 자작나무 장작은 휘발성이 강해서 파드득 소리를 내며 강하게 피어오르고, 사과나무 장작은 불꽃이 파랗고 예쁘기 그지없음을 알게 된 것이다. 간석기반 답사 때 모닥불이 시들해질 즈음, 나는 미리 준비한 사과나무 가지를 불속에 던졌다. 그날따라 사과나무 가지는 불꽃을 둥글게 만들면서 사파이어 빛보다 더 푸른 광채를 발했다. 누군가가 그 불꽃의 아름다움을 얘기했을 때 주위 사람들은 모두 뒤질세라 감탄사를 발하며 화답했다. 무슨 나무냐고 묻기에 내가 사과나무임을 말하자 가만히 듣고 있던 예술마당 솔 답사회 회장인 영남정형외과 정재명 원장이 빙그레 웃고만 있는 것이 보였다. 왜 웃냐고 물으니 정회장은 새로 지은 병원의 벽난로에 대구, 경산 사과과수원에서 가지치기로 수거한 사과나무 장작만 쓰고 있다는 것이다. 그러니 나는 한전 앞에서 촛불 자랑한 격이었다. 세상엔 그런 식으로 상수(上手) 위에 또 상수가 있는 법이다.

모닥불이 다 꺼지고 우리들이 잠자리에 들려 할 때 회원들은 모래를 끼얹어 끄려고 했다. 나는 큰 몸동작으로 팔을 저으며 그러지 못하게 말렸다. 내일 아침엔 서원 아저씨가 치우러 나올 것이니 그냥 가라고 했다. 이튿날 아침 아저씨는 삼태기에 재를 쓸어담아 지게에 지고 와서는 머슴 뒷간에 두엄으로 뿌려놓았다. 열번이면 열번을 꼭 그렇게 하시는 것이었다.

소산의 안동 김씨

병산서원에서 꿈같은 하룻밤을 자고 아침나절 서둘러 떠날 때면 모두들 무언가 서운해서 얼른 자리를 뜨지 못한다. 그럴 때면 비라도 쏟아져 버스도 없고 걸을 수도 없기를 은근히 바라게 된다. 영남대 대학원 미학·미술사학과 답사 때는 정말로 큰비가 쏟아져 우리는 다른 일정을 지우고 만대루에서 큰 대자로 누워 한나절을 보내고 말았는데 모두들 그 비의 고마움을 여직껏 얘기하고 있다.

이제 우리는 하회를 떠나 다시 안동으로 가서 도산서원과 청량산을 답사해야 한다. 그러자면 우리는 또다시 풍산들 가장자리를 타고 돌면서 안동사람이 자랑하는 '세계에서 가장 넓은 들판'을 감상하게 된다. 그런데 하회에서 얼마 안되는 거리에 왼쪽으로 거하게 들어앉은 반촌을 만나게 되면 모두들 그쪽으로 시선이 쏠린다. 어제저녁엔 어둔녘에 들어오는 바람에 잘 보이지 않았던 것이다. 여기는 소산(素山), 그 유명한 안동 김

| 도산서원 가는 길 | 안동에서 예안을 거쳐 도산서원으로 가는 길은 사뭇 낙동강 강줄기를 따라 나 있다.

씨의 동성취락이다. 소산마을 안쪽에는 청원루(淸遠樓), 안동 김씨 종택인 양소당(養素堂)과 선(先)안동 김씨 종택인 삼소재(三素齋)가 있고, 길가로 보이는 늠름한 정자는 삼구정(三龜亭)이다. 지금 우리는 지나치고 있지만 소산은 미상불 한차례 답사처가 아닐 수 없다. 그러나 여기서 답사객들에게 정말로 중요한 것은, 안동을 올바로 인식하기 위한 또다른 기본지식의 하나로서 안동 김씨의 내력을 올바로 아는 일이다.

안동 양반이라고 하면 많은 사람들이 부지불식간에 조선말기에 세도정치를 주도한 안동 김씨의 후예로 생각하면서 심하게는 나라를 망친 세도가의 후손으로 못마땅해하기도 한다. 특히 신세대들은 따로 설명하기 전에는 당연히 그런 줄로 알며, 나 역시 10여년 전에는 그렇게만 알고 다녔다. 그러나 그건 정말로 오해다. 세도정치를 한 안동 김씨는 본관이 이곳 소산일 뿐 실제로는 서울 장동(壯洞)에 살고 있던 '장동 김씨'였다. 안동 양반들은 오히려 그런 세도정치의 피해자들이었다.

안동 김씨는 선(先)안동과 후(後)안동이 시조가 다르다. 선안동 김씨는 신라 경순왕의 넷째아들의 둘째아들인 숙승(叔承)을 시조로 하고 고려 때 장수인 김방경(金方慶)을 중시조로 하며 인조대 김자점(金自點), 독립지사 김구(金九) 등이 이 집안 출신이다.

후안동 김씨는 삼태사 중 하나인 김선평(金宣平)의 후예로 그의 9대손 되는 김삼근(金三近)이 비안(比安) 현감에서 물러나면서 이곳 소산(시미마을)에 정착하여 입향조가 되니 그 후손을 비안공파라 한다. 비안공은 두 아들을 두었는데 맏아들 계권(係權)은 한성부 판관을, 둘째 계행(係行)은 대사성을 지냈다. 둘째아들 김계행은 무오사화 때 부당함을 상소하고는 소산으로 낙향하고 이후 길안 묵계(默溪)로 옮겨 그의 후손들은 거기에 칩거하게 된다. 안동답사의 비장처(秘藏處)라 할 길안면의 묵계서원, 묵계 종택, 만휴정(晩休亭)이 모두 그분의 유적이다.

그러나 맏이 김계권은 출셋길로 나아가 다섯 아들 중 막내인 영수(永壽)가 영천군수를 지냈고, 김영수의 아들 3형제 중 맏이인 영(瑛)과 둘째인 번(璠)이 모두 문과에 올라 이때부터 중앙에 진출하며 명문의 토대를 쌓는데, 특히 둘째 김번의 후손들은 서울 장동의 청풍계(淸風溪, 청운동)에 세거(世居)하게 된다. 이후 장동파는 크게 번성하여 청음(淸陰) 김상헌(金尙憲)의 자손 중에는 왕비가 셋, 임금의 사위가 둘, 정승이 15명, 판서가 51명, 관찰사가 46명, 시호(諡號) 받은 이가 49명이 되는 영광과 권세를 누린다. 이들이 세도정치의 주역인 안동 김씨 집안이다. 이에 반하여 맏이 김영의 후손은 소산으로 낙향하여 조용히 살아왔다. 그리고 '텃밭을 지키면서 고고하게 세거해왔다'는 것을 오히려 자랑으로 삼고 있다.

결국 세도정치의 안동 김씨와 안동 양반은 그 입지와 삶의 방식이 오히려 정반대였음을 알 수 있다.

그러나 서울 장동파는 소산을 본향으로 잊지 않았다. 김상헌이 병자호란 때 항복문서를 찢고 단식으로 척화(斥和)를 주장하다 여의치 않자 이곳으로 내려와 칩거하면서 '청나라를 멀리한다'는 뜻으로 청원루라 이름 짓고 심양으로 끌려갈 때까지 여기 살았다.(『소산동의 연원』, 안동김씨소산종회 1986) 그런 내력을 가진 청원루가 지금 소산마을 한쪽에 오롯이 서 있는 것이 차창 너머 씰루엣으로 스쳐가고 있는 것이다.

예안길

안동시내에서 북쪽으로 뻗은 길은 두 갈래다. 북서편 길은 제비원 너머 영주로 가는 5번 국도로 이 길은 예고개에서 봉화로 갈라지며, 북동편 길은 흔히 도산서원 가는 길로 통하는 35번 국도로 이곳 사람들은 예안 가는 길, 줄여서 예안길이라고 한다. 안동시내에서 예안길로 들어서기 위해서는 안막재라는 고개를 넘어야 하는데 안막재는 예안 쪽으로는 느릿한 경사면을 이루지만 안동 쪽으로는 제법 가팔라서 머리핀 모양으로 급하게 굽은 길을 몇굽이 돌아야 고갯마루에 오를 수 있다.

안동시내를 빠져나와 안막재를 오르자면 고갯마루 못미처 오른쪽 길섶에는 박정희 대통령이 쓴 '퇴계로'라는 글씨를 새긴 큰 빗돌이 늠름하게 서 있는 것을 볼 수 있다. 또한 거기에는 참으로 예외적으로 모두 다섯 개의 새마을 깃발이 밤이나 낮이나 내려지지 않은 채 펄럭이며 분명 녹색이었을 깃발의 색이 회색이 되도록 지금도 그렇게 나부끼고 있다. 안상학 시인은 「안동의 국도를 따라서」(『향토문화의 사랑방, 안동』 1996년 7·8월호)라는 기행문을 쓰면서 이것이 "내릴 수 없는 깃발인지 내리지 않는 깃발인지 아니면 내려서는 안될 깃발인지 모르겠다"고 했는데 내가 보기엔 내릴 사람 잃어버린 깃발인 것 같다.

안막재 내리막은 적당한 기울기에 적당한 곡선으로 경쾌하게 달리면서 방금 전까지 안막동 고층아파트 숲을 지나면서 답답하게 느끼던 우리의 숨통을 시원스레 열어준다. 그리고 고갯길이 숨을 고르는 지점에 다다르면 중앙선 철길과 마주하게 되고 굴다리로 철길을 벗어나면 여기부터는 와룡면. 퇴계로는 가수내라는 개울과 나란히 달리고, 전원의 정취를 한껏 느낄 수 있다.

이곳 와룡면은 고지대 평지로 작은 계곡이 발달하여 논이 많고, 와룡쌀이라면 안동장에서 알아주었는데 지금 와룡 땅을 지나면서 만나는 것은 논보다도 포도밭이 더 많다. 그런 현상이 환경보존 차원에서는 싫고 식량안보 차원에서는 불안하지만 현실은 벌써 그렇게 진도가 많이 나간 것을 이제 어떻게 할 것인가. 답답하고 막막한 생각이 들 때가 많다.

깔끔한 오천 군자리 문화재단지

와룡면 소재지를 거쳐 감애리를 지나면 이내 오른쪽 산자락에 잘생긴 기와집들이 제법 장대하게 펼쳐져 있는 것을 볼 수 있다. 여기는 와룡면 오천동(烏川洞), 속칭 오천 군자리(君子里) 문화재단지다. 본래 안동 예안면 오천동, 이곳 말로 외내에 있던 광산 김씨 예안파의 중요 건물들이 안동댐으로 수몰되게 되자 1974년 이곳으로 집단이주하여 하나의 건축문화재단지를 이룬 것이다.

그래서 어떤 사람들은 이곳을 인위적인 공간으로 치부하며 별로 눈여겨보지 않는다. 그러나 나는 북부 경북 순례에서 한옥의 아름다움을 면밀히 관찰할 수 있는 지역으로 가장 좋은 곳은 오히려 여기라고 생각한다. 오천 군자리는 분명 죽은 공간이다. 그러나 여기에 옮겨진 열한 채의

| 군자리 전경 | 예안 외내에서 모두 열한 채의 한옥을 옮겨 형성된 이 광산 김씨 한옥마을은 마치 멋쟁이 한옥 모델 하우스 같은 분위기조차 풍긴다.

한옥 중 일곱 채의 사랑채는 마치 고가(古家) 모델하우스 같기도 하고, 멋쟁이 사랑채 경연장 같기도 하다. 거기에는 두 칸짜리 작은 방에 툇마루를 돌린 아담한 집이 있는가 하면, 여덟 칸 마루에 여덟 칸 방을 앉힌 대갓집도 있고, 큰 제청(祭廳)을 동반한 종갓집 가옥도 있다. 집집마다 저마다의 특징과 표정이 있고, 취하는 바 아름다움의 뜻이 제각기 다르니 그 미묘한 차이를 읽어내면 한옥의 아름다움을 재발견하게 된다.

광산 김씨의 예안 입향조는 농수(聾叟) 김효로(金孝盧, 1455~1534)다. 그는 벼슬에 뜻을 두지 않고 학행에 열중하여 퇴계 선생이 그의 덕을 칭송하는 묘갈명(墓碣銘)을 지을 정도로 향리에서 명망이 높았다고 한다. 그리고 그의 아들 연(緣)과 수(綏)는 중종 때 명신으로 이름을 얻었고, 이들의 자손들이 번창하여 명문으로 우뚝 서게 되었으며, 진보 이씨, 봉화 금씨, 안동 권씨 등과 통혼함으로써 영남 사림의 한 일가를 이루게 되었다. 지금 오천 군자리에 있는 집들은 모두 입향조에서 시작하여 그의 증손자들에 이르는 분들이 지은 사랑채와 정자들로, 이런 예는 참으로 드문 것이다.

특히 건물을 이전하는 과정에서 엄청난 발견이 있었다. 대종택을 해체하다 대들보와 지붕 사이의 빈 공간에서 입향조의 증조부부터 대대손손에 이르기까지 500년에 걸친 고문서가 고스란히 나온 것이다. 여기에는 교지(敎旨), 호구단자(戶口單子), 토지문서, 분재기(分財記), 혼서(婚書) 등 고문서 2천 점과 고서(古書) 2,500여 권이 들어 있었다. 나라에서는 이 고문서를 보물 제1,018호로 지정하였고 그 유물은 지금 단지 내 숭원각(崇遠閣)에 보존되어 있다.

사랑채 고가 품평회

오천 군자리 문화재단지에는 후조당(後彫堂), 대종택 사랑채, 읍청정(揖淸亭), 설월당(雪月堂), 탁청정(濯淸亭), 낙운정(洛雲亭), 침락정(枕洛亭) 등 일곱 채의 사랑채와 정자가 있다. 또 군자리에는 여러 사랑채 이외에 재사와 사당(祠堂)이 있으니 여기부터 답사를 시작하게 된다. 이 사당은 단칸 맞배지붕으로 구조가 조선초기 궤방집인 것이 큰 특색이다. 즉 옆으로 지른 방(榜)나무가 기둥을 사뭇 뚫고 삐져나가 있다. 이 사당을 기준으로 해서 저 아래로는 재사(주사廚舍라고도 함. 지방문화재 제27호)가 있고 옆으로는 별당으로 후조당이 있는데 제사를 지내기 위해 일부러 만든 제청이다. 이런 제청이 멋지게 구현된 것은 의성 김씨 내앞 대종가가 알려져 있는데 이 후조당 또한 그에 못지않은 품위와 기능을 갖고 있다. 개인주택이면서 공적인 공간을 확보한 독특한 성격을 갖고 있는 것이다.

제사를 지낼 때는 물론이고 문중의 대소사를 이 제청에 모여 문을 열고 논의하는데, 그렇게 함으로써 그만큼 사당의 조상이 내려다보는 감시하에서 일을 처리한다는 엄숙함과 권위가 서리게 되는 것이다.

우리나라의 한옥이 현대주택으로 발전하는 과정에서 왜 우리는 이 후조당 같은 건물을 좀더 면밀히 분석하고 여기에 착안하지 못했던가 하는 아쉬운 마음 달랠 길 없다. 후조당은 정면 네 칸, 측면 두 칸의 고무래 정(丁)자형 평면건물로, 잡석기단에 네모기둥을 세운 것, 기둥머리에 모를 죽여 팔각으로 돌리면서 단순성을 살린 것, 사방으로 툇마루를 돌린 것, 한 칸 방을 가마 모양으로 딸려 붙인 것 등등이 여간 멋진 것이 아니다. 그리고 후조당 현판은 퇴계 친필이다.

후조당 옆에 바짝 붙어 있는 긴 일자집은 대종택의 사랑채로 본채는 안동시내로 옮기고 사랑채만이 여기에 세워졌다. 대종택 사랑채답게 위풍당당한 집으로 대문부터 웅장하다. 건물 앞쪽 기둥들은 모두 두 자 반짜리 돌기둥 위에 세워졌으며 나무는 춘양목으로 그 목리(木理)가 환상적이다. 두 칸 마루 좌우로 큰 방(두 칸 반)과 작은 방(한 칸 반)을 거느리고 닭다리 모양을 닮았다는 계자각(鷄子脚) 헌난(軒欄)을 둘렀다. 스케일 있고, 당당하고, 힘있는 것을 좋아하는 사람은 대개 이 건물을 으뜸으로 꼽는다.

대종택 사랑채 옆으로는 읍청정이 있는데 이 집은 김부필(金富弼)의 아우인 김부의(金富儀, 1525~82)가 지은 것으로 구조에 변화가 많다. 즉 정자 양쪽으로 두 칸 반짜리 온돌방 둘이 있고 가운데 마루는 전툇마루를 세 칸으로 넓힌 다음 마루 둘레에는 헌난을 둘렀다. 단순한 듯 변화의 여지가 많은 이 집은 화려 취미가 약간 반영되어 있다. 이곳으로 옮기면서 뜰 아래로 연못을 만들었는데 그 연못 모양새가 우리나라 지도 형상을 하고는 휴전선 언저리에 담장을 걸친 것이 어찌 보면 대단히 애국적인 발상이고 어찌 보면 뽕짝기가 완연하다. 그러나 외내 시절에는 그런 것은 없었다.

대종택 아래쪽에는 설월당 김부륜(金富倫)의 정자가 있다. 설월당은 읍청정과는 반대로 아담한 크기로 축소하여 조용한 취향의 사람들은 이 설월당 툇마루에 오래 앉아 있다.

오천 군자리 문화재단지는 크게 두 구역으로 나누어 유물전시관인 숭원각으로 가는 길을 사이에 두고 왼쪽을 후조당 구역이라고 한다면 오른쪽은 탁청정 구역이라고 할 만하다. 탁청정 김수(金綏, 1491~1552)는 성품이 호탕하고 의협심도 강하며 사람을 좋아하여 항시 손님이 들끓었다고 하는데, 그런 성품 때문인지 그가 지은 탁청정(중요민속자료 제226호)은 영남지방의 개인 정자로는 그 구조가 가장 우아하다는 평을 받아왔다. 정면 일곱 칸, 측면 두 칸의 팔작지붕에 두 칸은 방으로, 네 칸은 대청마루로 나누었다. 대청은 높은 주초(柱礎) 위에 세워 누마루의 위용을 강조했고, 누마루 둘레에는 난간을 두르고, 온돌방 측면에는 평(平)난간을 둘렀다. 그리고 정자 앞에는 방형 연못을 파서 그 운치를 더했다. 여기에다 탁청정 현판은 한석봉 글씨이고 퇴계 이황, 농암(聾巖) 이현보(李賢輔, 1467~1555) 등 명유(名儒)들의 시판(詩板)이 걸려 있어 그 권위와 품위를 더해준다. 탁청정 마루는 40명이 둘러앉아도 너끈하니 그 공간의 크기를 짐작할 수 있을 것이며, 낭만적 풍류를 즐기는 사람은 여기에 많은 점수를 준다.

탁청정 아래로는 탁청정의 아들인 김부인(金富仁, 1512~84)이 세운 낙운정이 있고, 낙운정 아래엔 근시재(近始齋) 김해(金垓, 1555~93)의 아들인 매원(梅園) 김광계(金光繼, 1580~1646)가 세운 침락정이 있는데 두 집이 모두 아담하고 소탈한 가운데 앙증맞도록 짜임새가 있어서 규모 큰 건물 못지않은 인기를 얻고 있다. 특히 낙운정은 디귿자로 두른 난간이

| **침락정 입구의 일각문** | 세상엔 이렇게 작은 문도 있다. 몸을 한껏 굽혀야 출입이 가능한데 그로 인해 어떤 거만한 사람도 고개 숙이지 않고는 출입하지 못한다.

정겹고, 침락정은 동서로 마주 세운 출입문이 반월형으로 어찌나 맵시가 어여쁜지 여기에 와서 이 예쁜 작은 문에서 사진 찍지 않는 사람은 거의 없을 것이다.

불천위제사의 뜻

외내 광산 김씨의 사당은 입향조인 김효로와 그의 증손자로 양관 대제학을 지내고 임란 때 의병장을 지내 가문을 한층 빛낸 근시재 김해의 부조위(不祧位)를 모신 곳이다. 부조위란 불천위(不遷位)라고 해서, 본래 제사는 고조할아버지까지 4대 봉사를 하고 4대가 지나면 조묘제(祧墓祭)를 지내고 더이상 제사지내지 않게 되어 있으나 나라에 큰 공이 있거나 학덕이 높은 분에 대해서는 국가에서 영원토록 위패를 '옮기지 않고[不遷]'

모시는 것을 허락했는데 그것을 이름이다. 따라서 불천위를 모신다는 것은 그 가문의 영광이며 권위인 것이다. 예를 들어 온혜리의 퇴계 종택에서는 퇴계 이황, 퇴계 태실(胎室)로 알려진 노송정(老松亭) 댁에서는 퇴계의 조부인 이계양(李繼陽), 하회마을 양진당에서는 겸암 류운룡, 충효당에서는 서애 류성룡, 임하 내앞의 의성 김씨 종택에서는 청계(靑溪) 김진(金璡), 서후 검제의 의성 김씨 종택에서는 학봉 김성일, 봉화 닭실 안동 권씨 종택에서는 충재(沖齋) 권벌(權橃) 등이 불천위제로 모셔지고 있다. 그리고 이런 불천위를 모신 집안의 봉사손(奉祀孫)을 종손(宗孫)이라고 한다. 이에 반해 그렇지 못한 집의 봉사손은 주손(主孫)이라 한다. 이러한 불천위는 반드시 국가(禮曹)에서 일종의 라이선스를 발급하듯 허가를 내려주었는데, 나중에는 도에서 인정하는 도천(道遷), 서원에서 인정한 원천(院遷) 등으로 인플레 현상이 일어나고 조선말기로 가면 그것을 문중이 결정했다고 해서 문천(門遷) 또는 사조(私挑)라고 하는 것까지 생겨났다. 이렇게 사사로이 불천위를 모시니 그 질서와 권위가 문란해질 수밖에 없었다. 지금 내가 어느 집 불천위는 국천(國遷)이고 어느 집 불천위는 도천이고 사조라고 가려낼 능력도 연구도 없지만 설사 안다고 해도 무슨 경을 치려고 발설할 수 있겠는가. 이런 식으로 앞을 다투어 불천위를 모신 것은 안동에 양반문화가 깊이 뿌리내리게 되는 결정적 계기가 되었으니 이것이 또 안동을 이해하는 필수지식의 하나인 것이다. 그런 중 광산 김씨 예안파는 양대 불천위를 모셨으니 영광 중 영광이라 할 만하다.

사실 안동문화를 이해하는 데 제사의 실체를 모르면 아무것도 안된다. 이 군자리 단지 안에만도 제사를 위한 공간이 세 채나 차지하고 있는데 이런 비중만 보아도 알 수 있듯이 양반의 기본은 봉제사에 있었던 것이다. 그런데 이 제사의 의의와 분위기를 신세대들은 잘 모른다. 그렇다고 해서 그것을 르뽀 또는 소설로 극명하게 그려낸 것도 마땅치 않다. 윤학준의 『나의 양반문화 탐방기』(길안사 1995)가 그래도 제일 잘 설명해주었다고 할 것인데, 미야지마 히로시(宮島博史)가 쓴 『양반』(노영구 옮김, 강 1996)을 보면 양반의 개념을 봉제사, 접빈객으로 서두는 잘 풀어갔지만 결국 이 외국인은 제사의 실체 같은 디테일에 이르러서는 그 깊은 뜻을 다는 이해하지 못한 듯 결론이 용두사미가 된 감이 없지 않다.

끔찍한 정성, 제사의 의미

종갓집에서는 1년에 최소한 열두번의 제사를 지내게 된다. 추석과 설의 차례(茶禮)가 두번, 불천위 할아버지·고조할아버지·증조할아버지·할아버지·아버지 모두 다섯분의 내외분 기제사가 합해서 열번이다. 거기다 재취를 얻은 조상이 있으면 할머니 제사가 한번 더 있게 되고, 복잡하게 양자로 들어온 과정이 있으면 또 군제사가 붙게 된다.

그래서 요즘 종갓집에서는 종부 며느리 맞이하기가 보통 어려운 것이 아니다. 어느 집 종손 아들은 마흔이 다 되도록 혼사를 못 이루었는데, 그것은 완전히 제사 때문이었다고 한다. 그런 중 어느 집 종손은 이 제사문제를 크게 부각시키지 않고 며느리를 얻었더니 그 며느리는 끝내 제사의 힘겨움을 이기지 못해 교회에 나가버려 제사를 거부하는 사태가 벌어지기도 했단다. 그래서 어느 종가는 종부 며느릿감을 맞을 때면 교회에 안 나가기로 다짐받는 것을 기본으로 하고 있단다.

안동사람들이 조상을 받들고, 종가를 보필하면서 집안의 전통을 지키려는 태도는 끔찍스러울 정도다. 각 집안 불천위제 때는 보통 200명이 참가했는데 요즘은 줄어서 50명, 그래도 적어도 30명 이상이 온단다. 어느 집안이라고 거명까지 할 수야 없지만 결국 자손은 피폐해 파락호(破落

戶)만 남겼으면서 종갓집만 버젓이 남아 있는 경우도 보게 된다. 이 지극 정성을 이해하지 못하는 사람은 안동문화를 옳게 볼 수 없다.

제사를 지내는 것은 조상을 공경하고 받드는 행위지만 이 제사라는 형식은 공동체의식, 혈연친족적 유대의식을 강화하는 최상의 제도이다. 또 평소에는 할 수 없던 말도 조상님 앞에서는 가능해지기도 하니 언로의 한쪽이 열려 있는 것이 제사다. 그리고 제사라는 형식이 치러지는 과정에서 자연스럽게 집안과 사회적 지위의 획득이 확인되고 불충한 자에 대한 경고성 주의도 내려지게 된다. 이제 그 비근한 예를 몇개 들어본다.

종갓집 제사가 1년이면 열두번이 넘는데도 항시 문제가 되는 것은 제상의 진설(陳設) 위치다. 그러나 그것은 사실 규정의 문제가 아니라 누구의 권위가 센가에서 나오는 힘겨루기인 경우가 많다. 예를 들어 봉화 아재가 근래에 돈을 많이 벌어서 종갓집 보필, 즉 보종도 잘하고 있다고 하자. 그런데 어느날 봉화 아재가 제상을 진설하는 데 와서 "할배, 전에는 식혜가 포 왼쪽에 있었던 것 같은데" 하고 한마디 던지면 진설하던 할배가 어느 놈이 건방지게 헛소리하나 획 돌아보는데 봉화 아재라. 가만히 생각해보니 봉화 아재의 말을 존중해줄 만도 하다고 생각이 들면 그만 "아, 그랬던가. 우리가 너무 자주 지내다보니 무심코 그랬나보이" 하고 포와 식혜를 바꾸어놓는다. 그렇게 되면 그때부터 진설 위치가 바뀌고 마는 것이다.

그런데 요즘 봉화 아재가 돈 좀 벌었다고 종갓집만 생각하고 집안 어른을 우습게 보는 꼴이 아니꼽기 짝이 없다고 생각하는 어른이 있어서 이 녀석 언제고 한번 보자 하고 벼르고 있던 참인데, 그 봉화 아재가 "할배, 전에는 식혜가 포 왼쪽에 있었던 것 같은데"라는 말을 하게 되면 그 말이 떨어지자마자 벼락치듯 "거참! 제상 앞에서 버릇없이!" 하고 소리친다. 그러면 봉화 아재는 찔끔 저만치 물러서면서 멋쩍게 뒤통수만 긁적

| **불천위제사** | 불천위제사가 있을 때면 문중분들이 많이 모여 많게는 300명 이상이 참가하곤 했다.

거린다. 그러면서 속으로 '아, 나는 아직 안되는구나' 하고 반성하게 된다.

또 제사 때 잔을 모두 올리고 첨잔하는 유식(侑食) 절차까지 끝난 뒤 제관이 모두 엎드려 기다리는 것을 부복(俯伏)이라 하는데, 부복 때 언제 일어나는가는 그때그때마다 나이와 항렬과 학덕과 사회적 지위, 종가에 대한 봉사 등을 고려하여 묵시적으로 따르게 되는 좌장이 있어서 그분이 유도한다. 그래서 부복 때 모두 엎드려 그쪽으로 촉각을 곤두세워 이를테면 춘양 할배가 일어나는 기척만 살피게 된다. 그런데 어느날 서울서 관리를 오래 하며 중앙에서 과장까지 지내고 정년퇴직하여 지난봄에 낙향한 무실의 과장 할배가 홀연히 큰기침을 하면서 일어나는 것이렷다. 이것은 큰 도전이다. 이때 사람들이 평소 춘양 할배가 격식만 많이 따지고 위압적인 것이 불만이었는데 잘됐다고 생각하면 과장 할배를 따라 모두 일어나버린다. 그렇게 되면 춘양 할배는 혼자서 오랫동안 부복하다가 마침내 비장하게 일어나 "흐음, 흐음" 하며 씁쓸히 두루마기 뒤를 매만지고 다시는 부복을 이끌어가지 않는다. 이제 주도권은 과장 할배한테로 넘어가게 되는 것이다. 그러나 평소에 그 과장 할배가 국장도 못한 주제에 중앙에서 관리를 지냈다고 큰 위세를 떨며 고향사람들을 무시하는 기색이 있어서 좀 안 좋게 생각해온 바가 있었다면 과장 할배가 부복 때 먼저 일어나도 모두 엎드린 채 시선만 그쪽에 주고 어떻게 하나 보면서 꼼짝도 않는다. 그렇게 되면 먼저 일어났던 과장 할배는 '이크!' 하면서 얼른 다시 부복하고 다시는 먼저 일어나는 일이 없게 된다.

　제사 때 종손은 항렬이나 나이에 관계없이 모든 권위를 부여받는다. 종손은 선출이 아니라 혈통으로 이어간다는 정신은 나라의 왕 세습과 같은 성격이다. 그래서 제상 앞에서 어떤 일이 일어나도 종손은 조상 앞에서 죄인으로서 무릎 꿇고 고개 숙이고 향을 피울 따름인 것이다. 제상의 진설 문제나 부복에서 언제 일어나느냐 같은 국부적인 일에 개입하는 일이 없다. 그런 데 개입해서는 종손의 체통이 서지 않는다. 그런데 제사에서 종손보다 더 권위있는 것은 죽은 조상이다. 그래서 평소에 아우는 절대로 형에게 대들지 못하지만 조상 앞에서, 즉 제사 때는 조상의 이름으로 형을 꾸짖을 수도 있는 것이다. 이것은 궁중에서 원임대신(原任大臣) 회의 때 왕 앞에서는 정3품이 정1품을 반박하고 나설 수 있는 것과 같은 원리이다.

　예를 들어 형님에 대하여 불만이 많지만 어쩔 수 없이 속으로만 앓고 있던 차에 형님이 제사가 끝나자마자 두루마기를 벗어던지고는 양말까지 벗어 둘둘 말아 어디론가 처박아두려고 번쩍 들었는데 아우가 앞에 나타나 "형님! 음복까지는 제사요!" 하고 준엄하게 한마디한다. 그러면 형님은 뜻밖의 일격에 당황하여 말을 더듬으면서 "어, 어, 내 너무 더워서 그랬네"라며 말았던 양말을 다시 펴서 신고 정좌를 하면서 속으로 '내가 저 녀석한테 그동안 뭘 서운하게 했나'를 곰곰이 생각해보게 된다. 그러나 그 형님이 평소에 아우라는 놈이 요즘 시건방져진 것이 꼭 형한테 대들려고 하는 기색이 있는 것을 눈치채서 한껏 경계하고 있는데 "형님! 음복까지는 제사요!"라고 나오면 형님은 지체없이 아우의 얼굴을 노려보면서 "뭐시라! 음복은 음복이고, 제사는 제사지!"라고 소리치고 아우는 찔끔해서 뒤꽁무니를 빼고 만다. 그러니까 본래 정답은 없는 것이다. 사단이 험악해져서 형과 아우가 양말 벗은 것을 갖고 서로가 잘했다 못했다를 다투게 되면 이때 크나배(큰아버지, 조부祖父. 안동에서는 할아버지를 큰아버지라고 한다) 또는 마다배(맏아버지, 백부伯父)가 나서서 "아니다, 음복까진 제사다"라고 유권해석을 내리고 그것으로 마무리된다. 만약 그 권위에 도전하면 그때는 문중에서 손가락질을 받게 되니 다툼은 거기서 끝난다.

그러나 이 게임은 여기서 끝나지 않는다. 제사가 끝나면 어른들은 제청에 둘러앉아 제삿밥을 기다리며 이런저런 얘기를 나눈다. 이때 아까 제상에서 일어났던 이벤트 내지 해프닝이 또다른 상수에 의해 제기된다. 이를테면 봉화 아재 말대로 식혜와 포가 옮겨진 다음이라면 "봉화 아재, 식혜 그쪽에 놓는 게 확실하긴 확실한기요?" 하면서 슬며시 웃음을 지어 보낸다. 또 과장 할배가 부복 때 일찍 일어난 것에 표를 던져주고도 "과장 할배, 서울 사시더니 빨라졌심더" 하면서 '내 알지만 봐줬다'는 암시를 침을 놓듯 찔러놓는다. 이것은 몇년 뒤에 다시 제상의 이벤트로 나타날 것의 예고이기도 하다. 그래서 제사를 지내면 누가 똑똑한가를 바로 알 수 있다고 해서 제사를 현서(賢序)라고도 했다는 것이다.

이것이 남자들 사이뿐만 아니라 여인들 사이에도 그대로 일어난다. 제사음식 준비하는 데 한여름에 뜨거운 화덕에서 부침개를 부치는 것이 누구인가는 나이, 재산, 남편의 항렬과 사회적 지위, 종가와의 촌수, 그 집

아들이 어느 대학 다니는가까지가 종합적으로 계산되어 결정된다. 무엇으로 보나 몸으로 때워야 할 처지에 있는 집 여자가 땀을 흘리고 그 일을 한다. 그러나 겨울이 되면 화로 앞의 일은 높은 집 차지가 되고 아랫것을 자처하는 여인이 찬물을 길으러 간다. 또 아이들은 자기들 나름대로의 계산에 의해 광에 가서 제상을 날라야 하는 것인지, 눈물을 흘리면서 향불을 피워야 하는지, 할아버지 지방 쓰는 옆에서 먹을 가는지, 지방 소화는 누구 차례인지를 안다.

제사가 끝나면 제상을 물리고 나서 제사음식을 인척들에게 나누는데, 이 일은 종갓집 며느리가 집행한다. 종부(宗婦)는 멀리서 "건네(물 건너)집은 애가 많으니라" 하며 그 집에 더 주라는 식으로 감독한다. 본래 제상에 생고기를 안 쓰는 이유는 조상을 위해서라기보다 나누어 먹게 하기 위한 뜻이 더 큰 것이었다. 냉장고가 없던 시절인지라 요리한 고기는 나눌 수밖에 없는 것이다. 그러나 어느 종가는 생고기를 제상에 올린다. 이는 종가에 무지하게 큰 권한을 주는 것이다.

조상과의 만남

이처럼 제사는 가문의 결속과 질서를 세우는 중요한 형식으로 작용한다. 그러니까 제사는 죽은 조상을 통한 산 자손들의 만남이라는 속뜻이 서려 있는 것이다.

그러나 제사의 기본은 조상에의 경의에 있다. 특히 불천위 조상에 대한 긍지는 기독교인이 예수님 모시듯, 절집에서 부처님 모시듯 거의 절대적이다. 그것은 그 조상을 구심점으로 해서 집안이 결속한다는 뜻도 있지만 그 조상을 공경함으로써 자신을 항시 반성하면서 조상에게 부끄러운 일을 해서는 안된다는 다짐의 계기도 되는 것이다. 그것은 인류의 실현에서 매우 중요한 각성제이기도 하다.

안동사람들이 자기 조상에 대한 긍지가 얼마나 강한가는 1987년 고향 문화사에서 펴낸 『안동지』에서 안동 명사들의 글 끝에 붙인 출신 약력을 보면 알 수 있다. 나 같으면 '1949년 서울 태생' 하고 말 것을 이들은 그렇게 안한다.

'풍산금속 회장 류찬우씨는 1923년 안동군 풍천면 하회동에서 서애 류성룡 선생의 12대손으로 출생 (…)' 하고 시작한다. 이건 아주 짧은 표현이다.

'전 포항공대 학장 故 김호길 박사는 1933년 안동군 임동면 지례동에서 의성 김씨 청계공파의 14대손 부친 김용대, 모친 여강인 이귀복 슬하 4남 4녀 중 3남으로 출생 (…)' 하고 적었다. 이건 보통 길이이다.

'공보처 장관을 지낸 류혁인씨는 1931년, 전주 류씨 삼괴정파로 박실이라 불리는 안동군 임동면 박곡동에서 불천위인 9대조 용와 류승현에 이어 8대조 노애 류도원, 7대조 호곡 류범휴, 6대조 수정재 류정문, 조 모암 류동걸, 부 일야 류세희(배 의성 김씨)로 이어지는 유림의 후예 (…)'라고 했다. 이게 제일 길다.

이런 식으로 조상을 확실히하면서 그 굴레 속에 자신을 맡긴다는 것은 속박이 아니라 힘이 되는 경우가 많은 것이다.

내가 대학입시 치르기 위하여 시험장에 갔을 때 지금은 복개된 대학천변 학교 담장에 각 고등학교의 격려 플래카드에 '화이팅! ○○고!' '대구의 자존심, ○○고' '왔다. 보았다. 붙었다. ○○고!' 등이 경쟁적으로 붙어 있는 것을 보고 나는 명문의 전통이 얼마나 무서운 힘을 갖는가를 알았다. 그런 중 속칭 '미라보 다리'라고 불리던 작은 다리 양옆 목버짐나무(플라타너스) 높은 가지에 길게 걸려 있는 경기고의 격려 플래카드는 나머지 모두를 압도하고도 남는 권위가 있었다. 그 플래카드 정가운데엔 다이아

몬드 형상의 경기고 배지를 그려놓고 '명예로운 전통에 의무를 다하자'라고 씌어 있었다. 그때 나는 저것이 오만이 아니라면 저런 전통은 위대한 것이라고 생각했다. 그처럼 자부심과 함께 의무를 느끼게 하는 전통은 삶의 큰 위안이자 힘이 될 것이 분명하다.

김도현형이 지난번 총선 때 국회의원에 출마하여 낙선하였을 때 나는 아는 처지에 좀 보탬이 못됐던 것을 퍽 미안스럽게 생각하면서도 연락도 한번 못하고 있었는데 우연히 인사동에서 만나게 되어 멋쩍게 인사를 드렸다. 그런데 그 겸연쩍어하는 인사를 참으로 편하게 받아들여 고맙고 놀라웠다.

"형님, 제가 뭐 주제넘게 위로를 드려도 될지 모르겠네요. 또 기회가 있겠죠."
"뭐, 괜찮아요. 나는 크게 실망하지 않아요. 우리 조상이 그랬어요, 내가 무엇이 안되었음을 안타까워하지 말고 내가 무엇이 되었을 때 그것에 대한 준비가 없음을 걱정하라고. 하, 하, 하."

나는 순간 그 말을 꼭 기억해두고 싶어 다시 물었더니 "뭐, 뭐, 내가 잘 아나, 한문으로 그렇게 말했겠지"라며 안동인답게 수줍어하면서 말꼬리를 돌리는 것이 더욱 멋있었다. 안동사람들이 조상을 극진히 섬겨 무엇이 잘됐냐고 되물을 때 내가 대답할 수 있는 얘기는 그런 것이었다.

1997. 3.

저 매화나무 물 줘라

예안 / 도산서원 / 이퇴계 청문회 / 퇴계 종택 / 퇴계 묘소

사라진 예안길과 도산서원 진입로

오천 군자리 문화재단지에서 다시 큰길로 나와 도산서원을 향하여 산자락 두어 굽이를 넘어가면 차창 오른쪽 저 멀리로 산상의 호수 안동호가 유연히 떠오른다. 겹겹이 싸인 산봉우리를 헤치며 호수는 자꾸만 넓게 퍼져나가니 어디가 끝이고 어디가 처음인지 가늠치 못하는데 산 그림자까지 다 받아낸 호수의 빛깔은 푸르다 못해 진초록 쑥빛이 된다.

연 3년 가뭄으로 호수는 자꾸 마르고 낮은 곳은 벌써부터 바닥을 내놓은 채 차오를 줄 모르고 있으니 농촌 사정을 잘 모르는 도시 답사객 눈에도 안타깝기 그지없다. 물기마저 사라진 진흙바닥은 처참하게 터져나가 메줏덩이 갈라지듯 덩이째 잘려 뒹구는데, 한 가닥 굵은 선이 내리쬐는 햇살을 가볍게 반사하며 호수의 심연으로 빨려드는 것이 선명히 들어온

다. 그것이 수몰되기 전 도산서원으로 가던 옛길이다.

저 길이 인도하는 가장 낮은 곳에 있던 옛 마을 예안은 송두리째 물에 잠기고, 불안스러울 정도로 높은 교각에 떠받쳐 있는 좁고 긴 다리가 질러지고 이름하여 '예안교'라고 한다. 예안교를 지나 또 산자락 한 굽이를 넘으면 이번에는 산상의 마을인 양 국도변 아래쪽 가파른 산비탈을 타고 낮은 집들이 다닥다닥 붙어 있는 제법 큰 동네가 나타나 초행길 답사객들은 눈이 휘둥그레진다. 어이해서 이런 궁벽진 곳에 이렇게 큰 마을이 있는가 싶은데 예안초등학교 팻말이 있는 것을 보고 '아! 여기가 그 역사의 마을 예안인가보다' 하고 지레짐작하게 된다. 또 그렇게 알고 간 사람이 하나둘이 아닐 것이다. 그러나 여기는 예안이 아니다. 행정구역상으로는 도산면 서부리, 예안장터 사람들이 집단으로 이주해서 형성한 새 마을이다. 어차피 새 집터, 새 마을터를 잡는데 어쩌자고 이렇게 숨막힐 듯 갑갑한 공간에 모여든 것인가? 이주민단지를 이렇게 만든 사람이나 그렇게 옮겨앉은 사람이나 다 사정이 있었겠지만 그 피치 못할 가장 큰 사정은 아마도 물에 잠긴 고향을 먼발치에라도 두고 살고 싶은 욕구와 그래도 낯익은 산천에 사는 것이 낯선 곳으로 가는 것보다 위안이 될 것 같은, 인간으로서 거의 본능적인 반응이었으리라 생각해보게 된다.

서부리에서 도산서원까지는 아직도 십릿길이 남아 있다. 산등성이로 올라탄 찻길은 위에서 아래로, 왼쪽에서 오른쪽으로, 오른쪽에서 왼쪽으로 물결 굽이치듯 돌고 또 돌아가니 앞뒤 사정 모르는 사람들은 퇴계가 사람 안 다니는 깊은 산골을 찾아 도산서당을 세운 줄로 알며 또 그것을 칭송하기도 한다. 그러나 그것은 큰 오해다. 옛길로 말할 것 같으면 저 아래 낙동강을 따라 난 들판길로, 평화롭고 온정이 가득한 길이었다.

서부리에서 고개 하나를 넘어서면 오른편 아래쪽 산비탈에 기와지붕이 반듯반듯하게 포치되어 있는 고옥(古屋)을 차창 밖으로 내다볼 수 있

| 겸재 정선의 「계상정거도(溪上靜居圖)」 | 현행 1천원권 지폐에 들어 있는 이 그림은 옛 도산서원의 그윽한 분위기를 잘 전해준다.

다. 이 건물은 예안향교로 지금 우리는 위에서 내려다보면서 저지대에 있구나 생각하지만 사실은 저 아랫마을을 굽어보는 산자락 고지대에 세운 것이었으니 그 입지 환경의 변화를 더 말하지 않아도 알 일이다.

부내의 농암 유적들

서부리 다음 마을은 분천(汾川), 여기 말로 부내라고 한다. 청량산을 지나면서 큰 내를 이룬 낙동강이 도산서원 앞에 이르러는 유유히 흐르다가 부내의 큰 벼랑을 만나서는 정면으로 들이받아 장한 물보라를 일으키면서 직각으로 휘어가니 흰 분말을 일으킨다고 분천이라고 한 것이다.

부내의 옛 마을에는 퇴계가 존경해 마지않던 고향 선배로 그가 세상을 떠났을 때 만사(挽詞)와 행장(行狀)을 지어 바친 농암 이현보의 유적들이 남아 있었다. 농암은 부내 절벽에 물 부딪는 소리가 하도 시끄러워서 그 바위를 차라리 '귀머거리 바위'라고 해서 '농암'이라고 이름짓고 그것을 자신의 호로 삼았는데, 지금은 안동호가 모조리 삼켜버려 다시는 농암엔 진짜로 물 부딪는 소리가 나지 않는 벙어리 바위로 되었고, 분천엔 물거품이 일어나는 일도 없게 됐다. 그것도 예언이라면 예언인 것이다. 농암은 여기서 그의 유명한 「어부가(漁夫歌)」를 지어 조선시대 강호(江湖)문학의 서장을 열었으니 어찌 가볍게 생각할 곳이겠는가.

부내에 있던 농암의 별당인 애일당(愛日堂)은 서쪽 영지산 기슭으로 옮겨졌고, 영천 이씨 종택인 긍구당(肯構堂)과 농암을 모신 분강서원(汾江書院)은 산 너머 온혜리 온혜온천 가는 길에 이건되었으며, 지금 부내에는 도산서원으로 꺾어드는 진입로 한쪽에 농암 시비가 세워져 옛 자취를 말없이 증언할 따름이다.

부내 농암 시비에서 도산서원까지는 잠깐이다. 그러나 옛길을 호수에 묻어두고 산자락 높은 곳을 휘몰아치듯 돌아가니 길은 좁고 굴곡은 심하여 차 속 답사객은 차가 흔드는 대로 몇차례 좌우로 쏠릴 수밖에 없다. 그리고 제법 넓은 주차장에 도착하면 여기서부터 도산서원 답사가 시작된다.

그러나 이것은 도산서원 답사에서 내가 항시 느끼는 불만이며 도산서원을 해설하는 어려움의 시작이다. 퇴계가 여기에 도산서원을 잡았던 뜻은 지금 우리가 찾아가는 길의 정서와 너무도 다르다. 나는 도산서원은 건축적으로 성공한 집이라고 생각하지 않는다. 비록 도산서원 전교당(典教堂)과 '도산서원 상덕사 부 정문 급 사주토병(陶山書院尙德祠附正門及四周土屛)'이라는 기막히게 긴 이름의 건물이 보물로 지정되어 있지만 나는 거기에서 어떤 보물적 가치를 읽어낸 적이 없다. 거기엔 나의 불찰이나 실수도 있겠지만 지금의 도산서원 환경에서 그 건물을 보고 감동한 분이 있다면 그분의 눈을 차라리 보물로 지정하는 게 옳을 정도로 변질되어 있는 탓이다.

도산서당에서 도산서원으로 되기까지

퇴계가 처음 도산 남쪽에 서당터를 잡은 것은 57세 때인 1557년이었다. 그러나 이 터가 마음에 차지 않아서 지금 자리로 새로 옮기게 됐고, 5년간의 공사 끝에 61세 되는 1561년에 완공을 보게 됐다. 이때 지은 집은 선생의 공부방인 도산서당과 학생들의 기숙사인 농운정사(隴雲精舍), 두 채뿐이었다. 그러다 학생들이 늘어나면서 기숙사 시설이 부족하던 차에 제자 지헌(芝軒) 정사성(鄭士誠, 1545~1607)이 입학할 때 그의 아버지가 기숙사 별관으로 역락서재(亦樂書齋)를 지어주었다. 그래서 역락서재를 어떤 분은 우스갯소리로 기부금 입학의 전통적인 사례라고 하는데, 이는 입학을 전제로 한 기여가 아니라 입학 후 기증이었으니 조건 없는 순수 도네이션(donation)이었다.

퇴계 생전의 도산서당 시절 건물은 여기에다 나중에 하고직사(下庫直舍)라고 불리는 관리 주사(廚舍)가 덧붙여진 것이 전부였다. 지금 도산서원에서 아래채에 해당하는 이 건물들이 위쪽 서원 건물들과는 달리 검소하고 조촐하고 조용한 분위기를 띠고 있는 것은 이런 연유에서다. 그래서 어떤 분은 도산서원은 퇴계가 지은 서당 시절이 진짜 건축다운 건축이었다고 주장하기도 한다.

그러나 세월은 그렇게 흐르지 않았다. 1570년, 퇴계가 세상을 떠나고 3년상이 지나자 제자들은 당연히 선생을 모실 사당과 선생의 학문을 이어받을 서원을 짓기로 결정하였고, 그것은 도산서당의 위쪽 산을 깎아

| 도산서원 전경 | 도산서원은 퇴계 당년에 지은 서당과 사후 4년 만에 지은 서원으로 구성되어 조선시대 서원 중 가장 복잡한 구조를 보여준다.

세우기로 하였다. 그래서 사후 4년 뒤인 1574년에 착공하여 이듬해인 1575년에 낙성을 보았다. 그래서 서당 위쪽으로 진도문(進道門), 전교당, 동재, 서재라는 강학공간과 내삼문, 전사청, 상덕사라는 제사공간 그리고 상고직사(上庫直舍)라고 부르는 서원 관리소와 인쇄원판을 보관하는 장판각(藏板閣) 등 부속건물을 갖추어 전형적인 서원을 세우게 되었다.

서원 영역은 아래쪽 서당 영역과는 달리 기둥이 곧고 집의 형태가 의젓하며 사당에는 단청까지 칠하여 그 존엄성을 더하고 있다. 그러나 그 모든 것이 퇴계라는 대학자의 권위를 너무 받드는 듯한 과장과 엄숙성으로 일관해 이 서원을 무겁게 만들었다는 평도 없지 않으니, 높이 올라앉은 전교당 앞마당의 공간을 볼 때 더욱 그런 생각을 갖게 된다.

도산서원 건축의 변질과정

그러나 도산서원 건축에서 정말 건축적으로 문제가 생긴 것은 후대의 증축과 보수 과정에서였다. 무엇보다 동서 두 채의 광명실(光明室)이 그렇다. 서책을 보관·열람하는 도서실인 이 광명실은 전교당 마당의 축대 바깥쪽에 누각으로 내어 지은 건물인데 전하는 바에 의하면 19세기에 동광명실을 먼저 지었고, 1930년에 서광명실이 증축되었다고 한다. 이것이 도산서원 입면(立面)계획을 여지없이 파괴했다.

병산서원으로 치면 만대루 같은 누각이 있어서 산과 강과 들의 경치를 여기에 다 모을 수 있는 전망을 가진 자리인데, 그 탁 트인 공간에 두 채의 서고를 만들어 갑갑하게 만들고 만 것이다. 지금도 도산서원을 답사할 때면 나는 이 광명실을 누마루로 생각하고, 동광명실 쪽마루 복도에 올라가서 멀리 낙동강을 바라보면서 고요한 아름다움의 옛 도산서당 시절을 생각해보곤 한다.

광명실 때문에 집을 버려놓았다고 주장하는 내가 도산서원 건축의 참맛을 오히려 광명실 쪽마루에서 찾고 있다는 것은 아이러니다. 그러나 이런 예는 세상에 아주 많다. 빠리에 에펠탑이라는 철근 괴물이 올라가는 것을 보고 모빠쌍은 이렇게 말했다고 한다. "저 빠리의 추악한 건물을 보지 않으려면 우리가 에펠탑에 올라가는 수밖에 없다."

그리고 '위대한 20세기'에 들어와 도산서원은 1969년 '도산서원 성역화 사업'으로 대대적인 보수공사가 시행됨으로써 상처와 변질을 맞게 된다. 변질이란 진입로가 서쪽 기슭 천광운영대(天光雲影臺) 쪽으로 뚫림으로써 도산서원 진입계획 전체가 일그러져버린 점이다. 즉 정문은 어디인지도 알지 못한 채 곁문으로 들어갔다가 곁문으로 나오는 형상이 되고 만 것이다. 더욱이 마사토를 깔아 넓게 낸 진입로는 많은 관람인원을 배

| **도산서원 현판** | 서원의 핵심공간인 전교당에 걸려 있는 도산서원 현판은 한석봉의 글씨로 선조가 내려준 것이다.

려한 올바른 선택이었다고 하더라도 낙동강과 안동호를 시원하게 바라볼 수 있는 강변 쪽 비탈에 일본식 정원수 가꾸기로 향나무를 빽빽이 심어 시야를 막은 것은 도저히 이해할 수가 없다.

상처란 지금 도산서원 앞마당을 무려 5미터 이상 높이로 흙을 북돋아 평평하게 만들어놓은 점이다. 그래서 서원 앞마당의 은행나무, 벚나무, 갯버들 등이 몸체 줄기는 땅에 묻히고 가지들이 지표에 들떠 있어 나무마다 기이한 모양이 됐다. 벚나무는 한 그루가 마치 네 그루로 보이고, 갯버들은 그 용틀임한 가지가 본 줄기 늘어진 것으로 착각게 하고 있는 것이다.

그러니까 낙동강을 유유히 따라 걸어오다가 서원 입구 곡구암(谷口巖)에 와서는 돌계단을 차곡차곡 밟고 천연대(天淵臺) 옆으로 올라 해묵은 갯버들의 호위를 받으며 서원 문에 당도하던 그 그윽한 정취와 분위기를 우리는 다시는 회복할 수 없게 된 것이다.

게다가 유물관의 신축으로 도산서원은 관람객의 관람 동선이 뒤엉키게 되었고 이로 인하여 유물관 위에 있는 상고직사나, 곁에 있는 하고직사 그리고 농운정사까지 건물들간의 유기적인 연결이 무너진 것이다. 가뜩이나 비좁은 공간에, 더욱이 유물 보존에 문제가 많은 음습하고 어두운 곳에 유물관을 지은 당시의 안목이 차라리 원망스럽기만 하다.

그리고 1969년의 정화작업에서 결정적으로 실수한 것은 기와돌담이다. 지금 도산서원에서 서당 영역은 돌흙담으로 소담한 분위기를 유지하고 있지만, 서원 사방으로는 번듯한 기와돌담이 높게 둘러 있어서 결과적으로 돌담이 건축을 압도하는 주객전도가 일어나고 만 것이다. 특히 서당과 서원 영역 바깥쪽인 산비탈에 경복궁 돌담 같은 장한 담장을 두르니 여기가 과연 도산서당이고 도산서원인가 의아스럽기도 하다. 이 점은 이른바 도산서원 성역화 사업 이전 사진을 보면 더욱 선명하게 드러나니 우리 시대 문화의 허구성을 보는 것만 같아 볼 때마다 안타까움을 느끼게 된다. 한마디로 1969년 도산서원 성역화 사업은 속된 관광화 사업이 되고 만 것이다.

도산서당의 원 모습

그러면 퇴계가 지은 도산서당의 건축정신은 무엇이었을까? 어떤 건축

| 도산서당 | 양지바른 곳 세 칸 집이라는 뜻으로 '양용삼간'인데 살평상 마루와 정지간을 잇댄 증축이 있었다.

적 의도에서 위치가 설정되고, 건물이 지어지고, 정원이 만들어지고, 원림이 경영되었던 것인가? 이에 대해서는 다름아닌 퇴계 자신이 쓴「도산잡영 병기(陶山雜詠幷記)」, 풀이하여 '도산에서 이것저것 읊은 시에 붙인 글'에서 자세히 살필 수 있다.

처음에 내가 퇴계 계상(溪上)에 자리를 잡고 시내 옆에 두어 칸 집을 얽어짓고 책을 간직하고 옹졸한 성품을 기르는 처소로 삼으려 했는데, 벌써 세번이나 그 자리를 옮겼으나 번번이 비바람에 허물어졌다. 그리고 그 시내 위는 너무 한적하여 가슴을 넓히기에 적당하지 않았기 때문에 다시 옮기기로 작정하고 도산 남쪽에 땅을 얻었던 것이다.

거기에는 조그마한 골이 있는데 앞으로는 강과 들이 내다보이고 깊숙하고 아늑하면서도 멀리 트였으며 산기슭과 바위들은 선명하며 돌

우물은 물맛이 달고 차서 이른바 (『주역』에서 말한바) 비둔(肥遯)할 곳으로 적당하였다. 어떤 농부가 그 안에서 밭을 일구고 사는 것을 내가 샀다.

이렇게 해서 구한 것이 지금의 도산서당이다. 이 글만 보아도 퇴계가 궁벽하고 외진 곳을 싫어하고 밝은 기상이 감도는 진짜 '좋은 터'를 얼마나 갖고 싶어했나를 잘 알 수 있다. 이렇게 터를 잡은 퇴계가 도산서당 건물을 짓는 과정에 대해서는 퇴계의 제자인 금난수(琴蘭秀, 1530~1604)가 지은 「도산서당 영건기사(營建記事)」에 자세히 밝혀져 있다.

| 도산서당 현판 | 언제 누가 쓴 글씨인지 모르지만 서당과 잘 어울리는 조촐한 현판이다.

그리하여 중 법련(法蓮)에게 그 일을 맡아보라고 청하였는데 준공이 되기 전인 1558년 7월에 선생은 나라의 부름(대사성)을 받아 서울로 올라가시면서 건물의 설계도 「옥사도자(屋舍圖子)」 한 부를 벗 이문량(李文樑)에게 주면서 법련에게 시켜 일을 마무리하게 하였다. 그러나 법련이 갑자기 죽고 정일(淨一)이란 중이 계속 일을 맡아 집을 세우게 되었다.

이렇게 완성된 건물은 도산서당과 기숙사인 농운정사 두 채였다. 서당 건물은 부엌, 방, 마루가 각각 하나씩 있는 세 칸 집이다. 이 최소 단위의 세 칸 집은 '초가삼간'이라는 말이 있듯이 자족(自足)의 상징이며 겸손의 발현인데 초가가 아닌 기와삼간을 금난수는 '양지바른 터 세 칸 집'이라는 뜻으로 '양용삼간(陽用三間)'이라고 했다. 퇴계 연구가인 권오봉(權五鳳) 교수의 해설에 의하면 퇴계의 외할머니의 외가댁이 부내에 있었는데 거기서 본 집을 본뜬 것이란다. 외할머니의 외가댁 집이었단다.

그러나 도산서당 건물은 현재 세 칸이 아니라 부엌 쪽으로 반 칸, 마루 쪽으로 한 칸을 내어 지었다. 마루 쪽 증축은 성글게 짠 평상을 붙박이로 붙이듯 이어놓았고 지붕은 경사가 급하게 매여달렸으며, 부엌 쪽은 역시 정지간을 넓힐 뜻으로 반 칸을 내어 지으면서 모자챙 같은 지붕을 얹었다. 살평상은 한강 정구가 안동부사로 있을 때 기증한 것이고, 골방은 완락재(玩樂齋)의 부엌에 붙은 작은 온돌로 수직(守直)하는 중의 거실이다. 거기엔 70년대까지 볼 수 있었던 서울 중류 가정집의 식모방만한 것이 달려 있다. 그래서 이 집은 증축 부분을 빼고 볼 때 비로소 조촐한 아름다움이 나타난다. 퇴계는 이 세 칸 집에 자족하며 방과 마루에 완락재, 암서헌(巖棲軒)이라는 이름을 붙였다.

서당과 함께 준공을 본 기숙사 건물은 여덟 칸으로 방과 마루에 시습재(時習齋), 지숙료(止宿寮), 관란헌(觀瀾軒)이라 이름붙였는데 모두 합해서 농운정사라는 현판을 달았다. 그런데 이 집은 공(工)자형으로 일반 건축에서는 아주 꺼리는 형식으로 되어 있다. 공자형 집은 우선 뒷방 쪽의 채광이 큰 문제이며, 그 의미가 공격한다는 뜻이 있어서 기피했던 것이다. 그런데 퇴계는 오히려 공자형 집은 기숙사 건물로는 적합하며 공자에는 공부(工夫)한다는 뜻도 있으니 생각하기 나름이라는 듯이 이 집을 고집하였다. 그것은 공사감독을 부탁했던 이문량에게 보낸 편지에 아주 자세히 나와 있다.

이번 집의 제도(製圖)는 당을 반드시 정남향으로 해서 예(禮)를 행하기 편하도록 하고 재(齋)는 반드시 서쪽에 두고 뒤뜰과 마주하도록

하여 아늑한 정취가 있도록 할 것이며 그 나머지 방, 실, 부엌, 곳집, 문, 마당, 창호 모두 의미를 내포하고 있는 것이니 구조가 바뀌지나 않을까 염려됩니다. (…) 이렇게 하면 뜻이 너무 작아 뒷박처럼 좁아질 것입니다. 그러나 이 두 칸은 비록 지붕이 아주 낮지만 짧은 처마를 사용하기 때문에 빛을 받아들일 수 있으니 뜰이 좁은들 무슨 지장이 있겠습니까. (…) 당과 재를 (동시에) 이용할 때는 (등불은) 모두 뜰 양쪽으로 향하게 하지 말고 부엌등만 밝게 하면 될 듯싶은데……

퇴계가 건축에 얼마나 세심한 관심을 표현했는가는 이 편지 한 통만으로도 알 수 있으며, 그가 종래의 관행을 부수고 가운데 부엌이 있는 도투마리 집을 응용하여 공자형 집을 지을 수 있었던 것도 이런 식견과 높은 안목이 있어서 가능했던 것이다. 이 건축에 어린 퇴계의 정신은 얼마나 숭고하게 느껴지는가.

도산서당의 정원과 원림

제1회 퇴계학술상 수상자이며 『퇴계평전』(지식산업사 1987)의 저자인 故 정순목(丁淳睦) 교수가 「도산서원의 연혁」(『도산서원 실측 조사보고서』, 영남대학교 민족문화연구소 1991)에서 그 사례를 예시하면서 단호히 말했듯이 "퇴계는 여느 학자와 달리 건축적 관심이 컸던 분"이다. 터 하나를 잡는 데도 서너 번을 옮겼고, 집을 지을 때도 설계도를 그려 그대로 짓게 했으며, 손수 정원을 만들고 원림을 경영하면서 이름을 짓고 의미를 부여했다. 사실 퇴계가 정원을 어떻게 경영했는가에는 그의 취미와 성품뿐만 아니라 그의 사상과 자연관이 그대로 나타나 있기도 하다. 그는 「도산잡영 병기」에서 또 이렇게 말했다.

서당 동쪽 구석에 조그만 못을 파고 거기에 연꽃을 심어 정우당(淨友塘)이라 하고, 또 동쪽에 몽천(蒙泉)이라는 샘을 만들고 샘 위의 산기슭을 파서 추녀와 맞대고 평평하게 쌓아 단(壇)을 만들고는 그 위에 매화, 대나무, 소나무, 국화를 심어 절우사(節友社)라 불렀다. 서당 앞 출입하는 곳을 막아서 사립문을 만들고 이름을 유정문(幽貞門)이라고 하였다.

여기까지는 모두 인공을 가한 조원(造苑)으로 서당 주위로 사철 꽃을 보면서 자연과 계절을 느끼며 살기 위한 배려였고, 그 자취는 지금도 그대로 남아 있어 그것이 도산서원 답사에서 한차례 볼거리가 되고 있다.

그러나 도산서당의 정원은 여기에 머무는 것이 아니다. 우리나라 전통 정원에는 원림이라는 개념이 있는데 이는 집 안에 자연의 모습을 인공으로 만드는 정원과는 정반대로 자연 속에 집이 들어가고 정자와 대(臺)를 설치하여 자연 전체를 정원으로 받아들이는 생각이다. 퇴계는 도산서당에서 당연히 이런 원림을 경영하였고 또 이 원림을 위하여 도산서당을 이 자리에 잡았던 것이다. 퇴계는 이에 대하여 다음과 같이 말하였다.

문 밖의 오솔길은 시내를 따라 내려가서 마을 어귀에 이르면 양쪽 산기슭이 마주 대하여 있다. 그 동쪽 기슭에 바위를 부수고 터를 쌓으면 조그만 정자를 지을 만한데 힘이 모자라서 만들지 못하고 다만 그 자리만 남겨두었다. 마치 산문(山門)과 같아 그 이름을 곡구암이라 하였다.

여기서 동쪽으로 몇걸음 나가면 산기슭이 끊어지고 탁영담(濯纓潭)에 이르는데 그 위에는 큰 돌이 마치 깎아세운 듯 서서 여러 층으로 포개진 것이 10여 길은 될 것이다. 그 위를 쌓아 대를 만들고, 우거진 소나무는 해를 가리고 위로 하늘에는 새가 날고 아래로 물에는 물고기가 뛰며 좌우로 취병산(翠屛山)이 물에 비친 그림자가 흔들리어 강산의 훌륭한 경치를 다 볼 수 있으니 이름하여 천연대라 한다. 저 서쪽 기슭 역시 이를 본떠서 대를 쌓고 이름하여 천광운영이라 하였으니 그 훌륭한 경치는 천연대 못지않다. 반타석(盤陀石)은 탁영담 가운데 있다. 그 모양이 평평하여 배를 매어두고 술잔을 서로 전할 만하며 큰 홍수를 만나면 물속에 들어갔다가 물이 빠지고 물결이 맑은 뒤에야 비로소 드러난다.

지금도 도산서원에 가면 우리는 이 모든 원림을 볼 수 있다. 그래서 그것이 도산서원 답사에서 한차례의 산책 코스가 되고 있다. 다만 반타석만이 수몰하여 다시는 세상에 모습을 드러내지 않을 뿐이다.

그러면 퇴계가 이런 정원과 원림을 경영한 마음은 어떤 것일까? 선생은 여기에 사는 뜻을 이렇게 술회하셨다.

나는 항상 오래 병으로 시달려 괴로워했기 때문에 비록 산에서 살더라도 마음을 다해 책을 읽지 못한다. 깊은 시름에 빠졌다가도 숨을 고르게 하여 때로 몸이 가뿐하고 마음이 상쾌해지면 우주를 굽어보고 우러러본다. 그러다 느끼는 바가 생기면 책을 덮고 지팡이 짚고 뜰 마당에 나가 연못을 구경하고 절우사를 찾기도 하고 밭을 돌면서 약초를 심기도 하고 숲을 헤치며 꽃을 따기도 한다. 또 혹은 돌에 앉아 샘물 구경도 하고 대에 올라 구름을 보며 여울에서 고기를 구경하고 배에서 갈매기와 친하면서 마음대로 시름없이 노닐다가 좋은 경치를 만나면 흥취가 절로 일어 한껏 즐기다가 집으로 돌아오면 고요한 방

안에 쌓인 책이 가득하다.

나는 도산서원에 오면 퇴계가 이런 마음으로 명아주를 다듬어 만든 청려장(靑藜杖)을 짚고 유유히 거닐었을 모습을 머릿속에 그려보면서 절우사로 천연대로 옮겨다니며 선생의 자취를 더듬어본다.

현대 도산서원의 진풍경 둘

요즈음 도산서원엔 퇴계 선생 당년엔 없던 두개의 진풍경이 있다. 모두가 영광과 상처를 함께 지닌 것으로 혹자는 영광을, 혹자는 상처를 먼저 생각한다.

하나는 도산서원 앞마당에 당도하면 제일 먼저 우리의 눈을 끄는 것으로 호수가 된 낙동강 한가운데 섬으로 솟아 있는 시사단(詩社壇)이다. 수몰되기 전 여기는 백사장과 솔밭이 시원스레 펼쳐진 강변이었다. 그러던 1792년 3월, 정조는 규장각 대신인 이만수(李晩秀)를 보내 도산서원에 치제(致祭)하고 별과(別科)를 보게 했는데 응시자가 너무 많아 서원에서는 볼 수 없어 과장(科場)을 강변으로 옮기고 시험문제는 소나무 가지에 걸어놓고는 시험을 보니 답안지 제출자만도 3,632명이었다는 것이다. 이를 봉해서 서울로 가져와 채점하여 일곱명을 뽑아 시상하고, 이때 왕이 전하는 말씀(傳敎)과 제문(祭文)은 전교당에 게시하고 그때의 일을 기념하여 단을 쌓고 기념비를 세우니 그것이 시사단이다. 비문은 유명한 재상 번암(樊巖) 채제공(蔡濟恭)이 지은 것이다. 이 유래깊고 자랑스러운 시사단이 물에 잠길 처지에 놓이게 되자 1976년 높이 10미터, 반경 10미터의 둥근 축대를 쌓아 그 위로 올린 것이다. 이리하여 축대 위의 시사단은 안동호의 물이 빠지면 축대 바닥까지 다 보이고 물이 차면 축대 가슴께까

| **시사단** | 호수가 된 낙동강 한가운데 섬으로 솟아 있는 시사단은 정조 때 시험문제지를 소나무 가지에 걸어놓고 시험을 보았다는 일화가 얽힌 곳이다.

지 출렁거리니 옛날 서당 시절에 있었다던 반타석이 변신한 듯 우리의 시선을 사뭇 거기에 붙잡아둔다. 그것은 상처는 상처로되 영광어린 상처이다.

또 하나는 도산서원 정문을 들어서면서 우리가 제일 먼저 마주하게 되는 키 큰 금송(金松)이다. 이 금송은 도산서원 성역화 사업 입안자였던 故 박정희 대통령이 청와대 집무실 앞에 심어 아끼던 금송으로 1970년 12월 8일 도산서원 경내를 빛내기 위해 손수 옮겨심은 것이다. 그 금송이 초겨울에 심었는데도 저렇게 건강하게 자라는 것은 박대통령의 원력이 크심인지 퇴계 선생의 신통력이 작용한 것인지 알지 못하겠는데, 소나무·전나무는 집의 울 앞에는 안 심는다는 조상의 뜻을 거스른 것이 그 또한 무슨 뜻인지 알지 못하겠다. 날이 갈수록 무럭무럭 자라는 활엽속성수 금송은 이제 도산서원 건축의 공간분할을 변형시켜 사립문 너머 어리어리 비치는 서당 마루를 가로막고 있는 것이다. 이것은 영광은 영광이로되 상처로 박힌 영광이다.

안내원이 말하는 퇴계의 일생

그러나 도산서원의 답사는 무엇보다도 퇴계 선생의 삶과 사상을 기리는 마음이 있을 때 그 참뜻이 있다. 그것이 아니라면 건물도 풍광도 다 변한 이곳에서 우리가 새겨갈 것은 아무것도 없기 때문이다. 사실 도산서원 유물관이 제 기능을 하려면 주차장 한쪽 넓은 터에 지어놓고 거기에서 퇴계의 생애와 사상을 도표와 사진과 유물과 비디오로 설명해주고, 도산서원의 옛 모습을 겸재(謙齋) 정선(鄭歚), 표암(豹庵) 강세황(姜世晃)의 그림과 옛 사진으로 보여주고, 그런 연후에 여유롭게 서당과 서원, 정원과 원림을 두루 살피게 해주어야 한다. 그렇게 할 때에야 우리는 거기서 퇴계와 도산서원을 답사하는 제대로 된 안내를 받을 수 있다.

솔직히 말해서 우리가 퇴계, 퇴계 하지만 퇴계에 대하여 알고 있는 바가 무엇이 있는가. 생각하자니 한심하고 부끄럽고 억울하기도 하다. 고등교육을 받고도 퇴계라고 하면 조선시대의 성리학자, 조금 더 입시적(入試的) 지식을 익힌 사람이라면 이기론자(理氣論者) 주리파(主理派) 정도를 말할 뿐이다. 그외에 내가 정확히 알고 있는 것은 지금 우리가 사용하고 있는 1천원짜리 지폐에 그 얼굴이 나온다는 사실뿐이다. 이런 상식으로는 도산서원을 답사할 수 없고 또 이런 천박한 상식을 넘어서고자 도산서원을 찾아가는 것이기도 하다.

도산서원 매표소에는 '안내를 원하는 방문객에게는 해설을 해드립니다'라는 친절한 안내문이 붙어 있다. 그래서 항시 도산서원에서는 유물관에서 혹은 전교당 마루에서, 도산서당 살평상에서 핸드마이크를 쥐고 열심히 해설하고 열심히 경청하는 흐뭇한 광경을 대할 수 있다. 그럴 때면 나는 청중 곁에 슬쩍 끼어 귀동냥을 하기도 했고, 학생들과 함께 갔을 때는 전교당 대청에서 특별주문으로 길게 듣고 가기도 했다. 안내원들의 해설의 유창함도 있었지만 모든 공부엔 장소성이라는 것이 있어서 집 책상에서는 퇴계의 삶과 사상이 읽히지 않던 것이 도산서원 마루에서는 귀로 들어도 잊히지 않는다. 마치 집에서는 뉴욕 지도를 아무리 봐도 모르지만 뉴욕에 가서 뉴욕 지도를 보면 한눈에 잡히는 것과 같다고나 할까. 도산서원 안내원의, 녹음테이프처럼 풀어가는 퇴계의 일생은 이러하다.

퇴계 선생은 1501년 예안 온계리에서 태어났다. 태어난 지 일곱달 만에 아버지를 여의어 홀어머니 밑에서 자랐다. 타고나기를 학문을 좋아하여 선친의 책을 밤낮으로 읽었는데, 젊은 나이로 과부가 된 어머니의 애비 없는 자식 소리 듣지 않게 예의바르고 열심히 공부하라는 가르침을 깊이 새겼다.

자라면서 12세 때는 숙부에게 『논어』를 배웠고, 소년시절부터 시를 잘 지었으며, 스무살에는 벌써 『주역』을 홀로 탐구했다. 이때 건강을 해쳐 소화불량으로 평생 고생하고 채식만 했다.

스물한살에 결혼하고, 스물셋에는 서울로 올라가 과거를 공부했는데 과거에 세번이나 떨어져 크게 자책하다가 이때 『심경(心經)』이라는 책을 읽고 크게 깨친 바가 있었다. 결국 스물일곱에 진사시에 합격했고, 서른세살에 문과에 합격하여 외교문서를 다루는 승문원 관리가 되어 비로소 벼슬길에 나서게 됐다. 과거 공부에 열중하는 동안 가정에는 부인이 둘째아들을 낳고 산후조리를 잘 못해 세상을 떠났고 전처 사후 3년 뒤 재혼을 하는 변고가 있었다.

이후 퇴계는 관리로서 출셋길을 걸어 42세 때는 암행어사가 되고 43세엔 성균관 대사성에 이른다. 그사이 모친상을 당해 고향에 잠시 돌아온

적도 있었지만 평탄한 길이었다. 그러나 퇴계는 날이 갈수록 고향으로 돌아와 학문에만 전념하고 싶어했다.

사표가 수리되지 않아서 불려가 관직에 머무르기를 5년 정도 더 하는 동안 무고로 관직이 박탈됐다가 복직되기도 하고 둘째부인마저 세상을 떠나는 아픔을 겪었다. 46세 때는 고향 시냇가에 양진암(養眞庵)을 짓고 성리학 연구에 전념한다. 이때 토계(兎溪)를 퇴계로 고치고 퇴거(退居)의 뜻을 다졌다. 그러나 48세에 단양군수로 발령받아 다시 나갔고, 이어 풍기군수가 되며 이때 조정으로부터 백운동서원의 지원금을 받아내는 데 성공하여 소수서원이라는 사액을 받고 지방교육기관으로서 서원제도를 확립하는 데 결정적인 공을 세웠다. 그리고 군수직을 사직하고 50세에는 고향으로 돌아와 한서암(寒棲庵)을 짓고 제자들을 가르치기 시작했다. 57세에 도산서당을 짓기 시작하여 61세 때 완공했다. 이에 덕망 높은 학자로 전국에 알려져 각지에서 우수한 학생들이 찾아와 가르침을 받았다. 제자인 고봉(高峰) 기대승(奇大升)과 8년간 논쟁한 사단칠정론(四端七情論)은 퇴계의 학문과 사상을 단적으로 보여주는 것이다. 그러나 거듭되는 조정의 부름을 단호히 뿌리치지 못해 공조판서, 예조판서를 거쳐 69세에 우찬성이 될 때까지 부임과 사퇴를 거듭했고 물러나서는 도산서당에서 학문의 탐구와 교육에 힘썼다. 그리고 1570년, 70세로 고향에서 세상을 떠났다.

그는 성리학자로서, 뛰어난 이론가로서 『주자서절요(朱子書節要)』『송계원명이학통록(宋季元明理學通錄)』『심경후론(心經後論)』『성학십도(聖學十圖)』 등을 지었고, 교육자로서 서애·학봉·월천·한강 같은 직접 제자와 율곡(栗谷) 이이(李珥) 같은 간접 제자를 무려 360명이나 배출했으며, 빼어난 시인으로서 「도산십이곡(陶山十二曲)」「매화음주시(梅花飮酒詩)」 등 2천여 수를 남겼다.

퇴계의 허상과 실상

그러나 이런 행적으로써 퇴계를 알았다고 말할 사람은 없을 것이다. 기왕에 나와 있는 퇴계의 전기는 이상은(李相殷)의 『퇴계의 생애와 학문』 (서문당 1973)과 정비석의 『퇴계 소전(小傳)』(퇴계학연구원 1978)이 가장 일반적인 것인데, 내용이 어렵고 한결같이 위대한 분이라는 설명이 넘쳐서 어떤 점이 위대한 것인지는 잘 나타나 있지 않다. 나는 모든 인식이라는 것이 객관성을 잃어버리면 진실조차 파묻혀버린다는 사실을 굳게 믿고 있다. 그래서 사랑하고 존경하는 대상일수록 객관적으로 설명하고 묘사할 수 있어야 한다고 믿는다. 나는 퇴계에 관한 글을 읽으면서, 또는 도산서원을 답사하면서 거의 맹목적인 퇴계 광신도들의 얘기를 들으면서 고소를 금치 못한 것이 한두번이 아니다.

대표적인 예를 둘만 들어본다. 『퇴계전서』에는 「언행록(言行錄)」이라고 하여 문인(門人)들이 퇴계 선생의 일거수일투족을 증언한 것이 실려 있다. 거기에는 인간 퇴계의 참모습과 스승으로서의 자세가 아주 생생히 묘사되어 있다. 그중에는 "도(道)란 가까이 있으나 사람들이 스스로 살피지 못한다. 어찌 일상생활 밖에 다른 도가 별도로 있겠느냐"(김명일金明一 증언) 같은 도학자적 면모부터 "밥상에는 가지, 무, 미역 등 세가지뿐이었다"등 일상의 모습도 기록되어 있다. 그런 중 나를 놀라게 한 것은 이덕홍(李德弘)의 『계산기선록(溪山記善錄)』에 나오는 다음의 기록이다.

퇴계 선생은 뒷간에 갈 때는 반드시 새벽이나 저녁, 음식을 입에 대기 전에 갔다. (정순목 『퇴계평전』, 지식산업사 1988)

참으로 놀라운 일이다. 사람이 얼마나 위대하면 뒷간에 두번 간 것, 그것도 비정상적인 일을 그렇게 당당하게 문자로 남겨놓은 것인가.

또 한번은 도산서원 전교당에서 안내자의 해설을 듣고 있는데 퇴계가 과거시험에 떨어진 대목을 설명하는 것을 듣고 놀라움과 웃음을 금치 못했다.

"퇴계 선생은 과거 같은 출세보다 오직 학문을 닦는 데만 열중했습니다. 그래서 과거시험을 보러 가서 세번이나 떨어졌습니다. 왜냐하면 과거시험 같은 것은 우습게 생각했으니까요."

청중은 그렇게 농락당하고 있었다. 과거를 우습게 생각한 인생이면 과거를 보러 가지 말았어야 할 것 아닌가. 이 점에 대하여 어느 책, 누구도 제대로 설명한 구절이 없다. 그 모순을 다 알면서도 그것을 얘기하자면 인간상이 구차해지니까 두루뭉수리로 넘어가는 것이다.

그런데 퇴계 종택의 종손 아드님인 이근필 온혜초등학교 교장선생님은 이 문제를 아주 명쾌히 대답해주시고, 또 퇴계의 삶을 누구보다 객관적으로 얘기하려고 노력해서 나는 그게 놀라웠다.

"퇴계 선생이 왜 공부하다 말고 과거 보러 성균관에 입학했나요?"
"아, 그거요. 과거를 보러 가지 않으면 군대를 가야 했거든."
"그래요? 그러면 병역기피인가요?"
"아니지, 병역면제지."

사실 이쯤 대답할 줄 알 때 우리는 퇴계를 말할 자격도 있고 들을 만도 하다는 생각이 든다.

퇴계 청문회(1) — 처복과 주량

이런 식으로 퇴계에 대해서 책에는 안 나오지만 그 방면 전문가에게 물으면 쉽게 풀리는 것이 많다. 그래서 여기저기서 문학·사상·역사 등 각 분야 전문가들에게 퇴계에 관해 물은 일종의 청문회 기록을 그대로 옮겨놓겠다. 아마도 독자들은 여기서 퇴계의 실상에 쉽게 접근할 수 있게 될 것이다.

지난봄, 한글세대에게 동양고전을 번역·보급하는 대구의 동양고전연구소(이사장 조호철)의 도산서원 답사 때는 퇴계 시와 서간을 편년으로 재구성한 퇴계 행적 고증의 일인자라 할 권오봉 교수가 안내했다. 그때 권 교수에게 퇴계의 처복(妻福)을 물으니 대답이 명쾌했다.

"퇴계는 처복이 있다고도 하고 없다고도 하던데 어떤 게 맞나요?"

"많기도 하고 적기도 했어요. 첫째부인인 허씨 집안은 부자였는데 외동딸로 친정 재산을 모두 상속받고 일찍 죽는 바람에 모두 퇴계 차지가 되어서 의령, 영주에 산재한 재산이 영남대 국사학과 이수건(李樹建) 교수가 조사한 바에 의하면 1,700석을 했대요. 그래서 아들 채(寀)가 의령에 가서 농감(農監)한 얘기도 나와요. 그게 퇴계가 공부하는 데 큰 밑천이 됐지."

"둘째부인은요?"

"가일 권씨를 재취로 맞아들였는데 이분이 문제라. 요즘으로 치면 싸이코였나봐요. 퇴계 문중에서도 이 권씨 부인은 바보할매로 통해요. 그래도 그분을 데리고 서울 가서 벼슬살이할 정도로 퇴계는 무던했던 모양이에요."

영남대 중문과의 이장우(李章佑) 교수는 퇴계의 시 2천 수를 모두 번역할 뜻을 세워 첫째 권으로 『퇴계시 풀이』(중문출판사 1996) 한 권을 이미 펴낸 바 있는데, 이교수는 영해 재령 이씨 집안 후손으로 그의 형수가 퇴계 종택의 종녀(宗女)이니 퇴계 종가와 사돈이 된다. 내가 학교식당에서 이교수에게 심심파로 퇴계의 주량(酒量)에 대해 물으니 역시 대답이 명쾌했다.

"이선생님, 퇴계는 술을 좀 했나요?"

"『언행록』에 나오기를 선생은 술을 마셔도 취하도록 마시지 않고 약간 거나하면 그만두었다고 했어요. 그래도 도연명의 음주 시 20수에 모두 화답한 걸 보면 술을 많이는 안 자셔도 즐기기는 꽤 즐긴 모양이에요. 거기에 멋있는 시가 있지. 열여덟번째 시가 좋아요. '주중유묘리(酒中有妙理)이나 미필인인득(未必人人得)이라.' 즉 술 속에 오묘한 이치 있으나, 사람마다 다 깨닫는 것은 아니라네. 유선생도 퇴계 시를 좋아하시나요?"

"저는 첫구절만 좋아해요."

"그건 왜?"

"퇴계 시 첫구절은 언제나 서정적으로 시작하지만 마지막 구절은 꼭 공경하라, 공부해라로 끝나거든요. 그렇죠? 그 음주 시 끝이 어떻게 돼요?"

"'임풍환괴묵(臨風還愧默)이라.' 바람 맞으니 또한 부끄러워 묵묵히 있네."

"그것 보세요."

퇴계 청문회(2) – 사상사적 위치

교과서적 지식에 의하면 퇴계는 이기이원론(理氣二元論)의 성리학자로 되어 있다. 그러나 이기이원론은 송나라 주자(朱子)의 대표적인 이론이다. 그러면 퇴계 사상의 아이덴티티는 어디에 있는 것인가?

지금 퇴계학연구원장과 국제퇴계학회 회장을 맡고 계신 성균관대학교 동양철학과의 상허(尙虛) 안병주(安炳周) 교수는 나의 논문 지도교수이시다. 내가 10여 년 전에 수업을 들을 때 동양사상사에서 퇴계의 위치에 대한 선생님의 설명은 정말로 인상적이었다. 그때 상허 선생의 열강이 지금도 내 귓가에 쟁쟁하다.

"유학의 역사는 한마디로 이론 보완의 역사입니다. 유학은 공맹시대에 도덕규범이라는 당위적 가치 문제로 출발했습니다. 그러나 사물의 존재방식을 파악하는 인식논리에 대해서는 따로 준비된 것이 없었죠. 이에 반해 노장(老莊)의 도가(道家)와 불교의 선학(禪學)은 웅대한 논리로 이에 접근하고 있었습니다. 이 점에서 유학은 콤플렉스를 갖지 않을 수 없었지요.

그러나 유학자들은 이 이단(異端)의 사상을 수용하면서 발전을 이루어갔습니다. 도가, 불가적 사유를 유가적 사변 전개의 데이터로 활용하기 시작했습니다. 그래서 유학은 겉은 유가이지만 속은 도가라는 말이 나올 정도였습니다. 그러나 사자 뱃속에 들어간 토끼는 더이상 토끼가 아닙니다.

북송의 유학자들이 『주역』의 태극논리로 존재론, 인식론을 펴기 시작했는데 존재론의 핵심은 이기론(理氣論)과 성정론(性情論)이었습니다. 이것을 주자가 그야말로 집대성하면서 성리학이 성립되었던 것입니다. 그러니까 주자가 선대 학자들의 이론을 보완해서 이룩한 것이 성리학이죠.

　이를테면 정이천(程伊川)은 마음[心]의 문제에서 심즉성(心卽性)이고 성즉리(性卽理)라고 말하면서도 심즉리(心卽理)라고는 하지 못했습니다. 마음이 곧 본성이고, 본성이 곧 근본 이치라면 당연히 마음도 곧 근본 이치가 되어야 함에도 불구하고 현실적으로 마음은 선(善)으로도 나타나고 악(惡)으로도 나타나니까 마음이 곧 이(理)라고 말 못한 것이죠. 이것을 주자는 기(氣)의 작용으로 해석하여 이기이원론으로 풀었던 것입니다. 그러나 주자는 이와 기가 어떻게 상호작용을 하는지에 대해서는 설명이 없었습니다. 이 이론을 보완한 것이 퇴계의 이기호발설(理氣互發說) 사단칠정론(四端七情論)입니다. 이렇게 해서 퇴계는 유학의 이론 보완의 역사에 동참하게 되었고 여기에서 동양사상사에서 퇴계의 위치를 가늠하게 됩니다."

　그렇다면 퇴계가 왜 퇴계인지 알 만하지 않은가. 사단칠정론이란 인성론에서 인간의 본성에서 우러나오는 네가지 마음씨, 즉 인의예지(仁義禮智)와 인간의 일곱가지 감정, 즉 희로애락애오욕(喜怒哀樂愛惡慾)이 어떻게 일어나느냐를 설명한 것인데, 퇴계는 주자 이래의 학설에 따라 사단은 이가 발한 것이고, 칠정은 기가 발한 것이라고 했다. 그런데 그의 제자 고봉 기대승이 여기에 문제제기를 하여 장장 8년간의 왕복서한으로 이루어진 논쟁 끝에 퇴계는 자기 설을 수정하여 "사단은 이가 발현하여 기가 거기에 따르는 것이요(理發氣隨之), 칠정은 기가 발현하고 이가 거기에 올라타는 것(氣發理乘之)"이라고 결론지었다.

　이 논리의 심오함을 나는 아직 다 따라잡지 못하지만, 지금 하바드대 옌칭학회 회장을 지내고 있는 뚜 웨이밍(杜維明)의 「주희의 이 철학에 대한 퇴계의 독창적 해석」(『퇴계학보』 35집, 1982)이라는 글을 통해 다음과 같이 말한 것으로 어림짐작할 수 있다.

퇴계로 하여금 주희의 철학을 해명하고 재정립하는 데 있어서, 다시 말해서 참으로 독창적인 해설을 펴는 데 있어서 그 방향을 결정하게끔 한 중요한 요인은 사단과 칠정에 관한 기고봉과의 유명한 토론으로 전개된 그의 체계적인 탐구이다. 퇴계가 고봉의 사려깊은 연구를 받아들여 (자신의 학설을 정정한 것은) 중국의 선유(先儒)들에 있어서는 거의 볼 수 없었던 특징적 전개였다. 1175년 아호사에서 있었던 주희와 육상산(陸象山) 사이의 역사적 토론조차도 퇴계·고봉 간에 오간 서신과는 문답의 질로 보나 두 사람 사이의 진지하면서도 개방적인 마음자세의 교환으로 볼 때 거의 비교가 불가능한 것이다.

그런데 나는 퇴계와 고봉의 8년간 논쟁은 그 논쟁의 결과보다도 그 논쟁 방식과 태도에서 더 많은 것을 배운다. 무려 26세 연하의 제자와 논쟁을 하면서 제자의 지적에 의거해 학설을 수정하는 퇴계의 자세는 정말로 위대한 것이다. 논쟁을 하다보면 감정도 격해지고 자기 논리에 집착하게도 되는 법인데 퇴계는 그런 모습을 보여주지 않았다. 퇴계의 편지 중에는 이런 대목이 나온다.

어찌 성현의 말을 자기의 의견과 동일한 것은 취하고, 동일하지 아니한 것은 억지로 동일하게 만들고, 어떤 것은 배척하여 그르다고 여길 수 있겠습니까. 이것은 천만 불가한 것입니다. 비록 당시에는 온 천하 사람이 다 나와도 그 시비를 겨루지 못하게 할 수도 있습니다. 그러나 천만세(千萬世) 뒤에 어떤 성현이 나와서 나의 흠을 지적하며, 나의 숨은 병폐를 간파하는 이가 없다고 누가 알겠습니까. 그래서 군자는 뜻을 겸손하게 가지고 한때에 한 사람을 이기기 위하여 감히 꾀를 구하지 못하는 것입니다.

한마디로 말해서 기고봉이 자기 논리만 앞세우는 것을 보고 '너 자꾸 네 머리만 믿고 까불래'라는 뜻으로 쓴 것이었다. 참으로 퇴계는 논쟁에서는 일인자였던 것 같다. 특히 퇴계 문장의 참맛은 서간체에 있다는 세평이 있듯이 그의 편지는 진지하면서도 호소력이 뛰어나다.

퇴계 청문회(3) ─ 퇴계의 발병과 학문 발전

한림대 철학과의 이광호 교수는 내 친구이자 퇴계의 방손(傍孫)으로 「도학적 문제의식의 전개를 통해서 본 퇴계의 생애」(『동양학』 22집, 단국대 동양학연구소 1992)라는 아주 흥미롭고 뛰어난 논문을 발표한 적이 있다. 나는 그에게 퇴계의 병부터 물었다.

"퇴계 선생이 왜 그렇게 몸이 아파 골골했냐?"

"공부를 급히 하다가 체했어. 밥 먹고 체한 것은 약이 있지만, 공부하다 체하면 약도 없나봐. 퇴계가 19세 때 『성리대전(性理大全)』을 처음 빌려보았는데 전30책 중 첫 책과 마지막 책만 보게 된 거야. 첫 책에는 주렴계(周濂溪)의 태극도설이 실려 있고 마지막 책에는 정이천 같은 도학자의 시가 실려 있는데 이걸 보고 나니까 『주역』의 원리만 알면 우주와 인생의 모든 문제가 당장 다 풀릴 것 같았던 모양이야. 그래서 20세부터 침식을 잊고 『주역』을 공부하다가 얻힌 거지. 이때부터 평생을 고생하는 병에 걸렸어요. 옛날에 왕양명(王陽明)이 주자의 격물치지(格物致知)를 잘못 이해하여 뜰 앞의 대나무를 바라보고

도통하려고 했다가 나중엔 대나무만 보면 병이 일어나서 '성인은 종자가 따로 있나보다'고 탄식했다는데, 퇴계는 작대기만 보면『주역』의 괘가 생각나서 소화가 안됐대요. 그래도 포기하지 않고 자기를 다스려갔지."

"그래서 어떻게 풀어갔나?"

"성균관에 과거시험 준비하러 갔다가『심경』이라는 책을 황진사—이름은 몰라—에게 빌려보고는 비로소 심학(心學)의 연원을 알았다는 거야. 그래서『심경』을 신주처럼 받들면서 부모처럼 공경했대. 문제의식을 확실히 잡은 거지."

"그다음엔?"

"그다음엔 벼슬하느라고 정신없었어요. 집안에 일도 많았고. 그러다가 43세에 임금 명으로『주자전서』를 인쇄하게 되는데 그걸 교정보게 되었어요. 이게 큰 행운이었고 여기서부터 앞이 보이기 시작했다는 거야. 그래서 퇴계의 주요 논저를 말하라고 하면『심경후론』과『주자서절요』를 꼭 들게 되지."

"그래서 도가 텄나?"

"아니지, 이제 앞이 보였다고 했잖아. 그래서 공부만 하고 싶어 죽겠는데 벼슬이 자꾸 주어지니 스스로 안타까웠지. 그래서 도산으로 갔다가 또 불려나왔다가 하기를 반복했지."

"퇴계가 사직서 많이 쓴 것은 기네스북에 종목이 없어서 못 올랐다더니 그게 그거군."

"최곤지는 몰라도 스무번이 넘어."

"그래서 언제부터 자기 목소리를 내었나?"

"퇴계는 53세 이전엔 논문 발표를 안했어. 자넨 책을 너무 일찍 썼어. 퇴계는 53세에『천명도설후서(天命圖說後敍)』를 쓴 게 처음이지."

"그래서 그가 도달한 인식의 경지는 어떤 것이 되었나?"

"한마디로 도(道)와 이(理)가 하나가 되는 경지지. 자신의 마음과 태극이 일치하는 거야. 그래서 이렇게 말했어. '진실은 오래도록 쌓고 오래도록 노력하면 저절로 마음이 진리와 더불어 서로 함양되어 자신도 모르는 사이에 융합함을 얻게 된다'고. 그게 퇴계야."

퇴계 청문회(4) ─ 한국지성사에서의 위치

전공이라는 것이 좀 애매한 데가 있어서 내 전공은 조선후기 회화사라고 믿고 있지만 남이 보기엔 미술사 전체가 내 전공으로 비칠 때도 있다. 그래서 내 친구들은 미술사에 관계되는 사항이면 백제건 고려건 무조건 나한테 묻곤 한다. 역사학을 전공하는 안병욱 교수의 제일 친한 친구가 누구인지 나는 모르지만, 나하고 제일 친한 친구는 안병욱 교수다. 그의 전공은 조선후기 사회사쯤 되지만 역사에 관한 나의 어떤 질문에도 그는 핵심을 꼭 집어주는 탁견이 있다. 그러나 워낙 신중하고 꼼꼼하고 따지는 게 많고 질겨서 그 소견을 끌어내는 데는 좀 시간이 걸린다.

"병욱이, 퇴계는 어떤 분이었나?"

"어떤 분이라니? 그걸 내가 아나. 광호한테 물어봐."

"물어봤는데, 광호는 철학자잖아. 그는 퇴계를 무슨 도통한 학자처럼 얘기하던데."

"그러면 그런 줄 알지 나한테 묻는 건 뭐야?"

"퇴계가 개인사적으로 학문을 닦든 도가 트든 나하고는 상관없는 일이지만, 그가 한국지성사에서 차지하는 위치가 있을 거 아냐. 그걸 역사학에선 어떻게 보는지 그건 내게도 중요한 의미가 있거든."

"그게 자네에게 어떻게 의미가 닿는가?"

"어차피 한 시대는 그 시대 지성의 방향이 있는데 그것을 가늠하는 하나의 데이터베이스로서 말야."

"그렇다면 누구나 하는 얘기 있잖나. 학문을 위인지학(爲人之學)에서 위기지학(爲己之學)으로 전환시켰다는 거. 그러니까 출세하려고 고시공부하는 것이 아니라 자기 인격의 완성을 위해서 공부한다는 것, 그것이 진실로 퇴계가 조선시대 지성사에 끼친 큰 공로라고 하겠지."

"그건 나도 아는 것이고, 요컨대 퇴계가 인식한 성리학이 앞시대 선비들의 그것과 어떤 차이가 있나?"

"그런 각도에서 한 질문이라면 이렇게 답할 수 있겠지. 조선시대의 주도적인 이데올로기는 성리학이었다는 것은 누구나 알고 있지. 그러나 조선초 사대부들은 성리학이 무엇인가보다도 그런 세계관으로 새로운 국가를 건설한다는 데 마음을 쓰고 있었어요. 마치 우리 현대사회가 서구화, 민주주의, 모더니즘을 정확히 알고 그것을 추구한 것이 아니라 그렇게 하는 것이 시대의 흐름이라고 인정한 것처럼 말야.

그런데 그렇게 하기를 한 100년 하다보니 자신이 몸담고 있는 사회제도와 인식태도 등에 대해 근본적인 물음을 제기하게 됐는데 퇴계에 이르러 비로소 성리학이 무엇인지를 완벽하게 이해하게 된 것이지. 마치 우리가 요즘 와서는 서구화, 민주주의, 모더니즘이 무엇인지도 완벽하게 파악하고 그 이론의 모순까지 읽어내어 보완하려 하는 것과 같은 것이지. 한마디로 퇴계는 성리학 TOEIC 시험에서 만점을 맞을 수 있는 실력을 가졌다고 할 수 있지."

퇴계청문회(5) – 퇴계·율곡 비교론

퇴계의 사상과 학문은 으레 율곡 이이와 비교하여 얘기되곤 한다. 그러나 두분을 비교한다는 것은 매우 미묘한 논쟁거리로 심지어는 어린애처럼 '누가 더 세냐'는 근수 비교까지 낳는다. 이런 질문을 나는 도산서원 답사에서 심심치 않게 받는다. 그럴 땐 내가 증인이 된다.

"퇴계와 율곡은 어떻게 달라요?"
"내가 알 게 뭔가. 나는 퇴계가 율곡보다 나이가 많다는 것하고, 퇴계는 1천원짜리에, 율곡은 5천원짜리에 나온다는 것밖엔 몰라요."
"그러면 율곡이 더 높고 센 거네요."
"꼭 그렇지가 않아요."

이 점에 대하여 안동의 한 퇴계학통의 서생이 한국은행에 항의성 질문을 했다고 한다. 이 난처한 질문에 대하여 은행측에서는 기막히게 피해갔다고 한다. "더 훌륭한 분을 더 많은 사람이 자주 뵈어야 하기 때문에 퇴계 선생을 1천원권에 모셨습니다."

퇴계와 율곡을 비교할 때는 퇴계가 이기이원론의 주리론(主理論)을 편 데 비해 율곡은 이기일원론의 주기론(主氣論)을 폈다는 것을 큰 차이로 꼽는다. 우선 퇴계 쪽에선 율곡은 퇴계보다 35년 아래로 일찍이 퇴계를 찾아와 가르침을 받고 갔으니 퇴계의 제자일 뿐이라고 한다. 이에 대해 율곡측에선 퇴계의 학문을 더욱 진일보하게 완성한 것은 오히려 율곡이니 율곡은 퇴계를 딛고 더 높은 곳으로 올라갔다고 한다. 그러나 영남의 퇴계학파들은 이런 논리는 천부당만부당하다는 것이다. 성리학은 퇴계에서 완성되었으니 율곡은 퇴계라는 호수에서 갈라져나간 한 줄기 갈래에 불과하다면서 '퇴계는 퇴계고 나머지는 나머지'라며 퇴계와 율곡의 비교는 '베드로와 바울'의 비교가 아니라 '예수와 바울'의 비교 같은 것이란다. 이에 대하여 율곡학파는 또 조금도 지지 않고 퇴계의 이론은 주자의 이기이원론을 보완한 정도의 것이지만 율곡의 이기일원론은 중국에도 없는 조선 성리학의 완성이라고 주장하는 것이다. 그러면서 영남학파들이 퇴계 모시는 것 못지않게 극진하게 모신다.

예를 들어, 제상의 진설 순서가 각 지역마다 차이가 있지만 홍동백서(紅東白西)와 조율이시(棗栗梨柿)만은 전국 어디나 공통이다. 빨간 것은 동쪽, 하얀 것은 서쪽, 대추·밤·배·감 순서이다. 그런데 기호학파의 어느 집안에서는 조율이시를 율조이시로 바꾸어 실시한다. 율곡이니까 밤이 먼저라는 것이다. 이런 현상은 퇴계가 하루 뒷간에 두번 갔다는 것 못지않은 절대적 신봉의 결과이다.

그러나 내가 아는 것은 퇴계는 결코 영남의 퇴계가 아니고 율곡은 결코 기호의 율곡이 아니다. 조선의 퇴계이고 조선의 율곡인 것이다. 대한의 퇴계와 율곡이며, 세계의 퇴계와 율곡인 것이다. 일찍이 박세채(朴世采)가 말했듯이 "성리학에 깊이 침잠한 것은 퇴계였고, 경세제용(經世濟用)의 학을 담당한 것은 율곡이었다". 이론적 지성의 퇴계와 실천적 지성의 율곡이다. 나는 우리 지성사에서 이 두분을 모두 갖고 있다는 것이 큰 자랑이자 복이라고 생각한다.

한 시대 지식인으로 살아가면서 때로는 이론에 침잠하여 사리를 가늠해야 할 때도 있지만, 실천에 매진하여 힘있게 추진하는 지성이 필요한 때도 있는 것이다. 그것은 한 개인 속에서도 수없이 반복되는 현상일 수 있다. 80년대의 실천적 지성이 90년대에 와서 이론적 지성으로 자신을 추스르는 것을 보면서 나는 퇴계와 율곡 둘을 모두 간직할지언정 어느 한 손을 들지는 않는다.

청량산과 퇴계의 묘소

　퇴계 선생의 족적을 찾는 답사가 아니라도 도산서원 답사는 청량산으로 이어갈 만하다. 청량산은 작지만 크고, 아담하지만 웅장한 기상이 있는 영남의 명산이다. 청량산 육육봉의 계곡물을 다 받아내어 제법 장한 물살을 이룬 낙동강이 산자락 낮은 곳을 타고 유유히 흐르는 자태에는 차라리 장중한 교향악의 울림이 있다. 사정이 허락지 않아 내청량사에서 외청량사로 잇는 등반과 퇴계가 공부하던 청량정사(淸凉精舍)까지는 답사치 못한다 할지라도 낙동강 물줄기를 따라 올라가며 청량산의 청량한 기상을 대하는 것은 북부 경북 순례의 한 클라이맥스이다. 특히나 5월 초, 연둣빛 신록이 산들바람에 가볍게 흔들리는 여린 자태를 낙동강 푸른 물이 남김없이 받아내어 천지가 초록 물결로 가득할 때 이 길은 우리나라에서 가장 환상적인 드라이브 코스가 된다. 그때만은 늦가을보다도 늦봄의 안동이 더 곱다. 평생을 관광버스 기사로 살아온 우리 답사회의 마종영 기사님이 우리나라에서 가장 아름다운 길로 꼽고 있는 곳이다.

　그러나 도산서원의 답사가 퇴계 이황 선생의 답사로 이어지게 되면 우리는 퇴계 태실, 퇴계 종택, 퇴계 묘소로 그의 족적을 따라 답사하며 선생에 대한 사모의 정을 키우게 된다. 퇴계 태실은 도산서원에서 온혜리로 나아가면 온혜초등학교 안쪽에 있다. 퇴계 종택은 여기서 더 올라가다 토계로 들어가야 되는데 도산서원에서 보자면 산 너머에 있는 셈이다.

　퇴계 태실이고 퇴계 종택이고 우리가 거기서 건축적으로 크게 살필 것이 따로 있는 것은 아니다. 그러나 퇴계 태실은 본래 퇴계 할아버지 되시는 이계양(李繼陽)의 고택으로 보통 노송정 종택이라고 하고, 퇴계 종택은 또 퇴계의 종택으로 각각 불천위를 모시는 종갓집으로 종손 되는 분의 가족이 이 유서깊은 집을 지키고 계신다. 사정이 허락되어 그분들의

| **퇴계 종택** | 퇴계 선생의 불천위를 모시는 종택으로 13대손에 의해 20세기 초에 신축된 건물이다.

허락을 얻고 종택 마루에 앉아 종손 아니면 '젊은 종손(종손의 아드님을 그렇게 부른다)' 되는 분께 퇴계 선생 얘기를 들으면 우리는 위대한 가문을 지킨다는 것의 힘겨움을 전통의 무게와 함께 체감할 수 있게 된다. 나는 두 종택에 소리소문 없이 네번씩 들렀고, 두번씩 '젊은 종손' 되는 분의 존경과 온정이 가득 든 퇴계 선생 얘기를 들었다.

퇴계 종택의 답사는 당연히 퇴계의 묘소, 나아가서 그의 후손인 이육사(李陸史) 생가가 있는 원촌리까지 이어지게 된다. 한번은 답사회에서 이름을 밝히지 말아달라는 퇴계 연구가를 모시고 묘소를 참배 아닌 답사했는데 그때 한 장난기 많은 착한 회원이 짓궂은 질문을 했다.

"퇴계 선생은 무슨 로맨스나 스캔들은 없었나요?"

| **퇴계 묘소** | 얼마든지 '호화분묘'도 할 수 있는 처지였으나 선생의 유언대로 조촐한 묘비에 자찬묘비명이 새겨져
있을 뿐이다.

　"왜요, 단양의 기생 두향(杜香)이하고 연애한 것은 유명하잖아요.
정비석의 「명기열전」에 나오는 두향이 얘기가 반은 사실이죠."
　"왜 반만 사실인가요?"
　"반은 그야말로 소설이니까."

　단양군수 퇴계를 사모하다 수절한 관기(官妓) 두향이의 무덤은 본래
단양 강선대(降仙臺) 기슭에 있었는데, 강선대가 충주호로 수몰되는 바
람에 지금은 옥순봉과 마주하는 제비봉 산기슭에 이장되어 '두향지묘(杜
香之墓)'라는 묘비가 세워져 있고, 해마다 퇴계 묘소의 시월 시묘가 끝나
면 제사 소임을 맡은 분은 여기를 찾아와 제사를 지내는 것이라고 故 정
순목 교수는 『퇴계평전』에서 증언하였다.
　장난기 많은 착한 회원이 또 퇴계 연구가를 물고늘어진다.

"이런 질문 드려도 돼요?"

"뭔데? 괜찮아."

"낮퇴계와 밤퇴계가 달랐다면서요?"

"그런 속전이 있기는 있지."

퇴계 연구가는 당혹해할 줄 알았으나 오히려 덤덤히 답하고는 화제를 돌렸다.

"자네, 퇴계 선생의 '매화음(梅花吟)'이라는 걸 들어봤나?"

"아뇨."

"퇴계의 가슴이 얼마나 뜨거웠는가를 알고 싶으면 퇴계의 매화에 관한 시를 읽어봐요. 「도산 달밤에 매화를 읊다」라는 시가 있지. '밤기운 차가워라 창을 기대 앉았자니/두둥실 밝은 달이 매화가지에 오르누나/수다스레 가는 바람 불러오지 않더라도/맑은 향기 저절로 동산에 가득한걸.' 퇴계의 가장 큰 사랑은 매화였을 거야. 낮퇴계와 밤퇴계가 다르다는 얘기는 퇴계 선생이 엄격하고 멋없는 도학자 같지만 사실은 대단히 인간적인 분이었고 섬세한 감정의 소유자였다는 말이 그렇게 나온 것일 거야. 퇴계의 섬세한 인간적 면모는 무엇보다도 임종에 잘 나타나 있지."

"어떻게 돌아가셨는데요?"

"1570년 12월 8일에 세상을 떠나셨는데 나흘 전에 조카에게 유서를 받아쓰게 하면서 비석은 조그만 돌 앞면에다 '퇴도만은진성이공지묘(退陶晩隱眞城李公之墓)'라고만 쓰고 자신이 지은 명문(銘文)을 새길 것이며, 기고봉 같은 사람이 비문을 쓰면 장황하고 없는 것도 만들어낼 수 있으니 그냥 간단히 쓰라고 했지. 그리고 하루 전날에는 제자 이덕홍에게 '책은 네가 맡아 관리하라'고 했어요. 그리고 당일 아침 '저 매화나무 물 줘라' 하셨고, 내내 아무 말 없다가 저녁에 일으켜 앉히니 앉은 채로 서거하셨지."

결국 '저 매화나무 물 줘라' 그것이 선생 최후의 말씀이었다. 지금도 퇴계 선생 묘소에는 조촐한 비석에 '퇴도만은진성이공지묘'라고 써넣고 그 옆에 선생 스스로 찬한 명문(退溪自銘)이 이렇게 새겨져 있다.

生而大癡	나면서 어리석고
壯而多疾	자라서는 병도 많아
中何嗜學	중간에 어찌하다 학문을 즐겼는데
晩何叨爵	만년에는 어찌하여 벼슬을 받았던고!
學求愈邈	학문은 구할수록 더욱 멀어지고
爵辭愈嬰	벼슬은 마다해도 더욱더 주어졌네
進行之跆	나가서는 넘어지고
退藏之貞	물러서서는 곧게 감추니
深慙國恩	나라 은혜 부끄럽고
亶畏聖言	성현 말씀 두렵구나
有山嶷嶷	산은 높고 또 높으며
有水源源	물은 깊고 또 깊어라
(…)	
乘化歸盡	조화 타고 돌아가니
復何求兮	무얼 다시 구하랴

1997. 4.

지례보다야 많겠지

태사묘 / 의성 김씨 내앞 종가 / 무실, 박실, 지례 / 진보 /
봉감 모전석탑 / 서석지 / 주실마을

안동에 답사 와서 잠잘 곳이란 하회마을 민박, 지례(知禮)예술촌, 아니
면 시내 여관밖에 없다. 기왕에 한옥 맛을 즐길 요량이라면 하회 병산서
원 서원집에서 하룻밤을 묵은 다음에 지례예술촌에 가서 자면 좋겠지만
가는 길이 험하고 험해서 하룻밤 묵자고 거기까지 가기는 좀 억울하다.
그래서 비록 운치는 없지만 시내 안동문화회관에서 하루를 이용하는 것
외에는 대안이 없다. 이것은 관광 안동의 큰 문제이기도 하다.

안동문화회관은 본래 가톨릭회관인데 나 같은 무신론자도 재워주고
먹여준다. 그렇다고 누구나 다 받아주는 것이 아니라 나름대로 심사를
하는데 현관 접수대에는 "부부가 아닌 남녀의 같은 방 투숙은 거절합니
다"라는 팻말이 놓여 있다.

안동문화회관에서 묵게 되면 좀 썰렁하지만 시내 복판인데도 시끄럽

지 않고, 무엇보다도 아침 산책으로 중구동의 태사묘, 역전 동부동의 오층전탑, 법흥동의 임청각·군자정·칠층전탑을 두루 다녀올 수 있어서 답사일정 운용에도 유리하다.

안동시내 태사묘

태사묘는 중종 때(1541) 안동부사 김광철(金光轍)이 건립한 것으로 여러차례 중수를 거듭하다 6·25동란 때 불탄 것을 1958년, 전쟁이 끝나자마자 우선적으로 복원한 것이다. 묘당과 재실이 격식과 규모를 갖추었고, 보물각엔 보물 제451호로 지정된 삼태사 유물도 전시되어 있으며, 또 차전놀이에 쓰던 동체도 보관되어 있다. 그러나 몇차례 가봤지만 보물각이 열려 있는 것을 보지 못했고 또 건물 자체도 큰 매력도 관심도 없지만, 안마당이건 뒤뜨락이건 툇마루건 정겹지 않은 것이 없어서 혹은 점심때 혹은 저녁나절에 혹은 아침 산책으로 곧잘 들렀다.

태사묘에서 내가 가장 깊은 정을 주는 곳은 안쪽의 작은 사당 안묘당(安廟堂)이다. 대갓집으로 치면 뒷간 자리에 뒷간만하고, 절집으로 치면 산신각·칠성각 자리에 또 그만한 크기이다. 그러니까 대접을 해준 것이로되 옳게 해주지는 않은 곳이거나, 옳게는 아니어도 대접은 해준 곳이다.

안묘당에 모셔져 있는 위패는 분명 순흥 안씨인데 이게 누구의 위패냐에 대해서는 두가지 설이 있다. 하나는 삼태사가 왕건을 도와 견훤과 싸운 고창전투 때 술 잘 빚는 안중구(安中嫗) 또는 안구(安嫗)라는 할머니가 고삼(苦蔘)으로 술을 빚어 적장에게 먹여 취하게 한 것이 결정적인 공이어서 그 안구 할머니를 모신 것이란다.

그리고 또 하나의 설은 임진왜란 때 삼태사의 위패를—임하댐 수몰때 은행나무를 제자리에서 번쩍 들어올려 심어 화제가 된—길안 용계리

어드메에 숨겨 무사히 피신시켰다가 다시 모셔온 안씨 성을 가진 묘지기의 위패를 모신 것이란다. 듣고 보니 어느 것이 정설인가는 확인할 길 없지만 내 생각엔 서민들의 선행이 흔히 지배층의 논리로 차출되거나 둔갑해버리는 설화의 숙명적 변질과정을 보여주는 것이다. 어느 설화가 진짜든 50여 칸 태사묘에 있는 두 칸짜리 안묘당은 안동 양반의 위세에도 끝까지 붙들고 늘어진 서민의 저력, 민속의 힘을 당당히 보여준다.

겨울 한철 빼고는 태사묘 동재, 서재는 언제나 노인장들이 햇볕과 한담을 즐기는 경로당 판이 되는데, 어쩌다 눈인사를 올리고 툇마루에 걸터앉으면 여지없이 통과의례를 치러야 한다.

"어디서 왔니껴?"
"서울입니다."
"성씨는?"
"은진 송씨입니다."
"으음……"

이쯤 되면 노인은 여기서 대화를 칼같이 끊는다. 송가면 송가지 송씨도 가당치 않은데, 저자는 필시 노론 송시열의 후손일 것이라고 판단하고는 딱 외면해버리는 것이다. 그리고 한참 있다가는 곁에 있는 나에게 묻는다.

"겐 어디서 왔니껴?"
"대구서 왔십더."
"성씨는?"
"유가입니다."

이쯤 되면 대답할 줄 아는구나 싶은지 말씨도 자못 느리고 준엄하게 문어체를 섞어 쓴다.

"관향(貫鄕)은 어디로 쓰시는지?"
"기계(杞溪)입니다."
"기계 유씨라…… 으음, 으음…… 내 이종아우의 작은며느리가 기계 유씨요."

친족의 먼 촌은 물론 처갓집, 외갓집, 고모집의 사돈집을 다 헤아려본 끝인지라 좀 시간이 걸린 것이며, '본관이 어디냐'라는 식으로 묻지 않고 그렇게 길게 말하는 것은 이름이 뭐냐고 묻지 않고 '함자는 어떻게 쓰시는지?'와 같은 문맥에 있는 것이다. 그러나 고향이 안동이라면 대화는 숨 가쁘게 진행된다.

"관향은?"
"전주입니다."
"그러면 무실 사오, 박실 사오?"
"한들(大坪)에 있습니다."
"조선(祖先)의 당호(堂號)는?"
"수졸당입니다."
"그러면, 류길동과 어찌 되오?"
"저의 재종고모부의 맏사위 됩니다."
"아, 그라요. 그 사람이 우리 삼종질(三從姪, 9촌조카)이라."

웬만한 사람은 알아듣지도 못하고 그렇게 먼 촌도 촌수인가 싶지만 말하기 따라서는 가깝다면 가깝게 느껴지는 것이다. 이런 골치 아픈 족보때문에 이런 얘기가 있다. 어느 산모퉁이 양지바른 무덤에서 한 젊은이가 하도 서럽게 울고 있어 지나가던 사람이 도대체 누구 무덤이기에 그렇게 슬피 울고 있냐고 했더니 젊은이는 훌쩍이며 이렇게 대답하더라는 것이다.

"이 무덤의 아버지가 우리 아버지 장인이랍니다." "그러면 이 무덤이 도대체 누구의 무덤이란 말인가?" 정답은 놀랍게도 젊은이의 어머니가 된다.

종가건축의 대표작, 내앞 종가

이제 아침 산보를 마치고 안동문화회관에서 경상도 백반으로 가볍게 한끼를 때우고 안동을 떠나게 되니 이번 답사 땐 안동에서 꽤 오래 머물렀다는 생각이 든다. 그래도 우리는 안동의 반의반도 살피지 못한 것이며, 이제 일정에 따라 반변천을 거슬러가는 또다른 환상의 드라이브를 위해 안동을 떠날 뿐이다.

우리의 버스가 법흥교를 성큼 올라서니 차창 왼쪽으로는 영남산(暎南山) 자락에 장하게 자리잡은 임청각이 환하게 들어오고 답사해본 대로 눈길을 짚어가니 고성 이씨 종택 앞 법흥동 칠층전탑이 전통의 금자탑으로 우뚝 서서 떠나는 우리 쪽을 향해 침묵의 미소를 보내는 것만 같다. 그럴 때면 서울서 내려오는 통일호 기차가 바퀴마다 콧바람을 날리며 전탑과 고가를 가로막고 우리의 버스가 느린 포물선을 그리는 법흥교 다리를 사뿐히 내려오면서 시야에서 사라진다. 이제 드디어 안동시내를 벗어난 것이다. 법흥교를 지나 용상동 아파트단지를 빠져나오면 곧 왼쪽으로 새

| 의성 김씨 내앞 대종택 | 한옥의 기능이 다양하게 분할된 대표적인 종가건축이다. 집주인과 외부 방문객의 출입 동선이 분리된 특이한 구조이다.

로 단장한 안동향교가 보이고, 또 조금 지나면 왼편으로는 산자락을 높이 올라타고 자리잡은 안동대학교가 나오는데 이를 뒤로 제치고 계속 반변천을 줄기차게 따라가면 마침내 임하댐 조절 보조댐이 나온다. 강 건너편으로는 수몰 전 송림이 섬으로 된 진풍경과 함께 이내 천전동(川前洞), 여기 말로 내앞에 다다르게 된다. 내앞은 『택리지』에서 뛰어난 가거처로 지목한 계거(溪居)의 명당으로 의성 김씨 대종가와 소종가를 비롯한 의성 김씨들의 큰 동성마을이다.

　의성 김씨는, 집현전 학사였던 휴계(休溪) 김한계(金漢啓)가 수양대군의 왕위찬탈을 보고는 안동으로 내려온 뒤 그의 아들인 망계(望溪) 김만근(金萬謹)이 임하에 살던 오씨 집안으로 장가가면서 이곳에 정착하게 됐다. 그후 그의 손자인 청계(靑溪) 김진(金璡)의 아들 5형제가 모두 과거에 급제하여 오자등과댁(五子登科宅)이라는 영광을 안으며 집안을 크게 일으켰다. 내앞 대종가는 바로 청계공을 불천위로 모시는 곳이며, 그의 작은아들인 학봉 김성일은 검제로 분가했고, 소종가는 청계공의 손자로 임란 때 의병을 일으킨 운천(雲川) 김용(金涌)의 종가다. 이 내앞의 의성 김씨는 만주서 독립투쟁한 일송(一松) 김동삼(金東三)을 비롯하여 수많은 인재를 배출하여 안동에서 명문 중의 명문임을 자랑한다. 특히나 이 집안 출신 여인들은 다른 문중에 널리 퍼져 시집의 번창에 큰 몫을 하여 내앞의 의성 김씨와 연줄이 닿지 않는 안동의 대성(大姓)이 없을 정도다. 열녀도 많이 나왔고, 큰 학자의 어머니도 많이 나왔다.

의성 김씨 내앞 소종택은 사랑채가 돌출한 미음자 집으로 규모가 당당하고 체제는 단정하다. 그러니까 전형적인 반가(班家)인데 다만 제사공간 확보로 안채가 약간 발달했다는 것이 특징이라면 특징이다.

이에 반해 내앞 대종택은 보물 제450호로 지정될 정도로 건물이 오래되고 또 달리 유례를 찾아보기 힘든 웅장한 규모와 복잡한 공간운영을 보여주고 있다. 그래서 건축가들에게는 한옥의 다양한 공간변용의 예를 연구하는 데 가장 좋은 모델로 지목되고 있다. 집 정면으로는 행랑채가 한 일자로 길게 뻗어 있고, 그 안쪽에 미음자형 안채와 별당의 사랑채가 뒷마당으로 빠지는 문을 사이에 두고 떨어져 있는데, 사랑채는 긴 복도로 행랑채와 연결되어 뱀 사(巳)자형 평면을 그리고 있다. 게다가 사랑채에는 넓은 제청이 붙어 있어서 그 공간의 운영이 아주 다양하고 공적인 성격을 띠고 있다. 또 안채를 보면 대청마루가 3단으로 단을 이루고 부엌위로는 2층을 달아매어 그 위용이 당당하다. 전하는 바로는 학봉 김성일이 명나라 사행길에 북경의 상류주택 도본(圖本)을 그려다가 완성하였기에 일반 한옥과 다른 점이 많다고도 하고, 또 전하기로는 학봉이 독창적으로 구상했다고 하기도 한다. 그것이 어디까지가 사실인지 모르지만

| 내앞 대종택 대청마루 | 이 집 대청마루는 3단으로 나뉘어 각기 자기 기능을 갖고 있다.

이 집에서 중요한 것은 사랑채가 주인의 거처라는 사유공간적 성격보다
도 제청이라는 공유공간적 성격이 훨씬 크게 부각되어 있는 점이다. 그
래서 이 집은 여느 민가와 달리 표정이 많고 또 다양하며 드나드는 사람
의 동선이 복잡한 듯 엄연히 구별되는 질서를 갖고 있다. 이런 것을 건축
적으로 구현한다는 것은 결코 쉬운 일이 아닐 것이니 학봉은 조선시대의
뛰어난 건축가의 한분으로 지목해도 좋을 것이다.

안동 양반은 누구인가

내앞에 오면 답사객들은 안동의 양반문화 전통이 얼마나 강한가를 실
감하면서 신세대 말로 '이게 장난이 아니구나' 싶어지고, 안동의 양반은
누구이며 또 무엇인가 그리고 왜 이렇게 끈질긴 전통고수의 풍조가 남아

| 내앞 대종택의 진입공간 | 사랑채와 안채를 이어주는 샛공간도 아주 편하면서 기능적이다.

있는가를 물어보게 된다.

이제까지 여러 동성마을에서 살펴보았듯이 안동 양반에는 몇가지 공통점이 있다. 첫째 입향조는 대개 세조찬탈 또는 무오·갑자사화 때 수절(守節)하여 낙향한 분이라는 점, 둘째 문중의 중흥조는 본인이나 그 자제가 문과에 올라 가문을 빛낸 분이라는 점, 셋째 문중에 퇴계의 문하생으로 석학이 된 분이 있는 집안, 넷째 임진왜란때 의병을 일으킨 분이 있는 집안 등 네가지 유형을 다 갖추었거나 최소한 하나를 갖고 있어야 안동에서 양반 반열에 든다.

그리고 17세기로 들어서서 정국이 노론 전권시대로 들어가면 안동의 퇴계학파 남인계열은 출세의 길이 끊어지면서 오직 학문만으로 자신들의 위세를 유지할 수밖에 없게 되는 한편, 이른바 혼인을 잘 치름으로써 반가의 품격을 유지하게 된다. 그러나 벼슬로 나가는 사람이 없게 되니

가산은 점점 줄어들 수밖에 없어 나중에는 벼슬도 돈도 없이 이름만 양반으로 남는 집안이 많아졌다. 그렇게 되면서 명색만 남은 양반은 양반의 규범을 경직될 정도로 지키지 않을 수 없게 됐다. 왜냐하면 벼슬도 돈도 있는 양반은 양반의 규범과 체통에서 어느정도 벗어난 행동을 해도 누가 그를 양반이 아니라고 얕잡아보는 일도 없으며 다시 양반으로 복귀할 여지도 많았던 것이다.

그러나 가난하고 벼슬 없는 안동 양반은 달랐다. 그들은 한번 양반의 룰을 어기면 다시는 복귀할 근거가 없었으니 죽으나 사나 그 규범을 고지식하게 지키는 수밖에 없었다. 그렇다고 내놓고 이렇게 말할 수 없는 일이니 그들 나름대로 명분을 강화하게 되었다. 그래서 안동의 양반들은 벼슬보다도 학문과 인격의 완성이 더 중요하다는 학자적 긍지, 선비의 높은 도덕률로 양반의 체통을 지켜왔던 것이다. 자식으로 하여금 그것을 고수케 가르쳤고, 문중이 이를 감시했다. 이것이 개화기를 거쳐 오늘에 이르기까지 계속되고 있는 것이다.

이런 경직된 사고는 시대의 조류 속에서 스스로를 자멸케 하기 마련이다. 그러나 안동 양반들이 세상에 대고 다시 큰소리칠 수 있었던 것은 그들이 일제시대에 항일의병과 애국계몽운동, 독립운동을 적극 벌였다는 사실에 있다. 조동걸 교수가 「안동 유림의 항일운동」에서 소상히 밝힌 대로 안동 출신 항일의병에는 권세연(權世淵), 김도화(金道和), 김흥락(金興洛), 곽종석(郭鍾錫), 강육(姜堉) 등이 있었으며, 협동학교를 설립하면서 애국계몽운동을 일으킨 법흥동의 석주 이상룡, 내앞의 일송 김동삼, 무실의 동산(東山) 류인식(柳寅植)이 혹은 상해로 혹은 만주로 건너가 독립운동을 벌였고, 일본 궁성에 폭탄을 투척한 오미동의 풍산 김씨 김지섭(金祉燮) 열사와 항일시인 진성 이씨 이육사를 비롯하여 일일이 다 열거하지 못한다. 이것이 안동 양반의 자랑이자 자부심인 것이다. 나라가 어려울 때 몸바쳐 나라를 도운 사람들에게 물질적 보상보다 더 크게 돌아가는 것은 자긍(自矜)이며, 그런 긍지에서 안동 양반은 당당하고 떳떳할 수 있었던 것이다.

이런 특수한 역사적 성격으로 인하여 안동 양반들은 지금도 문중이나 마을을 자랑할 때면 어느 회사 사장이나 정계, 관계의 벼슬보다도 박사, 교수를 먼저 내세우고 문필가를 손꼽고 그다음엔 고시 패스를 꼽곤 한다.

그러나 안동 양반들이 요즘에는 옛날만큼 큰소리를 못 치고 있다. 그 이유 중 하나는 자유당 시절부터 3공, 5공, 6공에 이르기까지 독재정권에 대항한 안동의 민주인사 내지 재야인사를 갖고 있지 못하기 때문이다. 나라가 어려울 때 몸바쳐 나라를 도와온 안동의 전통을 이어가지 못한 댓가이기도 하다.

무실, 박실, 지례를 지나며

내앞을 떠나 다시 34번 국도를 타고 반변천을 따라 영양 쪽으로 방향을 잡으면 이내 임하댐 전망대로 가는 길이 나온다. 이를 무시하고 계속 동으로 달리면 차가 고갯마루를 올라타는 순간부터 오른쪽으로 장대한 산상의 호수 임하호가 따라붙는다.

임하호는 안동호와 함께 북부 경북의 양대 인공호수로 낙동강 수위 조절에 큰 몫을 하고 있다지만 임하면·임동면·길안면 일대의 유서깊은 옛 마을 몇십 몇백을 수몰시켰는지 헤아리기조차 힘들며, 미처 옮겨가지 못한 한옥이 또 몇백 몇천이 물에 잠겼는지 제대로 아는 이도 없다. 수몰 전, 반변천을 따라가는 이 국도를 가자면 둥근 산 아래 고가가 즐비한 동네들이 이어지고 이어져 정겹고 푸근하고 예스럽고 향수가 절로 일어나던 것이 이제는 산봉우리 목젖까지 물이 올라 인적은 그림자도 찾아볼

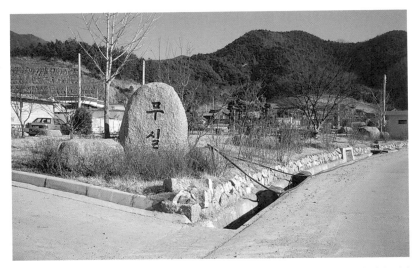

| 무실마을 입구 | 수몰로 인해 현재 위치로 옮겨진 전주 류씨 무실 종택을 비롯한 이 마을은 쓸쓸함을 전해주지만 종택의 권위와 역사만은 당당히 보여주고 있다.

수 없이 "아! 우리나라에도 스위스 같은 호반의 정취가 있구나" 하는 실없는 감탄사 소리나 듣게 됐다. 가면 갈수록 호수는 넓어지고 끝도 없이 길게만 뻗어가다가 이윽고 호수가 큰 강처럼 보이는 지점에 이르면 강 건너 높고 긴 다리가 가로질러 이쪽과 저쪽을 하나로 이어준다. 이 다리는 수곡교, 다리 너머는 수곡(水谷), 여기 말로 무실이다.

임하호가 반변천이던 시절엔 200미터 아래쪽에 있던 마을이 무실인데 여기 살던 전주 류씨들은 뿔뿔이 흩어지고 차마 고향을 떠날 수 없는 전주 류씨 무실 종택을 비롯하여 무실 정려각(旌閭閣), 기양서당(岐陽書堂), 수애당(水涯堂) 같은 국가지정 문화재 한옥들만이 새 마을을 형성하여 이 다리 아래가 그 유서깊은 무실이었음을 쓸쓸히 말해주고 있을 뿐이다.

임동교 다리는 보기에도 아슬아슬하게 놓여 있고 큰 차는 지나가지 못하게 막아놓아 버스로 무실에 가자면 저 아래 가랫재 못미처까지 가서 비포장길로 족히 10킬로미터를 돌아야 한다. 무실과 항시 따라붙어 얘기되는 박곡(朴谷), 여기 말로 박실까지는 또 새로 난 비포장 산길로 가야 하며 박실 너머 지례는 거기서 또 험한 길로 더듬어가야 하니 사정 모르고 이 길로 들어선 사람은 오도 가도, 빼도 박도 못하고 후회에 후회만 해야 한다. 그런 험악한 조건 속에서도 낡은 옛집을 옮겨 눌러앉아 살고 있는 고집은 또 어떤 고집들인가.

무실과 박실에는 전주 류씨 동성마을이 있었다. 입향조는 류성(柳城)으로 그는 학봉과 처남매부지간이었는데 처가인 내앞 가까이 자리잡고 살았으나 불행히도 나이 서른을 못 채우고 세상을 떠났고, 학봉의 누님인 그의 처는 남편상을 당하자 손수 삭발하고 3년 시묘(侍墓)살이한 뒤 단식으로 자결했다. 그 열녀비가 무실 정려각이다. 그러나 그의 후손 중에는 석학이 많이 나와 퇴계의 정맥을 이었다는 정재(定齋) 류치명(柳致明), 임란 때 의병장을 지낸 기봉(岐峰) 류복기(柳復起) 등이 이 집안의 상징적 인물이 되었고, 근래에는 지금 도산서원 원장을 지내고 있는 류정기 박사, 시인 류안진, 언론인 출신 정치인 류혁인, 건축가 류춘수 등이 박실 태생으로 그 간판격 인물로 꼽힌다. 그러나 박실 류씨들은 거의 다 선산 해평으로 집단이주하고 지금은 몇채 남지 않았다.

박실 너머에는 지례예술촌이 있어서 요즘은 그 이름으로 더 많이 알려져 있지만 예술촌의 현위치는 박곡동이며, 원래는 200미터 아래쪽 강변 마을 이름이 지례였다. 지례의 입향조는 의성 김씨 지촌(芝村) 김방걸(金邦杰, 1623~96)이다. 그는 청계 김진의 현손(玄孫)으로 문과에 올라 대사성을 지냈으나 병자호란이 일어나자 낙향하여 '나는 이제 말 않겠다'며 문 닫고 들어앉고는 그 방 이름을 '묵언재(默言齋)'라고 짓는 기개를 보였다. 그리고 지산서당(芝山書堂)을 지어 후학을 가르쳤는데, 그 후손들이 공부를 잘해서 그 전통이 오늘에까지 이어져 박사가 열몇, 교수가 열몇, 고시합격이 거의 열 하면서 전국에서 최고임을 자랑하며 얼마 전 돌아가신 김호길(金浩吉) 박사, 그의 아우 한동대 김영길(金泳吉) 총장, 시인 김종길(金宗吉) 등 함자를 쭉 늘어놓는다. 한때는 지례초등학교가 전국에서 서울대 입학률이 가장 높았다는 것이 지금까지 전설적인 큰 자랑으로 얘기되고 있다.

그런 유서깊은 마을이 물에 잠긴다는 것도 세월의 아이러니인데, 지례의 전통과 고향을 지키겠다며 이 마을 출신 시인인 김원길(金源吉)이 지촌 종택, 지산서당을 비롯하여 건물 20여 동을 옮겨놓고 창작을 위해 조용한 곳을 찾는 예술인들의 아뜰리에로 제공하는 뜻을 세웠다. 그것이 지례예술촌이다.

고향이란 무엇인가

수곡교 옆 임동주유소에 버스를 세워놓고 다리 건너 무실 새 마을로 가니 아직도 집들은 제자리가 잡히지 않은 듯 어설프기만 한데, 임하호 깊은 물은 무섭게 차올라 있다. 바라보자니 왠지 나도 모르게 모든 것을 다 빼앗기고 보상이라고 받은 것이 꼭 교통사고 보험금처럼 허망할 뿐이라는 느낌이 들었다. 그러니 고향을 남달리 사랑했던 무실, 박실, 지례 사람들의 마음이 어떠했겠는가. 세계적인 물리학자로 포항공대의 신화를 창조한 김호길 박사가 생전에 쓴 「나의 어린시절」(『안동지』, 고향문화사 1987)이라는 글에는 고향이란 무엇인가를 말해주는 실향민의 마음이 애잔하게 남아 있다.

나의 제2의 고향(고모집에 가서 도산초등학교를 다녔다)인 도산은 안동댐으로 인하여 수몰지구로 되었다. 그리고 도산 가기 전 내가 자란 제1의 고향 지례도 머지않아 임하댐으로 수몰될 것이란다. 외국 체류시 꿈만 꾸면 나타나는 고향이었는데…… 지난 구정 때 지례에 갔을 때 가친, 중형, 장질 등과 수몰 후 우리집의 이전 문제를 논의했지만 집을 어디에 옮긴들 고향산천과 함께 옮기지 못하니 무슨 의의가 있는지 알지 못했으며 앞산 뒷산에 계신 조선(祖先) 분묘는 어떻게 참배를 할 것인지……

고향을 통해서 고국이 생각되고 애국 비슷한 것으로 연결이 되었었는데 실향인의 마지막 생애는 어디에 뿌리를 박아야 할 것인가?

애당초 고향다운 고향이 없는 서울사람인 나에게도 어려서 뛰놀던 뒷골목이 고향이 되어 어쩌다 꿈에라도 보면 반가운데 아름다운 산천에 고향을 둔 자의 마음은 얼마나 행복한 인생인가. 빠리에 가서 끝내 조국으로부터 버림당하여 망명객이 된 고암(顧菴) 이응노(李應魯) 화백은 "지금도 붓만 잡으면 먼저 떠오르는 것은 고향땅 예산(사실은 홍성)의 월봉산이다"라고 고백하였다. 또 곡성 동리산 태안사 스님의 아들인 시인 조태일(趙泰一)형은 만해문학상 시상식에서 수상소감을 말하면서 한 첫마디가 "나는 살아가면서 슬프거나 어렵거나 판단이 가지 않을 때면 언제나 내 고향 동리산을 생각하면서 마음을 가다듬었는데 어제 기쁜 소식을 들으면서 먼저 떠오른 것도 고향이었다"고 했다.

그런 고향을 갖고 있는 사람은 국가가 자신을 위해 아무것도 해준 것이 없고 혹독한 피해만 주었다고 생각하다가도 그 잊을 수 없는 고향에 대한 그리움과 온정에 사무칠 때면 나라를 미워할 수도 없게 되며, 나라가 어려운 지경에 놓였을 때는 그 고향을 지키기 위해서라도 나라의 부름에 앞서나서게 되니 그것이 애국심이고 또 애향심인 것이다. 그러니까 고향을 사랑하는 마음은 나라를 사랑하는 마음과 둘이 될 수 없는 것이다.

진보, 청송보호감호소를 바라보며

수곡교에서 다시 동쪽으로 임하호를 따라 차머리를 돌리면 옛날 임동면사무소 소재지 위로 넘어가는 임동교 큰 다리를 건너게 된다. 그리고 우리는 가랫재라는 큰 고개를 넘어가게 되는데 여기부터가 청송군 진보면, 진성 이씨의 본향이다.

진보로 들어서면 우리는 시가지로 들어설 것 없이 외곽도로를 타고 영양 입암(立巖)으로 빠지게 되는데, 그러자면 큰 산 아래 기대어 형성된 진보를 끼고 돌아야 한다. 가랫재라는 큰 고개를 넘어온 탓인지 진보들판은 꽤나 넓어 보이는데 무슨 선입견이 있어서가 아니라 여기는 평지가 아닌 고원지대라는 인상을 쉽게 받게 된다. 그래서 진보들판은 더욱 야성미가 넘친다는 생각도 갖게 된다.

그런데 진보를 받쳐주는 큰 산에는 무슨 산성 같은 설치물이 산허리를 감싸고 돌아간다. 나는 처음엔 그것이 그저 진보산성이겠거니 생각하고 별 마음 쓴 바 없었는데 나중에 알고 보니 그게 바로 한국의 빠삐용 감옥, 청송보호감호소라는 것이다. 세상에 퇴계 선생의 도산서당 앞마을은 안동호수가 삼키더니 퇴계 선생의 본관지는 감호소가 누르고 있는 것이다.

간석기반 답사 때 이 앞을 지나면서 우리는 열성회원인 박은수 변호사에게 마이크를 넘기며 저 20세기 유적에 대한 해설을 부탁했다.

"1980년, 5공 권력은 사회보호법을 제정하여 누범의 전과자로 재범의 위험성이 있는 자는 사회로부터 격리하는 보안처분을 할 수 있게 했습니다. 유사한 죄로 2회 이상 실형을 받고 형기 합계가 3년 이상인 자가 또 유사한 죄를 범하게 되면 형기 만료 후 7년 또는 10년의 감호처분을 받게 한 것입니다. 이것은 재판에 의해서가 아니라 무조건 집행하도록 강제규정되어 있어서 나도 판사 시절엔 아무런 판단 없이 꼭두각시처럼 7년, 10년 감호처분을 내려야 했던 아픈 경험이 있습니다. 그 감호대상자를 수용하는 시설이 청송보호감호소인 것입니다.

이 행형제도는 범죄에 대한 제재가 너무 가혹하다는 비판을 받아 87년 6월항쟁 이후엔 5년 내지 7년으로 바뀌었고 검사와 판사에게 '재범의 위험성' 판단에 재량의 여지를 주고 있으나 과거 관행에 따라 기계적으로 보호감호 처분을 받고 있는 현실입니다. 그러니까 수형자의 인권 같은 것은 옹호되지 못하고 있는 겁니다.

더욱이 청송보호감호소는 교도소와는 비교도 안될 정도로 규율이 엄하다고 합니다. 말 그대로 생지옥이라고도 합니다. 그러나 거기서 일어난 비인간적인 일에 대하여는 알려진 바가 없습니다. 그래서 일부에서는 내부의 대강이라도 공개돼야 한다고 주장하고 있습니다. 그런 슬픈 얘기의 비참한 곳입니다."

박변호사의 애기가 끝날 때까지 회원들은 거기에서 시선을 놓지 않았고 차 안에는 오랫동안 침묵이 낮게 고여 있었다.

영양의 국보, 봉감 모전석탑

진보에서 북쪽으로 올라가면 영양, 남쪽으로 내려가면 청송, 동쪽으로 곧장 가면 영덕이다. 얼마 전만 하더라도 이 지역에 대하여 우리가 들어볼 기회는 거의 없었고, 기껏해야 청송엔 주왕산이 있고 영양은 고추가 특산물인지라 해마다 고추아가씨를 뽑는다는 귀여운 소식이나 들어왔다. 그런데 요즘은 매스컴에 각종 기행 프로가 많이 생기면서 자주 등장하고 있다. 오염되지 않은 강 반변천, 음택의 명당이 있다는 일월산(日月

| **봉감 모전석탑** | 영양 봉감의 모전석탑은 탑도 탑이지만 주변 자연과의 어울림이 대단히 매력적이다.

山), 소설 『객주』의 작가 김주영(金周榮)의 고향인 청송, 이문열(李文烈)
의 고향인 영양 석보 문학기행…… 내가 본 것만 해도 네가지이다. 그런
데 영양의 국보인 봉감(鳳甘) 모전석탑은 명색이 국보 제187호인데도 공
중파 방송은 고사하고 도록에서조차 제대로 주목받아본 일이 없다. 심지
어 미술사, 건축사 전공자들에게도 잘 알려지지 않았다. 여기를 찾아가
는 동안 이정표라고는 산해리 마을 입구 표지석 밑에 작게 괄호 치고 써
놓은 것뿐이니 국보는 국보로되 국보 대접 못 받는 것으로 봉감 모전석
탑만한 것이 없을 성싶다.

　　입암에서 흘러내려오는 반변천이 절벽을 타고 반달 모양으로 흘러가
는 자리에 우뚝 서 있는 봉감 모전석탑은 분황사 모전석탑과 똑같은 아
이디어로 쌓아올린 이형탑이다. 전탑의 고장에서 전탑의 전통을 변형하

여 이어간 것이라고 생각하면 영양 땅이 안동문화권에 속하면서도 한편으로는 영양의 독자성을 지니고 있다는 뜻이 비치는 것도 같다.

봉감 모전석탑은 그 자체의 건축적 조형미도 조형미이지만 주변 환경과의 어울림이 탁월하여 앞으로 영양이 관광지로 알려질 때 별격의 답사처로 주목받을 것이라고 믿어 의심치 않는다. 강 건너 절벽이 시루떡결같이 수평으로 썰린 듯 보이는데, 이 봉감의 모전석탑이 철추를 내리듯 수직으로 곧게 뻗어 우뚝하니 그 힘차고 장중함이 더욱 당당하다. 절벽도 석탑도 석질이 모두 퇴적암으로 검은 기, 붉은 기를 띠고 있는데 어딘지 우수의 빛깔이고 고독의 표정이라는 생각이 든다. 그래서 폐사지 석탑의 처연함이 진하게 다가온다.

봉감리 마을엔 날로 폐가가 늘어 이젠 몇채 남지도 않아 언제나 한적하고 밭에는 봄이면 산수유, 여름이면 담배, 가을이면 고추가 제철을 구가하며 봉감리 모전석탑의 배경을 바꾸어준다. 그럴 때면 그 곱고 연한 배경의 빛깔로 폐사지 석탑은 더욱 아련하게 느껴진다. 이런 생각을 늘해온 것을 간석기반 회원들에게 사설 늘어놓듯 설명하고 있는데 지질학을 전공했다는 자칭 백조―여자 백수건달―가 나의 해설을 보완한다.

"능교형 지역에는 화강암이 많은데 니껴형으로 오니까 퇴적암이 많네요. 화강암은 열정과 젊음과 화려함을 상징한다면 퇴적암은 인고의 시간을 견디어낸 지고지순의 사랑 같은 것이니 안동의 고가, 영양의 모전석탑 모두 다 퇴적암과 정서를 같이한다고 하겠네요."

백조의 말이 떨어졌을 때 우리는 큰 박수와 함께 경상도식으로 "굉장하다, 굉장해"를 연발했는데, 그 이후로 답사 다닐 때면 백조 같은 지질학 전공자가 곁에 없는 것이 항시 아쉽게 느껴졌다.

| 서석지 대문 | 서석지 대문은 길에서 방향을 틀어 작은 문으로 들어오게 되어 있다.

한국 정원의 백미, 서석지

입암에서 청기(靑杞)로 가는 길을 따라 얼마를 가다보면 반변천상에 불쑥 솟은 선바위, 입암(立巖)이 나오고 거기서 조금 더 들어가면 연당리 작은 마을이 나온다. 여기는 동래 정씨 동성마을로 진흙 돌담이 집집마다 둘러쳐져 있는 예스러운 동네이며, 그 한쪽 켠에 서석지(瑞石池)가 자리잡고 있다.

서석지는 이 마을 입향조인 석문(石門) 정영방(鄭滎邦, 1577~1650)이 조성한 정원으로 조선시대 민가의 연당(蓮塘)정원으로 으뜸이라 할 만한 명작이다. 정영방은 예천에서 태어나 정경세에게 학문을 배워 퇴계학통을 이어받았는데 진사에 합격했으나 벼슬에 나가지 않고 광해군 때는 낙향하여 청기천변 자양산(紫陽山) 기슭에 살다가 병자호란이 일어나자 아

| 서석지 | 우리나라의 대표적인 정원 중 하나로 손꼽히는 서석지는 마당 대신 네모난 연못을 가운데 두고 있으며, 서재는 소담하고 누마루는 딜럭스한 분위기로 꾸몄다.

예 이곳에 은둔하고자 자리잡고 1636년경엔 서석지를 축조한 것으로 알려져 있다. 그가 이곳으로 오게 된 계기는 처가가 무실의 전주 류씨인지라 거기에 출입하면서 보아둔 자리라는 것이다.

서석지는 서재인 주일재(主一齋)와 정자인 경재(敬齋)를 기역자로 배치하고 두 건물 앞마당에 해당하는 공간을 큰 연못으로 축조한 정원이다. 그런데 이 정원의 설립과정을 보면 그 순서가 반대여서 정영방은 19개의 서석(瑞石)과 서석 사이에서 솟아나는 샘물로 연못에 물을 댈 요량으로 사방에 호안석축을 4자에서 5자 반으로 쌓아올려 방형 연당을 만들고 동쪽으로는 작은 서재인 주일재와 단칸 마루인 서하헌(棲霞軒)을 소담하게 앉힌 대신, 북쪽으로는 남향하여 여섯 칸 대청에 넓은 툇마루를 붙인 경재를 지었다. 그리하여 주인의 사적인 공간은 아주 작고, 손님 맞고 글 가르치는 공적인 공간은 딜럭스하게 만든 것이다. 이런 극명한 대비를 통해 서재는 더욱 겸허의 아름다움이 돋보이는데 봉화 닭실의 권충재에도 이와 똑같은 정서가 나타나 있음을 상기해둘 필요가 있다. 어떤 면에서는 그것이 조선 건축의 한 정신이었던 것이다.

서석지에는 건축적 기교가 많이 구사되어 있다. 우선 연못이 그냥 사각형으로 된 것이 아니라 주일재 앞에 사우단(四友壇)을 내어 쌓아서 여기에 송·죽·매·국을 심었다. 그래서 주일재 툇마루에 앉으면 이 사우단이 앞의 시야를 막아주면서 공간을 아늑히 감싸준다. 그리고 이 사우단으로 인하여 연당의 평면은 요철을 갖게 됐다. 즉 단조로움을 피할 수 있게 된 것이다.

이 정원의 두번째 기교는 대문을 동향으로 앉힌 것이 아니라 동향으로 끌어들여 남향으로 냄으로써 진입공간이 한번 꺾인 다음 연당에 들어오게 한 점이다. 이런 대문 설정으로 서석지는 안팎으로 감칠맛나는 공간을 확보하게 되었고, 그 대문이 비켜간 모서리 공간에 큰 은행나무를 심어서 모든 조원의 기준을 여기에 두었다. 그리고 연못의 연꽃과 울밑의 국화가 정원 원예의 대종을 이룬다.

이와같이 자연을 그대로 끌어안으면서 인공을 가하고 또 그렇게 가한 인공을 자연스럽게 풀어주면서 조화를 꾀한 정원 설계는 우리나라 민간 정원의 백미라 해도 과언이 아닐 천연의 아름다움을 보여준다.

특히 서석지는 연당리의 고풍스러운 마을 분위기 때문에 더욱 빛난다. 대부분의 다른 동성마을은 내앞처럼 멋진 고건축이 있어도 마을이 받쳐주지 못하거나, 주실처럼 마을 분위기는 있지만 명작의 건축이 없어 아쉬운데 서석지는 연당리의 흙담 고샅이 받쳐주고 있는 것이다. 간석기반 답사 때 서석지에 다다르니 동네 어른이 나와서 친절하게 모든 것을 설명해주시고는 동네를 함께 돌면서 마을 자랑을 늘어놓으셨다. 이 동네 부자가 누구이고 누가 관직에 올랐고가 중요한 게 아니라 안동과 마찬가지로 공부 많이 했다는 것이 큰 자랑인데 박사가 네명이고 일류대 출신이 여덟명이나 된다는 것이다. 그러면서 집집마다 가리키면서 이 집은 천안의 무슨 대학 교수 집이고 이 집은 무슨 연구소 연구원 집이고 하며 설명을 하신다. 그러다 끝집에 와서는 뭔가 머뭇거리더니 한말씀하신다.

"이 집 주인은 박사는 아니어도 책을 지은 저자라."
"무슨 책인가요?"
"『단기완성 새 국사』."

일원의 문향, 주실마을

서석지에서 나와 영양읍으로 달리는 길은 더욱 맑고 맑은 반변천을 거슬러 올라가는 길이다. 지나다보면 '오일도(吳一島) 시비'도 있고 '문향(文鄕) 영양'이라고 쓴 빗돌도 보이며, 또 들판 한가운데로는 현2동 삼층석탑이 보인다. 그 모두가 영양의 역사를 자랑하는 것인데 막상 영양읍내는 크게 볼 것이 없다.

영양읍을 지나 봉화 쪽으로 어느만큼 가다보면 경상도 산골이 아니라 강원도 산골처럼 경사가 가파르고 산이 가까이 다가서는데 일월면(日月面)이라는 멋진 이름이 나와, '아! 여기가 일월산이 있는 곳인가보다' 생각하게 되고 또 어느만큼 가다보면 갑자기 차창 오른쪽으로 산자락 아래 번듯한 반촌이 나와 답사객을 놀라게 한다. 여기가 시인 조지훈(趙芝薰)의 고향으로 알려진 주곡(注谷), 속칭 주실마을로 한양 조씨 집성촌이다.

주실마을로 말할 것 같으면 한 마을에서 인물 많이 나오기로 여기만한 곳이 없을 정도이다. 동(東)자 돌림만 해도 故 조동탁(지훈, 고려대), 조동걸

| 주실마을 전경 | 한양 조씨 집성마을로 대단한 내력과 대단한 자부심을 갖고 있다.

(국민대 역사학), 조동일(서울대 국문학), 조동원(성균관대 역사학), 조동택(경북대 미생물학), 조동욱(대구대), 조동성(인하대 공학) 등을 꼽으며, 조성환(안동전문 대학장, 기계공학), 조성하(고려대 경제학), 조석연(평택대 행정학), 조석경(평택대 컴퓨터공학), 조석준(경남대 국문학), 조형석(과기대 산업공학) 등을 하염없이 손 꼽으며, 내가 근무하는 영남대학교에만도 정년하셨지만 조봉기(물리학), 故 조대봉(교육학), 조화석(기계공학) 등이 이곳 주실 출신이다.

　몇해 전 공군참모총장으로 헬기 사고로 타계한 조근해 대장도 여기 출신이고, 고려병원 원장을 지낸 조운해 박사도 여기 출신이니 또 내가 미처 알지 못하는 인물이 어디 하나둘이겠는가. 이 캄캄한 산골, 고추밭에 알려진 것이 없는 영양 산골에 이런 문향이 있다는 것이 신기하다 못해 고맙다는 생각도 든다.

　영양 주곡의 입향조는 조전(趙佺)이다. 본래 한양에 뿌리를 둔 이 집안은 조광조(趙光祖) 파동이 일어나는 기묘사화 때부터 이리저리 피해다녔는데, 조전이 이곳에 들어온 것이 1630년 무렵이라고 하며 그분의 증손되는 조덕순(趙德純), 조덕린(趙德隣)이 모두 대과에 오름으로써 명문의 기틀을 다졌다. 그러나 조덕린이 영조 때 사약을 받아 비운에 세상을 떠나고 역적마을이 된 주곡에서는 출셋길이 막혀 자연히 학문에만 힘을 쓰는 문흥(文興)이 일어났다. 그래서 조덕린은 가문의 추앙을 받아 옥천 종택에서 불천위로 모신다.

　이런 주곡마을이 역사의 흐름 속에 용틀임하는 것은 1899년 단발령을 자발적으로 먼저 받아들인 것에서 시작한다. 조병희(趙秉禧)가 독립협회 무렵 서울의 개화바람을 보면서 고향의 청년들을 서울로 데리고 와서 신문명을 접하게 하고 개화시켰는데, 이 개화 청년들의 다음 세대는 토오쿄오, 뻬이징, 서울로 유학을 가게 된다. 이런 개화운동의 쎈터가 마을의 월록서당(月麓書堂)이었다. 1910년대에 종손의 과부를 재가시켰으니 그 개화바람을 알 만한데, 마을 한복판에 교회가 앉은 것도 그런 분위기를 말해준다.

이 무렵 조지훈의 증조부 되는 조승기(趙承基)는 의병장을 하였으니 주실에서 구시대의 마지막 인물이라 할 것인데, 조지훈의 아버지 조헌영(趙憲泳)은 신간회 토오쿄오지회장을 맡아 1928년에는 신간회운동의 일환으로 영양 주곡을 양력과세로 바꾸는 파격적인 단안을 내린다. 그런가 하면 주실은 마을 전체가 창씨개명을 거부했다. 그러니 이 마을의 전통과 기개와 문흥을 알고도 남음이 있다. 또 1930년대에 주곡에는 '꽃탑회'라는 문화패가 있어서 회지도 만들며 나름대로 활동하였는데, 조지훈의 형인 조동진(趙東振)이 그중 인물이었고 주실에 처가가 있는 오일도가 여기에 합세했다. 그러나 조동진은 스무살에 이 뽑고 술 먹는 바람에 세상을 떠나고 오일도는 그의 유작을 모아 『세림시집(世林詩集)』을 냈으며 조동진의 시는 결국 아우 조지훈에 의해 계승되었다. 내가 남의 동네 이력을 이렇게 소상히 밝히는 뜻은 아무리 궁벽진 곳이어도 전통과 의지와 열정은 새로운 신화를 만들어낼 수도 있다는 시범을 여기서 현실감있게 느끼기 때문이다.

한번은 연줄을 대서 영양군의회 부의장이신 조동시 어른의 안내로 주실마을을 두루 살폈는데, 마을 찾아오는 손님이라고 일부러 감주를 담가 40여명을 대접하는 것을 보고 역시 양반의 상징은 접빈객이라는 것을 새삼 느꼈다. 주실마을을 나오면서 아무리 양택이 밝기로서니 이렇게 많은 인재가 나올 수 있는가 싶어 신기해하면서 동네 어른과 인사를 하고 또 동네 얘기를 들으려고 동네 청찬을 먼저 해올리니 이 어른이 기분 좋으

| **조지훈 시비** | 주곡 태생의 시인 조지훈의 시비는 이 마을이 문향임을 은연중 말해주고 있다. 그러나 마을의 전통과 자랑은 그 정도가 아니다.

면서도 겸양의 뜻으로 부끄러워하며 하는 대답이 퍽 인상적이었다.

　"할아버지, 한 동네에서 이렇게 인재 많이 나오기는 전국에서 최고 아닐까요?"

　"뭐, 전국에서 제일이랄 거야 있겠소마는, 좀 마안치."

　"지례가 전국에서 최고라는데 제가 보기엔 주실이 더 많은걸요?"

　"암, 지례보다야 많겠지. 지례야 몇 되나."

　그러나 주실마을은 유감스럽게도 6·25동란 때 오래된 집들은 불타고 지금은 몇채만 남아 옛 마을의 명색만 유지하고 있고, 대부분의 집들이 안동 양반들처럼 죽으나 사나 끼고 앉아 갈고닦는 정성과 애착은 보이지 않아 때로는 황폐하고 때로는 스산해 보였다. 인재들이 다 잘되어 서울로 가니까 마을은 또 그렇게 될 수밖에 없었는지도 모른다. 그래서 '들을 주실이지 볼 주실이 아니다'라는 말도 나왔고, 멀리서 보는 것이 아름다울 뿐 자세히 건물을 살필 동네는 못되었다. 그 대신 마을 어귀 '쑤〔洞藪〕' 솔밭에는 건축가인 조지훈의 조카가 설계한 견실한 구조미의 조지훈 시비가 있으니 답사객들은 모름지기 이곳에 내려 주실의 저력을 새기며 쉬어갈 일이다. 조지훈 시비에는 그의 제자인 고려대 홍일식(洪一植) 총장이 쓴 비문과 그의 명작 「빛을 찾아가는 길」이 새겨져 있다.

돌부리 가시밭에 다친 발길이
아물어 꽃잎에 스치는 날은
푸나무에 열리는 과일을 따며
춤과 노래도 가꾸어보자.

빛을 찾아가는 길의 나의 노래는
슬픈 구름 걷어가는 바람이 되라.

봉화로 가는 길

반변천을 따라 일월산 턱밑까지 찾아온 나의 북부 경북 답삿길은 이제 꿈의 마을 같은 봉화로 향하고 있다. 주실에서 가곡을 지나면 곧 청기면 산골을 지나게 된다. 청기는 1970년대 유신 말기의 미스터리 같은 오원춘사건의 오원춘씨 고향이다. 지금도 그분은 이곳 청기에서 농투성이로 살고 있다지만 독재권력이 그에게 준 상처를 어떻게 삭여가셨는지 같은 시대를 살았던 사람으로 죄스러운 마음이 일어날 때도 있다.

청기면을 지나면 봉화군 재산면, 재산면 지나면 명호면, 차는 사뭇 청

| **청량산과 낙동강** | 봉화에서 도산을 가로질러가는 낙동강 상류는 맑은 기상과 웅장한 멋이 넘쳐 이 길을 가노라면 눈과 마음이 시원하게 열린다.

량산 동북쪽 자락을 굽이굽이 돌아간다. 첩첩산중은 산중이로되 험하다는 생각도, 외지다는 생각도 들지 않아 편안한 정취가 살아나고 가을이면 경상도 말로 '천지 빛깔이 고추'인지라 그것이 볼거리라면 큰 볼거리다. 그리고 명호에 다 가서 우리는 다시 낙동강과 만나게 된다. 청량산 서쪽 자락을 타고 흐르면서 도산서원 앞을 지나 안동호로 흘러드는 낙동강 상류다.

여기서 오른쪽으로 향하면 봉화군 춘양과 봉성으로 들어가게 된다. 그러나 지금 나의 답사기는 거기까지 미치지 못한다. 나는 지금 봉화를 쓸 수 없다. 그것은 시간이 없어서도 아니고 지면이 모자라서도 아니다.

모르는 사람은 봉화를 첩첩산중의 태백산 아래 땅으로 자연산 송이, 춘양의 춘양목, 토종 대추와 복수박 정도만 생각할 것이다. 그러나 아는 사람은 우리의 양반문화 전통이 안동 못지않게 강하게 남아 있음을 먼저 말하는 역사와 문화와 전통의 고장이다. 봉화에 가면 봉성면의 향교, 법전의 진주 강씨 마을, 오록의 풍산 김씨 마을, 닭실의 안동 권씨 마을, 해저의 의성 김씨 마을, 황전의 안동 김씨 마을, 북지리의 봉화 금씨 마을이 우리가 안동의 옛 마을 답사하듯 두루 살필 명소들이다. 봉화엔 불천위 종가가 일곱이나 되며, 전국에서 한글 마을이름이 가장 많이 남아 있는 전통성을 갖고 있다. 그리고 실제로 지금 봉화의 대부분 땅이 옛날엔 안동부에 속해 있었던 것이다.

더욱이 안동에 비할 때 봉화는 별로 알려진 바가 없어서 외지인의 상처를 받지 않고 옛 이끼까지 곱게 간직하고 있는 그야말로 살아있는 민속촌이다. 그래서 봉화를 진짜 사랑하는 사람은 봉화의 전통마을이 세상에 알려지지 않기를 바라며 나 같은 이의 답사기를 오히려 두려워하고, 미워한다. 실제로 나는 그런 이유로 혼자서는 이 마을 저 마을을 잘도 둘러봤지만 답사객을 데리고 간 곳은 닭실 권충재와 석천정사(石泉精舍), 그리고 북지리의 마애불밖에 없다. 그래서 나는 지금 봉화답사기를 포기하는 것이다.

이제 나는 봉화로 가는 길을 버리고 낙동강을 따라 다시 청량산으로 향하여 안동으로 들어간다. 옛날엔 퇴계가 청량산이 세상에 알려질까 두려웠다고 하더니 나는 지금 차라리 그 청량산으로 갈지언정 봉화엔 가지 못하는 것이다. 나는 시심(詩心)이 모자라 내 마음을 노래하지 못하지만 퇴계가 청량산을 사랑하여 부른 노래에 나의 마음을 얹어본다.

청량산 육육봉(六六峯)을 아는 이 나와 백구(白鷗)
백구야 날 속이랴마는 못 믿을손 도화(桃花)로다
도화야 물 따라 가지 마라, 어부가 알까 하노라

1997. 5.

이루어지지 않은 왕도의 꿈

가람 생가 / 「서동요」 / 미륵사터 / 미륵사터 구층석탑 / 복원된 동탑

호남의 첫 마을 여산

남이 보기엔 어지간히 할 일이 없던 날이었다. 한국문화유산답사회의 공식적인 답사가 50회를 맞게 되니 나름대로 감회가 없지 않아 그간 나와 함께 답사회를 꾸려온 김효형 총무와 좋은 추억들을 되새기는 시간을 갖다가 재미삼아 그동안 우리가 가장 많이 간 곳이 어딘가를 헤아려보았다.

그 결과 지역으로는 경주가 가장 많았지만 유물로는 익산 미륵사터가 압도적으로 많았다. 그러나 미륵사터는 그 자체가 답사의 목표가 된 적은 한번밖에 없었고 다만 우리의 호남행에는 거의 빠짐없이 여기를 들렀던 것이다. 서울에서 아침에 떠날 때면 여기에서 점심도시락을 먹기 안성맞춤이었고, 휴게소에서 일없이 쉬어가느니 하나라도 더 보자고 미륵

사터를 들러갔고, 일정에 없으면서도 하행길 아니면 상행길에 답사의 보너스로 여기를 집어넣곤 했던 것이다.

그렇게 보고 또 보아도 물리지 않는 것을 보면 그곳이 답사의 명소이긴 명소인가보다. 그러나 미륵사터를 스치듯 들러가는 곳으로만 삼았다는 것은 그 존대한 유적에 참으로 큰 실례를 범한 것이었다. 익산 미륵사터는 결코 그럴 곳이 아니다. 역사적으로는 이루어지지 않은 왕도(王都)의 꿈이 서린 곳이며, 한국미술사의 가장 우뚝한 봉우리인 석탑의 시원양식이 지금도 그곳 폐허 속에서 금자탑보다도 더 찬란한 빛을 발하고 있는 것이다.

익산 미륵사터를 찾아가는 답사의 첫 관문은 여산(礪山)이다. 지금은 사정이 조금 달라졌지만 호남고속도로에 있는 첫 휴게소이자 최대 규모이며 최고의 장사목이 된 곳이 바로 여산휴게소이다. 여산휴게소가 생기기 전에 여산이 어디인지 아는 사람은 별로 없었을 것이다. 그러나 오늘날 여산은 휴게소로 인하여 그 모체인 익산보다 더 유명해졌다.

그런데 이 또한 공교로운 일이어서 여산은 조선시대에 역원이었던 곳으로 전라도 땅으로 들어가는 첫 마을이었으니 여산휴게소는 여산 땅의 팔자소관으로 생긴 것인지도 모르겠다. 판소리 「춘향가」 중에서 이도령이 암행어사가 되어 남원 땅으로 출두하면서 역졸들에게 이르기를 "너희들은 전라도 초읍(初邑) 여산에 가서 기다려라!" 했다. 거기는 지금의 익산시 여산면 여산리 주막거리이다.

나는 여산휴게소에 올 때마다 작은 소망 하나를 말하곤 한다. 그것은 휴게소 안쪽 원수리(源水里) 참실골(眞絲洞)에는 가람(嘉藍) 이병기(李秉岐, 1891~1968) 선생의 생가가 있는바, 여기에 가람의 시비를 하나 세웠으면 하는 희망이다.

가람 선생은 여기에서 태어나 한학을 공부하다가 신학문을 익혀 한성

| **가람 생가** | 원수리 참실골에 있는 가람 이병기 선생의 생가에는 당신의 살아생전 모습처럼 단아하고 소탈한 기품이 서려 있다.

사범학교를 마친 뒤 여산공립보통학교를 비롯하여 해방 후 서울대학교까지 줄곧 교편을 잡으며 국문학 연구에 전념하신 선비로 시조의 전통을 혁신하면서 우리말을 아름답게 갈고닦는 데 누구보다 큰 공을 세웠다. 가람 선생은 이태준(李泰俊), 정지용(鄭芝溶), 김기림(金起林) 같은 당대의 문사를 배출한 선생으로 이름높지만 그에 못지않은 것이 당신의 문장이고 시조였다. 그런 중 내가 개인적으로 가람의 글 중에서 가장 감동받은 것은 당신의 말년 일기이다. 가람 선생은 1957년, 66세 때 뇌일혈로 쓰러진 것으로 연보에 나와 있다. 가람 선생은 늘 일기를 썼는데, 세상을 떠나기 이태 전인 1966년의 일기는 처연하기 그지없다.

1966년 1월 1일
하후(下後) 1시 40분, 대변(大便)을 보았다. 종일 맑다.

1966년 1월 28일
밤에 눈이 오다. 눈이 남지어 오다. 하후에도 오고 또 오다.
종희(鍾熙)는 8시 여산을 갔다. 11시 20분 대변을 보았다.

우리가 초등학교 시절에 일기 쓰는 법을 배울 때면 선생님께 누누이 듣는 주의사항이 밥 먹고 똥 싼 것 같은 일상의 되풀이는 쓰지 말라는 것이었다. 그런데 가람의 말년 일기는 오직 밥 먹고 대변 본 얘기로만 끝난다. 이것은 아이러니가 아니다. 타계하기 직전 가람 선생에게는 그것이 일상사가 아니라 하루 일과의 전부였던 것이다. 그래서 이 일기는 더욱 눈물겨운 것이다.

그러면 여기에 세울 가람의 시비에는 어떤 시가 좋을까? 익산 미륵사 터, 백제의 옛 자취를 생각한다면 당신이 「대성암(大聖庵)」이라는 제목으로 백제의 향기를 읊은 시조가 제격일 것 같다.

고개 고개 넘어 호젓은 하다마는
풀섶 바위서리 발간 딸기 패랭이꽃
가다가 다가도 보며 휘휘한 줄 모르겠다
(…)
그리운 옛날 자취 물어도 알 이 없고
벌건 뫼 검은 바위 파란 물 하얀 모래
맑고도 고운 그 모양 눈에 모여 어린다
(…)
볕이 쨍쨍하고 하늘도 말갛더니
설레는 바람 끝에 구름은 서들대고
거뭇한 먼 산 머리에 비가 몰아 들온다

이루어지지 않은 왕도, 금마

여산휴게소에서 불과 6킬로미터 못미처 익산 인터체인지가 있는데 여기서 익산 쪽으로 꺾어들면 비로소 우리는 정겨운 전라도 땅으로 들어선 맛을 만끽하게 된다. 구릉을 넘어가자면 언덕길 양쪽으로 밭고랑마다 검붉은 황토의 흙가슴이 뜨거운 태양을 마다 않고 남김없이 받아들인다.

타관땅 사람들은 저 진흙 같은 황토밭이 마냥 이채롭게 느껴지겠지만 감자고 고추고 무엇이든 길러내는 황토의 싱그런 생산력은 호남의 향토적 서정으로 살아있다. 오늘날에는 인삼 같은 고소득작물이 황토를 차지하고 말았지만 호남에서 어린시절을 보낸 사람들은 저 붉은 땅에서 캐내던 육질 좋고, 수분 많고, 당도 높은 빠알간 물고구마의 추억을 잊지 못한다.

언덕을 넘어 내리막길을 달리면 차는 반듯한 네거리 신호등 앞에 서게 된다. 곧장 가면 익산, 왼쪽은 왕궁리, 오른쪽은 금마읍내와 미륵사터로 빠지는 길이 된다. 금마 일대에는 참으로 많은 유적이 밀집해 있다. 미륵사터, 왕궁평(王宮坪) 오층석탑, 고도리(古都里) 석인상, 쌍릉, 기준산성(箕準山城), 사자사(師子寺)터, 연동리 석불좌상, 오금산성, 태봉사 삼존석불…… 익산군 시절에 발간한 향토지『미륵산의 정기』를 보면 모두 82군데의 유적지 해설이 들어 있을 정도다. 더욱이 각 유물·유적 들이 차로 10분, 걸어서 30분 안짝으로 연결되어 있으니 경주, 부여 같은 왕도가 아니고는 드문 일이다.

그리고 실제로 금마는 몇차례 왕도에 준하는 영광의 도시로 역사 속에서 명멸하였다. 마한(馬韓)의 월지국(月支國, 또는 目支國, 箕準의 마한국), 백제 무왕의 별궁, 후백제 견훤의 왕궁, 고구려 유민인 안승의 보덕국 등 어느 하나 오랜 경륜을 펴지 못했으나 금마 땅 고도리 왕궁평 들판과 미륵산에는 미완의 왕도가 남긴 유적들이 폐허 속에 즐비하게 널려 있는 것이다.

금마는 마한의 중심지였다. 삼한시대에 마한은 54개의 소국으로 큰 나라는 1만여 호요, 작은 나라는 수천 호로 총 10여만 호인데, 총수인 진왕(辰王)은 월지국을 다스렸다고 『후한서』와 『삼국지 위지』가 증언하고 있다. 그런 마한의 성립에 대해서는 두가지 설이 있다. BC 108년 고조선이 위만에 망하자 기자(箕子)의 41대손으로 기자조선의 마지막 왕이 된 준왕(準王), 즉 기준이 남쪽으로 내려와 마한을 쳐 이기고 한왕(韓王)이 되었다고 『후한서』에 기록되어 있다. 그러나 『삼국유사』는 기준이 세운 나라가 바로 마한이라고 적고 있다. 이에 대한 고증은 아직도 역사학의 숙제이지만 다산 정약용이 『아방강역고(我邦疆域考)』에서 "마한은 지금의 익산군으로, 금마는 마한 전체 총왕의 도읍이다"라고 말한바, 금마가 마한의 중심지였음만은 분명하다.

그러나 마한은 고대국가로 성장하지 못하고 이내 멸망의 길로 들어섰다. 북쪽에서 백제가 강성하게 일어나면서 온조왕 26년(AD 8년)에 마한을 함락시켜버리고 말았던 것이다. 그래서 금마 땅에는 마한보다 백제의 자취가 더 진하게 남게 되었다.

백제 무왕의 탄생

백제왕조의 치하에서 금마는 김제평야의 경제적 부와 금강의 수로 때문에 중요한 몫을 담당했을 것이 분명하고, 수도가 점점 남하하여 성왕(聖王)이 부여로 천도한(538) 이후는 더욱 비중이 커졌음은 기록이 없어도 알 만하다. 그러다가 금마가 다시 역사상 부상하는 것은 무왕(武王)의 탄생부터이다.

「서동요」의 주인공인 무왕의 탄생과 등극 전설은 참으로 기묘하다. 이 전설을 어디까지 믿어야 좋을지 모르지만 그저 전설일 뿐이라고 무시해 버리기에는 암시적인 내용이 너무 많다. 더욱이 미륵사 창건설화가 여기에서 나올 뿐 아니라 『삼국유사』에서 증언한 전설적인 가람배치가 실제로 있던 일이었음이 발굴로 확인됨으로써 더욱 신비로울 따름이다. 『삼국유사』의 백제 무왕조를 보면 이렇게 시작된다.

제30대 무왕의 이름은 장(璋)이다. 그 어머니는 과부가 되어 서울(부여) 남쪽 못가에 집을 짓고 살고 있었는데, 그녀는 못의 용과 성관계를 맺어 장을 낳았다. 아이 때 이름은 서동(薯童)이다. 그는 재기와 도량이 헤아리기 어려울 정도로 컸다. 또 그는 마를 캐어 팔아서 생업을 삼았으므로 나라 사람들이 그로 말미암아 서동이라 불렀다.

서동은 또 마동(麻童)이라고도 했고 그냥 맛동이라고도 했단다. 그런데 『신증동국여지승람』에서는 그 못이 익산 오금산(五金山) 마룡지(馬龍池)라고 했다. 그러면 용으로 묘사된 서동의 아비는 누구일까? 일연스님은 글 끝에 "『삼국사기』에서는 법왕(法王)의 아들이라고 했다"는 주석을 붙여놓았다. 그렇다면 법왕이 왕자시절에 미륵산에 드나들면서 서동모와 정을 통하여 낳은 것으로 보는 것이 가장 설득력있는 해석이 된다. 『삼국유사』의 기사는 또 이렇게 계속된다.

(서동이 성장한 뒤 신라) 진평왕의 셋째공주 선화(善花)가 아름답기 짝이 없다는 말을 듣고 머리를 깎고 신라의 서울로 가서 마를 갖고 동네 아이들을 먹이니 아이들이 친해져 그를 따르게 되었다. 이에 동요를 하나 짓고 아이들을 꼬여 부르게 하였는데, 그 노래는 "선화공주님은 남몰래 시집가서 서동이를 밤에 몰래 안고 간다"라 하였다. 동요

가 서라벌에 퍼져 대궐까지 알려지니 백관이 임금에게 강력히 주장하여 공주를 먼 곳으로 귀양가게 하였다.

그래서 집에서 쫓겨난 선화공주는 서동을 만나 정을 통해 부부가 되었고, 공주가 떠날 때 어머니에게 황금 한 말을 받은 것을 보여주자 서동이 마를 캘 때 그런 황금을 많이 보았던 것이 기억났고, 이를 용화산 사자사의 지명법사(智命法師) 신통력을 빌려 서라벌의 장인에게 보내니 진평왕이 서동을 좋아하여 편지로 자주 안부를 물은 것, 그리하여 이후 서동이 인심을 얻어 왕위에 오른 것 등등 그 긴긴 내용은 여기서 그냥 넘어가지만 거기에 서린 숨은 뜻만은 짚고 넘어갈 필요가 있다.

사람들은 백제와 신라 양국이 전쟁을 치르는 적대국인데 그게 어떻게 가능하겠냐, 과부의 아들이 어찌 일국의 공주를 넘보느냐며 이 전설을 황당한 얘기로 치부하곤 한다. 그러나 당시 양국의 관계란 근대의 민족 국가 같은 폐쇄성이 아니라, 마치 유럽 근세에 왕통이 끊기면 이웃나라에서 왕을 모셔다 앉히는 정도는 아닐지라도, 그와 유사한 분위기로 이해해야 옳다. 그가 법왕의 서얼이라는 것도 조선시대의 서출 개념이 아니라 오히려 귀인(貴人)의 소출이라는 뜻이 되는 것이며, 서동이 선화공주를 얻어 스스로 귀인임을 내세운 것은 그의 뛰어난 정치력으로 해석될 사항이고, 끝내는 인심을 얻어 왕이 되었다는 사실은 그의 탁월한 정권 창출 능력으로 보아야 한다.

아무튼 무왕은 금마에서 태어나 금마에서 자라고 금마를 배경으로 왕이 됐으며, 금마는 백제의 지정학상 중요한 위치를 갖게 됐으니 그것은 조선왕조 정조대왕 시절 수원이 갖는 위치와 비슷한 것이었다.

무왕의 미륵사 창건

서동은 무왕이 된 다음 자신의 본거지인 금마로 천도했다는 설이 있다. 그러나 천도까지 한 것은 아닌 것 같고 고산자(古山子) 김정호(金正浩)의 『대동지지』「익산군」조에 "백제 때 금마지(今旀只)는 무왕 때 축성하고 이곳에 별도(別都)를 두었으니 지금의 금마저(金馬渚)다"라는 기록으로 보아 별궁이 있었던 것으로 보이며, 그 별궁은 고도리 왕궁평으로 추정된다. 정조대왕이 노론세력을 견제하기 위해 수원천도를 구상하고 수원성을 쌓았듯이, 무왕은 부여의 토착세력을 꺾을 요량으로 금마천도를 생각하였고 그 전초작업으로 탄생한 것이 왕궁리의 별궁과 용화산 미륵사였다.

이런 구상 때문에 무왕은 자주 금마를 찾았고 그러던 어느날 왕이 되기 전에 큰 도움을 얻었던 용화산(일명 미륵산) 사자사의 지명법사를 찾아뵙다가 미륵사터를 메우게 된 내력을 『삼국유사』는 다음과 같이 기록하고 있다.

하루는 왕이 부인과 함께 사자사에 가다가 용화산 아래 큰 못가에 이르자 못 가운데서 미륵삼존이 나타나므로 수레를 멈추고 경건히 예를 올렸다. 부인이 왕에게 이르되 나의 소원이니 이곳에 큰 절을 이룩하면 좋겠다고 하였다. 왕이 허락하고 지명법사에게 가서 못을 메울 방책을 물으니 신통력으로 하룻밤에 산을 무너뜨려 못을 메워 평지를 만들어 미륵삼존과 회전(會殿, 법당), 탑(塔), 낭무(廊廡, 회랑)를 각각 세곳에 세우고 액호를 미륵사라 하니 진평왕이 백공을 보내서 도와주었다. 지금까지 그 절이 있다.

미륵사터 발굴 결과 이 얘기는 사실로 증명됐다. 미륵사가 늪지에 세

| **미륵사 전경** | 백제 미륵사는 총 5만평으로 동양 최대의 가람이었다. 동탑과 서탑이 멀찍이서 마주보고 있다.

워져 서쪽 금당은 경주 감은사터에서 본 바와 같이 높은 주춧돌로 받쳐 있고, 법당, 탑, 회랑이 각각 세 곳에 세워져 있음을 알게 됐다.

서탑 사리함과 사리봉안기

2009년 서탑을 복원하기 위하여 해체하던 중 기단부에서 사리장엄구가 발견되었다. 10년에 걸친 미륵사 발굴 때는 본원의 목탑과 동원의 석탑 자리에서는 아무런 사리장치를 발견하지 못하였는데 서탑을 복원하기 위하여 탑을 해체하던 중 석탑 1층 중심에 몸돌의 무게를 떠받치는 기능을 하는 심주석에서 사리공을 발견한 것이다.

사리공 안에는 금사리호와 총 194자의 금사리봉안기(15.5×10.5cm) 등

총 400여 점이 출토되었다. 이들은 사리함 봉안식 때 탑의 안전과 개인의 복을 기원하는 공양품으로 넣은 것으로 생각된다.

금사리호 안에는 작은 금내호가 들어 있고 내호 안에서는 갈색 유리 파편과 함께 12개의 사리가 들어 있어 금외호→금내호→유리병의 삼중구조로 사리를 봉안했음을 알 수 있다. 금사리호의 기형은 둥근 몸체에 긴 목과 넓은 입을 갖고 있고, 둥글납작한 뚜껑 위에 보주형 꼭지가 달려 있다. 사리호에는 말할 수 없이 아름다운 꽃무늬가 새겨져 있다. 몸체의 바닥과 목 그리고 뚜껑에는 연꽃잎을 새기고 몸체에는 인동초와 넝쿨무늬를 배열하면서 여백에는 어자무늬라는 물고기알 모양의 작은 동그라미무늬를 촘촘히 넣었다. 백제 금속공예의 진면목을 보여주는 명작이다.

얇은 금판(15.5×10.5cm)의 앞뒷면에 새긴 금사리봉안기에는 총 194자의 발원문이 적혀 있었다. 그런데 그 내용은 전혀 예상 밖이었다.

우리 백제 왕후는 좌평 사택적덕의 따님으로 지극히 오랜 세월 착한 인연을 심어 (…) 만민을 어루만져 기르시고 불교의 대들보가 되셨기에 깨끗한 재물을 희사하여 가람을 세우고 기해년 정월 29일에 사리를 받들어 맞이했다. (…) 원하옵건대 대왕폐하의 수명은 산과 같이 하고 (…) 왕후의 심신은 수정과 같아서 법계를 비추고 (…) 모든 중생들도 불도를 이루게 하소서.

기해년은 무왕 40년(639)이 되고 무왕의 왕후는 백제 귀족인 사택적덕의 딸인 셈이다. 기록과 유물 사이에 차이가 있을 경우 우리는 유물에 따라야 한다. 그러나 『삼국유사』의 서동과 선화공주의 설화를 무조건 허구로 돌리기도 힘들다. 미륵사가 착공에서 완공까지는 수십년이 걸렸을 것

| **미륵사터 서탑 사리장엄구** | 서탑 해체 중 발견된 사리장엄구는 '화려하되 사치스럽지 않았다'는 백제의 미학을 여실히 보여주는 삼국시대 금속공예의 최고 명작 중 하나다.

이며 본원이 세워진 뒤에 동서 별원의 석탑이 세워졌을 것이다. 이러한 사실을 종합적으로 판단하여 현재로서 해석할 수 있는 것은, 창건 당시는 선화공주의 발원으로 이루어지고 선화공주가 사망하여 새로 맞이했거나 또는 후비인 왕후 사택적덕의 딸이 서탑에 발원문을 봉안했다고 생각할 수도 있다. 이 과정에서 이상한 것은 미륵사의 창건에 대해『삼국사기』에는 아무런 기록이 없다는 사실이다.

미륵사 가람배치의 슬기

미륵사의 3탑 3금당(金堂) 3회랑(廻廊) 가람배치는 삼국시대에 다른 예가 없는 특이한 구조다. 본래 백제의 사찰은 1탑 1금당 식이라고 해서 남북 일직선 축선상에 남문, 중문, 탑, 금당, 강당, 승방으로 이어지고 중

| **미륵사터 가람배치 모형** | 남북 일직선상의 기본축에 동서로 별원을 두는 과정에서 석탑이 발생한 것을 알 수 있다. 단순한 가람배치지만 결코 단조롭지 않은 사찰이었음을 보여준다.

문과 강당을 미음자로 잇는 회랑만으로 끝나는 것이 보통이었다. 이런 가람배치는 모두 일곱가지 집으로 구성됐다고 해서 칠당가람이라고 하는데 부여의 군수리 폐사지, 정림사터가 그 대표적인 예이다. 고구려의 청암사터·정릉사터가 1탑 3금당 식으로 탑을 중심으로 디귿자로 돌려지고, 신라 황룡사터가 1탑 3금당 식으로 탑 뒤로 금당 세 채가 나란히 늘어서는 것과는 달리 간결하고 군더더기가 없는 명쾌한 구도인 것이다. 그런데 백제의 미륵사가 3탑 3금당으로 갑자기 화려해진 것은 무슨 연유일까?

미륵사는 말이 3탑 3금당이지 실제로는 1탑 1금당의 기본축을 포기하거나 파괴한 것이 아니었다. 그들이 존중했던 간결성의 미학은 그대로 살아있다. 다만 여기에 동서로 별원(別院)을 붙여 규모를 확대한 것이다. 서양에서는 이럴 때 날개(wing)를 달았다는 표현을 쓴다. 그렇게 함으로써 기본축을 존중하면서 장중하고 화려한 멋을 더할 수 있게 된 것이다. 이 점은 오늘날에도 깊이 생각해볼 미학적 성과이다. 우리도 얼마든지 위엄있는 건물, 화려한 건물을 원할 수 있다. 그러나 딱딱하지 않게, 번잡스럽지 않게 그 미적 욕구를 충족시켜주는 것은 대단히 어려운 일이다. 이에 대한 최상의 묘책은 기본축을 지키는 것이라는 사실을 지금 미륵사 마스터플랜이 말해주고 있는 것이다. 중심을 잃지 않는다는 말이 여기서도 어울린다.

그다음, 별원은 본원(本院)과 차별성을 두어야 했다. 어떻게 할 것인가? 규모만 작게 해서 차별성을 부여하는 것은 초급자의 발상이다. 백제의 거장들은 이 문제에서 석탑을 고안하게 된 것이다. 중앙 본원에는 높이 60미터는 족히 될 만한 거대한 목조건축의 탑을 세우고, 동서의 별원에는 그 목조건축을 충실하게 모방한 석탑을 세웠다. 규모를 작게 하는 대신 돌로 쌓은 것이다. 미륵사터의 석탑은 수만 장의 돌로 짜맞춘 목탑형식이었다. 이렇게 함으로써 미륵사의 정면관(파싸드)은 목탑을 중심으로 하여 좌우 석탑을 협시보살처럼 거느린 안정되고 권위있는 삼각형 구도를 갖추게 되었다. 이것이 미륵사 가람배치의 특징이자 석탑 탄생의 기원이다.

미륵사의 위용과 몰락

백제 멸망 뒤 미륵사의 상황에 대하여는 단편적인 기록 몇몇만이 종잡을 수 없이 전해지고 있을 뿐이다.『삼국사기』「신라본기」성덕왕조를 보면 "금마군 미륵사에 지진(또는 뇌진)이 있었다"고 하였는데 조선왕조 영조 때 이긍익(李肯翊)의『연려실기술(燃藜室記述)』에는 "성덕왕 29년(730) 6월에 뇌진이 쳐서 서쪽이 반쯤 무너졌는데 그뒤 누차 무너졌으나 더이상 붕괴되지 않고 중간에 옛 모습대로 고쳐놓았다"고 한다.

지금까지의 미륵사 발굴성과를 보건대 고려청자 도편이 무수히 수습되고 있는 것을 보아 고려시대에는 건재하였고, 조선 성종 때 간행된 『신증동국여지승람』에서도 미륵사의 석탑을 언급하고 있으나 절 자체에 대한 기록은 없으니 조선초에 이 유지하기 힘든 대찰은 폐사가 되고 만 것 같다. 이 황량한 폐사지의 모습을 증언한 글로는 조선왕조 시절 인조 때 중추부사를 지낸 이 고장 출신의 문인 소동명(蘇東鳴, 1590~1673)이 지은 「미륵사를 지나며」가 단연코 압권이다.

옛날의 크나큰 절 이제는 황폐했네
외로이 피어난 꽃 가련하게 보이도다
기준왕 남하하여 즐겨 놀던 옛터건만
석양에 방초만 무성하구나
옛일이 감회 깊어 가던 걸음 멈추고
서러워 우는 두견 쫓아버렸네
당간지주 망주인 양 헛되이 솟아 있고
석양의 구름 아래 저물음도 잊었어라
古寺今荒廢　開花獨可憐
箕王遊樂地　芳草夕陽天
感舊停行馬　傷春却杜鵑
空餘華表柱　高倚暮雲邊

무너진 석탑의 아름다움

미륵사가 폐사지가 되어 목조건축은 모두 불타고 무너져버리게 되었

을 때도 석탑만은 건재할 수 있었다. 발굴조사에 의하면 동탑 서탑이 똑같은 구조였는데 어찌 된 영문인지 동탑은 완전히 도괴되어 낱낱 석탑부재(部材)들이 깡그리 없어지고, 서탑은 6층까지만 간신히 남아 그 형상의 뼈대만 보여주게 되었다.

그러다가 1910년, 일제시대 초 서탑의 서쪽이 크게 무너져내리자 일제총독부의 문화재조사를 전담했던 세끼노 타다시(關野貞)가 거대한 시멘트 벽체를 설치함으로써 더 이상 무너지는 것을 막았다. 그것은 토함산 석불사의 석굴을 보수한다고 바른 것과 똑같은 무지막지한 시멘트였다.

전체의 반 이상이 무너져버렸지만 서탑의 동쪽면 6층까지는 원상이 온전하여 백제 건축의 구조적 특징과 세련미를 우리는 실수 없이 읽을 수 있다.

이 미륵사탑이 우리나라 석탑의 시원양식임을 밝혀낸 분은 우현 고유섭 선생이다. 우현 선생은 미륵사탑이 부여 정림사 오층탑으로 정리되고 이것이 신라의 의성 탑리 오층석탑으로 전파되어 통일신라의 감은사탑과 불국사의 석가탑으로 발전하는 과정을 치밀한 양식분석으로 논증하였다. 그것은 한국미술사 연구에서 '양식사(樣式史)로서 미술사'의 길을 열어준 모범사례로 그의 『조선탑파의 연구』는 영원한 우리 미술사의 고전이 되었다.

미륵사탑은 석탑이지만 목조건축을 충실히 반영한 석탑이므로 목조건축의 아름다움을 여기에 빠짐없이 구현하였다. 압도하는 스케일의 중량감, 적당한 비례의 배흘림기둥, 정연한 체감률로 안정감을 주는 중층구조…… 미륵사의 석탑 앞에 서면 장중한 축조물이면서도 단아한 아름다움을 간직해낸 백제인들의 우아한 세련미에 절로 경의를 표하게 된다.

| 익산 **미륵사터 석탑** | 우리나라 석탑의 시원양식으로, '석탑의 나라' 한국의 기념비적 유물이다.

| **석탑 앞의 석인상** | 석탑을 수호하는 네 귀퉁이의 석상은 우리 전래의 수호신상이 불교에 흡수된 것이다. 즉 장승의 원조이다.

그것은 이루어지지 않은 왕도의 꿈을 밟는 답사에서 우리에게 가장 뜨거운 미적 감동을 부여하는 대상이다.

미륵사탑의 세부적인 아름다움의 백미는 추녀의 묘사에 있다. 거의 직선으로 그어가던 반듯한 처마가 추녀에 이르러서는 살포시 반전하는 그 맵시가 여간 고운 것이 아니다. 어떻게 저런 선맛과 형태미가 가능했을까를 나는 여러번 생각해보았다. 요즈음 건축가 중에서 전통을 계승한답시고 어거지로 한옥의 지붕선을 이용한 라인을 보면, 추녀 끝을 슬쩍 올리긴 올렸는데 그것이 '살포시 반전하는 맵시'가 아니라 '벌렁 뒤집어지는구나' 하는 불안감만 감도는데 저 백제인의 비결은 무엇이었을까?

그 노하우는 추녀를 반전하되 그냥 끌어올리는 것이 아니라 두께를 주면서 반전한 점에 있었던 것이다. 그러니까 위로 올라가려는 동세(動勢)가 위에서 누르는 무게에 눌려 긴장감 있고 안정감 있는 가운데 가벼운 변화가 일어나고 그 변화는 곱고 멋지고 귀여운 미적 가치로 전환된 것이다.

미륵사탑 앞에는 또 이 명작에 걸맞은 에필로그 같기도 하고 특별 보너스같이 망외의 기쁨을 주는 유물이 하나 있다. 그것은 석탑 한쪽 모서리에 세워져 있는 석인상이다.

미륵사탑 네 귀퉁이에는 석인상이 모두 네분 모셔져 있었다. 그런데 한분은 없어졌고 두분은 마모됐고 오직 서남쪽 모퉁이 석인상만이 오롯이 남아 있다. 그나마도 얼굴의 형체는 비바람 속에 거의 다 잃었지만 두 손을 가슴에 얹은 자세만은 역력히 보인다. 영락없이 제주도 돌하르방이나 전라도 돌장승 같은 포즈인데 아닌게아니라 이 석인상은 그런 장승의 원조이다. 훗날 경주 분황사나 다보탑에서 보이듯 석탑의 둘레에는 네 마리 사자를 모시는 것이 불교미술의 원리인데 불교가 아직 토속신앙을 흡수해가던 단계에서는 민간의 수호신앙을 그렇게 끌어들였던 것이다. 이런 것을 보통 흡합(洽合)현상이라고 한다. 그러니까 저 석인상은 우리의 토종 수호신이면서도 불탑을 지키게 되었는데 그 나이는 대략 1,400살이 된다.

허망과 허상의 복원탑

그러나 1993년 봄, 미륵사터에 비극의 막이 올랐다. 미륵사터 발굴조사작업이 '동탑 복원작업'으로 이어져 5년간의 대역사 끝에 동쪽 석탑이 완공된 것이다. 총예산이 몇십억원이었다. 그러나 그렇게 복원된 거대한 동탑은 보기에도 끔찍스러운 흉물이 되고 말았다. 애초에 복원이라는 발상 자체부터 잘못된 것이다.

한동안 미륵사터 석탑은 7층으로 추정되었었다. 그러다 컴퓨터 복원으로 여러 시안을 제시한 결과 9층으로 결론을 보게 되었고 여기까지는 아무 잘못도 이상도 없었다. 그러나 막상 복원된 동탑을 보니 그것은 완전히 시신 같은 건물이었다. 뽀얀 돌빛은 시체보다 더 창백한 빛깔로 변했고, 반듯한 느낌의 예각은 싸늘한 날카로움으로 변했으며, 거대한 양

| **복원된 미륵사탑** | 5년간의 대역사 끝에 복원된 동탑의 모습은 형언할 수 없는 박제품이 되고 말았다. 손으로 하는 일과 기계로 하는 일이 얼마나 차이가 있는지 한눈에 알 수 있다. 그래도 해질녘 땅거미가 내려앉을 때는 이 석탑도 아름답게 보인다.

괴감(塊塊感)은 둔중한 느낌으로 변했고, 정확한 비례감은 고지식한 면 비례로 변했다.

　컴퓨터를 동원한 과학적인 복원인데 무엇이 잘못된 것일까? 복원된 탑을 원상과 비교해보면 형태상의 잘못은 발견되지 않는다. 그러나 느낌 상의 차이는 현저하게 드러난다.

　나는 미륵사탑의 아름다움과 복원된 탑의 미움이 어디에서 연유한 것 인가를 곰곰이 따져보았다. 그것은 실제로 돌이 죽어 있기 때문이었다.

한마디로 복원된 탑은 자연석이 아니라 인조석으로 만든 탑처럼 보인다. 돌을 정으로 쪼은 것과 기계로 깎은 것의 차이인 것이다. 그리고 낱낱 부재를 이어맞춘다는 것은 돌 하나하나의 성격이 살아있는 연결이어야 하는데 복원된 것은 마치 긴 돌이 없어서 그랬다는 듯이 낱장 낱장의 성격을 죽여버리니까 이같이 박제된 시체처럼 된 것이다. 그것은 기계만 과신하고 손의 묘를 가볍게 생각한 탓이다. 요즘 유행하는 무덤 앞의 석물들이 옛날 것과 달리 멋도 없고 생경하게 느껴지는 것도 정으로 쪼은 것이 아니라 기계로 깎은 것이라는 사실에 기인하는 것이다.

그러나 그런 형식상의 차이보다 더 중요한 것은 아마도 정신에 있는지도 모른다. 우리 시대는 공사계획과 견적에 따라 석조물을 복원한다는 생각에서 한 것임에 반하여 백제사람은 절대자를 모신다는 종교 하는 마음으로 했다는 사실이 이런 결과를 낳은 것이리라.

그래도 이 미륵사의 20세기 석탑이 아름답게 보일 때도 있다. 그것은 해 넘어간 어둔녘 희끄무레 땅거미가 내려앉을 때다. 하기야 그런 상태에서는 어떤 여인도 다 괜찮아 보이는 법이다.

미륵사터 흙더미에 올라

미륵사터의 건물 부지들은 반듯하게 발굴되어 잔디가 입혀져 있다. 회랑터 잔디 사이로는 깔끔하게 깎은 주춧돌들이 가지런히 놓여 있고, 돌계단 장대석(長臺石)들도 정연한 기품을 발하고 있다. 서쪽 별원의 금당 자리에는 늪지에서 흔히 보이듯 긴 석주로 마루받침을 삼았는데, 본원 목탑 자리 앞에는 석등받침으로 사용했던 팔판 연화문이 귀꽃을 살포시 세우고 어여쁜 매무새로 햇살에 반짝이고 있다. 그것은 우리나라에서 가장 오래된 석등받침돌이다. 한쌍의 당간지주는 통일신라시대 때 만든 것

| **목탑터 앞의 석등받침** | 팔각 연화좌대의 맵시있는 귀꽃은 백제 미술에서만 보이는 간결한 세련미를 보여주고 있다. 현재까지 알려진 가장 오래된 석등받침돌이다.

인데 그 고전적 기품이 미륵사탑과 흔연히 어울린다.

회랑지, 목탑지, 금당지, 강당지를 두루 돌아보고 나면, 나는 으레 미륵사터 입구 흙더미로 올라간다. 이 흙더미는 발굴하면서 퍼낸 흙을 쌓은 곳인데 이 자리가 마침 전체를 조망하기 좋은 곳인지라 답사의 마무리는 여기서 한다(정비가 끝나면서 이 흙더미도 사라졌다).

언제 보아도 미륵사의 그 무너진 탑은 정말로 아름답다. 아름다움이라는 또다른 진실을 담지하고 있는 저 미륵사탑을 보면서 내 마음과 서정을 거기에 동화시키면서 갈무리하는 것은 그 또한 또다른 수도(修道)라는 생각이 들 때도 있다. 그래서 남들이 절을 찾고, 교회를 나가듯 나는 아름다운 문화유산을 찾는다.

그러나 그런 감성의 수련은 잠시일 뿐 나는 천성대로 감성의 해방을 더 좋아한다. 넉넉하고 즐겁고 기쁜 마음으로, 생각하면 생각할수록 웃

음이 나와 실없이 빙그레 웃게 되거나 그 웃음을 참으려고 양볼이 무거
워지는 정경을 좋아한다.

미륵사탑에도 나는 그런 기꺼운 이야기를 두개 갖고 있다. 하나는 조
선왕조 영조 때 강후진(姜候晋)이라는 분이 쓴 「금마와유기(金馬臥遊記)」
에 나오는 구절인데 그는 이렇게 말하고 있다. "미륵사 석탑은 무너지기
는 했으나 동방 석탑의 최대 탑으로 7층의 석탑 옥개석 위에 서너명의 농
부가 앉아서 쉬고 있더라"라는 것이다. 그래서 우리는 18세기에 여기는
논이었고 미륵사는 확실히 폐사가 된 것을 더욱 알 수 있는데 그 농부 아
저씨들은 어쩌자고 그 높은 석탑에 올라가 쉬고 있더란 말인가? 그때나
지금이나 말썽꾸러기와 장난꾼은 여전히 있었던 게다.

또 하나는 아주 그림 같은 정경이다. 그것은 신동엽(申東曄)의 「금강」
제19장 첫머리의 얘기다.

　　금마,/하늬는 전우들과 작별/부여로 가는 길/마한, 백제의 꽃밭/
금마를 찾았다,//언제였던가/가을걷이 손 털고/재작년 늦가을/진아
는 하늬의 손가락 끼어/미륵사탑 아래/그림으로/서 있었지,//그날
은/저 탑날개/이끼 위/꽃잠자리가/앉아 있었다,

여기서 하늬는 신동엽 자신이고 진아는 그의 애인이다. 그래서 나는
미륵사탑 앞에 서면 그 옛날 신동엽 시인이 고운 연인과 손가락 깍지끼
고 저 맵시있게 반전한 추녀 끝을 바라보며 그림같이 서 있었을 모습을
상상해보곤 했다. 그러다 1989년 내가 신동엽 시인의 미망인 인병선
(印炳善) 여사와 함께 혜화동에서 '예술마당 금강'을 꾸려가고 있을 때
한가한 틈을 타 인여사에게 넌지시 물어봤다.

| **당간지주 너머로 본 석탑과 미륵산** | 미륵사터의 당간지주는 반듯한 균형미와 절제된 장식성으로 늘씬한 아름다움과 함께 힘을 유지하고 있다. 여기서 볼 때 미륵사터는 폐사지이면서도 당당했을 옛 모습을 여실히 느낄 수 있게 된다.

"인여사님, 신선생님하고 연애할 때 미륵사에 가신 것이 언제였어요?"

"미륵사요? 그런 데 간 적 없는데요."

어라! 그러면 신동엽 시인은 어떤 여인하고 거길 갔었나? 그럴 분이 아닌데.

각설하고, 이 시구에서 내가 정말로 아름다운 표현이라고 생각하는 것은 탑 앞에 그림같이 서 있는 연인보다도 옥개석 추녀자락을 시인이 '탑날개'라고 부른 것이다. 얼마나 멋진 표현인가! 미륵사탑만큼이나 운치 있고 아름다운 말이다. 누가 우리말은 조어력(造語力)이 없다고 공연히 나무라는가.

탑날개! 거기에 고추잠자리가 날아앉을 때 나도 하늬처럼 진아 같은 여인과 손가락 끼고 그 앞에 그림으로 서보고 싶다.

1994. 3.

불국사 안마당에는 꽃밭이 없습니다

불국사 창건기 / 표훈대사 / 경덕왕 / 가람배치 / 불국사 명품 해설

우리나라 문화재의 얼굴

대한민국 국민으로 의무교육을 받고도 불국사를 모르는 사람이 있을까? 없을 것이다. 아직 경주에 가보지 못한 인생이야 있겠지만 경주를 보러 가서 불국사에 다녀오지 않은 사람이 몇이나 될까? 없을 것이다. 그런 의미에서 불국사는 우리나라 문화재 중 가장 높은 지명도를 갖고 있다고 할 수 있다.

그러면 불국사를 보고 나서 멋지다, 아름답다는 생각을 하지 않은 사람이 몇이나 있을까? 불국사를 보고 나서 시시하다고 말하는 사람이 있기는 있을까? 없을 것이다. 그런 의미에서 불국사는 우리나라 문화재의 얼굴이며 한국미의 한 상징이다.

그런데 몇해 전 한 건축잡지에서 건축가들에게 설문조사를 하면서 '가

장 높게 평가하는 전통건축'을 묻는 질문에 불국사가 첫째는커녕 다섯손
가락 안에도 들지 못한 것을 보고 적이 놀라지 않을 수 없었다. 훌륭하고
유명한 것이 공연히 시샘을 받아 오히려 무시당하고 홀대받으면서 유명
세를 치르는 것이야 세상사에 흔한 일인 줄 알지만 전문가라 할 건축가
들마저 불국사를 이렇게 외면할 줄은 정말 몰랐다. 더욱이 이 설문을 보
는 순간 나라면 '우선 뭐니뭐니 해도 첫째는 불국사가 아닐까'라고 속으
로 생각했기 때문에 더 그런 서운한 생각이 들었던 것 같다. 더 솔직히 말
하자면 불국사를 꼽지 않은 설문 응답자들의 시각과 안목이 오히려 문제
있다고 생각했다.

나의 주관적 견해로 우리나라의 대표적인 전통건축을 논하려면 반드
시 사찰건축을 거론하지 않으면 안되는데 그중 뛰어난 절집이라면 당연
히 영주 부석사, 순천 선암사, 경주 불국사가 꼽힐 만하다고 생각하고 있
다. 그런데 이 세 절은 건축적 지향점, 특히 자연과의 조화관계가 아주 다
르다. 부석사는 백두대간의 여맥을 절 앞마당인 양 끌어안는 장엄한 스
케일을 보여주고, 선암사는 부드러운 조계산 자락이 사방에서 감지되는
아늑한 산중에 자리잡았는데, 불국사는 산자락을 타고 올라앉았으면서
도 비탈을 평지로 환원하여 반듯하게 경영되었다. 그래서 부석사는 자리
앉음새(location)가 뛰어나고, 선암사는 건물과 건물 간의 공간(space)
운영이 탁월하며, 불국사는 돌축대의 기교(technic)와 가람배치(design)
의 묘가 압권이다. 그런 저마다의 특징으로 인하여 한국사람은 부석사
를, 일본사람은 선암사를, 서양사람은 불국사를 더 좋아한다. 한국사람은
부석사의 호방스러운 기상을, 일본사람은 선암사의 유현(幽玄)한 분위기
를, 서양사람은 불국사의 공교로운 인공(人工)의 멋을 높이 평가하는 것
이다.

그런데 부석사 같은 절, 선암사 같은 절은 다른 예가 참 많지만 불국사

| **불국사 전경** | 회랑이 있는 쌍탑 1금당의 정연한 자태는 화엄불국토의 장엄한 모습이자 고대국가의 권위를 상징하는 것이기도 하다.

처럼 자연과 인공을 대비하면서 조화를 구한 절은 달리 예를 찾아볼 수 없는 유일본이다. 그 점에서 불국사는 어느 건축보다도 독창적이고 독특한 건축이라 할 수 있다.

불국사 「역대기」와 「사적」의 허구

불국사의 창건과 역사에 관한 기록으로는 「불국사 고금 역대 제현 계창기(佛國寺古今歷代諸賢繼創記)」(이하 「역대기」)와 「불국사 사적(事蹟)」(이하 「사적」) 둘이 있다. 「역대기」는 1740년에 동은(東隱)스님이 쓴 것이고, 「사적」은 1708년에 백련(白蓮)스님이 재간행한 것으로 되어 있다. 우리는 이런 기록에 의해 불국사의 역사는 물론이고 김대성(金大城) 창건 당시의 모습을 유추해볼 수 있다. 그건 여간 다행한 일이 아닐 수 없다.

그러나 불행히도 이 기록들은 좀처럼 믿을 수 없는 거짓말과 오류를 곳곳에서 범하고 있으니 그것은 오히려 불행이라고 해야 할 것이다. 민영규(閔泳珪) 선생이 「역대기」의 해제를 쓰면서 지적했듯이 사찰의 연기(緣起)와 옛날부터 전해오는 얘기 그리고 화엄에 관계되는 것이면 불국사의 역사에 맞건 안 맞건 억지로 끌어다 붙였다는 혐의를 면할 수 없다. 그중 대표적인 예로 최치원(崔致遠)의 글 다섯 편은 불국사 「역대기」와 「지리산 화엄사 사적」에 그대로 겹쳐나오는 것이다. 「사적」으로 말하면 편찬자 일연의 출생부터 틀렸으니 그 나머지는 말하고 싶지도 않다.

왜 이런 일이 벌어졌을까? 그것은 비단 불국사에만 해당하는 일이 아니다. 임란 이후 불교가 다시 일어나면서 각 사찰은 그동안 끊겼던 전통과 권위를 되찾는 작업으로 사사(寺史)와 사지(寺誌)를 편찬하면서 무작정 고찰로 끌어올리는 헛된 풍조가 있었던 것이다. 이것은 민가에서 가짜 족보를 만드는 작업과 진배없는 일이었다. 이 바람에 모든 절이 불교를 가져온 아도화상(阿道和尙) 시창(始創), 또는 의상이나 원효의 창건, 최소한 도선의 건립 형태를 띠게 됐던 것이다. 그 와중에 불국사 「역대기」는 불국사 창건을 법흥왕 때로 올려놓고, 「사적」은 한술 더 떠서 눌지왕 때 아도화상이 창건한 것으로 해놓았으나 그것을 믿을 사람은 아무도 없는 것이다.

아무리 좋은 뜻으로 한 일이어도 진실이 아닌 것은 후대의 비웃음거리밖에 안된다는 사실을 이 부실한 사료들이 교훈적으로 말해주고 있을 뿐이다. 마치 '평화의 댐'이 20세기 인간들의 허구성을 증언하는 유적이 되었듯이.

김대성 창건설의 의문

불국사의 창건에 관한 기록으로 지금 우리가 믿을 수 있는 것은 『삼국
유사』에 나오는 "대성이 두 세상 부모에게 효도하다(大城孝二世父母)"뿐
이다. 이 설화의 내용은 익히 알려져 있고 나의 답사기 제2권 「토함산 석
불사(상)」의 '김대성의 창건설화'에 전문이 실려 있으니 다음 두 대목을
상기시켜두는 것으로 나의 이야기를 계속하고자 한다.

이에 현세의 부모님을 위하여 불국사를 세우고 전생의 부모님을
위하여 석불사를 세우고 신림(神琳)과 표훈(表訓) 두 스님을 청하여
각각 머물게 하였다.(「고향전(古鄕傳)」)

경덕왕 때 대상(大相)인 김대성이 천보 10년 신묘(751)에 불국사를
세우기 시작하여 혜공왕대를 거쳐 대력 9년 갑인(774) 12월 2일에 대
성이 죽었으므로 나라에서 이를 완성하고 처음에 유가의 대덕인 항
마(瑜伽大德降魔)를 청하여 이 절에 거주케 하고 오늘에 이르렀다.(「사
중기(寺中記)」)

일연스님은 이 두 기록을 재인용하면서 어느 것이 옳은지 모르겠다고
했는데 사실 우리에게 큰 의문점을 남기는 것은 둘 중 어느 것이 사실이
냐는 문제보다도 김대성이 제아무리 국무총리를 지냈기로서니 개인으
로서 어떻게 이와같은 대역사(大役事)를 일으킬 수 있었으며, 또 그가 완
성하지 못한 것을 왜 국가가 나서서 마무리했는가에 대한 의문이다.

그런데 이 의문의 답을 다름아닌 『삼국유사』의 경덕왕조에서 찾아볼
수 있다는 탁월한 견해가 1991년 봄, 남천우(南天祐) 박사와 신영훈(申榮
勳) 선생 두분에 의해 거의 동시에 제기되었다.

남천우 박사는 1991년 4월 20일에 발간된 『석불사(石佛寺)』(일조각)라

는 단행본에서, 신영훈 선생은 1991년 5월 3일 정신문화연구원에서 열린 '석굴암의 제문제' 쎄미나에서 똑같이 경덕왕의 기자(祈子) 소원의 이야기를 불국사 창건과 연결해서 해석하였다.

경덕왕의 아들 얻은 얘기

하늘이 인간에게 복을 내릴 때 전부 다를 주는 법은 없다고 한다. 그래서 세상은 공평하다는 말도 있는데 통일신라의 문화적 전성기를 장식했던 경덕왕은 복이 많은 분이었지만 자식 복이 없어서 아들을 낳지 못했다. 그래서 경덕왕은 아들을 낳게 해달라고 능력있는 스님인 표훈대사에게 부탁하게 된다. 일연스님은 이 얘기를 그의 독특한 상징어법으로 다음과 같이 충격적인 문장으로 시작했다.

경덕왕의 옥경(玉莖, 성기)의 길이는 8촌이었는데 아들이 없으므로 왕비를 폐했다. (…) 후비 만월(滿月) 부인은 (…) 각간 의충(義忠)의 딸이다.

한때 측량기사였던 요네다 미요지(米田美代治)가 규명하기를 불국사를 세울 때 쓴 자는 한 자가 29.7센티미터였다고 했으니, 경덕왕의 옥경은 무려 23.76센티미터나 된다. 『동아일보』에 연재된 '성의학' 기사(「남성의 힘」 1996. 1. 21)를 읽다보니 동물의 생식기에 대한 통계자료가 소개되었는데, 성인남자는 발기했을 때 길이가 평균 15센티미터이고 한국 남자는 11.2센티미터라는 통계도 있다고 했다(참고로 이 기사는 고래가 3미터, 말이 1미터, (…) 모기는 0.03센티미터라고 하였다). 그렇다면 경덕왕은 보통 남자 두배 길이의 옥경을 갖고 있었던 것이다.

그런데 경덕왕이 아들을 못 낳은 것을 신영훈 선생은 '8촌이나 되므로'로 해석하면서 경덕왕에게 문제가 있는 것으로 보았고, 남천우 박사는 '8촌이나 되는데'로 해석하면서 남자 쪽에는 아무런 이상이 없는 것으로 풀이했다. 다른 사람도 아니고 스님인 일연이 이런 식으로 얘기를 시작한다는 것을 생각하면 그분은 정말 큰스님 같다는 존경심이 크게 일어난다. 큰스님 일연은 그 뒷얘기를 이렇게 이어간다.

왕이 하루는 표훈대덕(大德, 덕이 높은 스님)에게 명했다.

"내가 복이 없어 아들을 두지 못했으니 원컨대 대덕은 상제(上帝)께 청하여 아들을 두게 하여주오."

표훈이 천제(天帝)에게 올라가 고하고 돌아와서 아뢰었다.

"상제께서 딸은 얻을 수 있지만 아들은 얻을 수 없다 하십니다."

"딸을 바꿔 아들을 만들어주기 바라오."

표훈이 다시 하늘에 올라가서 청하니 상제는 말했다.

"할 수는 있지만 아들이 되면 나라가 위태할 것이다."

표훈이 내려오려 할 때 상제는 다시 불러 말했다.

"하늘과 사람 사이를 문란케 할 수 없는 것인데 지금 대사가 (하늘과 사람 사이를) 이웃마을처럼 왕래하여 천기(天機)를 누설했으니 이후로는 다시 다니지 말아야 한다."

표훈이 돌아와서 천제의 말로써 왕을 깨우쳤으나, 왕은 말했다.

"나라는 비록 위태하더라도 아들을 얻어 뒤를 잇게 한다면 만족하겠소."

그후 만월왕후가 태자를 낳으니 왕은 매우 기뻐했다.

태자는 8세 때 왕이 세상을 떠나므로 왕위에 올랐다. 이가 혜공대왕(惠恭大王)이다. 왕은 나이가 어렸으므로 태후가 대신 정사를 보살폈으나 정치가 잘 되지 않았다. 도둑이 벌떼처럼 일어나 미처 막아낼 수 없었다. 표훈의 말이 그대로 맞았다.

왕은 여자로서 남자가 되었으므로 돌날부터 왕위에 오를 때까지 항상 부녀가 하는 짓만 했다. 비단주머니 차기를 좋아하고 도사(道士)들과 함께 희롱했다. 그러므로 나라에 큰 난리가 생겨 마침내 선덕왕(宣德王)이 된 김양상(金良相)에게 죽임을 당했다. (그리고) 표훈 이후에는 신라에 성인이 나지 않았다 한다.

경덕왕의 치세와 '문화대통령'

경덕왕(재위 742~65)은 통일신라문화의 꽃을 피운 '예술의 왕자(王者)'였다. 요즘 우리가 간절히 바라는 '문화대통령'이었다. 통일신라의 예술품으로 뛰어난 것은 모두 경덕왕 때 소산이다. 불국사, 석불사(석굴암), 석가탑, 다보탑은 물론이고 에밀레종, 경주 남산의 불상들, 안압지(雁鴨池) 출토의 판불(板佛)들…… 국립경주박물관의 불상과 불교관계 유물 중 뛰어난 것은 모두 이 시기 것으로 표기되어 있다. 오래전에 사라졌지만 거대하기 이를 데 없었다는 황룡사의 대종(大鐘)과 분황사의 약사여래 입상도 이 시기에 제작된 것이다. 8세기 3/4분기 경덕왕 때는 이처럼 통일신라문화의 한 정점이었다.

그러나 그것은 통일신라문화의 마지막 만개(滿開)를 의미하는 것이기도 했다. 통일 후 100년을 두고 지속적으로 상승세를 보이던 전제왕권의 문화능력은 경덕왕으로 끝나고 만다. 경덕왕이 세상을 떠나고 그의 아들 혜공왕이 즉위하자 귀족들은 기다렸다는 듯이 전제왕권에 도전하여 혜공왕은 결국 신하로부터 죽임을 당하고 그 신하가 왕이 되니, 이후 왕권을 둘러싼 귀족들간의 다툼으로 앞시대의 신라와는 다른 사회가 된 것이다. 그래서 김부식(金富軾)은 『삼국사기』「신라본기」 마지막에 신라

사람들은 자신들의 나라, 천년의 역사를 말하면서 건국부터 무열왕까지 통일 이전을 상대(上代)신라, 통일 후 경덕왕까지를 중대(中代)신라, 혜공왕부터 경순왕까지를 하대(下代)신라로 시대구분했다는 증언을 남겼다.

역사상 이런 현상은 아주 흔하여 차라리 그것이 문화사의 한 법칙처럼 여겨질 때도 있다. 고려왕조에서 중앙 문신귀족문화의 절정은 12세기 3/4분기인 의종 연간이었다. 우리가 알고 있는 상감청자의 명품은 모두 이 시기에 제작된 것이다. 그러나 의종은 무신정변으로 물러나고 이후 고려 귀족문화는 성격을 달리할 수밖에 없었다. 또 조선왕조의 문예부흥기인 18세기 4/4분기, 정조대왕 시대의 문화 또한 정조의 급작스런 서거 이후 세도정치로 문화적 쇠퇴를 면치 못했다. 그래서 르네쌍스와 바로끄 미술을 비교하여 미술사의 기초개념을 제시한 것으로 유명한 미술사가 하인리히 뵐플린(Heinrich Wölfflin)은 "르네쌍스라는 산마루는 담배 한 대를 다 피우고 가기에도 가파른 정상이었다"고 술회했던 것이다. 불국사는 이런 문화사적 변동의 흐름—완만히 상승하여 급속히 하강하는 포물선—의 정점에서 세워진 것이다.

경덕왕은 이런 문화적 난숙 속에 감지되는 불안과 위기를 느끼고 있었는지도 모른다.『삼국사기』의 기록이 말해주고 역사가들이 증언하듯이 경덕왕은 왕실의 전제정권이 귀족세력의 부상으로 흔들리는 것을 의식하여 왕권의 재강화를 위한 일련의 관제정비와 개혁조치를 취했다. 그래서 그는 전제왕권의 기틀을 확립한 아버지인 성덕대왕의 위업을 기리는 엄청난 대종인 에밀레종을 만들었고, 아들을 얻기 위한 대불사(大佛事)를 또 일으켰던 것이다. 고대국가의 왕은, 현대의 독재자도 이를 배워 그대로 행하듯이, 이런 대대적인 토목공사를 통하여 자신의 권위를 드높이고 대(對)국민적·대귀족적 위엄을 과시하곤 했다. 그러자니 그것은 더욱 더 위대한 것으로 잘 만들어야만 했고, 그런 무리한 토목공사는 국력을

| **다보탑** | 석가탑과 달리 대단히 화려한 구성이지만 전혀 이질감이 없고 오히려 불국사의 다양함을 보여준다.

쇠잔시키는 원인을 곧잘 제공하기도 했다. 불국사를 지으면서 김대성이 총감독을 맡은 것도 국무총리급에게 이 공사를 맡긴 셈이었다.

그러나 경덕왕의 소망은 하나도 이루어진 것이 없었다. 왕권강화를 위해 절대적으로 필요한 아들을 얻기는 했지만 이 아들은 결국 귀족세력에게 죽임을 당하게 되고, 성덕대왕신종도 경덕왕은 실패만 거듭해서 혜공왕 7년(771)에야 완성됐고, 불국사도 그는 완공을 보지 못하고 혜공왕 때 준공을 보았으니 그것이 모두 감당할 수 없는 국력의 쇠미를 의미하는 것인가, 아니면 그로 인한 국력의 위축을 말해주는 것인가. 그도 저도 아닌 천신의 뜻이었던가.

| 관음전에서 내려다본 회랑과 다보탑 | 불국사 가람배치의 엄정성을 잘 보여주는 장면이다.

불국사 안마당엔 꽃밭이 없습니다

불국사는 삼국시대 이래 유행한 여러 가람배치 중 달리 유사한 예를 찾아볼 수 없는 오직 하나뿐인 독특한 구조를 갖고 있다. 그 점에서 불국 사의 특징과 매력과 가치가 모두 나온다. 우리나라 초기의 사찰은 시가 지에 있는 평지사찰이었다. 평양의 청암사터, 부여의 정림사터, 경주의 황룡사터가 그 대표적인 예이다. 옛 서라벌의 다운타운인 경주 구황동 (九皇洞)에는 황룡사·분황사·황복사 등 황(皇)자 들어가는 절이 아홉개 있었다. 그래서 구황동이다. 이쯤 되면 혹자는 무슨 절이 한 동네에 아홉 개나 되냐고 반문한다. 그럴 때면 나는 서울 대치동 어느 아파트 상가건 물에는 교회가 열개 있었다고 대답해준다.

당시의 절들은 대개 시내에 있었고, 건물에는 회랑이 있었다. 그래야

| **불국사 축대** | 불국사 건축이 다른 사찰과 가장 큰 차이를 보여주는 것은 축대다. 반듯한 석축과 자연석을 이 맞춘 석축이 잘 어울린다.

성속(聖俗)의 영역이 확실히 구분되었고, '왕즉불(王卽佛)'이라 했으니 부처를 모신 곳은 임금이 사는 곳에 준해야 했으므로 궁궐에 회랑이 있듯이 절에도 회랑이 있었던 것이다. 그리고 훗날에는 대웅전, 극락전 같은 전당(殿堂) 안이 예불공간이었지만, 그때는 중문(中門)을 들어선 회랑 안이 곧 성역이었다. 석가모니의 분신(分身)인 사리를 모신 목탑이 곧 예불대상이었던 것이다. 거기엔 당탑(堂塔) 이외엔 어떤 장식도 허용하지 않는 엄격성이 있었다. 그러다 중대신라로 들어서면 의상대사가 세운 화엄 10찰을 비롯하여 지방에 산사가 하나씩 세워지게 되었고 이때부터 산사에는 회랑이 없어졌다. 그 이유는 아마도 주변의 산세가 회랑의 역할을 하였던 것이 아닌가 생각된다. 그리고 하대신라로 들어서면 구산선문(九山禪門)의 선종사찰이 심심산골에 개창되면서 절집은 교종의 엄격성보다도 선종의 개방성이 강조되니 더이상 회랑 같은 엄격한 질서나 구속을

| **관음전 곁문** | 3단의 돌축대를 꽃계단으로 만들고 콩떡 담장에 기와지붕을 얹어 자연스러우면서도 인공미가 잘 살아난다.

요구하지 않았다. 차라리 자연의 묘리가 감지되는 여유로운 표정이 더 교리에 맞았다. 회랑 대신 꽃과 나무를 배치하는 정원이 생겼다. 그런 식으로 우리나라의 절집은 자연스럽게 평지사찰에서 산지사찰로 옮겨갔다.

그러나 불국사는 그 어느 것에도 해당되지 않는다. 불국사는 토함산 자락에 자리잡았지만 평지사찰 개념으로 경영하였다. 불국사는 화엄세계를 추구하는 교종의 사찰이지 선종사찰이 아니었다. 더욱이 불국토를 건축적으로 구현한 부처님의 궁전인 것이다. 그래서 불국사 안마당에는 회랑은 있지만 산사에서 볼 수 있는 아름다운 꽃밭도, 나무도 없다. 그 대신 산비탈을 평지로 환원하기 위한 엄청난 축대를 쌓아야 했다. 그것이 불국사의 가장 큰 특징이자 가장 큰 아름다움이 되었다.

불국사 석축의 아름다움

불국사 건축의 아름다움은 석축(石築)으로부터 시작된다. 불국사 석축은 누구에게나 벅찬 감동으로 다가온다. 일연스님은 석축의 구름다리(雲梯)를 일러 "동부의 여러 사찰 중 이보다 나은 것이 없다"는 한마디로 마감했다. 조선후기의 한 낭만적 문인인 박종(朴琮)이 쓴 「동경(경주)기행」이라는 글에서는 "그 제도가 심히 기이하고 장엄하다"는 말로 감탄을 대신했다.

어쩌다 외국의 미술관에서 오는 손님이 있어 불국사로 안내하면 열이면 열 모두가 석축 앞에서는 "판타스틱(fantastic)!" 아니면 "원더풀(wonderful)!"을 연발한다. 불국사가 24년이 걸리도록 완공을 보지 못했던 가장 큰 이유는 바로 이 석축 때문이었음이 분명하다.

전장 300자, 약 90미터의 이 석축은 대단히 복잡한 구성이어서 현란한 인상을 준다. 그러나 이상하게도 이 복잡하고 현란한 구성이 어지러운 것이 아니라 정연한 인상을 주는 것이다. 자세히 살펴보면 "경사지를 두 개의 단으로 조성하고 거기에 석축을 쌓았는데 아랫단은 자연미나게 쌓았으며 윗단은 다듬은 돌로 모두 인공미나게 쌓았다. 그리하여 단순한 가운데서 변화를 주며 또 자연미로부터 인공미에로의 체계성있는 변화를 안겨오게 하였다".(리화선 『조선건축사』 제1권, 발언 1993) 동양미술사가인 페널로싸(Ernest F. Fenollosa)가 일본 나라(奈良)의 야꾸시지(藥師寺) 쌍탑을 보고서 "얼어붙은 쏘나타 같다"는 찬사를 보낸 적이 있는데, 나는 이 불국사 석축이야말로 장대한 오페라에서 피날레를 장식하는 선율이 최고조에 달한 어느 한순간처럼 생각되곤 한다.

반듯하게 다듬은 장대석으로 네모칸을 만들면서 열지어 가는 것이 기본틀인데 그 직사각형 속은 제각각 다른 크기의 자연석으로 꽉 채우고 청운교·백운교, 연화교·칠보교에서 인공미를 최대한 구가했는가 하면

| **석축과 청운교·백운교** | 산자락을 다져 평지로 환원시키기 위한 이 석축에는 불국토로 이르는 길이라는 상징성과 함께 자연과 인공의 조화를 통한 고대국가의 조화적 이상미가 구현되어 있다.

크고 잘생긴 듬직한 자연석을 그대로 기단부로 삼는 대담한 여유를 보여주기도 했다. 자연석 기단 위로 인공석을 얹으면서 목조건축의 그랭이법을 본받아 그 자연석을 다치지 않게 하려고 인공석 받침들을 거기에 맞추어 깎아낸 것은 그 기교의 절정이라 할 것이다. 그 엄청난 공력의 수고로움을 감당해낸 석공의 인내심은 거의 영웅적인 것이다.

그런가 하면 반듯한 석축이 열지어 가다가는 범영루(泛影樓)에 이르면 화려한 구성의 수미산(須彌山) 모양 축대가 누각을 번쩍 들어올린다. 그래서 최순우(崔淳雨) 선생은 「불국사 대석단」(『무량수전 배흘림기둥에 기대서서』, 학고재 1994)에서 이렇게 묘사해냈다.

크고 작은 자연괴석들과 잘 다듬어진 장대석들을 자유롭게 다루면

| **경루의 석축** | 경루를 받치고 있는 석축은 간결한 구성의 단순미가 돋보인다.

서 장단 맞춰 쌓아올린 이 석단의 짜임새를 바라보면 안정과 율동, 인공과 자연의 멋진 해화(諧和)에서 오는 이름모를 신라의 신비스러운 정서가 숨가쁘도록 내 가슴에 즐거운 방망이질을 해주는 것이다. (…)

불국사의 이 대석단 중에서도 내가 가장 좋아하는 부분은 범영루 발밑에 쌓인 자연석 돌각담이었다. 우람스럽게 큰 기둥이 의좋게 짜여서 이 세상 태초의 숨소리들과 하모니를 아낌없이 들려준다. 이 세계에 나라도 많고 민족도 많지만 누가 원형(原形) 그대로의 지지리도

| 범영루의 기단 | 범종각인 범영루의 기단은 매우 화려한 구성이다.

못생긴(사실은 잘생긴) 돌들을 이렇게도 멋지게 다루고 쌓을 수 있었을
것인가.

불국사의 교리적 상징체계

불국사의 마스터플랜이 어떠했는지를 우리는 지금 명확히 잡아내지
는 못한다. 그러나 현재 남아 있는 건물과 「역대기」의 기록으로 유추해보

면 그 대강을 파악지 못할 것도 없다. 지금 우리는 불국사를 아름다운 고건축으로 대하는 관람객의 입장에 있지만 창건 당시의 건축취지는 그야말로 불국토를 건축적으로 재현하는 것이었다. 따라서 이 절집의 돌 하나, 문 하나마다 그런 정신이 들어 있는 것이다.

이 점은 모든 종교건축에 통하는 얘기이다. 서양 중세의 교회당 건축에서 평면의 기본계획은 십자가였다. 십자가는 좌우상하의 길이가 같은 그리스형과 좌우보다 상하가 긴 라틴형이 있다. 그리스형 십자가를 평면으로 한 대표적인 교회는 콘스탄티노플의 아야 쏘피아 사원이고, 라틴형 십자가를 옆으로 누인 평면으로 하는 것은 로마네스끄 교회당 건축의 기본이었다. 이런 상징체계가 문짝에서 제단에 이르는 장식에 오면 매우 복잡해진다. 지금 이 자리에서는 그것을 얘기할 여유가 없지만 도상학(圖像學, iconography)으로서 미술사를 주창한 에르빈 파노프스키 같은 분은 그런 것을 귀신같이 읽어내는 미술사가였는데, 우리의 미술사학계에도 그런 귀신이 빨리 나오기를 고대하면서 불국사 건축에 나타난 교리적 상징체계의 기본을 소개해두고자 한다. 다소 생소하고 지루하더라도 이것을 알아야 불국사가 제대로 보일 것이니 참을성 기르는 셈치고 끝까지 읽어주시기 바란다.

불국사의 석축은 곧 천상의 세계로 오르는 벽이다. 그 정상이 수미산인데 범영루가 이를 의미한다. 그래서 「역대기」에서는 '수미범종각'이라고 이름하였고, 그 정상의 누각에는 108명이 앉을 수 있다고 하였다. 108은 물론 백팔번뇌를 의미한다. 그리고 천상으로 오르는 청운교와 백운교는 모두 33계단으로 곧 33천(天)의 세계를 의미한다. 청운교와 백운교의 위치는 책마다 다르게 나오는데 「역대기」에 의하면 위가 청운교, 아래가 백운교로 되어 있고, 「동경기행」에서도 위가 청운, 아래가 백운이라고 했지만 정확히 말하면 아래 계단이 끝나면서 무지개다리 모양으로 돌이 깔려 있는 부분이 백운교이고, 위의 계단이 끝나면서 자하문(紫霞門) 문턱에 다리를 가설하듯 돌을 깐 것이 청운교라고 했다. 어느 말이 맞는지 모르지만 위가 청운교이고, 아래가 백운교이다.

이리하여 33천에 올라 자하문에 들어서면 석가모니 부처를 모신 대웅전과 마주하게 되고 그 좌우로는 석가탑과 다보탑이 시립하듯 우뚝 서 있다. 이런 쌍탑의 설정은 『묘법연화경』의 「견보탑품(見寶塔品)」에 나오는 이야기를 그대로 건축적으로 구현한 것이다. 내용인즉, 다보불은 평소에 "내가 부처가 되어 죽은 뒤 누군가 『법화경』을 설하는 자가 있으면 내 그 앞에 탑 모양으로 땅에서 솟아나 '참으로 잘하는 일이다'라고 찬미하며 증명하리라"고 서원(誓願)을 내었는데 훗날 석가여래가 『법화경』의 진리를 말하자 그 자리에 칠보로 장엄한 탑이 우뚝 섰다는 것이다. 이것이 다보탑의 내력이다. 그래서 다보탑은 화려한 것으로 되었다.

다보불과 석가여래의 이런 관계는 곧잘 이불병좌상(二佛竝坐像)이라 해서 부처님 두분이 나란히 앉아 있는 불상으로도 표현되곤 했다. 다보탑 사리함에서 나왔다는 불상 2구(軀)란 바로 다보·석가일 가능성이 크다.

대웅전 영역 서쪽으로는 서방 극락세계를 주재하는 아미타여래를 모신 극락전 영역이 따로 있는데, 여기로 오르는 계단은 칠보교와 연화교로 극락세계의 정문인 안양문(安養門)에 곧장 연결되고 있다. 칠보교는 칠보를 돋을새김으로 조각한 일곱개의 계단인데 지금은 육안으로는 잘 보이지 않을 정도로 마모되었지만 「동경기행」을 쓴 박종은 선명하게 본 것으로 기록하고 있다. 그러나 연화교의 연꽃받침 조각은 지금도 선명하다. 극락세계로 오르는 길은 그렇게 칠보와 연꽃으로 장식되어 있다. 그리고 극락전 뒤쪽으로는 대웅전과 이어주는 3열의 돌계단이 각각 16단으로 모두 48단을 이루고 있다. 이는 아미타여래가 48가지 원(願)을 내어 극락세계를 건립한 것을 상징하는 것이다.

이러한 건축적 상징성은 비로전·관음전에서도 나타나고 있는데 나는 그 모두를 여기서 설명하지 못한다. 지금 내가 중요하게 생각하고 있는 것은 그 낱낱 사항의 의미보다도 불국사 마스터플랜에는 그런 상징체계가 있음을 설득력있게 증언하는 것이다.

불국사 건축의 수리적 조화

불국사가 아무리 훌륭한 교리적 상징체계를 갖추었다 하더라도 이것을 받쳐주는 형식을 제시하지 못했다면 그것은 아무것도 아니다. 그것은 예술로나 건축으로나 실패를 의미할 뿐이다. 파노프스키의 친구로 그의 도상학에 동조하여 인도, 인도네시아의 불교미술을 해석한 쿠마라스와미(A.Coomaraswamy)는 『시바의 춤』(Dance of Siva)이라는 책에서 "과학에 근거하지 않은 예술은 아무것도 아니다"(The Art without science is nothing)라고 단언하면서 수리적 체계의 조화를 강조했는데 불국사는 석불사 못지않은 그런 비례관계를 지니고 있다. 이에 대한 분석 또한 석불사를 측량했던 요네다가 발표한 「불국사 조영계획에 대하여」라는 논문에 수치와 도면으로 제시되어 있다. 여기서 말하는 수치란 비례관계이며 그것이 조화(harmony)와 균제(symmetry)의 근거가 된다.

그 내용을 요약해보면, 불국사는 다보탑과 석가탑 사이 간격의 1/2을 단위기준으로 하고 그것의 일정한 배수로 건축물들을 규모있게 배치하였다. 회랑의 너비는 단위기준의 네배, 길이는 단위기준의 다섯배로 되어 있으며, 금당의 북벽 중심은 단위기준의 네배(남회랑의 너비)로 이루어지는 정삼각형의 정점과 일치한다. 즉, 경루(經樓)에서 종루(鐘樓)에 이르는 길이로 정삼각형을 그리면 꼭짓점은 대웅전 뒷벽에서 만나고, 대웅전 계단을 중심으로 하여 석가탑·다보탑의 중심을 잇는 원을 그리면 역

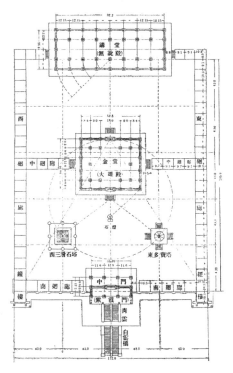

| 불국사 대웅전 영역의 배치계획 | 다보탑과 석가탑을 잇는 길이의 반을 기본단위로 하여 그것의 배수와 제곱근으로 각 건물 위치를 정하였다. (요네다의 측량)

시 대웅전 뒷벽에 닿는다.

　석등을 중심으로 대웅전·석가탑·다보탑이 동일한 거리에 있으며 대웅전 지붕 높이와 자하문의 거리는 1:2의 비율로 되어 있다. 석가탑 높이를 반지름으로 하여 원을 그리면 대웅전 앞뜰 전체 공간이 포함된다. 건축물의 평면 크기도 단위기준과 일정한 관계를 가지고 있다. 동서 두 탑의 아래층 기단 너비는 단위기준의 1/3이고 강당의 정면 기둥 사이 간격은 단위기준의 2/5(단위기준을 한 변으로 하는 정방형 대각선의 1/5)이다. 이것은

| **대웅전 돌계단 소맷돌** | 저고리 소매끝 같은 이 고운 곡선의 묘를 살려낸 석공의 마음은 도대체 어떤 것이었을까. 그래서 소맷돌이라고 했나?

단위기준을 설정하고 제곱근으로 계산되는 치수까지도 대각선(전체 또는 등분)을 전개하면서 쉽게 양적 관계를 표시하였다는 것을 말해준다. 다보탑, 석가탑의 하층기단의 폭은 대웅전 한 변의 1/3이며, 석가탑의 평면 크기는 대웅전 평면의 1/10이다. 이런 정연한 비례관계 때문에 불국사에서는 여느 절에서 볼 수 없는 정연한 기품이 살아나고 있는 것이다.

불국사 건축의 세부 관찰

이제 나는 불국사 낱낱 유물의 아름다움을 살필 차례가 되었다. 석가탑, 다보탑, 석등과 배례석, 금동아미타여래좌상, 금동비로자나불좌상, 불국사 사리탑, 그 어느 것 하나 나라의 보물 아닌 것이 없고, 명품 아닌 것이 없다. 이 낱낱 명작에 대한 해설은 별도의 장이 아니고서는 불가능하

| **연화교 연꽃무늬 새김** | 연화교에선 날이 좋으면 이런 연꽃무늬를 볼 수 있다. 칠보교엔 칠보가 조각되어 있었다는데 지금은 자취조차 알 수 없다.

다. 그러나 지금은 그럴 여유가 없다. 그 대신 나는 답사객이 그냥 지나치기 쉬운 감추어진 아름다움을 제시하는 것으로 나의 임무를 대신하고자 한다.

나는 경주에서 곧잘 손님을 맞이한다. 특히 외국 박물관의 관계자가 경주를 방문하면 안내를 자원하여 한국미술의 전도사로서 임무를 다하려고 노력해왔다. 그들이 한국을 인상깊게 보고 가면 그 박물관의 한국실에 대한 대접이 달라지기 때문이다. 그럴 때 내가 빼놓지 않고 보여주는 불국사 건축의 오묘한 디테일들을 여기에 공개하고자 한다. 올봄(1997)에도 시카고미술관의 제임스 우드 관장 부부가 왔을 때 나는 이 코스를 그대로 돌았다.

첫번째는 대웅전 정면으로 오르는 돌계단의 소맷돌 측면의 살짝 공그른 곡선의 아름다움이다. 마치 옷깃의 선 맛을 낸 것도 같고, 소매끝의 곡선 같기도 한데 그 날카로운 듯 부드러운 아름다움엔 더할 수 없는 기쁨

| 불국사 석축 정면 | 90미터에 달하는 석축은 자연석과 인공석의 다양한 벽화로 이루어졌다. 돌계단의 설치로 긴 석축이 지루해 보이지 않고, 자연석 위에 인공석이 올라앉아 아주 조화롭다.

이 일고, 그런 미세한 아름다움을 구사한 옛사람의 마음을 생각하면 놀라움이 일어난다. 우드 관장을 이 자리에 끌고 오자 그는 "믿을 수 없다(unbelievable)!"를 여러번 되뇌며 고개를 절레절레 흔들었다.

　두번째는 석가탑의 탑날개 직선의 묘이다. 사람들은 다보탑은 그 화려한 구조의 묘를 자세히 살피면서도 석가탑은 전체적 인상만 즐길 뿐 세부적 관찰은 포기하곤 한다. 석가탑은 무엇보다도 지붕돌이 상큼하게 반전한 맵시가 일품이다. 그러나 이를 자세히 살피면 지붕돌은 기울기가 직선으로 되어 있지 반전된 것이 아님을 알 수 있다. 처마를 직선으로 뻗게 하다가 추녀 부분에서 살을 두툼히 붙여 급하게 깎아낸 것인데, 그것을 밑에서 올려다보니까 살포시 반전한 느낌을 갖게 되는 것이다. 착시 현상을 이용하여 곡선의 느낌을 창출한 것이다. 석가탑의 아름다움은 바

296

| **그랭이법 석축** | 자연석의 초석을 깎는 것이 아니라 그 위에 얹을 장대석을 자연석에 맞추어 깎았다. 이런 기법을 목조건축에선 그랭이법이라고 한다. 다른 나라엔 예가 없다.

로 우아한 부드러움이 있으면서도 견실한 힘이 느껴지는 이런 디테일의 묘에 있는 것이다.

세번째는 석축에서 그랭이법으로 자연석 위에 얹힌 장대석을 자연석 모양에 따라 깎은 것이다. 외국인들은 대개 여기에서 자지러지듯 놀라며 인공과 자연의 조화에 얼마나 많은 공력과 계산이 들었는가를 인정하게 된다. 그리고 극락전 바깥쪽 서쪽 면의 축대쌓기에 이르면 그 감동은 절정에 이른다. 불국사 석축 정면에서 왼쪽으로 돌아서면 비탈길에 드러난 극락전의 석축이 있는데, 곧게 세운 세로줄 장대석을 가로지르는 허리축 걸림돌이 수평으로 뻗어가다가 오르막에서 급격한 꺾임새를 나타내는 동세(動勢)는 천하의 일품이다. 수직 수평으로 교차하는 장대석을 마치 목조건축의 가구(架構)인 양 동틀돌로 조이면서 입체적으로 돌출시킨 아이디어도 여간 놀라운 것이 아니다. 우드 관장과 경주를 함께 답사하고 헤어지면서 경주에서 가장 감동적인 것 하나만 꼽아보라고 했더니 그는 어려운 문제라며 머뭇거리더니 결국은 이 극락전 서쪽 석축의 짜임새를 꼽았다. 그때 우드 관장은 정말 "경이롭다(marvelous)"고 했다.

네번째는 극락전 안양문에서 연화교를 내려다보면서 연꽃무늬가 계단을 타고 내려가는 것을 보는 것이다. 계절과 시각과 광선에 따라 선명도에 차이는 있지만 육안으로 반드시 간취될 것이다. 우드 관장은 이 조각새김을 보는 순간 "믿기지 않는다(incredible)"고 했다.

다섯번째는 관음전에 올라 관음전 남쪽 기와담 너머로 보이는 회랑과 다보탑을 꼭 보여주는 것이다. 여기서 보는 시각이, 회랑이 있는 절집의 정연한 기품이 무엇인가를 남김없이 제시해주기 때문이다.

여섯번째, 불국사 서북쪽의 빈터에는 불국사 복원 때 사용되지 않은 석조 부재들이 널려 있는데 이중 주춧돌이야 누구나 알 만한 것이지만, 뒷간에 사용되었던 타원형으로 구멍난 돌은 참 신기하고 재미있다. 또 한쪽에는 완벽한 단독 뒷간이 있다. 그것은 상상 외로 멋있고 조형적이다. 우드 관장이 이 멋있는 단독 뒷간을 보면서 왜 이것만 이렇게 잘 만들었다고 생각하느냐고 물어와서 나는 즉흥적으로 "관장님 전용(Director's only)"이라고 대답해주었다. 그러자 그는 웃으며 나에게 유머 책을 쓰면 그 책은 베스트쎌러가 될 거라고 했다.

그런데 여기에는 이상하게도 네모난 돌에 버들잎 모양으로 홈을 파고 아래쪽에 작은 구멍을 내놓은 용도 미상의 석물이 있다. 환자용 변기 모양새를 하고 있는데, 신영훈 선생은 이것이 실내에 설치한 수세식 변기로서 여성용이 아니었겠는가 추측하였다. 나도 처음엔 그렇게 생각했다. 그러나 자꾸 보니까 변기가 아니라 혹시 용변 후 물을 담아 밑을 씻던 물받이 석조가 아니었을까 하는 생각이 든다. 우드 관장과 왔을 때도 이것을 골똘히 관찰하고 있는데 그는 또 내게 이게 뭐냐고 물었다. 그때 나의

| **뒷간 설치물** | 구조가 당당한 석조 뒷간이다. 용도를 알 수 없는 이 버들잎 모양의 홈돌은 혹시 '8세기 비데'가 아닐까 생각해보게 된다.

짧은 영어로 대답할 수 있는 것은 한마디뿐이었다. "8세기의 비데(8th century's bidet)." 그러자 다른 때 같으면 "리얼리(really)?"라고 동의성 반문을 했을 텐데 이 순간에는 내 어깨를 가볍게 치면서 "못 당하겠네(You win)" 하며 너털웃음을 웃었다.

그러나 이 자리에서 놓쳐서는 안될 가장 중요한 사항은 작은 일각문 너머 있는 뒷간에 다녀오는 일이다. 그것은 일을 보기 위해서가 아니라 거기서 멀리 불국사 강원(講院)을 합법적으로 바라볼 수 있기 때문이다. 멀리 보이는 강원, 그것은 우리가 늘 보아온 산사의 한 정경인데 불국사가 회랑이 있는 평지사찰로 경영되는 바람에 여기서 보는 산사의 편안한 분위기가 새삼 따뜻하고 정겹게 느껴지는 것이다. 그것을 우리는 불국사의 여운으로 삼아도 좋을 것이다.

우드 관장이 멀리 솔밭 아래 오붓하게 들어앉은 강원을 보면서 "나는 세계의 무수한 나라를 방문했는데 자연이 예술과 건축에서 차지하는 비중이 이렇게 큰 나라는 처음 보았다"고 신기한 느낌을 말하였다. 그때 나는 "이것은 단지 예고편일 뿐입니다(It's only a preview)"라고 대답했다.

불국사답사는 여기서 마무리하고 결론삼아 한마디를 덧붙이고 싶다. 언젠가 나는 답사엔 초급, 중급, 고급이 있다고 했는데 불국사는 당연히 초급 코스에 속한다. 그렇다고 해서 초급자가 초급 코스를, 중급자가 중급 코스를 좋아하는 것은 아니다. 초급자가 오히려 중급 코스를 더 가고 싶어하고, 중급자는 고급 코스에서 더 큰 매력을 느낀다. 그런데 고급자가 되어야 비로소 초급 코스의 진가를 알고 거기를 즐겨 찾게 된다. 그런 진보와 순환의 과정이 인생유전의 한 법칙이고 묘미인지도 모른다. 결국 불국사는 답사의 시작이자 마지막인 것이다.

1997. 6.

믿기는 뭘 믿었단 말이냐

돌아온 광학부도 / 사라진 다보탑 돌사자 / 깨지는 석가탑 /
사리장치 발굴 / 일그러진 조화

불국사 수난의 역사

신의 노여움 아니면 질투였던 것 같다. 20세기 들어와 토함산 석불사
가 갈가리 해체된 뒤 반신불구로 복원되었듯이, 불국사 또한 일제시대부
터 제3공화국에 이르는 기간 갖은 수난을 다 당하고 지금은 무엇이 잘못
된 것인지도 모른 채 답사객들은 일없이 거기를 다녀온다. 나는 이제 또
한번 입술을 깨물고 인류의 위대한 문화유산, 불국사가 겪은 20세기 수
난의 역사를 여기에 기록해둔다. 그것은 분명 완벽한 아름다움에 대한
신의 질투가 아니었다면 우리의 몽매함에 대한 하늘의 노여움이었다고
밖에 할 수 없다. 그렇지 않고서는 설명되지 않는 것이 너무 많다.

「역대기」와 「사적」을 통하여 우리가 마지막으로 불국사의 영광을 볼 수
있는 것은 1796년 정조대왕이 하사품을 내려준 것이며, 마지막 기록으로

| **폐허가 된 불국사** | 몽골란. 임진란을 겪으면서도 견디었던 불국사 석축이 구한말에 이르러는 이렇게 폐허로 되어가고 있었다.

남아 있는 것은 1805년에 비로전을 수리했다는 사실이다. 그러나 이후 19세기 100년간 불국사가 어떤 상태로 유지되어왔는지에 대해서는 어떤 기록도 갖고 있지 않다. 국운(國運)이 다해가면서 사운(寺運)도 쇠퇴할 대로 쇠퇴하여 퇴락하는 거찰(巨刹)을 감당하지 못한 채 승려 몇몇이 기거하고 있을 뿐이었다.

1902년 8월, 토오꾜오제국대학 조교수였던 세끼노 타다시가 고건축 실태조사를 위해 한국에 왔을 때 불국사를 조사한 기록과 사진을 남긴 것이 우리가 20세기 들어와 다시 만나는 첫 자료이다. 이때 불국사에는 스님이 두어명밖에 없었다고 한다. 박종이 「동경기행」을 쓸 때만 해도 "열이 없어지고 하나가 남은 것도 오히려 이렇듯 기이하고 아름다우니"라고 했는데 오직 석탑과 승탑 같은 석조물만이 영광을 지켰을 뿐이다. 거기에 일본인은 눈독을 들였다.

세끼노는 이때 조사한 것을 2년 뒤인 1904년에 『조선건축 조사보고』라는 책자로 발표하였는데, 그는 이 책을 조선 방문시 신세진 개성에 사는 한 일본인에게 선물로 보냈다. 그런데 이것이 결과적으로는 유물을 약탈해가는 정보가 되어 그 개성의 일본인은 을사보호조약 이듬해인 1906년 불국사에 와서 지금 보물 제61호로 지정되어 있는 이른바 '광학(光學)부도'를 일본으로 반출해갔다. 이후의 과정은 이구열(李龜烈) 선생의 『한국문화재 수난사』(돌베개 1996)에 자세히 기록되어 있는데 그 자초지종은 다음과 같다.

불국사 사리탑은 어떻게 돌아왔나

일본으로 반출된 불국사 사리탑은 토오꾜오 우에노 공원께의 세이요오껜(精養軒)이라는 요릿집 정원에 있었다고 한다. 당시 세끼노는 『쿠니하나(國華)』지의 요청으로 이 승탑의 해설문을 기고하기도 했다고 한다. 그리고 세끼노는 1909년 이래로 다시 조선에 와서 고적조사를 하면서 조선총독부에 이 승탑을 되찾아 제자리에 돌려줄 것을 요청했다. 그러나 승탑은 요릿집에서 딴 데로 팔려가고 행방을 잃었다. 그래도 세끼노는 끈질기게 탐문하여 물경 20년 뒤인 1933년 5월 토오꾜오의 한 제약회사 사장인 나가오 킨야(長尾欽彌)의 정원에서 이것을 발견했고, 드디어는 나가오가 조선총독부에 기증하는 형식으로 하여 1933년 7월에 불국사로 반환되었다.

우리로서는 천만다행인데 일본인 세끼노는 왜 이 승탑의 반환에 그토록 열정을 보낸 것일까? 여기서 두가지 이유를 생각할 수 있다. 하나는 학자적 양심이다. 그는 비록 식민사관을 창출하는 데 일조한 고고학자였지만 일본 고고학계에서는 지금도 존경하는 대학자로서의 풍모가 있었

| **불국사 사리탑** | 구조와 조각이 뛰어난 이 승탑은 일본에 실려갔다가 다시 찾은 미술품 도난사의 대표적 사례이다.

다. 최소한 그는 유물은 제 위치에 있어야 한다는 원칙은 알고 있었던 것 같다. 둘째는 그것이 사실상 조선총독부의 재산관리였다는 점이다. 그때 만 해도 그들은 조선에 있는 것은 곧 자국의 자산으로 생각했다. 나이찌 (內地)에 있든 반도에 있든 일본정부 자산인데 불국사 유물은 조선총독 부 자산이므로 찾아온 것이다. 만약 일본인들이 식민지 지배를 36년밖에 못할 것이라고 생각했다면 건너간 것을 찾아오기는커녕 무수한 유물을 닥치는 대로 빼돌렸을 것이다. 그러나 불행중다행으로 그때 그들은 영원 히 식민지로 삼을 것이라고 생각했던 것이다.

다보탑의 돌사자와 사리함은?

1909년, 세끼노가 경주에 다시 왔을 때 그사이 불국사 다보탑 기단 위 네 귀퉁이에 놓여 있던 네 마리의 돌사자 중에서 두 마리가 분실된 것을 발견했다. 그는 돌사자 네 마리 중에서 상태가 좋은 것 한쌍이 사라졌다고 했다.

지금 이 돌사자의 도둑은 불국사 사리탑을 반출해갔던 개성의 일본인으로 추정하는 분과 1909년 초도순시차 경주에 왔던 소네(曾禰) 통감이 석불사의 대리석 소탑을 훔쳐갈 때 함께 가져간 것으로 보는 분이 있다. 누가 범인인지 이제는 알 길도 없고, 그 돌사자가 어디에 있는지는 아직껏 밝혀지지 않고 있다.

그런데 다보탑의 돌사자 나머지 한쌍 중 비교적 상태가 좋은 것이 또 도난당하고 마는데 그것은 또 언제 사라진 것인지도 모른다. 다만 경주군의 서기로 근무했던 키무라 시즈오(木村靜雄)가 1924년에 「조선에서 늙으며」라는 글을 쓰면서 "다보탑 사자 한쌍을 되찾아 보존상의 완전을 얻는 것이 나의 죽을 때까지 소망"이라고 했으니 그 이후가 아닌가 추정된다. 아무튼 지금 다보탑에 남아 있는 돌사자는 얼굴에 난 상처 덕분에 제자리를 지키게 됐다. 굽은 소나무가 무덤을 지키고, 쓸모없는 갯버들이 고목이 되어 정자나무가 된 격이다.

1924년 일제는 불국사에 대한 대대적인 개수(改修)공사를 실시하였다. 공사내역은 석축과 석교의 복원, 법당의 중수 그리고 다보탑의 전면 해체작업이었다. 그러나 이들은 이 공사관계 기록이나 사진을 남기지 않았는지 현재까지 밝혀진 것이 없다. 이로 인하여 1970년대 복원공사 때 1924년 개수공사시 변형해놓은 원상을 바로잡느라 무척 고생했다고 실무자들은 증언하고 있다. 당시 공사에 앞서 사진을 찍어두고 도면을 그

려놓았다면 그 원상을 찾느라고 그런 고생은 안했을 것이다.

1924년 개수공사로 불국사는 폐허를 면했다. 그러나 회랑은 다 없어지고 범영루만 멀쑥하니 서 있어서 그 횅한 느낌이 여전히 허전해 보였다. 그래도 그게 어디냐고 우리의 아버지, 할아버지 들은 경주로 수학여행을 다녀오며 거기서 사진을 찍곤 했다.

1924년 공사에서 결정적인 피해를 본 것은 다보탑의 해체수리였다. 이에 대한 공사 보고서가 하나도 남아 있지 않은데, 여기에 분명히 들어 있었을 사리장치가 이때 감쪽같이 사라져버렸다. 그러나 완전범죄는 없는 법인가보다. 1924년 불국사 보수공사의 감독이었던 타께우찌 야스지(武內保治)가 1925년 6월 9일자로 경주군수에게 보낸 공문 중 「발견물 이송의 건(件) 통지」라는 공문에 다음과 같은 구절이 있는 것이다.

> 다보탑 수선중 발견된 불상 2구의 처치에 관하여 이번 학무국장으로부터 심사의 필요상 송부하라 하므로 경복궁 내 종교과(宗敎課) 분실(分室) 앞으로 발송한다.(『불국사 복원공사 보고서』, 문화재관리국 1976)

경주 황복사탑에서 순금불상 2구가 사리장치로 발견된 예가 있는데, 다보탑의 것도 그런 것이었던 모양이다. 그러나 이 불상이 어떤 것이고 어디로 갔는지에 대해서는 알려진 바 없다. 그것은 실로 아름다운, 석가탑 사리장치 솜씨에 준하는 명작이었을 것이다.

1924년 불국사 개수공사 때의 일화로는 석축을 보수하면서 장대석으로 엮은 네모칸에 자연석을 끼운다는 것이 역시 일본인 솜씨답게 반듯반

| 다보탑과 돌사자 | 절묘한 구조의 다보탑 못지않게 절묘한 조각인 돌사자 네 마리 중 세 마리는 아직도 행방을 못 찾고 있다.

| **1924년에 복원된 석축** | 일제에 의하여 석축이 수리되어 가까스로 폐허를 면한 불국사는 이런 상태에서도 한국의 문화유산을 대표해왔다.

듯한 돌로 짜넣었다는 것이다. 그러니 자연과 인공의 조화를 꾀한 석축이 인공적인 맛으로 변해버린 셈이었다. 그래서 개수공사로 왜색이 짙어졌다는 악평이 일어나자 일제는 할 수 없이 끼운 돌의 모퉁이를 망치로 깨뜨려서 자연석 느낌이 나도록 했다는 것이다. 그런 식으로 사람 손길이 끝까지 가지 않으면 못 견디는 것이 일본인의 생리이고, 그들의 자연스러움은 이처럼 억지로 자연스러운 경우, 말하자면 조작된 자연스러움이 많다.

그런 상태에서 일제시대 남은 20년을 보내고 8·15해방, 6·25동란, 4·19혁명, 5·16군사쿠데타를 거치도록 큰일 없이 보내던 불국사가 1966년 9월 석가탑이 지진으로 흔들렸다는 신문보도가 나오면서, 이것이 곧 불국사가 세인의 큰 주목을 받는 연이은 사건의 시발점이 되었다.

1966년 9월의 도굴 훼손

1966년 9월. 때는 차기 대통령선거에서 야당후보 단일화를 위하여 박순천(朴順天) 민중당 대표최고위원과 재야의 이인(李仁), 이범석(李範奭) 등이 신한당의 윤보선(尹潽善) 후보를 압박하면서 곧이어 유진오(兪鎭午) 고려대 총장을 정계로 끌어내는 작업이 정치적으로 초미의 관심사로 진행되고 있었고, 신문 사회면은 한국비료의 사카린 밀수사건 수사의 진행과정이 연일 톱기사로 장식되는가 하면 파월 맹호부대·비둘기부대의 동향으로 메워지고, 신문 하단에 일상의 뉴스로 '파월장병에게 신문보내기운동'이 자리잡고 있었다. 그런 어수선한 상황에서 9월 8일자 도하 신문에는 '불국사 석가탑 위태'라는 제목 아래 사진과 함께 3단 기사가 실렸다. 이하 진행과정을 당시 특종을 한『중앙일보』기사로 소개한다.

불국사 대웅전 앞에 있는 국보 제21호 석가탑이 지난 8월 29일 밤 동해남부 일대에 있었던 미진(2도가량)으로 흔들려 탑이 6도가량 남쪽으로 기울어졌으며, 탑신 4개처가 떨어지고 2층 갑석 하단부가 균열됐음이 8일 현지 조사에서 돌아온 도교육위원회 직원에 의해 밝혀졌다. (…)

문화재위원회는 8일 상오 11시 제1분과위를 소집, 현지에 조사단을 보냈다.

그리고 5일 뒤인 9월 13일자 신문에는 '석가탑 파손에 양론(兩論)'이라는 제목 아래 6단 박스기사가 실렸다.

석가탑 훼손 원인을 둘러싸고 문화재관리위측의 조사단과 현지 경찰, 불국사측의 견해가 엇갈려 주목을 끌고 있다. 문화재보존위원 황수영 교수와 문교부 임봉식(任奉植) 문화재과장 등 일행은 9일부터 11일까지 3일간의 현지조사 끝에 '훼손 원인이 자연적인 것이었다'는 이제까지의 주장을 뒤엎고 사리를 탐낸 도둑의 소행이라고 결론, 경찰국에 수사를 의뢰했다.

치안국은 13일 상오 불국사 석가탑을 파손한 도둑이 있다는 정보에 따라 치안국 수사지도과장 정상천씨를 경주에 급파, 수사를 지휘하도록 하였다.

그리고 드디어 9월 19일에는 도굴범을 일망타진했다는 경찰의 검거 발표가 있었는데 이튿날 신문에는 '국보 도둑의 시말'이라는 제목과 함께 수사의 진행과정과 도굴행각을 상세한 해설기사로 싣고 있다.

범인들은 처음, 9월 3일 밤 석가탑 하층을 들어올리려다 잭(jack)의 힘이 약해서 실패하자 이튿날 다시 10톤짜리 공기압축 잭을 대구에서 날라다 일층탑을 들어올렸다고. 그러고도 9월 5일 밤에 세번째로 이층탑을 들어올려 손을 넣어 더듬어보았지만 사리가 없어서 실패했다는 것이다.

이튿날 석가탑 이외에도 지난 10개월간 모두 13회 범행을 했다는 자백을 받아냈는데 석가탑과 똑같이 잭 때문에 망가진 나원리 오층석탑도 이들의 소행임이 밝혀졌다. 황룡사 초석, 남산사 사적, 통도사 승탑 등 13개처 사찰과 고적을 파헤쳐 값으로 따지기 힘든 역사적 보물(경찰 추산 550만원)들을 닥치는 대로 휘저은 도굴범들이었다. 아무튼 일당 9명을 이렇게 검거한 경찰은 남은 10명의 호리꾼, 장물 알선자들을 수배하고 없어진 보물을 찾기에 전력을 기울이고 있다.

참고로, 이 날짜 신문에는 쌀값이 19일보다 한 가마에 100원 떨어져 상품 4,300원, 하품 4,000원에 거래되고 있다는 보도가 있었다.

그리고 석가탑 도굴 현장검증은 9월 23일에 있었는데, 이들의 도굴품을 구입한 삼강유지 사장 이병각씨를 중과실 장물취득과 문화재보호법 위반 혐의로 구속하고 개인소장품 226점을 압수하는 커다란 사건을 파생시켰다.

1966년 10월의 파손

이후 문화재관리국은 석가탑을 원상대로 복원하기 위해 전문가로 문화재 보수단을 편성했고 10월 13일부터 복원공사를 시작했다. 그런데 아뿔싸! 10월 14일, 『중앙일보』는 1면 한쪽에 '국보 석가탑의 수난'이라는 제목 아래 석가탑이 깨지는 3단계 사진과 함께 다음과 같은 비통한 기사를 실었다.

(불국사─최종률, 이종석, 김용기, 최기화 기자) 국보 제21호 경주 불국사 석가탑(일명 무영탑)은 올 들어 가장 큰 수난을 겪고 있다. 13일 하오 2시 금빛 찬란한 사리함이 발견되어 모두들 탄성을 올린 지 불과 2시간 만에 들어올리던 2층 옥개석이 떨어져 미리 밑에 내려놓았던 3층 탑신마저 부서뜨린 것이다. 도굴자의 손에 상처를 입었던 석가탑이 이제 그것을 복원하던 손길에 또 아픈 상처를 입었다.

이 기사는 『중앙일보』의 특종이었다. 최종률씨(전『경향신문』사장)의 회고에 의하면 당시 불국사 앞 우체국에는 장거리 시외전화기가 한 대밖에

| 깨지는 석가탑 |　1966년 10월 13일 오후 4시. 석가탑 보수·복원공사중 2층 옥개석을 들어올렸다가 밑에 있던 3층 탑신에 떨어뜨려 큰 상처를 내고 말았다. 당시 상황을 『중앙일보』는 연속 3단계 사진으로 신문 1면에 실었다.

1. 2층 옥개석을 들어올리는 모습
2. 떨어진 모습
3. 깨어진 옥개석

없었는데 故 이종석(李宗碩, 문화재 전문위원)『중앙일보』기자가 먼저 그 전화를 확보했기 때문에 특종을 할 수 있었다고 한다. '애니콜'시대에는 도저히 이해하기 힘든 귀여운 옛날얘기일 것이다. 아무튼 당시 신문은 8면 발행이었으니 이 기사의 비중을 알 만하다. 그리고 이 신문은 사회면에 다음과 같은 비탄조로 머릿기사를 장식하고 있다.

이날 사고광경을 바라보던 불국사 노승들은 흐느끼며 비통한 심정을 누르지 못했다. 탑의 해체공사는 이날 상오 9시 13분, 11명의 인부들에 의해 착수되었다. 현장감독은 탑의 보수공사에 있어 우리나라 최고의 기술자라는 김천석씨(52세)가 맡았다. 그는 국보급 탑을 25개나 만진 32년의 경험자다.

3층의 옥개와 탑신을 내리는 오후 공사는 무리한 강행군이었다. 8미터의 전봇대(직경 20cm) 위에 장대 6개를 묶어 만든 받침대가 워낙 허술했다.

지금 세상에서는 믿기지 않을 일이다. 석가탑을 해체하는 데 쓴 연장이 고작 전봇대와 장대였던 것이다. 이 기사는 다음과 같이 이어진다.

7.5톤짜리 2층 옥개를 간신히 들어올린 도르래는 중량을 지탱 못해 부서져버렸다. 이때 2층 옥개가 20센티미터 들렸다가 주저앉았다. 공사는 이런 상황에서 강행이 두번, 2층 옥개가 두번째 들렸을 때 이미 휘어졌던 전봇대는 부러지면서 바윗덩이 같은 2층 옥개석이 공중에서 땅바닥으로 떨어졌다. 땅에 이미 내려놓았던 3층 옥개석 위에 그것은 비스듬히 떨어지며 상처를 냈다. 공사책임자 김천석씨는 '전봇대 속이 썩은 줄 몰랐다'고 무릎을 쳤다.

옥개석이 내려지는 동안 불국사 스님들은 한쪽에서 합장하고 송경(頌經)하고 있었다. 이것은 용케도 사진에 잡혀 이 날짜 신문에도 실렸는데 신문기사는 다음과 같이 스님의 통곡을 전하고 있다.

불교 조계종 총무원에서 현지 참여 대표로 파견된 강석천 스님은 발을 동동 구르며 탑 앞에서 통곡을 했다. '천추의 미안한 일'이라고 하며 그는 울음을 그칠 줄 몰랐다. 경내의 관광객들은 분노를 터뜨리며 인부에게 달려들어 경찰의 제지를 받았다.

한편 경찰과 조사위원들의 심경과 사후조치에 대해서도 이 기사는 보도하고 있다.

경주경찰서는 무장경찰을 동원, 밤새껏 불국사를 특별 경비했다. 조사위원인 황수영, 진홍섭, 최순우씨는 국보파손은 이를 데 없는 유감이라고 말하며 손괴가 그 정도로 그친 것은 그나마 다행이라고 큰 숨을 내쉬었다. 복원은 어느정도 가능하다고 보고 있었다.
그러나 2층 옥개석의 복원은 영원히 힘들 것으로 보인다. 이번 사고는 문화재들이 원시적이고 우직한 방법으로 보호되는 것에 충격적인 경종을 울렸다.

그러나 그런 경종도 당시의 실정에서는 아무 의미가 없는 것이었다. 문화재 수복에 필요한 어떤 특수장비도 마련된 것이 없고, 그런 데 관심을 둔 일이 없는 정부로서도 대책이 없기는 마찬가지였다. 그때는 문화재관리국장조차도 군 출신이 차지하고 있었다. 당시 도굴꾼이 사용한 장비는 오히려 10톤짜리 잭이었으니 할말을 잃는다. 이 신문기사의 마지막 구절이 그것을 말해준다.

> 복원공사는 불국사 경내의 소나무 다섯 그루를 잘라 다시 진행되고 있다.

전봇대에서 소나무 생목으로 바뀌었을 뿐이다. 작년 가을에 어쩌다 한국미술사 수업시간에 이 얘기를 하게 되었다. 모두가 흥미있게 듣는 줄만 알았는데 한 학생이 끝내 이해 못하겠던지 질문을 하는데 그게 또 기막힌 얘기였다.

> "샘, 이상하네예. 전신주는 콘크리트 아닝교?"

신세대들은 나무 전신주를 본 일이 없었던 것이다.

천하의 보물 – 석가탑 사리장치

석가탑 대파(大破)에 톱기사를 내주어야 했지만 사실, 탑이 깨지기 두 시간 전에 2층 탑신부에서 발견한 사리장치는 우리나라의 국보인 정도가 아니라 세계적인 보물로, 세기의 대발견이었다. 같은 날 같은 신문 지면엔 이에 대한 기사가 같은 기자들에 의해 보도되고 있다.

> 최근 탑 도굴단의 도량으로 일반의 관심을 모았던 불국사 석가탑의 사리장치가 온전히 간직되고 있음이 확인되었다. 석가탑의 해체 결과 신라예술의 정수요 동양미술사상 한 극치인 석가탑 사리장치의

발견으로 신라문화제에 모인 군중은 석가탑 손괴의 충격과 새 국보 발견의 환희로 착잡한 감동에 사로잡혔다.

13일 상오 9시 삼엄한 경계 가운데 석가탑 상륜부가 해체되기 시작했다. 하오 2시 스님들의 독경 속에 2층 탑신 사리함은 1천 수백년 동안 간직했던 신비의 베일을 벗었다.

이 기사는 당시 사리함의 구조를 다음과 같이 상세하게 소개하고 있다. 나는 이 기사가 석가탑의 복잡한 사리장치 상황을 가장 잘 설명해준다고 생각하고 있다.

탑신 복판 사방 41센티미터, 길이 18센티미터의 사리공(舍利孔)에는 파란 녹으로 덮인 금동제 사리함이 둘리고 그 둘레에는 목제소탑(木製小塔), 동경(銅鏡), 비단, 향목, 구슬 등이 가득한 채 둘레에 천년유향(遺香)이 번졌다. 네모반듯한 청동외합(너비 17cm, 높이 18cm)은 석가탑의 그것처럼 장중한 균형미를 갖춰 국내외에서 발견된 사리장치 중 최고의 예술품임이 확인되었다.

제3사리병은 비단으로 겹겹이 싼 높이 4센티미터의 은항아리 속에는 순금종이로 감싼 콩알만한 은제합 속에 진신사리를 간직한 보기 드문 희귀한 것이었다. 위의 세 사리함에서 나온 사리는 모두 48과였다(사리병에서 46과, 두개의 합에서 각각 1과).

이밖에 비단으로 싼 목판본 불경은 폭 8센티미터, 길이 5미터의 다라니경으로서 한지에 한문이 총총히 박힌 것을 볼 수가 있어 이는 우리나라 최고의 인쇄문화를 말하는 귀중한 유물임이 분명하다. 이와 함께 발견된 칠기는 삭아서 기형(器形)을 알 수가 없으나 옻을 입힌 자취가 역력히 남아 있어서 높은 기술을 엿볼 수 있다.

| 석가탑 사리장치 | 　유리병. 은제합.
금상자 등으로 겹겹이 싸인 사리장치는
하나하나가 나라의 보물 아닌 것이 없
었다.

그리고 이튿날인 10월 15일에는 석가탑의 사리장치가 화보로 소개되고, 문화재위원장 김상기(金庠基) 박사와 문화재관리국장 하갑청(河甲淸)씨가 공식 기자회견을 통해 국민에게 사과하였고, 사고현장에 모인 문화재위원들은 석가탑 복원이 가능하다고 낙관했다는 보도가 있었다. 그런데 같은 지면에는 사리 보관문제로 야기된 사찰과 문화재위원 사이의 갈등을 크게 보도하고 있다.

석가탑에서 발견된 사리함의 보존문제는 문화재위원들과 사찰당국 사이의 의견 차이 속에 방치되어 있다. 사찰당국은 현재 극락전에 이안되어 있는 사리함을 석가탑 본위치에 안치할 것을 요청하고 있고, 문화재위원들은 화학적인 부식작용을 염려하여 특수하게 보관할 것을 주장하고 있다.

문화재위원들은 적어도 20평 넓이의 사리보존각을 별도로 현지에 건립해서 방습·방화장치 등 과학적 조치로 사리함을 보존해야 한다는 데 의견이 일치되고 있다. 사리함은 현재 유리함 속에 아무 조처 없이 그냥 보관되어 있다. 지금같이 대기중에 방치된 상태로는 1년도 못 가서 비단이나 종이 등 귀중한 유물들이 소멸될 것이라고 이들은 한결같이 염려하고 있다.

이후 사리장치는 보존처리하기로 결정되었다. 또한 다라니경이 세계에서 가장 오랜 목판인쇄물임을 고증한 김상기, 김두종(金斗鐘), 김원용 박사들의 글과 인터뷰가 연일 도하 신문을 대대적으로 장식하였다. 이제 석가탑 파손에 대한 얘기는 사라졌고 그것을 어떻게 복원할 것인가 같은 문제에 대해서는 전혀 언급이 없었다.

이때 언론인 홍종인(洪鍾仁) 선생은 당신의 논설문 중 아마도 최고의 명문일 「석가탑 파괴의 책임자 누구냐」라는 장문의 칼럼을 『중앙일보』 10월 20일자 '목요논단'에 실었다. 석가탑 파손에 대한 관계자들의 얘기 중에 "그만한 것이 다행" "우리 화강암은 강해서 철심을 박아 이으면 된다" "나도 불교 신도로서 믿음을 갖고 하던 일이다" 등 책임자로서 무책임하고 불성실한 태도에 대하여 준엄한 꾸짖음을 내리는 일갈이었다. 그때는 세상이 잘못 가고 있을 때 불호령을 내리며 준엄하게 꾸짖을 수 있는 그런 큰 언론인이 있었다.

경주의 불국사 석가탑을 동강이 나도록 망가쳐버렸다는 신문보도를 보고 가슴이 무너져않는 것 같은 아픔과 두려움을 아니 느낀 이 없을 것이다. (…)

이 경망한 백성들, 역사가 길다고 반만년을 추켜들기를 일삼는 이 백성들이 과연 이 땅의 역사와 문화의 유산을 제대로 지켜나갈 수 있겠느냐? 하는 벽력같은 꾸지람 소리가 어디선가 귀청이 터지도록 울려오는 것 같다. (…)

보물에 탐내는 무리들이 국보의 존엄을 무시하고 탑을 들어 뒤적거리며 이를 부분적으로 훼손시켰다는 일만도 그 죄상은 그 죄인들의 당대에 그칠 바 아니겠지만 그 도둑들에게 훼손된 것을 복원한다고 정부의 이름 밑에 적든 많은 국가의 재정으로 학자라거니 교수라거니 하는 사람들의 간여하에 일꾼을 시켜 '공사'라고 하던 일에서 동강이가 나도록 국보의 탑을 깨처버렸다니 수천 수백년 래로 물려받은 조업에 대한 면목은 무엇이며 또 그 경망과 불찰의 죄과는 후손만대에 무엇으로써 씻을 길이 있겠는가. 그러면 그 책임자는 과연 누구냐? 엄숙히 이를 밝히지 않아서 아니될 것이다.

혹은 말하기를 누구누구가 다 그런 일에 익숙하기에 믿고 맡겼었다는 말도 들린다. 그러나 무엇을 믿고 일을 어떻게 하라고 맡겼었다는 말인가. (…)

학자들 가운데는 사태의 전후 순서를 가리려 하지 않고 지나치게 새 국보에 취하여 새 국보의 어머니인 석가탑 자체의 파괴의 슬픔을 소홀히 여기는 느낌을 주고 있다. 일을 저질렀거든 저지른 일부터 처리할 것이 더 바쁘고 송구스럽지 않겠는가. (…)

현대의 상식으로는 공사에 쓰이는 연장으로 '크레인'이란 것도 있지 않은가. 또 탑의 어느 부분을 들어내릴 때도 전문가라면 그 크기를 재어가지고 중량을 넉넉히 계산해낼 수도 있었을 것이다. 믿기는 누구를 믿고 공사를 했다는 것인가. 결국은 썩은 나무를 믿었던 것밖에 아무것도 아닌 결과였다.

홍종인 선생의 이 논설 이후 석가탑 얘기는 더이상 신문에 나오지 않는다. 그러나 그 무렵 아주 중요한 슬픈 사건이 불국사에서 또 일어난 것을 아무도 몰랐다. 지금도 거의 모든 사람이 모르고 있는 일이다. 그것은 석가탑에서 나온 사리장치 중 하이라이트인 사리 46과가 담겨 있던 녹색 유리사리병을 한 스님이 옮기다 떨어뜨려 깨뜨린 것이다. 그야말로 박살이 나도록 깨져 억지로 이어붙인 상태로 지금은 국립경주박물관 창고에 있다. 이에 대해 『불국사 복원공사 보고서』에서는 파손 전 흑백사진과 함께 다음과 같은 해설을 붙여놓았다.

사리병(높이 6.45cm, 입지름 1.5cm, 몸지름 5cm, 목지름 1.8cm)은 심록색(深綠色) 파리제(玻璃製)로서 가장 큰 것이며 병 안에 사리 46과가 들어 있었다. 거의 원에 가까울 정도로 둥근 몸 위에 약간 짧은 목이 달렸

| **깨어진 사리병**(복원된 상태) | 사리장치를 임시로 극락전에 보관하던 중 한 스님의 실수로 사리병은 깨졌다. 천신 만고 끝에 복원했지만 깨진 상처는 그대로 남아 있다.

고 입술은 두껍게 외반(外反)되었다. 반투명의 전면에는 곳곳에 반점 이 나타나 있고 바닥면은 약간 안으로 들어갔다. 이 사리병은 일시 불 국사 극락전에서 다른 장엄구(莊嚴具)와 함께 전시중 사찰측의 부주 의로 파손되어 지금은 완형(完形)을 볼 수 없다.

그것은 석가탑이 깨진 것 못지않은 큰 상처였던 것이다.

1970년대 복원공사 진행과정

1969년 늦봄, 박정희 대통령이 3선개헌을 과연 할 것이냐 아니냐에 정 가의 관심이 집중되어 있던 때, 5월 12일 박정희 대통령은 불국사 복원을 지시하였다. 이리하여 시작된 불국사 복원공사는 만 4년 만에 준공하여 오늘의 모습을 갖추게 된다. 그것은 막대한 예산이 들어간 엄청난 공사였다. 이 불국사 복원과정은『불국사 복원공사 보고서』에 40단계로 상세하게 일지로 기록해두었는데 이 일지를 보면 박정희 대통령의 문화재 복원의지가 얼마나 강했는가를 알 수 있으며, 당시 경제 실정으로는 감당하기 힘든 재원을 강력한 통치력으로 밀어붙여 완공하였음을 여실히 보여준다. 그 주요 사항을 날짜별로 줄여 소개한다.

1. 1969년 5월 12일　박대통령 복원 지시
2. 1969년 5월 21일　신범식 문공부장관이 본사업 추진을 위한 경제인 간담회 개최
4. 1969년 6월 17일　청와대 정무비서실에서 불국사 복원이 행주산성, 도산서원, 진주성 보수·정화사업과 함께 토의
5. 1969년 6월 23일　코리아하우스에서 불국사복원위원회의 운영, 고증·설계위원회 구성
8. 1969년 7월 30일　세종호텔에서 불국사 복원재원 염출을 위하여 (경제인) 시주자 간담회 개최
13. 1969년 8월 29일부터 10월 30일까지 64일간 불국사 발굴조사 실시
18. 1969년 11월 14일 불국사 복원공사 기공식
35. 1972년 2월 6일　대통령 각하께서 불국사 현장을 순시하시고 단청공사에 대하여 밝고 은은하게 하고 각별한 정성을 들여 충실한 공사가 되도록 지시하시면서 관계관에게 노고를 치하하심

36. 1972년 6월 18일 대통령 각하께서 불국사 현장에 오셔서 불국
사 벽 단청을 좀더 은은하게 하도록 지시하심
39. 1973년 7월 3일 대통령 각하를 모시고 불국사 복원공사 준공
식 거행

불국사의 잃어버린 아름다움

그리하여 불국사는 복원되었다. 지금 그나마도 복원되었기에 나는 우
리나라 건축에서 최고로 손꼽을 수 있게 됐으니 이 일을 수행한 모든 분들
의 노고에 감사하는 마음도 없지 않다. 그러나 지금은 그때보다 또 모든
면에서 많이 발전했다. 기술도, 조사연구도, 생각도 30년 전과는 다른 것이
많다. 그래서 역사도, 문화도 발전하는 것 아니겠는가. 그런 각도에서 그
복원공사 때 잃어버린 불국사의 아름다움을 또 기록해두지 않을 수 없다.

첫째는 경루를 복원하지 않은 잘못이다. 앞서 살폈듯 완벽한 대칭적
구성과 황금비례를 갖춘 것이 불국사 조영계획인데 막상 대웅전 영역에
들어서면 화려한 다보탑과 단순한 석가탑이 균형을 잃고 있다는 생각을
버릴 수 없다. 이것은 부처님이 바라보는 시각에서도 그렇고 자하문으로
들어섰을 때도 그렇다. 그러나 이런 어긋남은 원래는 경루와 종루의 변
화로 오히려 조화를 이루었던 것이다. 지금 경루는 복원되지 않고 사물
(四物)을 걸어놓았지만 원래는 아주 단순하고 닫힌 구성의 건물이었고,
종루인 범영루는 '수미범종각'이라는 이름에 걸맞게 화려한 건물이었다.
그러니까 부처님 위치에서 보자면 왼쪽은 화려한 다보탑 너머로 단순한
경루, 오른쪽은 단순한 석가탑 너머 화려한 종루로 대(對)를 맞추어 다양
의 통일을 이루었던 것이다. 그래야 불국사의 기본 조영취지가 살아나는
것이다.

둘째는 석가탑을 복원하면서 상륜부를 너무 장식적으로 처리한 점이다. 석가탑의 상륜부는 원 모습을 알 수 없어서 남원 실상사탑의 상륜부를 그대로 본떠온 것이다. 그런데 실상사탑은 석가탑을 본받은 9세기 석탑으로 아담하고 장식성이 강한 탑이었으니, 이를 석가탑에 옮기려면 그 장식성을 제거하고 석가탑의 단순하고 우아한 아름다움에 맞추었어야 했다. 석가탑의 상륜부를 x로 놓고 비례식으로 풀자면 'x : 실상사탑 상륜부 = 8세기 단순성 : 9세기 장식성'으로 하여 쉽게 구할 수 있는 값이다. 그러니까 지금 복원된 상륜부의 들쭉날쭉, 우둘투둘한 장식을 반듯하게만 깎아도 그 느낌은 살아날 것이다.

셋째는 극락전 건물의 초라함이다. 극락전은 임란 때 불탄 뒤 1750년에 중창된 것인데, 그때 건물의 기둥을 반듯하게 깎은 것이 아니라 뒤틀림이 강한 것을 썼기 때문에 결과적으로 정연한 기단부와는 어울리지 않게 되었다. 그런 건물은 자연석 주춧돌에 그랭이법으로 세우는 산사에나 어울릴 뿐 회랑이 있는 이 기하학적 건축에는 불성하고 초라한 기색으로 남을 뿐이다. 그 결과 옆에서 보고 있자면 극락전은 곧 쓰러질 것처럼 볼품이 없어 안쓰럽기까지 하다.

넷째는 아마도 가장 큰 아쉬운 점으로, 구품연지(九品蓮池)를 1970년대 복원 때 포기한 점이다. 『불국사 복원공사 보고서』에 의하면 1971년 3월 8일 제9차 불국사복원고증위원회에서 구품연지 발굴보고를 하면서 불국사 광장의 나무와 유구(遺構)의 교란 그리고 관람객의 수용기능을 감안하여 복원 않기로 했다는 것이다. 그럴지도 모르지만 이로 인해 불국사 석축의 아름다움이 반의반도 살아나지 못한 것은 어쩔 것인가.

| **석가탑** | 통일신라 석탑은 여기서 완성되었다. 더할 것도 덜할 것도 없는 완벽한 조형성을 보여준다. 하지만 석가탑의 상륜부는 실상사탑을 모방해서 복원한 것인데, 단아한 석가탑과 장식성이 강한 실상사탑의 느낌이 다른만큼 상륜부도 달랐어야 했다.

구품연지는 청운교와 백운교 아래에 있던, 동서로 길이 39.5미터, 남북으로 폭 25.5미터 되는 타원형 연못이었다. 연못 안쪽의 이른바 호안부는 불국사 석축에 쓰인 큰 자연석으로 둘러싸여 있었다. 못의 깊이는 2미터 내지 3미터, 물은 토함산 골짜기 물을 대웅전 동쪽 회랑 지하로 도랑을 가설하여 끌어들여 청운교 옆으로 나 있는 석구(石溝)를 통하여 떨어지게 되어 있고 또 경루 밑에 있는, 지금 우리가 마시고 있는 샘물을 받아 채웠던 것으로 추정된다. 그리하여 항시 맑은 물이 가득했을 구품연지에는 수미산 같다는 범영루가 그 화려한 축대와 함께 거꾸로 비쳤던 것이다. 그래서 누각의 이름을 범영루(泛影樓)라 했던 것이다.

나는 불국사에 올 때면 꼭 새벽에 사람 적은 시각을 이용한다. 겨울 한철 빼고 봄, 여름, 가을로 차가운 아침 기온은 불국사에 가벼운 수증기를 뿌린 듯 대기가 촉촉히 젖어 있음을 느낀다. 만약에 구품연지가 있었다면 그 일교차는 당연히 아침안개를 일으켜 청운교와 백운교를 가볍게 덮었을 것이다. 그럴 때면 '보랏빛 안개'라는 이름을 갖고 있는 자하문은 진짜 자하문 같았을 것이고, 불국사는 정녕 불국토의 건축적 구현이라는 생각을 갖게 되었을 것이다. 그것을 실제로 볼 수 없음이 글을 맺는 이 순간에도 아쉽고 또 아쉽기만 하다.

나무 불국사, 나무 불국사

이제까지 답사기를 쓰면서 나는 그 유물에 대한 그간의 문헌을 조사하고 반드시 그에 걸맞은 시를 한 편은 골라 소개하려고 노력했다. 그래도 없으면 몰라도 되도록 실었다. 불국사도 마찬가지로 조사하였다. 마침 고고미술동인회가 1962년에 등사해놓은 『경주고적 시문집』이 있어 최치원, 김시습(金時習), 김종직(金宗直), 이언적(李彦迪) 같은 대학자의 시를 거기서 볼 수 있었고 나는 나대로 김정희(金正喜), 초의선사, 박목월(朴木月) 등의 시를 조사해보았다. 그러나 내가 여기 소개할 만한 적절한 시는 찾지 못했다. 그분들이 쓴 시가 명시가 아니라고 생각해서가 아니다. 내가 본 시들은 불국사를 노래한 것이 아니라 불국사에서 느낀 자신의 주관적 감정, 그것도 '아! 늙었구나, 아! 세월이 무상쿠나!' '폐허가 되었구나' 같은 영탄조가 많았고 어떤 시는 군이 불국사에서 읊은 자취와 이유도 없었다. 적이 놀랍고 적이 서운한 일이 아닐 수 없다. 아무리 말없는 건축이라지만 천년을 두고 우뚝한 저 탑과 장엄한 석축에 대해 한마디 없다니 무정한 시인이고 무심한 조상들이라는 생각도 든다.

저 위대한 불국사, 그러나 그 어느 위대한 시인도 이 위대함을 찬미한 일이 없는 불국사, 내 차라리 나의 서툰 노래로 옛사람들이 쓰던 형식을 빌려 찬(讚)하겠다. 제목은 「나무(南無) 불국사」다.

서라벌 해뜨는 곳으로 신성한 산, 동악(東岳)이 있어
햇살을 뿌리고(吐) 달빛을 받아내어(舍) 토함산이라 부르더니
토함산 산자락에 만고(萬古)의 성전(聖殿)을 세운다.
천하를 꽃피운 경덕왕에게 후사만이 없던 것은
예술의 왕자(王者)를 위한 신의 시험이던가
천신을 만나러 가는 표훈대사의 발길은 바빠지고
산을 깎고 흙을 다져 불국토를 닦는다.
큰 바위 작은 냇돌, 반듯한 장대석에 끼워 돌축대를 쌓는다.
"공덕 드리러 가세, 공덕 드리러 가세."
나무(南無) 불국사

구품연지 건너

백운교 청운교 구름다리 넘으면 자하문
칠보교 연화교 층층다리 오르면 안양문
수미산이 거기 있고, 극락이 거기 있네.
대웅전 큰 부처님, 앞에는 밝은 석등 좌우로는 거룩한 탑
긴 회랑 사위 둘러 달빛 별빛 모두는데
토함산 솔바람 소리엔 온갖 노래 다 실렸네.
"장하도다, 장하도다, 진실로 장하도다."
나무(南無) 불국사

다보불은 서원대로 보탑으로 우뚝 섰고
아미타는 마흔여덟 서원 내어 큰 부처로 되었건만
김대성은 어이해서 불국토를 못 보았고
아사달은 어이하여 아사녀를 잃었던가.
동악의 산마루는 가팔라 담배 한 대도 못다 피운다는데
석양의 거울못(影池)엔 탑그림자 끝내 없네.
여름이 가고 겨울이 오니
산 너머 바다 건너 외적이 밀려온다.
불국사 3천 칸에 큰 불길 휩싸인다.
"어쩔 것이냐, 어쩔 것이냐, 이 큰 슬픔을 어쩔 것이냐."
나무(南無) 불국사

사승(寺僧)은 다 떠나고 빈터는 소산했다.
그래도 위대할손 신라의 돌들이여
열을 잃고 하나가 남은 것도 그토록 장했단다.
왜놈이 다시 와서 돌사자 들고 가고

전신주로 들어올린 옥개석은 동강나고
파아란 사리병은 박살나게 깨졌는데
흙 쌓인 구품연지엔 다시는 꽃이 없다.
토함산 산마루에 둥근 달 높이 떠서
흰 달빛 맑은 바람 흔흔히 젖어드니
석가여래 다보여래 경덕대왕 표훈대사 김대성 아사달
불국사 옛 주인네들 모두들 내려보네.
천상에서 탄식하며 우리보고 하는 말들
바람소리 새소리에 남김없이 실려온다.
"믿기는 뭘 믿었단 말이냐, 믿기는 뭘 믿었단 말이냐!"

나무(南無) 불국사
나무(南無) 불국사
나무(那無) 불국사

1997. 6.

* 향가와 옛 시인의 글이 셋 인용됐고, '나무(南無)'는 귀의한다는 뜻이며 '나무(那無)'는 '어찌
없을 것이냐'는 뜻이다. 내가 해본 소리다.
* 제임스 우드 시카고 미술관 관장은 이후 로스앤젤레스 게티(Getty)재단 이사장으로 초빙
되어 근무하던 중 2010년 4월 갑자기 세상을 떠났다.

말하지 않는 것과의 대화

석촌동 고분군 / 돌무지무덤 / 몽촌토성 / 하남 위례성 /
김충헌공 묘비

숙조로부터 온 편지

백제를 만나러 가는 길은 아주 매혹적인 답사가 될 것으로 기대하기
쉽다. 금강변의 공산성과 무령왕릉, 백마강 부소산성과 정림사탑······ 초
등학교 시절부터 국어와 국사 시간에 배워서 익히 알고 있는 이 유적들
은 우리 머릿속에 은연중 그려본 백제의 숨결, 백제의 아름다움을 보여
줄 것으로 부푼 기대를 갖게 한다.

그러나 그런 기대로 떠나는 백제행은 반드시 허망의 여로가 되고 말
것이다. 공주와 부여 어디를 가도 '저것이야말로 백제로구나' 하는 감탄
사가 절로 나오도록 가슴 저미게 다가오는 가시적인 유적은 없다. 그저
비운의 왕국이 남겨놓은 처량함의 연속이라고나 할까. 이 점은 같은 옛
왕도라도 경주와 다른 점이며, 고분벽화와 을밀대, 평양성이 남아 있는

평양과도 다를 것이다.

　그래서 나는 항시 답사의 초심자는 절대로 공주와 부여에 가지 말라고 충고해오고 있으며, 비록 답사에 연륜이 붙었다 할지라도 성공하기 힘들 것이라고 되도록 기대치를 낮추게 하곤 한다.

　이것은 결코 나의 편견이 아니라 수많은 답사객들의 푸념과 낭패감에 근거한 것이니 나는 한 제자가 보내온 편지를 그 물증으로 여기에 제시할 수 있다.

　한국미술사 수업시간에 슬라이드를 보다가 고개 숙이고 조는 옆모습이 마침 화면에 비친 창강(滄江) 조속(趙涑)이 그렸다는 「숙조도(宿鳥圖)」에 나오는 졸고 있는 새의 자태와 비슷해서 그때부터 '숙조' 또는 '조는 새'라는 예쁜 아호성(雅號性) 별명을 갖고 있는 제자 아이, 그러나 이제는 다 커서 대학에서 한국미술사를 가르치고 있는 숙조양이 몇해 전에 보내온 편지는 참으로 안타까운 것이기도 했다.

　　선생님, 이번에도 저의 백제행은 여지없이 실패하고 말았습니다. 백제를 찾아가는 길은 왜 이리도 허망하고 스산하기만 한지요. 제가 지닌 백제의 유적지도란 보물섬을 찾아가는 지도처럼 애매하고 소략할 따름입니다. 백제에 관한 옛 기록과 연구서를 찾아보기도 했지만 백제의 아름다움, 백제의 마음을 구체적으로 설명해준 것이 없었습니다. 선생님, 백제는 어떻게 만날 수 있을까요.

　숙조의 이 편지에 대하여 나는 답장을 쓰지 않았다. 실상 그의 물음에 구체적으로 답할 별도의 연구가 내게 있는 것도 아니었고, 또 비장의 답사처가 따로 있는 것도 아니었다. 그리고 숙조가 보내온 편지의 행간을 보면 나에게 답장을 요구하는 것이 아니라 죄없는 어미에게 일없이 퍼붓

| **전(傳) 창강 조속의 「조는 새」** | 조는 새의 모습을 빌려 우리네 서
정의 한 단면을 잡아내고 있다. 이 귀여운 작품은 17세기의 대표적 화
조화로 「숙조도」라고도 한다.

는 노처녀의 푸념 같아서 그저 들어주는 것만으로도 내 임무를 다하는
것으로 생각했던 것이다.

돌마리 옛 무덤

그러고는 얼마를 지나 숙조가 나의 연구실로 찾아와서 다시 백제행의
미궁을 얘기할 때 나는 그가 현실적으로 이 문제를 풀어야 할 무엇이 있

음을 직감하고 슬슬 더듬수로 짚어보니 새 학기부터 한국미술사 첫 강의를 맡게 되면서 백제 미술을 어떻게 가르칠 것인가를 목하 고민중임을 알게 되었다. 그때 나는 10여년 전 내가 똑같은 처지에 있었음을 기억해냈다. 백제의 미술을 가르치면서 구체적인 말로는 집어내지 못하면서도 연방 백제의 미학을 말했던 것과 백제 고분의 실상을 파악하지 못하여 헤매던 것이 생각나서 나는 선생이 된 제자에게 내가 제시할 수 있는 자료를 모두 제공해주고는 석촌동 백제 고분을 함께 답사까지 하게 되었다.

서울의 잠실, 석촌동, 올림픽공원과 아시아선수촌아파트를 잇는 길을 백제고분로라고 이름붙였는데, 그 길 한복판에 나라에서 공식적으로 이름붙인 '백제초기 적석총(積石塚)', 내가 사적(私的)으로 부르는 '돌마리 옛 무덤'이 있다.

지도와 도로표지판만 믿고 처음 여기를 찾아가는 사람은 아마도 백제고분로를 몇차례 왕복하다가 끝내는 포기하고 말지도 모른다. 왜냐하면 안내판에서 분명 화살표와 함께 백제초기 고분이라고 씌어 있는 것을 보고 따라왔는데 어느만큼 가다 지하차도를 지나면 뒤쪽에 있다는 표지가 나오기 때문이다. 그래서 다시 되돌아가면 반대로 뒤쪽에 있단다. 무엇에 홀린 것 같기도 하고 농락당하는 느낌도 든다. 알고 본즉, '돌마리 옛 무덤'은 터널식으로 뚫린 지하차도 바로 위에 있는 것이다.

석촌동 일대는 백제시대엔 지배층의 공동묘역으로 흙무덤과 함께 적석총이라고 불리는 돌무지무덤(북한 용어로는 돌각담무덤)이 떼를 이룬 것이 특색인데, 세월이 흐르면서 흙무덤들은 다 농지로 변해버렸고 돌무지가 가득한 들판에 민가가 모여 돌마을 또는 돌마리라고 불렸었다. 그런데 일제 때 지적도를 만들면서 한자어로 석촌동이라고 표기하게 된 것이다. 1970년대에 들어와 잠실지구 종합개발로 택지가 정비되기 직전까지만 해도 100여 호가 오순도순 살아가는 한강변의 안마을로 황포돛대가 머물던 나루터이자 병자호란 때 인조가 남한산성에서 내려와 무릎 꿇고 항복했던 치욕의 장소인 삼전도(三田渡)가 여기이며 송파 산대놀이의 고장이기도 하다.

그 많던 돌마리 옛 무덤들은 다 없어지고 오직 8기의 무덤이 남아 있었는데 도시계획 입안자가 알고 했는지, 와보기나 했는지 백제고분로라는 새 길을 설계하면서 하필이면 마지막 남은 백제시대 돌무지무덤 제3호분과 제4호분 사이를 지나가게끔 하는 바람에 고분지역은 양쪽으로 갈리게 되었고, 무덤은 귀퉁이가 잘려나가며 공사장에서는 인골이 교란되기에 이르렀다. 이에 뜻있는 사람들이 4년 동안 보존·복원운동을 벌여 마침내는 1985년 7월 1일 대통령 특별지시로 살아남게 되었다. 당시 정부는 519억원이라는 '천문학적인 액수'를 보존·복원비로 책정했던 것으로 이형구(李亨求) 교수는 증언하고 있다.(『한국 고대문화의 기원』, 까치 1991)

무덤의 생리와 무덤의 논리

돌마리 옛 무덤에 가는 도중 차 안에서 나는 숙조에게 평소 고분에 대해 내가 갖고 있는 지식과 소견을 펼쳐놓았다. 고분의 역사적 성격을 올바로 이해하지 못하면 삼국시대 미술을 제대로 설명할 수 없는데, 고고학을 전공하지 않은 사람들은 이 방면에 접근하기가 마땅치 않아 그 가닥을 잡느라고 한참 헤맬 수밖에 없었던 나의 억울한 경험과 그 과정에서 느꼈던 고고학의 낭만과 매력을 얘기해주었다.

"10만년 전 네안데르탈인부터 인간을 슬기로운 사람이라는 뜻으로 호모 사피엔스라고 하는데 사실 나는 뭐가 슬기로운 것인지, 그 시대 인간이 다른 동물보다 슬기로운 것이 무엇인지 체감되는 바가 없었어요. 징그러운 해골바가지 사진과 털이 많고 구부정한 상상도만 보았으니까. 그런데 이라크 샤니다르 동굴에서 발견된 사람의 이야기는 아주 감동적이야. 한 6만년 전 인골로 추정되는데 이 인골의 가슴 부분엔 새까만 가루가 얹혀 있어서 이것을 비커에 담아 면밀하게 조사했더니 놀랍게도 그것은 꽃잎이 마른 것이었더래. 스무가지 종류의 꽃잎들이었대."

"그러면…… 시체에?"

"그렇지. 그 시신의 가슴에 꽃송이를 얹으면서 죽음을 애도하고 죽은 자와 마지막 이별을 하는 의식을 그렇게 행했던 흔적인 것이지."

숙조는 무엇을 생각하는지 아무 말 없이 창 저편으로 고개를 돌리고는 좀처럼 내 말이 뒤를 이을 기회를 주지 않는다. 사실 그 원시인 네안데르탈인이 죽은 자의 가슴에 꽃송이를 바쳤다는 것은 충격적이고 신비하고 매력적인 이야기다. 이 단순하고 엄연한 사실이 저 탐구심 강한 학도의 학문적 상상력을 가동시킨 것이 틀림없다. 나는 교육은 이래야 한다고 믿고 있다. 스스로 사고하고 상상할 수 있는 계기를 부여하는 것이 창조력을 길러주는 첩경이라고. 어느정도 시간이 지났을 때 나는 다시 무덤 이야기를 시작했다.

"그러니까 우리가 알고 있는 인간의 최초의 의식은 장례식인 거지. 그리고 사람이 살아가는 생활방식 중에서 가장 변하지 않는 보수성을 보여주는 것이 장례방식이래요. 그래서 새로운 장례문화를 갖고 있는 집단이 이주해오거나 획기적인 문화변동이 일어나지 않는 한 바뀔 것이 무덤 형식이라는군. 그래서 무덤이 바뀌면 그 문화가 완전히 바뀌었다는 것을 의미한다는 이야기까지 있어."

숙조가 학생일 때 나는 '해라'를 했는데 이제는 나도 모르게 '하오'체가 섞여나온다. 나의 이야기가 서서히 본격적으로 나갈 기미를 보았는지 숙조는 가방에서 공책을 꺼내 내 얘기를 메모하더니 아예 삼국시대 무덤의 종류와 그 성격을 말해달라는 주문까지 하였다.

"삼국시대 고분이 종류가 많은 것 같지만 크게 보면 돌무덤과 흙무덤 두가지밖에 없어. 그리고 고구려와 신라는 무덤 형식이 아주 단순해요. 고구려 고분은 기본적으로 돌무지무덤〔積石塚〕과 돌방흙무덤〔石室封土墳〕 두가지고, 신라 고분은 돌무지덧널무덤〔積石木槨墳〕에서 돌방흙무덤 등으로 변해갔어요. 이에 반하여 백제 고분은 도읍을 세군데로 옮겨가면서 무려 여섯가지나 나타나지. 한성시대에는 돌무지무덤·돌방무덤〔石室墓〕·움무덤〔土壙墓〕이 있었는데, 웅진시대에는 돌방무덤에 흙무덤〔封土墳〕·벽돌무덤〔塼築墳〕이 새로 생겨났고, 사비시대로 가면 돌방흙무덤으로 정리돼요. 이처럼 무덤의 복잡한 양태는 곧 백제라는 국가의 형성과정이 복잡했던 것을 그대로 반영하고 있는 것이야. 돌마리 옛 무덤들은 바로 그 백제 고분의 다양성과 함께 백제인은 누구인가를 말해주는 마지막 물증인 셈이지.
현재까지 발굴결과와 연구성과로 미루어본다면 고인돌시대가 끝날 무렵 한강유역엔 움무덤, 독무덤을 주로 만든 마한의 소국(小國)들이 자리잡고 있었는데 돌무지무덤의 풍습을 갖고 있는 고구려 유이민(流移民)들이 내려와 지배하는 바람에 양상이 복잡해진 것으로 해석하는 것이 보통이지. 실제로 석촌동의 내원외방분(內圓外方墳)이라는 돌무지무덤을 발굴하니까 그 밑에 움무덤과 돌곽무덤이 깔려 있었음을 알 수 있었대요. 이후 고구려의 돌방흙무덤이 전해졌고, 공주

에는 중국의 벽돌무덤을 본뜬 것이 만들어졌지. 부여에서 일부 굴무
덤이 만들어졌던 것은 백제의 독자적인 문화를 만들어가려는 또다른
노력으로 볼 수 있다는 거야."

"그러면 삼국의 무덤이 다르기만 하고 공통점은 없나요?"

"있지. 삼국이 저마다의 풍습대로 무덤 형식을 만들었지만 결국에
가서는 돌방흙무덤을 세련시킨 것이 최후의 형식이 되었지. 고구려가
이 문화를 주도했고 백제는 한성시대 방이동 고분에 이미 나타났고
신라는 고신라 말기에 가서 받아들이는데, 아무튼 돌방흙무덤은 삼
국의 민족적 동질성을 말하는 중요한 근거가 되고 있어요. 그리고 또
하나의 공통점은 무덤의 위치가 평지에서 구릉으로 옮겨갔다는 사실
이야."

"무덤이 평지에서 구릉으로 옮겨간 데는 특별한 뜻이 있나요?"

"확실히야 알 수 없지만 돌방흙무덤의 형식과 함께 나타난 것으로
보고 있지. 기본적으로는 인구가 늘어나니까 농경지 확대의 필요성이
생겨나서 무덤 영역이 산으로 올라가게 됐다고 이해하는 것이 보통
이지. 그러나 김원용 선생이 이것을 좀 다른 시각에서 해석한 것이 있
어요.(『한국문화의 기원』, 탐구당 1992) 왕이나 호족이 평야를 내려다보는
높은 능선 위에 장방형의 석곽을 만들고 그 위를 거대한 봉토로 덮어
서 평지의 무덤들보다 장대하고 위압적으로 만든 것은 이것이야말로
정말로 자손과 신하를 감시하고 보호하는 조상의 유택(幽宅)이라는
인상을 준다고 해석한 것이야."

"해석의 뜻이 굉장하네요. 고고학에도 그런 정신사적 해석이 있었
나요?"

석촌동 고분공원의 정경

석촌동 고분공원은 천신만고 끝에 살아난 흔적이 역력한데, 빽빽이 들어선 연립주택단지의 한가운데를 차지하고 있어서 결국은 집들로 포위된 무덤의 모습이 되었다. 따라서 답사객이나 관광객으로서는 유적의 주변환경이 마음에 들지 않고 기껏 마련된 주차장은 동네사람들 차지가 되어버렸지만 역으로 얘기하자면 돌마리사람들은 바로 이 고분공원이 있기에 녹지를 제공받았고 휴식공간을 획득하게 된 셈이다. 이런 것을 일러 조상의 덕이라고 해도 지나침이 없을 성싶다.

택지분양에서 간신히 남겨놓은 어린이놀이터가 이 주택단지의 유일한 공유공간이 되어 그 유명한 삼전도비조차 어린이놀이터에 있었고, 돌마리 노인정도 어린이놀이터에 붙어 있는 판에 이 넓은 공간으로 숨통을 열어주는데 고맙지 않을 돌마리사람은 없을 것이다(삼전도비는 근래에 석촌호수로 이전됐다).

언제 가보아도 고분공원은 한가한 노인네들의 차지다. 날이 더우면 솔밭에서, 날이 서늘하면 양지바른 데서 얘기꽃을 피운다. 기와돌담을 높게 두른 고분공원은 동쪽에 정문, 서쪽에 후문을 내어 출입구를 삼았다. 그런데 이것은 결과적으로 동서 두 동네를 연결하는 통로가 되어 등·하굣길 어린이들이 삼삼오오 줄지어 지나가는 것을 볼 수 있는데 이는 차라리 즐겁고 평화로운 정경이다.

지금 고분공원에 온전히 복원되어 있는 고분은 4기. 발굴된 뒤 바닥 평면을 드러내놓은 상태에 있는 것이 4기다. 4기의 고분 중 흙무덤은 하나고 나머지 3기가 모두 돌무지무덤인데 그것도 기단식이라고 해서 네모뿔로 올라간 것은 남한 땅에선 여기밖에 없어 이것이 이 고분공원의 하이라이트다. 그런데 아무런 예비지식 없이 와서 그저 안내판을 따라 고분을 하나씩 음미해보는 관람객은 영문 모를 일련번호에 금세 홀려버리게 된다.

| **석촌동 토광묘 제3호분** | 이 일대에는 여러 종류의 무덤이 산재하는데, 이런 움무덤이 가장 오래된 것으로 추정되고 있다.

　석촌동 제1호분에서 제4호분까지는 돌무덤으로 그런가보다 하겠지만 석촌동 제5호분은 흙무덤이고 그다음엔 석촌동 토광묘 제2호분, 제3호분이 나오는데 제1호분은 공원 안에 흔적도 없고 내원외방분은 일련번호도 부여받지 못한 듯 이름만 적혀 있다. 무덤들의 존재양태가 무질서한데다가 그것을 분류한 것은 더 무질서하니 웬만한 고고학자도 이 상황을 가늠치 못할 것이다.

　게다가 제5호분 안내문을 보면 "분구는 내부구조 위에 흙을 다져 쌓아 덮고 그 위에 강돌과 막돌을 섞어 한 벌 깐 다음 다시 그 위에 흙을 엷게 덮은 즙석분구(葺石墳丘)이다"라고 우리말은 우리말이로되 거의 알아들을 수 없는 '말갈어' 비슷하게 적어놓았으니, 누가 그것을 이해할 것이며 누가 여기에 와서 백제를 배우고 느낄 수 있겠는가.

근초고왕의 무덤을 바라보면서

8월의 폭양이 내리쬐는 뜨거운 날이었지만 고분공원엔 방학숙제 하러 온 초등학교 학생이 말갈어보다도 더 어려운 안내문을 열심히 베껴쓰는 모습도 보이고, 외롭게 서 있는 늙은 회화나무 그늘 아래에선 할머니 서너분이 이쪽을 쳐다보며 오가는 사람을 구경하면서 느리게 부채질을 하고 있었다.

우리는 땡볕을 피해 돌담을 타고 줄지어 심겨 있는 솔밭을 걸으면서 솔가지 사이로 돌무지무덤을 바라보며 제3호분 쪽으로 다가갔다. 아직 뿌리를 내리지 못한 것인지 영양상태가 나쁜 탓인지 소나무들이 너무도 힘들어하는 것이 안쓰러웠다. 소나무가 죽을 때가 되면 솔방울을 많이 맺는다더니 버티다 못해 이제 세상을 떠날 채비를 하는 소나무 한 그루는 삭정이가 다 된 마른 가지에 그래도 솔방울을 새까맣게 매달아 종자 번식의 본능을 남김없이 보여준다.

발아래 뒹구는 마른 솔방울이 발부리에 걸려 생각 없이 차버렸는데 공교롭게도 모형으로 복원해놓은 '석촌동 토광묘 제2호분' 움무덤 바닥으로 굴러들어갔다. 지난해 가을엔 여기에 빨간 단풍잎 몇개가 예쁘게 누운 것을 보고 적요(寂寥)의 감정과 생사의 상념을 느꼈는데, 지금 굴러든 이 솔방울에서는 차라리 새 생명의 기약이 느껴지는 것은 무슨 까닭일까. 그것도 하나의 씨앗이라는 생각 때문이었을까, 아니면 아직 스산한 가을바람이 불지 않아서였을까.

우리는 석촌동 제3호분이 훤하게 조망되는 소나무 밑 돌의자에 자리를 잡았다. 공원을 만들 때 이곳 돌의자들은 아주 친절하게도 아니면 천진하게도(?) 의자바닥을 사람의 궁둥이 모양으로 깎아놓아서 앉을 때마다 속으로 고맙다고 말하고 겉으로는 멋쩍게 웃는다.

석촌동 제3호분, 계단식 돌무지무덤은 명물이다. 이 계단식 돌무지무덤은 본래 고구려 무덤양식으로, 장수왕의 무덤으로도 추정되는 장군무덤(將軍塚)은 모두 일곱 단으로 구성되었는데 한 변이 30미터, 높이가 11.28미터에 이르는 장대한 것으로 유명하다.

그런데 여기 있는 석촌동 제3호분은 기단의 폭이 50미터나 되니 장군무덤만 못할 것이 없는데 다만 높이가 3단 이상을 오르지 못한 채 3미터 정도에 머물러 위용이라는 말은 나오지 않는다. 그 대신 안정된 자태에 기품이 있고 전아(典雅)한 멋이 풍긴다. 무덤 둘레에 듬직한 자연석을 기대어놓은 것도 고구려식이지만 막돌을 이 맞추어 반듯하게 쌓은 인공적인 직선의 날카로움이 자연석에 눌려 수그러들 듯 감추어진 모습에서는 백제의 미학이 보여주는 공교로움이 느껴진다. 저렇게 늠름하면서 푸근하고 안으로 껴안은 힘은 크지만 겉으로는 온화하게 보이는 이 무덤의 주인공은 누구일까.

『삼국사기』에 보면 개로왕조에 "욱리하(郁里河, 한강)에서 큰 돌을 주워 곽을 만들고 아버지의 뼈를 묻었다"고 하였으니 왕족의 무덤임을 의심하지 않는데, 여기에서 나온 유물들은 대개 4세기 것이므로 고고학자들은 백제 영토를 최대로 확장했던 근초고왕(375년 사망)의 무덤으로 추정하고 있다.

돌무지무덤의 내부구조에 대해서는 발굴자들의 유식한 해설보다도 북한 사회과학원에서 펴낸 『조선고고연구』에서 설명한 것이 이해하기 쉬울 뿐 아니라 우리말을 참 예쁘게 사용한 좋은 글로 나는 기억하고 있다.

돌무지무덤의 짜임새는 대체로 비슷하다. 먼저 땅을 고른 다음 그 위에 강돌을 몇벌 깔아서 기단을 마련하였다. (…) 곽실 바닥은 동글납작한 강돌을 한두벌 깔고 그 위에 잔 강자갈을 펴놓았다. 곽실 한 옆

| **석촌동 제3호분** | 기단 한 변의 길이가 50미터나 되는 이 거대한 돌무지무덤은 백제를 강국으로 일으킨 근초고왕
릉으로 추정되고 있다.

에는 주검을 놓았는데, 널(棺)을 쓰기도 하고 주검을 칠성판 같은 데 그냥 놓기도 하였다. 무덤은 홀로묻기를 기본으로 하였으며 함께묻기를 하는 경우에는 곽실을 나란히 붙여서 마련하였다.

나는 자리를 털고 일어나 솔밭을 다시 걸으면서 제4호분 작은 돌무지무덤 쪽으로 갔다. 제3호분에 비하면 아무것도 아닌 것 같지만 그래도 온화한 기품과 당당한 맛은 잃지 않고 있다.

"저 4호분과 3호분은 어느 것이 먼저인가요?"
"4호분을 나중 것으로 보는 모양이더군. 내부를 보면 고구려식하고는 달리 남쪽 가운데로 복도가 달린 네모난 석실을 만들고 거기를 진흙으로 메운 특이한 구조래요. 그래서 고고학자들은 한강유역에서 지역화한 형식이라고 보는데, 김원용 선생은 이것을 요컨대 '한강판(版) 적석총'이라고 불렀어.(『한국고고학개설』, 일지사 1977) 어때, 이렇게 말하니까 이해하겠지?"

"선생님은 삼불 선생님께 직접 배우셨어요? 강의 때도 그렇고 여기 와서도 삼불 선생님 얘기를 많이 하시네요."

"난 미학과 학생이고 선생님은 고고학과니까 직접 제자야 되나. 다만 강의를 하나 들었고 사회생활하는 중 그분의 소위 일배화(一杯畵) 때문에 화가와 평론가 사이로 인연이 닿았지. 그래도 나는 선생님 글을 통해 사숙했고 인간상 자체를 무척 좋아했어. 『노학생의 향수』 같은 수필집 속에 서려 있는 정직성을 한없이 부러워했으니까."

그런 중 내가 삼불 선생에게 받은 감화는 아무래도 학문적인 것이었다. 무엇보다 고고학적 유물들을 해석함에 있어서 존재양태에 대한 사실적 규명을 철저히 지키면서 한편으로는 이를 뛰어넘어서 유물의 배후에 서린 정신을 읽어내려는 태도였다. 그중에서도 「죽은 사람들과의 대화」라는 글은 지금껏 내게 잊히지 않는 감동을 주었다. 그날 답사 뒤 연구실로 다시 돌아왔을 때 나는 숙조에게 이 글을 『뿌리깊은나무』 1978년 2월호에서 복사해주었다. 지금은 김원용 산문집 『나의 인생 나의 학문』(학고재 1996)에서 이 글을 쉽게 만날 수 있지만 그때는 보기 힘든 글이었다. 나는 이 글의 첫머리를 지금도 거의 외울 수 있을 정도로 자주 되새겼다.

개가 대변 보고 뒷발질하는 것은 적이 냄새 못 맡게 흙을 덮는 시늉이지만, 시체를 흙으로 덮는 것은 사람만이 할 수 있는 일이다. 사람이 사람을 묻기 시작한 것은 무서운 시체를 덮어버리거나 육신을 영혼의 거처로 보고 지하에서 내생(來生)을 길이 살라는 생각이었다. 지하가 아니고 하늘로 오른다는 믿음도 있었지만, 그 경우에도 육신을 제대로 묻어서 생활의 터전을 가져야만 가능한 일이라고 생각하였다. 그래서 사람들은 힘닿는 대로 큰 무덤을 만들었다. (…) 그런데 이렇게 애써서 만든 남의 무덤을 파헤치는 것이 고고학 임무의 하나다.

삼불 선생의 글 속에 서려 있는 이러한 철학적 사색과 예리한 직관력에 감복하면서 나는 당신께서 고고학이 '죽은 사람들과의 대화'라고 했다면 내가 하고 있는 미술사는 '말하지 않는 것과의 대화'라는 생각을 하게 되었고, 지금 나는 바로 그 제목을 걸고 이 글을 쓰고 있는 것이다.

몽촌토성을 가면서

석촌동 고분공원을 나서면서 나는 내친김에 숙조를 데리고 몽촌토성 (夢村土城)으로 갔다. 올림픽공원 한쪽에 치우쳐 있는 몽촌토성은 백제의 역사만큼이나 무관심 속에 팽개쳐져 있는 아름다운 토성이다.

올림픽대교로 이어지는 강동대로, 또는 잠실 시영아파트와 마주 보며 난 풍납로를 지나가면서 올림픽공원 쪽을 바라보면 부드러운 곡선을 그리면서 율동감마저 느끼게 해주는 능선이 여간 눈맛을 상쾌하게 해주는 것이 아니다. 사방 어디를 쳐다보아도 고층아파트와 상가건물만이 즐비한 이 지역에 저렇게 곱고 연한 자연의 곡선이 존재할 수 있다는 것은 거의 기적에 가까운 서울사람들의 천복인 것이다. 그리고 그 복의 근원은 역사와 문화유산의 힘에서 나온 것이다. 돌마리 옛 무덤과 매한가지로 올림픽단지를 만들 때 마침 여기에 몽촌토성이 남아 있었기에 저러한 녹지공원이 형성될 수 있었던 것이지, 그렇지 않았다면 절대로 이런 자연공간을 남겨놓을 20세기 인간이 아니다.

몽촌토성은 오래전부터 백제시대의 토성으로 전해져왔을 뿐, 그 정확한 내용이 알려진 바도 없고 이미 토성으로서 기능을 상실한 지도 오래되어 그 옛날 성안엔 민가들이 모여 촌락을 이루고 성벽과 언덕에는 여기저기 무덤들이 들어선 야산으로 변해 있었다. 석촌동 돌무지무덤은 사라지고 돌마을이라는 이름만 남겼듯이 토성이 감싸안은 동그만 마을엔 꿈마을, 몽촌이라는 이름만이 전해져왔을 뿐이다.

내가 잠실 시영아파트에서 신접살림을 하고 있던 1970년대 후반만 하더라도 천호동에서 성남으로 가는 자동차 길은 바로 몽촌토성 서쪽 벽을 타고 지나가게 되어 있었다. 그러다가 88올림픽을 위한 체육시설의 건립지역이 몽촌토성을 중심으로 한 강동구 방이동(오늘날 송파구 방이동) 일대로 확정됨에 따라 서울시와 문화재관리국(문화재청)은 이 몽촌토성을 유적공원으로 정화하여 보존키로 함으로써 1984년 6월부터 몽촌토성발굴조사단이 구성되고 서울대 박물관이 이 일을 맡게 되었다.

3년간에 걸친 발굴조사는 뜻밖에 많은 성과를 얻어낼 수 있었고, 몽촌토성은 곧 하남 위례성이라는 유력한 학설까지 낳게 되었다. 발굴·복원한 결과 몽촌토성의 총면적은 6만 7천 평. 성의 모양새는 자연구릉을 최대한 이용하여 불규칙하지만 대체로 타원형 또는 마름모꼴 형상으로 남북 최장 730미터, 동서 최장 540미터이며 성벽의 총길이는 약 2.3킬로미터인 것으로 드러났다.

토성의 높이는 대개 30미터이나 높게는 43미터 되는 곳도 있으며, 동쪽의 외곽 경사면에는 생토를 깎아내어 경사를 급하게 만들고 게다가 경주의 반월성처럼 도랑을 깊게 판 해자(垓子)까지 설치하였으니 토성으로서는 완벽한 모습이었다. 더욱이 동북쪽 외곽에 약 300미터 길이의 바깥 성을 일직선으로 쌓아서 보강하고, 성의 북쪽 외곽 경사면에는 목책을 단단히 설치한 것으로 보아 북방의 침입을 대비했던 것임을 알 수 있게 되었다.

성을 이루고 있던 구릉이 지금은 네군데 끊겨 있어서 둥글게 감싸안은 토성의 맛과 멋에 큰 손상이 생겼지만 그 자리들이 모두 성문이 있던 곳으로 생각하면 모든 것이 다 그럴듯해진다. 토성 안쪽에서 보면 가운데 부분에 작은 구릉이 있을 뿐 경사가 완만하고 높은 대지에는 건물터가 보이는데, 최몽룡(崔夢龍) 교수는 성안의 인구수용 능력을 대체로 8천명 정도로 추산하였다.

1995년, 서울시는 '정도(定都) 600년' 행사를 거창하게 치렀다. 그러나 그것은 조선왕조의 한양 도읍을 말할 뿐, 백제의 수도 위례성(慰禮城)의 존재는 완전히 무시한 것이었다. 온조가 고구려계의 유민집단을 이끌고 남쪽으로 내려와서 한강 북쪽에 먼저 자리잡은 것을『삼국사기』에서는 기원전 19년으로 기록하였으니 2천년도 더 된 때의 일이고, 이후 한강 남쪽으로 궁실을 지어 옮긴 것이 기원전 5년이라고 했으니 1996년은 '하남 위례성 정도 2천년'이 되는 기념비적인 해인 것이다.

이처럼 엄연한 사실을 놓고도 서울 정도 600년을 아무도 의심하지 않는 것은 참으로 유감스러운 일이다. 백제를 말함에 있어서 우리는 항시 이런 식이었다.

멸망한 비운의 나라라는 생각만 앞세울 뿐 백제가 이룩한 문화적 성숙에 대하여는 말하려고 하지 않는다. 망한 것으로 치면 결국 고구려는 안 망했고 신라는 안 망했으며 고려, 조선은 또 안 망했는가. 그럼에도 불구하고 경주와 평양과 개성과 한양에서는 옛 왕도의 영광을 새기고, 왜 유독 백제의 부여와 공주에서는 슬픔의 자취를 찾고 서울 하남과 하북의 위례성에 대해서는 아예 존재조차 인식하지 않고 있는 것일까.

숙조가 백제행에 번번이 실패했다는 것은 따지고 보면 백제에 대한 우리의 오해와 무관심에 그 원인이 있었던 것이다.

하남 위례성과 몽촌토성

몽촌토성을 발굴하면서 많은 유물들이 수습되었다. 백제시대 질그릇과 기와편이 많이 출토되었고, 3세기 중국 서진(西晉)시대의 회유도기(灰釉陶器) 파편도 발견되어 이 토성이 3세기 이전에 축조되었다는 사실이 확인되었고, 많은 집자리와 지하저장 구덩이까지 조사되었다. 그 모든 것을 감안해서 역사학자와 고고학자들 중에 일부는 몽촌토성을 곧 하남 위례성이거나 위례성을 보위하는 군사시설로 추정하고 있는 것이다.

백제의 역사가 기록의 망실로 인하여 올바로 복원되기가 힘들기 때문에 천상 고고학이 이를 뒷받침해줄 수밖에 없는데 유감스럽게도 백제 고고학은 신라 고고학에 비할 때 이제 시작하는 수준밖에 되지 못한다.

대표적인 예로 백제왕국의 역사 678년 중 근 70퍼센트의 기간을 지낸 하남 위례성의 위치를 확인하는 작업조차 본격적으로 이루어진 바가 없다. 그래서 학자들은 저마다의 근거를 내세우면서 달리 주장한다. 그 중 구난방의 난맥상은 어지러울 정도다. 그런데 그 주장의 내면을 보면 대개는 자신이 존경하는 인물의 설을 따르거나 자신이 발굴한 지역에 의미를 크게 부여하는 경향도 없지 않아 있는 것 같다. 그것은 인간의 일이기에 어쩔 수 없는 사항인지도 모른다.

일연스님을 존경하는 분은 그분의 설에 따라 충남 직산을 주장하며 이는 천안지역 향토사가의 대대적인 지지를 받고 있다. 다산 정약용을 존경하는 분은 경기도 광주 고읍(古邑)설을 따른다. 그런가 하면 두계(斗溪) 이병도(李丙燾)는 춘궁리 일대를 지목했고, 윤무병(尹武炳)은 이성산성(二聖山城)을, 김정학(金廷鶴)은 풍납동의 바람들이성(風納土城)이라는 주장을 폈다. 그러다 몽촌토성 발굴 이후 김원용, 최몽룡 등은 여기를 하남 위례성으로 보는 신학설을 내놓았는데 현재로선 이 몽촌토성설이 다

크호스라고 할 수밖에 없다.

『삼국사기』에서 하남의 위례성에 대해 말하기를 "하남(河南)의 땅은 북쪽으로 한수(漢水)를 끼고, 동쪽으로 높은 산에 의지하고, 남쪽으로 비옥한 들을 바라보고, 서쪽으로 바다를 향하고 있는 천험(天險)의 지리에 있다"고 한 것에 몽촌토성이 꼭 들어맞을 뿐만 아니라 북쪽의 풍납토성과 아차산성(阿且山城), 남쪽의 이성산성 등이 여기를 중심으로 포진해 있으며 가락동·방이동·석촌동의 백제 옛 무덤떼들은 곧 위례성의 외곽으로 해석하는 것이 유리하기 때문이다.

몽촌토성이 위례성이라는 주장에는 적지 않은 반론이 있다. 우선 몽촌토성에서는 근 500년을 영위한 왕궁터의 위용을 알려줄 어떤 유적이나 유물이 나오지 않은 상태다. 이 점에 대하여 발굴자들은 아직 극히 일부만 발굴한 상태라고 소극적이고 궁색한 대답만 할 뿐이다. 그래서 나는 아직 이 학설에 적극적으로 동의하지 못하고 있는 것이다(근래에는 풍납토성의 본격적인 발굴결과 풍납토성은 위례성, 몽촌토성은 군사시설로 인식하고 있다).

몽촌토성이 저 잊지 못할 하남 위례성일지 모른다는 개연성을 지니는 것은 하남 위례성이 가상 속의 존재가 아니라 역사 속의 실체라는 사실을 간직한다는 큰 뜻이 있음을 강조하고 싶은 것이다. 백제가 가상의 나라가 아니라 우리네 정서 형성의 한 부분을 차지한 고대의 왕국이듯이.

몽촌토성의 조각과 목책

몽촌토성을 답사할 때면 언제나 그랬듯이, 나는 숙조와 갈 때도 북2문을 택했다. 그렇게 하는 것이 몽촌토성의 외곽을 조망하면서 들어갈 수 있고, 올림픽공원에 포치되어 있는 저 해괴한 201개의 현대조각을 효과적으로 피해서 들어갈 수 있는 유일한 통로이기 때문이다.

올림픽공원 안에 설치된 조각작품들을 보면 그 하나하나는 세계적인 대가들의 수준급 작품일지도 모른다. 그러나 어느 조각도 이 장소에 어울린다는 생각을 갖기 힘들 정도로 작품들은 주변환경과 맞지 않는다. 아무리 명곡이라도 잔칫집에서 장송곡을 연주할 수 없듯이 해괴하고 위압적이고 난잡하고 파괴적이고 기계의존적이고 정서불안 노출적인 이른바 현대조각품들은 몽촌토성과는 그 성질이 정반대인 것이다.

그러한 문제가 어떻게 해서 생겼는가는 『서울올림픽 미술제 백서: 무엇을 남겼나?』(얼굴 1989)에 자세히 밝혀져 있듯이 문화에 대한 총체적 안목에서 계획된 것이 아니라 문화에는 거의 문맹이면서도 군대를 지휘하고 체육선수를 훈련하듯 우악스럽게 조각공원을 만들다보니 조화와 질이 아니라 근수와 허명을 좇게 되어 이 모양 이 꼴이 되고 만 것이다. 우리의 못난 선배들이 저런 흉물을 남겼고 죄없는 우리의 후배, 후손 들은 그 뒤치다꺼리만 물려받게 될 터이니, 저것을 어떻게 활용할 것인가에 대해서 심각하게 고민해야 할 과제는 모두가 우리 몫이라 할 것이다. 그 정답은 아주 쉬운 곳에 있다. 만약 저것들을 국립현대미술관이나 다른 곳으로 옮겨 야외조각공원을 별도로 만들기만 한다면 조각공원도 명물이 되고 몽촌토성도 안정된 분위기를 찾을 수 있을 것이다. 그러나 그렇게 행할 안목도 소견도 의지도 예산도 우리에겐 없다. 그것이 20세기 우리의 문화능력이다.

북2문으로 들어가 해자를 옆에 끼고 참나무가 고목으로 자란 토성의 옆길을 걷다보면 홀연히 목책(木柵)을 만나게 되는데, 생전에 본 일도 없고 상상하기도 힘든 너무도 뜻밖의 유물인지라 저것이 과연 실제일까 한 번쯤 고개를 갸우뚱거리게 된다. 그러나 목책은 분명 발굴조사에 따른 것이고 이것은 특히나 다산 정약용이 『강역고(疆域考)』에서 말한 위례성

| 몽촌토성의 능선과 목책 | 유연한 곡선을 그리는 능선의 스카이라인에는 우리가 공주나 부여에 가서 만나는 온화한 백제의 분위기가 서려 있다. 토성 곳곳에서 목책을 세웠던 자리가 나와 이를 복원해놓았다.

의 목책 설명과 일치한다. 이렇게 가상같이 보이지만 실제이기 때문에 몽촌토성이 더욱 신비롭게 느껴지기도 하는 것이다. 정다산은 "위례성은 백제 시조의 수도"라고 설명한 다음 그 주석에 다음과 같은 내용을 붙였다.

위례(慰禮)라고 하는 것은 방언으로 대개 사방을 둘러싼 큰 울타리를 뜻하는 것으로 위리(圍哩)라고 하는데 위리와 위례가 소리가 비슷해서 생긴 것이다. 목책을 땅에 세워 큰 울타리를 만들었기 때문에 고로 위례라고 불렀다.

이런 구절에 이르면 정다산의 연구에 다시 한번 경의를 표하게 된다.

지금부터 200년 전에 이런 연구를 하면서 민족의 역사적 실체를 밝히려고 했던 노력 자체가 오히려 경이롭다.

나는 이런 이야기를 숙조에게 사설을 늘어놓듯 풀어놓으면서 몽촌토성을 충청도사람들의 느린 동작을 흉내내듯 천천히 돌았다. 집자리에도 가보고, 토성 위를 걷기도 했고, 역사관에 들러 유물을 살펴보기도 하였다. 역사관에서 몽촌토성과 석촌동의 출토유물을 본 것까지는 좋았으나 진열실에 모조품을 진열해놓고도 모조품이라고 확실하게 표시해놓지 않은 것에는 깜짝 놀랐다.

역사관은 박물관과 달라서 교육을 위해 모조품을 얼마든지 전시해도 좋을 것이니 이를 위해 모형을 만들었다고 흉될 것이 없다. 오히려 당당히 표기할 때 더 멋있는 게 아닐까. 아무튼 몽촌토성 역사관에서 깨진 것은 죄다 진짜이고 멀쩡한 것은 죄 가짜이다.

한여름 무더운 날이었지만 몽촌토성 가족놀이동산에서는 여러 모임이 있었고, '○○화수회(花樹會)' 안내판도 여럿을 볼 수 있어서 이곳이 시민들의 모임장소로 널리 쓰임을 보고 우리의 삶 속에서 역사적 공간이 시민공원으로 적극 활용되고 있는 참으로 드문 좋은 예라는 기쁜 생각을 갖게 되었다. 그러나 역시 몽촌토성은 호젓한 산책이 제격이다.

나는 잠시 쉬어갈 요량으로 숙조와 함께 저쪽 솔밭 아래 조선시대 한 선비의 무덤이 있는 곳으로 갔다. 그곳은 토성 안에서 가장 야취(野趣)가 있는 곳으로, 베고니아를 열지어 심어놓은 인공적인 꽃가꿈보다도 성글게 자란 강아지풀이랑 철 늦도록 피어 있는 분꽃과 철 이르게 피어난 쑥부쟁이 같은 우리 땅의 들꽃들이 더 좋아 저절로 발길이 옮겨지는 곳이다.

솔밭 아래쪽 무덤의 주인공은 조선 숙종 때 우의정을 지낸 충헌공(忠憲公) 김구(金構, 1649~1704)다. 무덤 앞에는 아주 듬직한 신도비(神道碑)

가 있어서 노론의 골수였던 청풍 김씨의 세력을 실감하게 되는데, 글씨는 서명균(徐命均)이 썼고 전서(篆書)는 유척기(兪拓基)인지라 글씨를 아는 사람들은 퍽 좋아할 비석이다. 그런 중 내가 이 무덤에 특별히 관심을 갖고 있는 것은 무덤에 바짝 붙어 서 있는 까만 비석 때문인데, 그 뒷면을 읽어보니 비석 전면의 큰 글씨는 '석봉한호집자(石峰韓濩集字)'라고 씌어 있는 것이다. 참으로 반가운 얘기다. 중국의 명필 왕희지와 구양순의 글씨를 집자한 것은 예도 많고 또 당연히 있을 수 있는 일이니 신기하지도 않다. 그러나 조선의 명필 한석봉을 집자한 것은 사례도 드물고 그 뜻은 자못 깊은 것이니 그 정신 속에서 우리는 17세기에 일어났던 자기 문화에 대한 자긍심, 요즘 말로 쳐서 민족주의 열풍의 실상과 참뜻을 새삼 느끼게 된다.

검이불루 화이불치

나는 솔밭에 마련된 벤치에 앉아 무덤을 바라보면서 숙조에게 이런저런 얘기를 해주고는 나는 지쳤으니 너 혼자 가서 잘 읽어보고 오라고 했다. 그러면서 또 그 앞에 놓인 한쌍의 양(羊) 조각이 아주 잘생겼으니 앞뒤 옆으로 두루 살펴보고 또 조각을 손으로 직접 만져보며 깊이 음미해보라고도 했다. 숙조는 내 말대로 무덤가로 내려갔다. 엊그제 온 비에 길이 젖었는지 멈추었다간 살짝 뛰고, 가만히 가다간 풀숲을 젖히면서 길을 바꾸어가며 내려갔다. 내려가서 내가 시킨 대로 까만 비석의 앞뒤 글씨를 읽는 것이 보였다. 그런 다음 양 조각 앞으로 가서 요모조모를 살피더니 또 시킨 대로 양의 머리와 등을 쓰다듬어보고 뒷다리를 매만지다가는 갑자기 무엇에 덴 듯 양손을 급히 떼는 것이었다. 그러고는 가만히 양의 뒷다리를 들여다보더니 슬며시 내 쪽을 보고 눈을 흘기는 것이 멀리

| **충헌공 김구의 무덤** | 토성 안에 남아 있는 유일한 조선시대 분묘로, 비석과 돌양 그리고 신도비가 세워져 있다. 이곳은 몽촌토성에서 가장 한적하고 야취가 있는 곳이다.

서도 역력히 보였고, 얼굴색이 붉어진 것은 보지 않고도 알았다.

양 뒷다리에 붙어 있는 것은 무슨 이물질이 아니라 석공이 조각하면서 이 양이 수놈인 것을 확실하게 새겨놓은 것인데 그 석공의 장난기가 내게 전염되어 놀린 것에 천진한 숙조가 그만 넘어간 것이었다.

나는 몽촌토성을 좋아한다. 아무것이 없어도 몽촌토성은 토성이어서 좋다. 서울에 흙이 얼마나 귀하던가. 이곳이 비록 위례성이 아닐지라도 백제초기 사람들의 살내음이 있어서 좋고, 남들은 무어라 하든 능선의 부드러운 곡선이 여린 율동으로 흐르는 데서 백제의 숨결을 느낄 수 있어 좋다. 그리고 그것을 지금 사람들이 즐거운 산책로와 모임장소로 사용하고 있어서 좋다.

이쪽저쪽 토성 길을 두루 산책한 다음 몽촌토성 해자 한쪽 구석 왕골이 우거진 곳에서 연못을 내려다보며 쉬었다. 호수는 인간의 마음을 차

분하게 해주고 조용한 서정을 불러일
으켜준다. 그래서 예부터 조상들은 연
못을 애써서 만들었다. 백제의 수도였
던 공주 공산성엔 연지가 둘 있고, 부여
엔 궁남지가 있듯이 이 몽촌토성에도
해자를 겸한 연못이 있다. 그리고 연못
엔 연꽃과 오리가 있어야 제격이다. 이
런 생각을 하고 있을 때 대여섯 마리의
물오리가 줄지어 헤엄치며 우리 쪽으
로 왔다.

| **돌양의 뒷모습** | 무덤에 세우는 수호상으로
서 돌짐승 조각은 보통 추상적인 경향이 강하
지만, 이 돌양은 석공이 수컷임을 강조해놓아
그 해학이 절로 웃음을 자아내게 한다.

　"오리다! 오리탕집이 있나보지?"

　"선생님은! 여태 연못의 시정을 얘기하시더니…… 기르는 짐승을
어떻게 잡아요? 보신탕집에선 개를 안 키우는 걸 몰라요?"

　"그렇던가? 숙조도 소견이 많이 늘었네. 그러면 여기서 발굴된 나
무오리는 본 적 있나?"

　"그런 게 있었어요?"

　"서울대박물관에 있는데, 잘생겼어. 신비감도 있고. 그러고 보니 오
리에 대한 우리의 관념에도 많은 변화가 있었네. 청동기시대 사람들
은 장대에 오리를 조각하여 매단 솟대로 오리를 신성스럽게 표현했
고, 원삼국시대 사람들은 제기(祭器)로 오리형 도기를 만들어 썼고 고
려사람들은 청자에 포류수금(蒲柳水禽) 문양을 넣어 서정의 표정으로
오리를 그렸고, 조선시대 사람들은 원앙으로 바꾸어 금실 좋음을 상
징했는데 나는 지금 오리탕이나 생각하고 있으니."

좀처럼 식을 것 같지 않던 여름 햇살이었지만 날이 8월 중순에 이르니 별수없이 누그러지면서 저물녘엔 맥없이 시들어간다. 이제 자리를 털고 일어나 연구실로 돌아가려는데 숙조는 머뭇거리며 무언가를 물어보려고 한다.

"뭘 말하려고 망설이지?"

"선생님, 아까부터 묻고 싶었는데요, 돌마리 옛 무덤에 가서도 그렇고 몽촌토성에 와서도 그렇고 백제는 여전히 보이지 않아요. 선생님은 백제의 아름다움 혹은 백제의 미학을 한마디로 뭐라고 말할 수 있으세요?"

"안 보이기는 나도 매한가지야. 어쩌면 백제는 회상 속에서 느낄 수 있는 것인지도 모르지. 부드럽다, 온화하다, 친숙하다, 우아하다는 말로 백제를 설명하는 사람도 있지만 그런 표현으로야 백제를 말했다고 할 수 있겠나. 나는 김부식이 백제의 미학을 가장 정확하고 멋있게 핵심을 잡아 표현했다고 생각하고 있어. 『삼국사기』「백제본기」시조 온조왕 15년, 그러니까 기원전 4년 항목에 이런 말이 나와요. 춘정월(春正月)에 궁실을 새로 지었는데 '검이불루 화이불치(儉而不陋 華而不侈)'라고 했어. '검소하되 누추하지 않았고, 화려하되 사치스럽지 않았다'라는 뜻이지. 나는 그것이 백제의 정신이고 백제의 마음이고 백제의 아름다움이고 백제의 미학이라고 믿고 있어. 그 말을 새기면서 백제의 유물을 보아봐."

숙조는 내 말이 떨어지자 속으로 몇번인가 검이불루 화이불치를 되뇌고 있었다. 슬며시 눈을 감고 음미하는 것이 이 말을 아주 외우려는 기세였다. 그러고는 입을 열었다.

356

"그러네요. 금관을 보아도 그렇고 백제의 전돌이나 와당을 보아도 역시 그렇고요. 그런데 선생님은 그렇게 좋은 말을 왜 여태 안하셨어요?"

"안하긴, 800년 전 『삼국사기』에 김부식이 글로 썼는데 누가 하고 말고가 따로 있나. 그의 『삼국사기』를 보면 백제를 애써서 깎아내리려고 한 의도가 역력한데 오히려 그가 백제의 미학을 가장 잘 규정했다는 것은 참으로 역설적인 얘기야, 그렇지?"

연구실로 돌아오는 동안 차 안에서 숙조는 계속 '검이불루 화이불치'를 노래하듯 되뇌고 있었다. 말하지 않는 것과의 대화를 통해 검이불루 화이불치의 미학을 읽어낸다는 것은 곧 하나의 유물은 하나의 명저만큼이나 위대한 정신의 소산임을 증명해주는 것이다. 숙조는 오랫동안 찾아 헤매던 문제의 해법을 구한 선승처럼 계속 검이불루 화이불치를 얘기하고 또 얘기하며 즐거워했고, 나는 그가 즐거워하는 것이 즐거웠다. 그런 기쁜 마음에서 나는 그에게 검이불루 화이불치를 차라리 숙조의 노래로 삼으라고 해서 우리는 함께 크게 웃었다.

우리의 차가 이윽고 영동 세브란스병원에서 성수대교 쪽을 향하여 나의 옥탑방 연구실로 가는데 갑자기 숙조가 창 오른쪽을 보란다. 운전하면서 스쳐지나는 바람에 무얼 보라고 한 것인지 잘 몰랐다.

"뭔데?"

"동물병원인데요, 상호가 닥터 베토벤이에요. 재미있죠? 그런데 그 옆에 서 있는 말이 더 재미있어요."

"뭐라고 썼기에?"

"말할 수 없는 존재의 아픔―동물병원."

"재밌네. 그러면 '말하지 않는 것과의 대화'는 무엇이지?"

"말하지 않는 것과의 대화…… 그것이 미술사네요."

1996. 9.

정지산 산마루에 누대를 세우고
공산성 / 정지산 / 대통사터 당간지주 / 무령왕릉 / 곰나루

강남에 자리잡은 뜻

공주는 백제의 두번째 서울, 당시 이름으로 웅진(熊津), 곰나루였다. 고구려의 한 갈래로 남쪽으로 내려온 백제인이 처음 정착한 곳은 한강 남쪽, 이른바 하남의 위례성이었는데 이제 다시 고구려의 침공을 피해 급히 남쪽으로 내려가 자리잡은 것이 금강 남쪽의 공주였다.

백제인에게 강을 건넜다는 것은 각별한 뜻이 있었다. 도강(渡江)은 후방으로의 후퇴가 성공했음을 의미하며, 북에서 압박하는 침입에 대비한 천혜의 일차 방어선 확보와 또 토착세력을 남으로 밀고 내려갈 새로운 기지의 마련을 의미하는 것이었다. 그래서 고구려의 평양, 고려의 개성, 조선의 한양이 모두 강북에 위치함에 비해 백제의 도읍은 위례성이건 웅진성이건 강남(江南)에 있었다.

옛사람들이 금강이 휘감고 도는 공산성(公山城)의 모습을 보면서 대동강이 부벽루를 끼고 흐르는 풍광과 닮은꼴이라고 하며 양자의 친연성을 새삼 말하곤 했지만, 평양은 대동강 강북에 있고 공주는 금강 강남에 있다는 사실은 보통 차이가 아닌 것이다.

금강은 채만식이 『탁류』첫머리에서 아주 실감나게 묘사했듯이 우리나라 강으로서는 아주 예외적인 물줄기를 갖고 있다. 대동강, 청천강, 한강, 영산강은 동에서 서로 흐르고, 예성강, 섬진강, 낙동강은 북에서 남으로 흘러내리지만 금강은 전주 무악산에서 발원하여 북쪽을 향하여 출발한다. 이것이 영동과 대청호를 지나 조치원에 와서는 방향을 급히 서쪽으로 틀고 또 공주를 지나면 다시 남쪽으로 향하여 부여, 강경을 지나면 비로소 서해바다를 바라보며 장항, 군산 쪽으로 흘러나간다. 남에서 북으로, 동에서 서로, 북에서 남으로, 다시 동에서 서로 오래도록 에두르고 휘돌아 흐르면서 알뜰살뜰 저축하듯 냇물을 모아 마침내 공주에 와서 강다운 강이 되니 공주는 한 나라의 도읍이 될 만하였고, 금강은 공주와 함께 역사의 전면에 부상하게 되었다.

아름다운 공산성의 산책 코스

서울사람들이 강남을 개발하듯 오늘날 공주는 금강 북쪽을 신시가지로 만들어 아파트도 많이 짓고 버스터미널도 그리로 옮겼지만, 원래의 공주는 금강 남쪽 공산성 주변이다. 강변에 바짝 붙어 금강을 내려다보며 버티듯 뻗어 있는 공산성을 바라보면서 공주대교를 건널 때 우리는 공주에 왔음을 실감하게 된다. 우리는 답사 때 이를 '공주입성'이라고 말하곤 했다. 지금도 공산성 아랫쪽에 시청·법원·경찰서 등 관공서가 들어서 있고 공산성 바로 옆은 전통의 재래시장인 산성시장이 자리잡고 있

| 공산성에서 바라본 금강 | 남쪽으로 밀려내려온 백제는 공주 금강을 건너면서 산자락에 도읍을 정했다. 이것이 웅진성이다.

으며 그 너머에 무령왕릉이 있는 송산리고분군이 있다.

공산성은 475년 고구려 장수왕의 침공으로 개로왕마저 피살되자 문주왕이 급히 내려온 뒤에 자리잡은 금강변 천혜의 자연산성으로 왕궁이 세워지기도 했다. 당시의 이름은 웅진성이었고, 토성(土城)으로 생각되며 지금의 석성(石城)은 임란 이후 산성을 증축할 때 세워진 것이다.

금강변을 따라 동서로 길게 뻗은 공산성은 해발 110미터, 전체 길이 2.2킬로미터로 그리 좁지도 넓지도 않다. 동서로는 성문이 설치되어 있고 남북으로는 공북루와 진남루라는 2층 누각이 있으며 성 안에는 왕궁 터와 임류각(臨流閣)터, 만하정(挽河亭)의 백제시대의 연지, 영은사(靈隱寺)라는 절터, 쌍수정(雙樹亭)이라는 정자가 있다.

공산성을 한바퀴 돌아보는 것은 답사라기보다 산책이다. 보통 한시간,

| 공산성 금서루 | 공산성의 서쪽 대문인 금서루로 오르는 길은 가파른 비탈이어서 석축이 겹으로 펼쳐진다.

길어봤자 시간 반 걸리는 이 답사 코스는 아마도 공주 답사객이 가장 사랑할 산책길이 아닐까 싶다. 어느 경우든 서문으로 들어가 다시 서문으로 나오게 되는데 먼저 공북루로 올라가 금강을 굽어보며 진남루로 돌아나올 것이냐 아니면 백제 왕궁터가 있는 진남루를 보고 금강을 따라 거닐다 공북루에서 갈무리하고 내려올 것이냐 둘 중 하나를 택해야 한다.

나는 대개 후자를 택한다. 일단은 백제의 왕궁터를 보아야 여기가 문주왕 원년(475)에서 성왕 16년(538)까지 63년간 이어온 웅진백제 시절에 동성왕과 무령왕이라는 걸출한 임금이 나와 백제의 개방적이면서 세련된 문화의 기틀을 잡았던 현장임을 체감할 수 있기 때문이다. 왕궁터라고 해야 건물 주춧돌만 남아 있고 새로 지은 임류각도 예스러운 멋을 지니지는 못했지만 『삼국사기』 동성왕 22년(500)조에 "왕궁의 동쪽에 높이가 5척이나 되는 임류각이란 누각을 세우고 또 연못을 파 기이한 새를 길

| 공산성 만하루 연지 | 공산성에서 백제의 분위기를 가장 잘 보여주는 곳은 만하루의 연지인데 계단식으로 쌓아올린 석축의 구조가 절묘하다.

렀다"고 한 기록을 생각하는 것으로 백제 왕실의 자취를 어렴풋이나마 상상해보게 한다.

그리고 발길을 금강변으로 돌려 산성을 거닐면서 답사 아닌 산책을 느긋이 즐기다보면 공산성에 유일하게 남아 있는 가시적인 백제 유적인 암문터의 연지를 만나게 된다. 가지런한 석축을 여러 단 쌓아 만든 네모난 이 연지는 견실하면서도 부드러운 느낌을 주어 역시 백제의 아름다움이란 것이 이런 것이구나라고 가벼운 찬사를 보내게 된다. 연지 위에는 만하정이라는 누각이 있어 거기에 오르면 한쪽으로는 금강, 한쪽으로는 연지를 번갈아 바라보며 푸근히 쉬어갈 수 있다. 그리고 공산성의 가장 높은 곳에 우뚝 서 있는 공북루까지 금강을 따라 성벽을 거니는 것으로 공산성의 산책 아닌 답사를 마치게 된다.

공북루 정자에서

내가 공산성답사를 공북루에서 마무리하는 것이 좋다고 한 것은 한시간 남짓한 산책 끝인지라 쉬어감에도 안성맞춤이고 여기서 내려다보는 금강의 풍광이 정말로 아름다워 정자에 앉아 느긋이 마음을 갈무리할 수 있기 때문이다.

공북루에서 서쪽을 바라보면 공주대교를 사이에 두고 바로 앞 강변에 높은 언덕이 우뚝 서 있는데 이 산이 무령왕릉의 송산과 잇닿아 있는 정지산(艇止山)이다. 공주의 지형은 마치 큰 배가 정박하고 있는 형상인데 그 닻을 내린 곳에 해당한다고 해서 배 정(艇)자, 머무를 지(止)자 정지산이다.

백제문화권 개발계획으로 공주에서 부여까지 금강을 따라 '백제큰길'을 내면서 금강에 새 다리가 놓이고 이 강변길은 정지산에 터널을 뚫어 지나가게 되었는데 그때 공주박물관에서 정지산을 발굴하면서 백제시대의 건물터와 저장구덩이, 목책의 구멍, 백제 질그릇 파편들이 쏟아져 나와 여기는 '단을 쌓고 하늘에 제사 지냈다'는 천단(天壇) 터로 추정하게 된 곳이다.

동쪽으로 눈을 돌리면 멀리 구석기시대 유적지인 석장리(石壯里)까지 내다보이며 계룡산 산자락이 검푸른 잔산(殘山)으로 그림처럼 걸려 있다. 정자의 참 멋은 거기에 앉아 풍광을 즐기는 것인데 예로부터 정자를 세우는 것에는 단지 한가히 구경하는 것을 넘어선 큰 뜻이 있었다.

조선초의 대문장가 서거정(徐居正)은 어린시절을 공주에서 보냈고, 공주10경(景)을 노래한 바도 있었는데, 지금 어디를 얘기하는지 모르지만 아마도 이 공북루 같은 경관을 갖고 있는 공주 관아의 정자에 취원루(聚遠樓)라는 현판을 붙이고는 왜 그가 '멀리 있는 것을 모두 모은다'는 뜻으로 이름을 붙였는가를 이렇게 말했다. 그의 「공주 취원루기」라는 천하의

| 정지산에서 바라본 풍광 | 백제시대에 제단이 있었던 곳으로 추정되는 정지산에서 사방을 바라보는 전망은 공주 제일의 경관을 제공한다. 세모꼴로 솟아오른 여미산의 맵시가 일품이다. 산마루에 '자연보호' 입간판이 세워져 있다.

명문에 나오는 구절이다.

　누각을 세우는 것은 다만 놀고 구경하자는 뜻만이 아니다. 이 누각에 오르는 사람으로 하여금 들판을 바라보면서 농사의 어려움을 생각해보게 하고, 민가를 바라보면서는 민생의 고통을 알게 하며, 나루터와 다리를 볼 때는 어찌하면 내를 잘 건너갈 수 있을까를 생각하며(정치가 그렇게 원만하기를 기대해보고), 나그네를 바라볼 때는 어찌하면 기꺼이 들판으로 나오기를 원하게 할 것인가를 궁리하며, 곤궁한 백성들의 생업이 한두가지가 아님을 보면서 죽은 자를 애도하고, 추운 자를 따스하게 해줄 것을 생각하게 한다. 산천초목과 새, 짐승, 물고기에 이르기까지도 이렇게 생각하지 않을 수 없으리니 이는 멀리 있는 사물에서 얻어낸 것(聚遠)을 누각에서 모으고, 누각에서 모은 바를 다시 마음에 모아서, 이 마음이 항상 주(主)가 되게 한다면 이 누각을 취원루라고 이름지은 참뜻에 가까울 것이요 목민자(牧民者)의 책임과도 멀지 않으리라.

옛사람들은 이렇게 자연에 대한 관찰과 인식을 곧 인격의 함양과 경륜의 사색으로 연결시켰다. 혹자는 그까짓 정자 하나에 그렇게 큰 의미를 부여할 것이 있겠냐고 대수롭지 않게 생각할지도 모르겠다. 그런 반문과 반론에 대해서는 세종 때 경륜가였던 하륜(河崙)이 충청북도 청풍에 있는 한벽루(寒碧樓, 지금은 청풍문화재단지로 이건)에 부친 기문(記文) 중 나오는 다음 구절로 훌륭하게 답변을 대신할 수 있으리라 믿는다.

정자를 세우는 일은 한 고을의 수령 된 자의 마지막 일거리(末務)에 지나지 않는다. 그러나 그것이 잘되고 못됨은 실로 세상의 도리와 관계가 깊은 것이니, 하나의 누정이 제대로 세워졌는가 쓰러져가는가를 보면 그 고을이 편안한가 곤궁한가를 알 수 있고 한 고을의 상태를 보면 세상엔 도덕이 일어나는가 기우는가를 알 수 있을지니 어찌 그것이 하찮은 일이겠는가.

날이 갈수록 인문정신이 잊혀져가는 이 시대의 세태를 생각하면 서거정의 취원루기, 하륜의 한벽루기 같은 옛 인문학자들의 글이 새삼 가슴에 다가온다.

공산성의 사계절

계절로 말하자면 공산성은 겨울날 눈이 덮였을 때가 가장 아름답다.

산성의 고목들은 나뭇잎을 다 떨구어 시야를 막는 것이 없어 성벽도 정자도 성안 마을의 납작한 집까지도 모습을 드러내 정겹고 운치있게 느껴진다. 늦가을이면 참나무, 느티나무의 노랗고 누런 단풍으로 요란하지 않은 맑은 가을빛을 만끽하면서, 발길에 닿는 낙엽을 싫지 않게 걷어차며 누구나 사춘기때 한번쯤은 읽어보았을 '시몽, 너는 좋으냐, 낙엽 밟는 소리가'를 생각하면서 발끝마다 '시몽인데, 시몽이구나' 하면서 거닐어도 보았다. 산성은 방위목적상 본래 그늘이 적기 마련이어서 한여름엔 가지 말라는 경고성 교훈이 있지만, 젊은시절엔 이를 무시하고 땡볕 아래서 천둥벌거숭이처럼 돌아다니며 성벽 아래 빈터에 탐스럽게 자란 도라지, 옥수수, 참깨, 열무를 보면서 계절을 가득 느끼기도 했다.

개인적으로 나는 공산성을 좋아하여 철마다 가보았다. 그러나 공산성은 공주사람들의 가벼운 산책을 즐기는 그야말로 산성공원이어서 중년과 노년의 부부가 호젓하게 거닐기나 좋은 곳이지 누구나 열광적으로 반길 답사처는 절대 아니다. 공연히 여기에 초등학생, 중·고등학생을 데려왔다가는 공주뿐 아니라 백제의 이미지를 망치기 십상이니 공산성답사 때는 이 점을 누누이 다짐받고 데려올 필요가 있다.

웅진성이 고려에 와서 공산성으로 바뀌고 임란 뒤 우리나라 모든 산성을 재정비할 때 이 공산성도 정비되어 백제의 웅진이 아닌 조선의 공산성 자취도 곳곳에 남아 있는데, 쌍수정(雙樹亭)이라는 곳은 인조가 1624년 이괄(李适)의 난을 피해 이곳에 머물다가 평정되었다는 소식을 듣고는 두 그루 나무에 벼슬을 내려주었다는 곳이다. 그러나 나무는 죽어 없어지고 정자만 복원되어 있다.

또 임류각 한쪽으로는 명국삼장비(明國三將碑, 충남유형문화재 제36호)라는 세개의 비석이 보호각 속에 모셔져 있는 것을 볼 수 있다. 이 비는 정유재란(1597) 때 왜적의 위협을 막고 선정을 베풀어 주민을 평안하게 하였다는 명나라 장수 이공(李公), 임제(林濟), 남방위(藍芳威)의 사은 송덕비다. 본래는 1599년(선조 32)에 금강변에 세워졌던 비석인데 홍수로 비석이 매몰되어 흔적을 알 수 없게 되자 1713년(숙종 39)에 다시 세워졌다. 그런데 일제강점기에 일인들이 비석에 왜구(倭寇) 등의 글자가 나오는 것을 싫어하여 이를 지워버리고 공주읍사무소 뒤뜰에 묻었던 것을 1945년 해방 후 다시 땅에서 파낸 다음 지금의 위치로 옮겨놓은 것이다.

그러나 조선시대 공주가 당당한 고을이었던 것은 무엇보다도 공산성 서문 초입에 장하게 늘어선 목사 현감들의 공덕비에서 볼 수 있다. 한때는 공주에 관찰사가 있어 충청도가 공청도(公淸道)였던 시절도 있었기 때문에 목사의 공덕비도 보이는 것이다. 이 비석거리는 모르긴 해도 전국에서 손꼽을 만한 것으로 공주의 역사적 힘을 은근히 과시하는 유물로 되었다.

대통사터 당간지주

공주는 급하게 피난오면서 자리잡은 곳인지라 도시로서, 더욱이 한 나라의 도읍으로서는 너무 좁고 비탈이 많다. 그래서 성왕은 부여로 천도했고, 지금은 강북을 개발하며 뻗어나가고 있는 것이다. 그래서 예나 지금이나 도회다운 맛이 적다. 백제의 유적지라고 해야 무령왕릉 이외에는 딱히 찾아갈 곳이 마땅치 않으니 웅진백제의 향기를 느끼고자 공주를 찾은 사람으로서는 답답한 일이 아닐 수 없다. 그래서 나는 학생들에게 공주를 각인시키기 위해 시내 반죽동에 있는 대통사(大通寺) 절터를 데려가곤 한다.

대통사는 『삼국유사』에 전하기를 성왕 7년(529)에 양나라 황제를 위하여 지은 절이라고 한다. 이는 양나라와의 친선관계를 그렇게 나타낸 것

| **대통사터 당간지주** | 공주시내에 있는 대통사 절터는 백제시대 고찰터인데 통일신라시대 당간지주만 외롭게 서 있다.

이니, 요즘으로 치면 한미우호동맹을 상징하는 교회당 같은 것이라고 생각하면 되는 것이다. 기록상으로 명확한 이 대통사는 한동안 어디에 있었는지 알지 못하였다. 그러다 일제강점기에 공주시내 반죽동에 통일신라시대 당간지주(보물 150호)와 백제시대의 아름다운 석조(石槽)가 있어 이곳을 발굴한 결과 '대통'이라는 명문이 새겨 있는 기와편이 수습되어 여기가 대통사의 절터인 것을 알 수 있게 되었다. 발굴 결과 중문, 탑, 금당, 회랑터 등 1탑 1금당의 가람배치인 것까지 확인하였지만 유구를 다시 묻어버리고 이후 민가가 들어서 지금은 당간지주만이 제자리에 서 있고 석조는 국립공주박물관으로 옮겼다. 또 근래에는 여기서 수습되었다는 통일신라시대 쌍사자받침대를 공주박물관에 기증하여 석조와 함께 옥외 전시장에 전시되어 있다. 이 두 석조물은 비록 상처를 받았지만 명물이어서 공주박물관을 답사하기 전에 다녀갈 만한 곳이기도 하다. 요즘

| 대통사터 쌍사자석등 | 대통사터에서 출토된 것으로 전하는 석등의 간주석. 사자 두 마리가 마주 보고 있다.

은 제법 넓게 유적공원으로 정비하여 당간지주가 당당한 모습으로 서 있고 공원 주위 민가의 돌담엔 능소화가 해마다 여름이면 장관으로 피어난다. 이것이 웅진백제 시절을 증언하는 유일한 공주의 절터인 것이다.

모든 유물은 제자리에 있을 때 제빛을 발한다는 교훈을 대통사터처럼 절실히 느낀 적이 없다. 그럴 수만 있다면 석조건 쌍사자석등받침이건 이곳 대통사터 제자리에 있다면 이 땅의 역사적 가치가 얼마나 달라질까를 생각해본다. 미국의 실용주의 철학자 존 듀이(John Dewey)는 박물관이라는 것이 잘못되면 생기없는 '문명의 미장원'(beauty parlor of civilization)으로 전락할지도 모른다고 경고했고, 프랑스의 평론가 떼오필 또레(Théophile Thoré)는 '명작의 공동묘지' '사후의 피난처'가 된다고 걱정했는데 대통사터 유물들이야말로 그렇게 되고 말았다.

공주에는 대통사터 이외에 서혈사터 등 여섯개의 절터가 확인되었지만 웅진백제시대의 절로 확인된 것은 대통사뿐이다. 정말로 아쉬운 것은 시내 수원골 밤나무 단지에는 수원사(水源寺)라는 유서깊은 절이 있었는데 고층아파트로 포위된 지 오래되어 폐사지로서의 자취마저 잃어버린 것이다. 수원사는 『삼국유사』에서 화랑의 미륵 선화사상을 설명하면서 "공주 수원사에 가면 미륵을 만날 것이다"라고 했던 바로 그 절터다. 그래서 신라 화랑사회에 널리 퍼졌던 미륵사상의 시원이 여기였던 것이니 그 역사적 의미는 말할 수 없이 큰 곳이다. 그러나 그 절터는 이렇게 사라지고 오직 사철 밤낮으로 콸콸 솟아오르는 샘물이 있어서 수원(水源)이라는 그 이름의 유래만을 짐작할 따름이니 정말로 아쉽고도 아쉬운 것이다.

송산리 고분군과 무령왕릉의 발견

아무리 공주가 남루한 역사도시로 전락했다고 했도 당당히 웅진백제의 도읍이었음을 말할 수 있는 것은 송산리 고분공원에 있는 무령왕릉(武寧王陵)이 있기 때문이다. 공산성과 마주보는 산자락에 위치하여 걸어서 불과 10분 거리다.

무령왕릉이 있는 송산(宋山)은 높이 130미터의 나지막한 금강변의 구릉으로 백제시대에는 왕가의 묘역이었던 모양이다. 그러나 세월이 흐르면서 비바람에 봉분은 무너져 땅으로 환원되고 그 자리는 다시 소나무가 그득한 야산으로 바뀌었다. 그리고 또 세월이 지나면서 야산엔 다시 산소가 들어섰는데 여기는 은진 송씨의 무덤이 많아 송산소(宋山所)로 불리게 됐다는 것이다. 이는 금강변의 다른 구릉인 한산소(韓山所), 박산소(朴山所) 등과 함께 얘기되는바 이것이 과연 각 성씨의 종친 묘역의 이름인지, 고려 때 천민들의 집단거주지인 소(所)의 이름에서 유래한 것인지는 언뜻 알 수 없다. 고려시대 망이, 망소이가 공주에서 일으킨 노비반란이 하도 유명해서 더 그런 생각이 들기도 한다.

그러던 것이 일제시대에 도굴이 횡행하면서 제1호분부터 5호분까지 모조리 도굴되면서 송산리 고분군은 고고학적으로 부각되었다. 이 다섯 무덤은 모두 돌방흙무덤이었는데 1927년 무렵 파헤쳐진 것으로 알려졌다. 그리고 1932년에는 제5호분 옆, 무령왕릉 앞에 있는 제6호분을 카루베 지온(輕部慈恩)이라는 공주고보 교사가 총독부와 교섭해서 발굴했다.

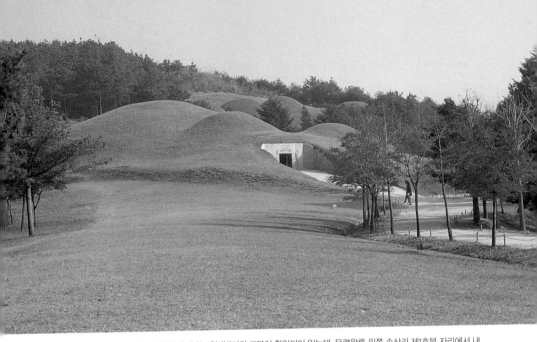

| 송산리 고분군 | 송산리 언덕에는 현재 7기의 고분이 확인되어 있는데, 무령왕릉 위쪽 송산리 제1호분 자리에서 내려다보면 공주의 예스러움이 살아난다.

송산리 제6호분이야말로 임자를 잘못 만나 영원히 돌이킬 수 없는 상처를 받고 말았다. 무령왕릉이 출현하기 이전까지 백제 왕릉의 간판스타는 단연코 이 6호분이었다. 유일한 벽돌무덤인데다가 사신도까지 그려져 있어서 백제문화가 중국, 고구려와 교류한 구체적인 물증까지 제공해주었던 것이다. 그런데 이 무덤을 발굴한 카루베는 출토유물을 고스란히 자기가 챙기고 무덤 바닥을 빗자루로 쓸어 말끔히 치운 다음 총독부에는 이미 도굴된 것으로 보고하였다. 그리고 해방이 되자 카루베는 강경에 있던 이 훔친 유물을 트럭에 싣고 대구로 가서 대구 남선전기 사장으로 골동품 수집에 열을 올렸던 오구라(小倉)와 함께 무슨 수를 썼는지 귀신같이 일본으로 가져갔다. 카루베는 이렇게 도둑질, 약탈한 유물을 가지고 『백제 유적의 연구』라는 저서를 펴냈다. 그는 1969년, 죽기 1년 전에

송산리 6호분 관계 사진자료를 그의 공주고보 제자인 이성철씨(전 문공부 문화국장)에게 보냈는데 일련번호 26번까지 붙어 있는 사진 중 제10번, 아마도 유물 노출상태의 사진만은 빼놓고 보내왔다.(정재훈 「공주 송산리 제6호분에 대하여」, 『문화재』 제20호, 1987) 결국 우리는 아직껏 그 유물의 행방도 사진의 행방도 모르는 상태로 안타까움만 더할 뿐이다. 학자들은 이 6호분을 무령왕 앞인 동성왕 아니면 뒤인 성왕 두분 중 한분의 무덤으로 보는데, 통상 아래쪽 앞에 있는 것이 나중 무덤이므로 성왕의 무덤으로 보는 설이 유력하다.

그런데 이 '날파리' 고고학자 카루베는 정작 무령왕릉 자리는 무덤이라고는 생각지 않고 제5호분과 6호분을 위한 인공 주산(主山)의 언덕(圓丘)으로 판단했던 것이다.(輕部慈恩 『百濟遺跡研究』, 吉川弘文館 1971, 55면) 그래서 그는 이 언덕에 올라서서 기념촬영을 하기도 했으니 이는 참으로 다행스러운 오판이었다.

이 5호분과 6호분은 도굴되고 발굴되는 과정에서 천장이 훼손됐다. 그로 인하여 큰비만 오면 무덤 안으로 물이 스미는 바람에 1971년 여름부터 장마를 앞두고 배수로를 만들기 위하여 뒤쪽 언덕을 파내려가게 됐는데 그것이 무령왕릉 발견의 단초가 되었다. 그 날짜가 6월 29일이다.

삼불 선생의 참회록

무령왕릉의 발굴은 세기의 대발견에 값할 몇몇 일화를 남겼다. 그것은 이집트의 '투탕카멘' 발굴 뒷얘기인 '미라의 저주'처럼 으스스한 것이 아니고 곰나루 전설처럼 귀엽고 소박한 일화다.

하나는 전통적으로 땅을 팔 때면 귀신께 신고하는 고사를 지내는데, 개토에 앞서 돼지머리를 놓고 제사지낸 바로 그 자리가 무령왕릉이었다

는 사실이다. 또 하나는 배수로공사중 무령왕릉을 발견한 분은 당시 공주박물관 김영배(金永培) 관장이었는데, 그는 7월 4일 밤 산돼지에게 쫓겨 도망다니다가 결국은 집까지 따라온 돼지를 보고 비명을 지르며 깨어나는 꿈을 꾸었단다. 그리고 그 이튿날 무령왕릉을 발견했고 사흘 뒤 무덤 맨 앞에서 만난 돌짐승이 바로 꿈속의 그 산돼지와 같아서 또 한번 놀랐다는 것이다.(정재훈 「무령왕릉 석수」,『박물관신문』제87호, 1978. 11. 1)

세번째는 발굴책임자였던 당시 국립박물관 김원용 관장의 얘기다.

무령왕릉을 판 다음해인 72년 말에는 뜻하지 않은 일(사모님 계가 깨진 일)로 파산(破産)이 되었고, 남의 차를 빌려타고 무령왕릉으로 가다가 길에서 아이를 치는 등 불행의 연속이었다. (…) 큰 무덤을 파면 액이 따른다는데 우연의 일치인지는 몰라도 무령왕릉 발굴은 나에게 가슴 아픈 추억만 남겨주었다.(「고고학: 자전적 회고」,『진단학보』제57호, 1984)

삼불 선생이 무령왕릉으로 큰 상처를 받은 것은 당신께서 참회록에 가까운 고백과 사죄를 기회 있을 때마다 글과 말로써 토로했기 때문에 널리 알려지게 되었다. 삼불 선생은 생전에 고고학계의 원로로서 매스컴에 자주 등장했다. 그럴 때면 기자들이 묻지 않아도 "무령왕릉 발굴은 내가 잘못한 것이다"라는 말을 먼저 꺼내곤 했다. 내가 확실하게 기억하는 것만 해도 회갑기념 문인화전으로 신문마다 인터뷰할 때도 그랬고, 정년퇴직 때 또다시 매스컴과의 인터뷰에서도 사죄하듯 고백했다. 직접 글로 남긴 것만 해도 「죽은 사람들과의 대화」「무령왕릉의 발견과 발굴조사」

| **무령왕릉** | 무령왕릉은 벽돌로 축조된 아름다운 공간으로 벽돌마다 연꽃이 새겨져 있다. 가로 세로의 조합으로 정연하게 축조되었다. 벽돌 넉 장을 뉘어 한 장 높이가 된다.

(『백제 무령왕릉』, 공주대학교 백제문화연구소 1991), 「고고학: 자전적 회고」 등이다. 도대체 무슨 죄를 그렇게 크게 지었기에 그로부터 25년이 지난 시점에도 사죄를 하고 있는 것일까. 그것은 마치 조지프 콘래드(Joseph Conrad)의 소설을 영화로 만든 「로드 짐」에서 주인공 피터 오툴이 한번 지은 실수를 잊지 못하고 이후 자신의 성격과 행동을 끝까지 구속하는 모습을 연상케 하는 것이었다. 인간은 누구나 실수를 한다. 문제는 그 실수를 어떻게 처리하느냐에 인격이 나타나는 법이니, 그런 참회란 때로는 영광보다 위대하게 비치는 것이기도 했다.

숱한 소문의 무령왕릉 개봉

1971년 7월 5일 배수로공사 도중 한 인부의 삽이 무령왕릉의 벽돌 모서리에 부딪혔다. 공사책임자인 김영배 관장이 그 벽을 따라 파들어가보니 아치형의 벽돌이 나타나기 시작했다. 그곳이 바로 무령왕릉의 입구였다. 김영배 관장은 작업을 중지시키고 이를 문화재관리국에 보고했다.

보고받은 문공부장관(당시 윤주영)은 김원용 국립박물관장을 단장으로 하는 발굴단을 파견했고, 7월 7일 오후에 현장에 모인 발굴단원들은 이튿날(7월 8일) 아침에 무덤의 문을 열기로 하고 대기하고 있었다.

한편 이 무렵부터 전축분 출현의 뉴스를 들은 서울의 기자들이 모여들기 시작하였는데, 해질 무렵부터 내리기 시작한 비가 호우로 변하면서 입구에는 물이 고이게 되고 그것이 불어서 무덤 안으로 역류할 위험이 생기게 되었다. 발굴단은 비를 맞으며 광의 바깥쪽 모서리를 파헤쳐서 쏟아지는 빗물을 밖으로 흘려 내보내야 했고, 이 급조된 배수구 설치가 끝난 것이 자정 30분 전이었다. 이 갑작스러운 비는 결

| **처녀분으로 발견된 무령왕릉 입구** | 무령왕릉 발굴 당시 벽돌무덤의 입구는 이와같이 밀폐된 상태로 있었다. 이처럼 도굴되지 않은 상태로 발견되는 무덤을 고고학에서는 처녀분이라고 이름지어 부르고 있다.

국 새벽에 끝났지만 '왕릉의 입구를 파헤치자 천둥번개와 함께 소나기가 쏟아졌다'는 과장된 소문이 공주의 거리거리에 퍼졌다.(「무령왕릉의 발견과 발굴조사」)

그리고 이튿날 무령왕릉은 역사적인 개봉을 하게 되었다.

8일 아침 5시에 발굴단 간부들은 보도진과 함께 현장으로 가보았다. 밤새 지켜준 경찰관들에 의해 무덤에는 이상이 없었고 물도 잘 빠져 있었다. 이것이 무령왕릉일 줄은 꿈에도 생각 못한 발굴단은 막걸리, 수박, 북어뿐인 간단한 제상으로 위령제를 지내고 김원용과 김영배가 드디어 폐색부(막아놓은 부분)의 맨 위 벽돌 두개를 들어냈다. 그때가 4시 15분이었다. 두 사람이 맨 위 벽돌을 한 장씩 뜯어냈을 때 안에 있던 찬 공기가 스며나오면서 따뜻한 바깥 공기에 일순간의 결로(結

| 입구의 서수(瑞獸) | 무령왕릉 입구에는 돌짐승 한 마리가 이 무덤을 지키고 있었다. 그 앞에는 묘지석과 동전이 수북이 놓여 있다.

露)현상을 일으켰다. 그것은 자동차의 에어컨을 틀었을 때 흰 수증기를 내뿜는 것과 마찬가지의 현상이었다. 그러나 무령왕릉의 그 한줄기 흰 공기는 또 와전되어서 문을 열자 오색의 무지개가 섰다느니 바깥 공기가 일시에 안으로 들어가서 모든 유물이 순간적으로 부서졌다느니 하는 소문이 퍼졌다.(「무령왕릉의 발견과 발굴조사」)

마침내 무덤이 열려 안으로 들어간 김원용과 김영배는 소스라치게 놀라지 않을 수 없었다고 한다. 무덤 조성 후 한번도 개봉되지 않은 처녀분을 만난 것이었다. 김영배는 꿈에 본 멧돼지처럼 생긴 돌짐승을 보고 크게 놀랐고, 김원용은 입구에 놓인 무령왕의 묘지를 보고서 더욱 놀라지 않을 수 없었다고 한다. 이것이 꿈인지 생시인지 모를 감격이었다고 했다. 사실 수많은 왕릉이 발굴되고 도굴되었지만 그 무덤이 어느 왕의 무덤인지를 확실한 기록과 물건으로 알려준 것은 무령왕릉이 처음이었다. 그러니 흥분하지 않을 수 없었던 것이다. 거기서부터 삼불 선생의 참회록은 시작된다.

일본의 어느 유명한 고고학자는 그런 행운은 백년에 한번이나 올까말까 하다고 나를 축하해주었지만, 이 엄청난 행운이 그만 멀쩡하던 나의 머리를 돌게 하였다. 이 중요한 마당에서 나는 고고학도로서 어처구니없는 실수를 한 것이다. 무령왕릉의 이름은 전파를 타고 전국에 퍼졌고, 무덤의 주위는 삽시간에 구경꾼과 경향 각지에서 헐레벌떡 달려온 신문기자들로 꽉 찼다. 우리 발굴대원들은 사람들이 더 모여들어서 수습이 곤란해지기 전에 철야작업을 해서라도 발굴을 속히 끝내기로 합의하였다. 철조망을 돌려치고, 충분한 장비를 갖추고, 한달이고 눌러앉았어야 할 일이었다. 예기치 않던 상태와 흥분 속에서 내 머리가 돌아버린 것이다. 우리나라 발굴사상 이런 큰일에 부딪힌 것은 도시 처음인 것이다. 그런데 그 고고학 발굴의 ABC가 미처 생각이 안 난 것이다.(「죽은 사람들과의 대화」)

한달이고 두달이고 제자리에서 차분히 조사했어야 할 발굴작업은 결국 단 이틀 만에 유물들을 모두 수습하여 박물관으로 옮긴 것으로 끝났다. 매스컴의 극성에 밀린 판단착오였다. 당시 사진기자들은 보도경쟁을 한 나머지 함부로 들어가 청동숟가락을 부러뜨린 일도 있었다고 하니 그때의 상황을 미루어 알 만한 일이다.

그러나 이 실수는 단지 김원용 자신만의 실수가 아니라 1971년, 한국문화의 실상을 남김없이 보여주는 것이었다. 당시 김원용 관장의 나이는 49세였다. 그는 그 나이에 우리 고고학계의 원로 역할을 해내야만 했다.

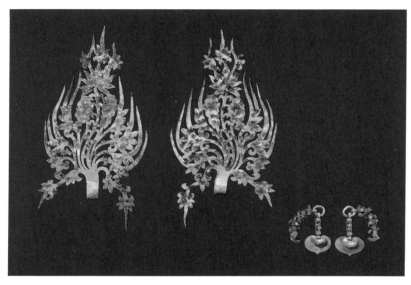

| **무령왕릉 출토 왕의 왕관과 귀걸이** | 무령왕릉의 출토유물은 왕과 왕비의 것이 확연히 구분되는데 왕의 것이 보다 장중하고 화려하다.

누구도 믿으려 하지 않겠지만 "1945년, 해방이 되었을 때 남한에는 대학에서 고고학을 전공한 사람은 단 한명도 없었다".(「고고학: 자전적 회고」) 그런 제로상태에서 근근이 고고학을 이끌어오다가 이런 엄청난 세기의 대발견을 감당치 못한 우리 고고학계의 한계였을 뿐이다. 무령왕릉 발굴 이듬해에 발굴조사 보고서를 작성할 때 역사학의 이병도 박사가 그 노령의 연세에도 「무령왕릉 발견의 의의」를 논한 것이나, 금석학자 임창순(任昌淳) 선생이 「매지권(買地券) 명문(銘文)」을 해석해낸 모습을 보면 학문의 축적과 원로의 힘이 무엇인가를 실감할 수 있다. 그런 큰일을 당했을 때 흔들림 없이 "그건 그렇게 하는 게 아니야"라고 한마디해줄 수 있는 원로가 없었던 것이다. 오히려 우리에게는 다른 '어른'이 있었다.

| **무령왕릉 출토 은잔과 은팔찌** | 은잔에는 산수무늬가 아주 정교하게 새겨져 있고 왕비의 은팔찌에는 '다리'라는 공예가의 이름이 새겨져 있다.

　　왕릉 출토의 금제장신구들을 들고 장관과 함께 박정희 대통령을 찾아갔다. 이날 박대통령은 몹시 기분이 좋은 표정으로 유물들을 들여다보더니 왕비의 팔찌를 들고 '이게 순금인가' 하면서 두 손으로 쥐고 가운데를 휘어보는 것이었다. 그러니까 팔찌는 정말 휘어졌다 펴졌다 하는데 아차 아차 하면서도 어찌할 수 없는 순간이었다. 가슴은 철렁철렁하였지만 소년처럼 신기해하는 대통령의 표정을 지금도 잊을 수 없다.(「고고학: 자전적 회고」)

　　팔찌를 휘어보는 박대통령이 더 천진한 것인지 이것을 기록으로 정직하게 남겨둔 삼불이 더 천진한 것인지 모르겠는데, 그 천진한 정직성 덕에 이런 비화까지 공개될 수 있게 된 것이다.

묘지를 쓰면서 토지신에게 땅을 샀던 백제인

무령왕릉의 답사는 국립공주박물관의 무령왕릉 출토유물 전시품을 보았을 때 비로소 의의를 지닐 수 있다. 국립공주박물관은 무령왕릉 출토유물을 전시하기 위하여 새로 지은 것이니 이 유물을 보지 않은 무령왕릉 답사란 겉껍질 구경에 불과하다.

무령왕릉 발견의 가장 큰 의의는 수많은 삼국시대 고분 중 피장자가 누구인지를 확실하게 아는 첫번째 왕릉이라는 사실이다. 경주시내 남쪽에만 155개의 고분이 있고 지금까지 6개의 신라 금관이 출토되었지만 출토 유물의 피장자가 확인된 예는 하나도 없다. 고구려도 집안의 모두루 무덤(牟頭婁塚), 덕흥리의 유주자사 진의 무덤만 알려졌지 왕릉은 밝혀진 것이 없다. 따라서 무령왕릉 출토품은 백제뿐만 아니라 신라, 고구려 나아가서 일본 유물의 편년을 잡는 기준이 되었다. 더욱이 무령왕릉의 지석(誌石)에 적혀 있는 기록이『삼국사기』와 단 하루도 틀리지 않고 일치한다는 사실은 우리 고대사의 기록에 대한 정확성을 보증해준 첫번째 쾌거이다.

또 하나는 그동안 백제의 미술, 백제의 문화에 대하여 심정적으로만 언급하고 구체적인 유물이 부족하여 실증적으로 말하지 못했던 것을 어떤 면에서는 신라, 고구려보다도 더 정확하게 말할 수 있는 계기를 갖게 됐다는 사실이다. 백제가 멸망한 뒤 뒷전으로 밀려나 있던 백제의 역사를 다시 무대 위로 부상시켜놓은 것이다. 김부식의『삼국사기』는 고려의 정통성을 신라에 두고 기술함으로써 백제사를 축소한 혐의가 있고, 고고학적 유물도 신라 것이 양적으로 우세하여 백제는 항시 부차적으로 설명되었는데 이제는 오히려 여기서 기준을 잡게 되었다. 그래서 무령왕릉은 1,300년간 땅속에 묻혔던 백제의 역사를 지상으로 끌어올렸다는 말까지

| **무령왕릉 출토 매지권** | 무령왕릉엔 지석이 따로 없고 왕과 왕비가 무덤을 쓰기 위해 토지신에게 땅을 매입한다는 매매계약서가 놓여 있었다.

할 수 있게 한다.

왕관이나 팔찌, 뒤꽂이 같은 금속공예에서는 '화려하지만 사치스럽지 않았다'는 백제의 미학을 확인할 수 있고, 무령왕릉에서 출토된 연화문 와당을 보고는 '검소하지만 누추하지 않았다'는 표현을 실감할 수 있다.

그런 중 내가 가장 감동받은 유물은 지석 중 매지권이다. 무령왕릉에서 출토된 두 장의 지석을 두고 묘지(墓誌)로 보는 견해와 매지권으로 보는 견해가 나뉘어 있는데 그 명칭을 무어라 하든 이 지석의 내용은 우리에게 많은 교훈과 시사점을 준다.

돈 1만 닢(枚). 이상 1건(件). 을사년 8월 12일에 영동대장군(寧東大將軍) 백제 사마왕은 상기의 금액으로 토왕(土王), 토백(土伯), 토부모(土父母), 지하의 여러 관리 및 지하의 지방장관에게 보고하고 남동 방향의 토지를 매입하여 무덤을 쓴다. 이를 위하여 증서를 작성하여 증명하게 하며 (이 묘역에 관한 한) 모든 율령에 구속되지 않는다.(「매

지권 명문」, 임창순 옮김 『무령왕릉』, 문화재관리국 1973)

사마왕은 무령왕의 생전 호칭이다. 영동대장군은 양나라에서 무령왕을 백제의 왕으로 인정하면서 부여한 칭호로, 사람들은 이 부분에서 민족적 자존심에 상처받곤 하지만 당시 동아시아를 이끌어가는 중심부 국가가 국제질서의 안정을 위해 주변부 국가의 존재를 인정해주는 일종의 명예박사학위 같은 권위의 표시였다.(이병도 「무령왕릉 발견의 의의」, 『무령왕릉』)

이 묘지석의 내용은 묘를 쓰면서 토지신에게 땅을 구입한다는 것인데 이런 풍습은 중국 도교사상에서 유래한 것으로 알려져 있다. 그러나 그 풍습의 연원보다도 더 중요한 것은 이런 식으로 자연에 대해 겸허한 자세를 지켰던 고대인의 마음이다. 현대인들은 돈만 있으면 얼마든지 땅을 사서 사유재산으로 삼을 수 있다고 생각하지만, 옛날에는 절대로 그럴 수 없었던 것이다. 인간이 살아가는 터전인 땅에 관한 한 왕도 마음대로 못했다는 사실이 너무도 아름다운 겸손으로 비친다.

무령왕릉의 금송 관재

무령왕릉은 왕과 왕비의 관이 우리나라에서는 나지 않고 일본에 많이 자라고 있는 금송(金松)으로 만들어졌다는 사실 때문에 여러가지로 주목받고 여러가지 추측도 낳고 있다. 이는 식물학자 박상진 교수가 이 관재를 현미경으로 관찰하여 밝혀낸 것으로, 그에 따르면 일본 남부 시꼬꾸와 큐우슈우 남부지방, 그리고 나라(奈良) 근처 코노산(高野山)이 금송 식생의 중심지다. 금송은 매우 단단하고 습기에 강하여 일본에서는 신성시되며 불단과 지배층의 관재로만 사용되었다.

무령왕의 계보에 대해서는 여러 설이 있는데 『삼국사기』 「백제본기」에는 동성왕의 둘째아들로, 『송서(宋書)』에는 개로왕의 아들로, 『일본서기 (日本書紀)』에는 개로왕의 동생인 곤지의 아들, 즉 동성왕의 이복형으로 기록되어 있다. 동성왕과 무령왕은 나이가 비슷한 것을 보면 형제였을 가능성이 높다.

『일본서기』에 따르면 461년 개로왕은 임신한 후궁을 동생 곤지와 짝지어주고 일본으로 가게 했는데 후궁은 큐우슈우 카라쯔(唐津) 카꾸라시마(各羅島)에 도달할 즈음 갑자기 산기가 돌아 사내아이를 출산하였다. 그가 바로 무령왕이라고 한다(그래서 카꾸라시마에는 공주대 교수를 지낸 김정헌 화백이 제작한 기념비가 세워져 있다). 그는 어릴 때부터 키가 크고 외모가 수려했으며, 성격이 인자하고 관대하였다고 한다.

무령왕은 501년 동성왕이 좌평(佐平) 백가(苩加)가 보낸 자객에 피살되자, 뒤이어 백제왕에 오른 다음 나라를 안정시키고 고구려와 말갈의 침략을 물리치고 또 양나라와의 우호를 적극 추진하여 백제문화가 아들인 성왕 대에 와서 꽃필 수 있는 기틀을 마련했던 것이다.

이런 기록과 금송 관재로 인해 요즘 텔레비전, 소설, 심지어는 역사서에서도 백제가 마치 고대 해상제국이었다, 일본의 26대 천황 케이따이(繼體)가 무령왕의 동생이다라는 식으로 과장해서 혹은 황당하게 꾸며내는 일을 부쩍 많이 보게 된다. 이 점을 어떻게 생각하냐고 내게 물어올 때면 나는 문외한이라고 외면하고 만다. 실제로 그 이상 아는 것이 없다. 아무리 애국적 관점이라도 사실로 증명되지 않은 것은 말하지 않는 입장이다. 다만 금송의 실체가 그렇고 보면 무언가 우리가 아직 규명하지 못한 한일 고대교류사의 한 과제가 있다는 생각만을 속으로 지니고 있다.

이 문제와 연관하여 우리가 더욱 분명하게 밝혀야 할 과제는 양나라와의 관계다. 양나라로부터 영동대장군이라는 명예직을 부여받고, 무령왕릉에서는 양나라의 백자와 청자네귀항아리가 출토될 정도로 대외 문화교류가 이루어진 것을 어떻게 볼 것이냐는 문제다. 분명한 것은 무령왕 대에 들어와 백제는 더욱 국제적인 감각과 무대를 경험하게 되었고 그로써 지방적 낙후성도 벗어날 수 있었다는 사실이다. 다시 말해서 동북아시아 문화의 보편적 성취를 따라잡으려는 노력을 통하여 자기를 성숙시킬 수 있었던 것이다.

우리는 외래문화에 대해 방어적인 자세를 취하는 것이 민족적으로 옳다고 생각하곤 한다. 그러나 무령왕 때의 이러한 대담한 문화적 개방이란, 바꾸어 말하면 그렇게 개방할 수 있는 자신감의 표현이기도 했다. 발달된 외래문화의 충격을 무작정 거부하다 스스로 몰락하고 만 예가 세계사에는 무수히 많다. 무령왕은 양나라문화를 단지 모방한 것이 아니었다. 발달된 그 문화의 자극을 받아 백제문화를 국제적 수준으로 발전시킬 계기를 만들었던 것이다. 그 성과는 그의 아들 성왕이 찬란한 백제문화를 부여에 가서 꽃피울 수 있던 밑거름이 되었다. 무령왕릉에서 보이는 대외문화교류를 나는 그렇게 이해하고 있다.

아름다운 여미산과 곰사당의 돌곰

나의 공주답사는 앞이든 뒤든 항상 곰나루에서 시작하거나 끝마무리를 한다. 무령왕릉이 있는 송산리 고분공원 아래쪽 금강변, 공주시내를 관통하여 흘러내려오는 제민천(濟民川)이 금강과 만나는 곳이 곰나루다. 말이 나루이지 나루 구실을 잃은 지 이미 오래고 강물도 무상히 변하여 지금은 나루터가 어디라고 정확히 가리키지 못한 채, 금강에 길게 가로질러 걸쳐 있는 허름한 옛 다리인 금강교 언저리 어디쯤이라고만 짐작할 따름이다. 지금 곰나루로 가는 길은 금강을 따라 공주에서 부여로 가는 백제큰길에서 들어가게 되어 있고 국립공주박물관 맞은편이기 때문에 답사일정이 대개는 무령왕릉, 국립공주박물관, 곰나루로 이어지게 된다.

곰나루 금강변에는 아름다운 솔밭이 있어 나라에서 명승 제21호로 지정하였다. 곰나루 솔밭 아래 흰 백사장 너머로는 아름다운 여미산(余美山)이 항시 강물에 엷게 비친다. 그 아련한 풍광을 보면 절로 백제를 그리는 회상에 잠기며 역사적 상상의 날개를 펼 수 있게 된다.

공주는 그 옛날에는 고마나루라고 부르고 한자로 웅진(熊津)이라고 적었다. 그래서 일본에서는 지금도 웅진이라고 쓰고 고마나루라고 발음한다. 그 웅진은 나중에 웅주(熊州)라거나 혹은 곰주라고도 불렀는데 고려초(940) 전국의 지명을 한자식으로 바꾸면서 곰주를 공주로 고친 것이 오늘에 이른 것이라고 한다. 공주는 이렇게 곰과 각별한 인연을 갖고 있으며 그 사연은 곰나루 전설로 전해지고 있다.

곰나루 전설이란 어찌 보면 아주 소박하고도 초보적인 설화에 지나지 않는다. 그러나 설화란 그것이 말해지는 방식에 따라서 아름답기도 하고 슬프기도 하고 샤먼의 신령스러움을 느끼게도 되는 것이다. 곰나루의 별스러울 것 없는 전설은 참으로 고맙게도 곰사당 앞마당에 있는 웅신단비(熊神壇碑)에 미려한 문체로 새겨놓은 것이 있어 읽는 이의 가슴에 애잔하게 다가온다. 비문의 찬술자는 공주사범대학(현 공주대학교) 백제문화연구소로 되어 있다.

금강의 물이 남동편으로 휘어돌고
여미산 올려다뵈는 한갓진 나루터
공주의 옛 사연 자욱하게 서린 곳
입에서 입으로 그냥 전하여온
애틋한 이야기
아득한 옛날 한 남자

| 곰나루 웅신단 | 금강변 솔밭에서 발견된 '돌곰'을 모신 이 사당은 곰나루의 전설을 지켜주는 유일한 유적이 되었다.

큰 암곰에게 몸이 붙들리어
어느덧 애기까지 얻게 된다.

허나 남자는 강을 건너버리고
하늘이 무너져내린 암곰
자식과 함께 강물에 몸을 던진다.
여긴 물살의 흐름이 달라지는 곳이어서
배는 자주 엎어지곤 하였다.

곰의 원혼 탓일까 하고
사람들은 해마다 정성을 드렸는데
그 연원 멀리 백제에까지 걸친다.

공주의 옛 이름 웅진, 고마나루
그 이름 여기에 아직 있어
백제 때 숨결을 남기고 있다.

이 비가 세워져 있는 '곰사당'은,
1972년 바로 이 자리에서 백제 때 유
물로 추정되는 돌조각의 곰이 출토되
어 이 돌곰의 오리지널은 공주박물관
에 진열하고 그것의 약간 큰 복제품
을 만들어 모셔놓은 사당이다. 그래
서 곰사당이라고 부르는데 공식명칭
은 '웅신단'이다.

| **돌곰** 단순한 형태로 추상성이 강한 조각인데, 한편으로는 주술성과 원시적 건강성이 느껴지기도 한다.

곰사당은 비록 근래에 세운 것이지만 공주의 어느 유적 못지않은 답사
처가 되었다. 아름다운 솔밭에 그윽하게 자리잡은 것, 조선시대 향교의
대성전을 본떴으나 알맞게 축소한 사당, 낮은 기와담을 예쁘게 둘러친
것, 좋은 석질의 자연석에 아름다운 문장으로 새긴 웅신단비 등이 20세
기 문화에서는 보기 힘든 조순한 맵시가 살아있다. 그 역시 '검소하지만
누추하지 않았다'라는 백제의 미학을 이끌어 말하고 싶어진다.

곰나루에서 출토된 '돌곰'은 아주 소박한 기법으로 되어 있지만 만만
히 볼 유물이 아니다. 앞다리는 곧추세우고 몸 뒤쪽은 한껏 웅크린 채 고
개는 위로 치켜들고 먼데를 응시하는 듯한 자세로, 어딘지 조금은 쓸쓸
한 인상을 풍기고 있다. 그것은 곰나루 사연을 연상한 탓일 수도 있지만
정지된 몸체에 약간의 움직임을 부여한 고개의 기울기에서 생기는 느낌
일 수도 있다. 이 '돌곰'의 표현기법은 사실적인 묘사를 추구한 것이 아니
라 어떤 상징성을 위한 왜곡과 변형을 가한 것으로 절묘한 명작까지는

못되지만 그 단순성의 취지만은 살아있기 때문에 나는 가벼이 볼 작품이 아니라고 말하고 있는 것이다.

지금 공주에 가면 이런저런 20세기 기념조형물들이 즐비하고 거기에는 대개 곰들이 사실적으로 조각되어 있는데 그 형상들이 참으로 가관이다. 그중 우리를 매우 '유쾌하게' 해주는 조각은 금강교 북쪽 입구에 세워진 공주시민헌장기념비의 곰이다. 이 조각은 세 마리의 곰이 등을 서로 돌려대고 앞발로 큰 공을 떠받치고 있는 형상으로 일종의 단결을 상징한 것 같다. 그런데 보는 사람마다 마치 애기곰 세 마리가 무거운 것을 들고 벌서고 있는 것 같다며 절로 웃곤 한다. 이런 현대조각들에 비할 때 곰나루 오리지널 돌곰의 조각이 오히려 더 현대적 조형성을 획득했다고 말하고 싶어진다.

웅신단 비문을 다 읽은 사람들은 누구나 글 첫머리에 나오는 여미산, 이름도 아름다운 여미산이 어느 산이냐고 묻곤 하는데 그럴 때면 강 건너 뾰족한 삼각 봉우리를 가리키며 그 생김새가 제비꼬리 같아서 연미산(燕尾山)이라고도 부른다고 알려주면 답사객들은 한참동안 거기에서 눈길을 떼지 못하곤 한다.

곰나루와 연미산 사이로 흐르는 금강을 따라 내려가면 이내 부여 구드래 선착장에 닿게 된다. 새로 뚫린 백제큰길은 금강 동쪽 산자락을 타고 사뭇 금강을 따라가는 환상의 드라이브 코스다. 백제왕조가 웅진에서 사비로 가는 데 63년이 걸렸지만 지금 공주에서 부여까지는 20분 만에 갈 수 있다.

1996. 11. / 2011. 3.

산에, 언덕에 피어날지어이

능산리 고분군 / 부소산성 / 정림사터 / 부여박물관 / 신동엽 시비

백제의 왕도 부여 소읍

부여를 처음 방문하는 사람들이 한결같이 하는 말이 있다.

"세상에, 부여가 이렇게 작을 수 있어요?"
"아니, 부여가 여직껏 읍이었단 말예요?"
"아직도 관광호텔 하나 없다구요?"

부여는 정말로 작은 읍이다. 인구 3만명에 시가지라고 해야 사방 1킬로미터도 안되는 소읍(小邑)이다(최근에야 규암에 리조트가 문을 열었다). 그래서 가람 이병기 선생도 「낙화암」이라는 기행문에서 부여의 첫인상을 "이것이 과연 고도(古都) 부여란 말인가라는 생각이 들었다"며 그

허망부터 말했다.(김동환 편『반도산하』, 삼천리사 1941)

　부여에 대한 이런 허망은 어쩌면 우리 머릿속에 은연중 들어앉은 부여에 대한 환상 때문에 생기는 것인지도 모른다. 부여는 백제의 마지막 123년간 도읍지로 백제문화를 찬란하게 꽃피웠다는 성왕, 위덕왕 시절 위업도 들은 바 있어서 고구려의 평양, 신라의 경주에 필적할 백제 왕도의 유적이 있으리라 기대해보게 하는 것이다. 최소한 공주만할 것도 같다. 그러나 막상 부여에 당도해보면 왕도의 위용은커녕 조그만 시골 읍내의 퇴락한 풍광뿐인 것이다.

　부여행 답사를 인솔할 때면 내가 이쯤에서 곧잘 인용하는 얘기가 하나 있다. 별로 좋은 예는 아니지만 그래도 부여에 대한 저간의 사정을 잘 말해주는 얘기다. 일제시대 때 한 일본인 문사가 쓴 기행문집(野上豊一郞『草衣集』, 相模書房 1937)을 영남대학교 도서관 '동빈(東濱)문고'에서 보게 되었는데, 거기에 부여답사기 한 편이 실려 있었다.

　그가 부여에 가게 된 것은 경성제대의 미학교수인 아베 요시시게(安倍能成) 같은 친구들이 조선반도에 왔으면 그래도 부여를 다녀가야 할 것 아니냐고 권해서였다는 것이다. 마침 총독부에서「유람자의 편의를 위하여」라는 관광안내지도를 만든 것이 있었는데, 그중 금강산, 경주와 함께 부여만은 3도 채색판으로 2만 5천분의 1 지도에 지명을 영문으로까지 표기해놓아서 큰 기대도 갖게 됐고, 또 부여에 가서 그 지도를 잘 이용하기도 했다는 것이다. 그런데 정작 부여에 도착하니 시가지라고 하는 것이 함석지붕과 나무판잣집들이 두 블록 정도 줄지어 있는 것이 전부였고, 그 안쪽으로는 울타리도 없는 초가지붕에 박이 널려 있는 평범한 시골 풍경뿐이어서 도저히 자신이 생각한 부여가 아니었다는 것이다. 부여를 다녀온 뒤 그가 다시 친구들을 만나서 부여를 가본 적이 있냐고 물으니 모두들 아직 못 가봤다고 대답해서 또 한번 놀랐다고 했다. 부여는 이처럼 가보지 않은 자에게는 환상을, 가본 자에게는 실망을 주는 곳으로 어떤 답사객은 "꼭 네다바이당한 것 같다"고까지 했다.

'관능적이고 촉감적'이라는 육당의 부여 예찬

그러나 그분의 눈을 의심할 수 없는 가람 선생이나 육당 선생은 부여 답사를 허망하다고 말하지는 않았다. 그들은 부여에서 느낀 그 허전함까지를 백제답사의 한 묘미로 말할 수 있는 눈과 가슴이 있었다. 사실상 부여를 부여답게 답사하는 방법을 내가 배운 것은 바로 그런 구안자(具眼者)들의 길라잡이에서 힘입은 바가 컸다.

그중에서도 육당(六堂) 최남선(崔南善)이 「삼도고적순례(三都古蹟巡禮)」에서 보여준 부여에 대한 사랑의 예찬은 눈물겨운 것이기도 하다. 육당은 말년에 친일행각으로 오욕의 종지부를 찍고 말았지만 전라도 절집을 찾아간 『심춘순례(尋春巡禮)』와 이 「삼도고적순례」는 우리나라 근대 기행문학의 백미이고 내가 쓰는 답사기의 원조 격인 희대의 명문이다. 이 글은 1938년 9월 1일부터 15일까지 『매일신보』에 연재된 것인데 원래는 강연한 것을 받아쓴 것이라고 한다. 육당은 삼국의 도읍이 저마다 각별한 인상을 풍기고 있는데 그것은 지형에서 오는 것도 있고, 문화의 내용과 유물의 상황에서 말미암은 것도 있다면서 부여를 평양, 경주와 비교해 이렇게 논했다.

평양에를 가면 인자한 어머니의 품속에 드는 것 같고 경주에를 가면 친한 친구를 대한 것 같으며, 평양에서는 무엇인가 장쾌한 생각이 나고 경주에서는 저절로 화창한 기운이 듭니다. (…) 평양은 적막한 중에 번화가 드러나고 경주는 번화한 가운데 적막이 숨어 있는데, 백제의 부여는 때를 놓친(실시失時한) 미인같이, 그악스러운 운명에 부대끼다가 못다 한 천재자(天才者)같이, 대하면 딱하고 섧고 눈물조차 피어오릅니다. (…) 얌전하고 존존하고 또 아리땁기도 한 것이 부여입니다. 적막할 대로 적막하여 표리로 다 적막만 한 것이 부여입니다. (…) 거기에서는 평양과 같은 큰 시가를 보지 못하고 경주와 같은 풍부한 유물들을 대할 수 없음이 부여를 더욱 쓸쓸히 느끼게 합니다마는 부여의 지형으로부터 백제의 전역사를 연결하는 갖가지 사실 전체가 한 덩어리의 쓸쓸함, 곧 적막으로 우리의 눈과 마음에 비추임을 앙탈할 수 없습니다. 사탕은 달 것이요, 소금은 짤 것이요, 역사의 자취는 쓸쓸할 것이라고 값을 정한다면 이러한 의미에서 고적다운 고적은 아마도 우리 부여라 할 것입니다.

육당의 부여에 대한 사랑의 예찬은 이처럼 끊임없는 사설로 이어져 만약 삼도 고적을 심리적으로 나눈다면 고구려는 의지적이고, 신라는 이성적임에 반해 백제는 감정적이면서 더 나아가 관능적이고 촉감적인 고적의 주인이 될 것이라고 했다. 그래서 결국 "보드랍고 훗훗하고 정답고 알뜰한 맛은 부여 아닌 다른 옛 도읍에서는 도무지 얻어 맛볼 수 없는 것"이라고 찬미했다.

육당의 이런 부여론에 동의하든 안하든 우리는 부여에 가서 마주치는 무너진 나성(羅城)의 성벽이나 사라진 옛 절터의 주춧돌은 물론이고 부소산 산자락을 낮게 타고 오르는 허름한 흙담집과 울도 없는 뒤란에서 아무렇게나 자란 키 큰 옥수숫대를 보면서도 백제의 여운을 느낄 수 있을 것이다. 그러나 그게 어디 쉬운 일이겠는가. 그래서 부여는 역사의 이면을 더듬는 고급반 답사객의 차지고, 인생의 적막을 서서히 느끼면서 바야흐로 스산한 적조의 미를 겸허히 받아들일 수 있는 중년의 답사객에게나 제격인 곳이다. 그래서 웅혼한 의지의 산물과 인공(人工)의 공교로움 속에서 삶의 희망과 활기를 찾는 청·장년의 눈에 부여는 그저 밋밋하고 심심한 답사처이고 그 스산스러운 아름다움이라는 것도 그저 청승 아니면 궁상으로 비치기 십상일 뿐이다.

부여답사의 시간 배정

부여에 가면 쉽게 구할 수 있는 고적안내지도나 관에서 발간한 관광안내책자를 보면 부여는 무척 볼거리가 많은 것처럼 표시되어 있다. 그러나 대부분은 폐허지로, 가봤자 안내표지판도 없는 논이거나 산비탈일 뿐이다. 찾아가보라고 표시한 것이 아니라 옛날엔 그랬다고 그냥 써놓은 것으로 이해하는 것이 좋다.

그런 유적지로 추정해보건대 옛 부여는 참으로 아름다웠던 듯하다. 부여의 도성(都城)계획은 아주 정연한 단순성의 미학으로 이루어진 것이었다. 백제사람들이 했으니 얼마나 멋있게 했겠는가. 부소산은 해발 100미터밖에 안되는 낮은 산이지만 북쪽으로는 백마강이 둘러 있고 남쪽으로는 들판이 전개되어 피란살이나 다름없던 공주 시절에 일찍부터 여기를 새 도읍지로 봐두었으나 국내정세가 불안하여 미루어오다가 비로소 성왕이 천도하였다고, 역사학자들은 사비성의 유래를 설명하고 있다.(유원재 「웅진시대의 사비 경영」, 『백제문화』 24, 공주대학교 백제문화연구소 1995)

그 백마강을 천연의 참호로 삼고 부소산을 진산(鎭山)으로 하여 겹겹의 산성을 쌓고서, 남쪽 기슭에 왕궁이 자리잡았다. 그러니까 지금 부소산성으로 들어가는 정문 일대가 왕궁지로 추정되는 곳이다.

여기를 기준으로 해서 남쪽으로 육좌평(六佐平) 관가가 펼쳐지고, 그 남쪽으로는 정림사, 또 그 남쪽으로는 민가, 다시 남쪽으로는 궁남지(宮

南池)가 자로 잰 듯 반듯하게 전개됐다. 그리고 부소산성에서 두 팔을 뻗어 부여읍내를 끌어안는 형상으로 나성이 둘러져 있었으니 강과 산성과 집들이 어우러진 당시 부여는 참으로 아늑하면서도 질서있는 도성이었음을 능히 짐작하겠다.

그러나 그 멋진 부여의 옛 모습을 옛 모습 그대로 보여주는 것은 거의 없다. 왕궁터는 사라진 지 오래고, 나성은 다 허물어져 끊어진 잔편을 찾기 바쁘고, 궁남지는 옛 연못의 3분의 1도 복원하지 못했다. 지금 부여에 가서 백제 유적으로 만나는 것은 오직 정림사 오층석탑 하나뿐인 셈이다. 또 있다면 반은 뭉개진 부소산과 가난한 물줄기의 백마강이 있을 뿐이다. 부여에 대한 답사객들의 허망과 당혹감은 바로 여기서 나오는 것이다. 그래도 마음만 바로 세운다면 부여에서 백제를 회상하며 백제의 미학을 배우고 백제의 숨결을 체득하는 것이 불가능하지 않다. 그것이 부여의 저력이며, 답사의 뜻이기도 하다.

부여답사는 답사 순서와 시간대를 적절히 배정하는 것이 아주 중요하다. 나는 수십번의 시행착오 끝에 이제는 부여답사의 일정표를 하나의 모범답안으로 다음과 같이 제시하기에 이르렀다.

서울에서 출발하든 광주 혹은 대구에서 출발하든, 또 공주를 거쳐 오든 곧장 오든 오후 서너시에는 부여 초입에 있는 능산리(陵山里) 고분군을 들르는 것으로 부여답사를 시작해야 한다. 그래야 우리는 왕도에 들어가는 기분을 갖게 되며, 거기에서 나성의 등줄기를 어깨너머로 바라보며 부여로 들어갈 때 곧 부여 입성(入城), 백제행을 실감케 된다.

능산리 다음 코스는 부소산성이다. 부소산 산책길을 거닐면서 영일루(迎日樓)에서 백화정(百花亭)까지 누정(樓亭)마다 오르면서 굽이치는 백마강 물줄기와 부여읍내와 그 너머 산과 들판을 바라보면서 호젓한 부소산성을 맘껏 즐기고 숙소로 돌아온다. 만약 여름날 해가 길어 시간이 허락된다면 규암선착장에서 유람선을 타고 백마강을 거슬러오르며 낙화암 지나 고란사선착장에 내려 부소산성을 거닌다면 그 즐거움은 더욱 클 것이다. 저녁식사 후에는 구드래나루터로 산책 나와 구교(舊校) 제방길을 따라 걷기도 하고, 백마강 땅콩밭으로 내려가 달빛 어린 강물을 바라보기도 한다(지금은 땅콩밭에 코스모스가 장하게 피어난다). 이튿날 아침 일찍 산보삼아 여유롭게 걸어 궁남지와 정림사 오층석탑을 답사하고 돌아와 식사를 한다. 부소산성은 저녁이 좋듯이 궁남지와 정림사탑은 아침안개에 덮여 있을 때가 아름답다. 아침식사 뒤에는 국립부여박물관에 진열된 백제의 유물을 한시간이고 두시간이고 차분히 감상한다. 그리고 부여를 빠져나가기 전에 백마강변의 나성 한쪽에 세워져 있는 불교전래 사은비와 신동엽 시비를 보고 나서 임천의 대조사로 혹은 외산의 무량사로 향하는 것이다.

사정에 따라 순서를 바꿀 수도 있겠지만 그럴 경우 답사의 맛은 반감되거나 아니면 황당함을 감내해야 한다. 예를 들어 새벽에 부소산을 오르면 안개에 휩싸여 백마강을 볼 수 없을 것이며, 한낮에 정림사탑을 보는 사람은 아침안개에 휘감긴 은은한 자태 대신 광고판이 너절한 시내 건물이 장막처럼 둘러진 폐허의 상처만을 맛보게 될 것이며, 대낮의 궁남지는 차라리 방문하지 않음만 못할 것이고, 능산리를 마지막에 들르는 것은 후회스러울 것이다.

외지에서 부여로 들어가는 길은 세 갈래가 있는데 그중 부여를 가장 아름답게 보여주는 길은 은산 쪽에서 오다가 규암에서 백제교를 건너 들어오는 길이다. 이 길은 백마강을 건너면서 부소산과 읍내를 바라보는 정경이 곱게 펼쳐져 아담한 옛 고을을 충분히 느낄 수 있게 해준다. 그러나 이 길로 해서 부여에 올 답사객은 그리 많지 않다.

또 하나는 논산에서 석성을 거쳐 들어가는 길인데, 이 길은 부여 다 와서 능산리에 고분군이 있어 여기를 부여답사의 출발점으로 삼음으로써 무리없이 옛 도읍에 대한 인상을 심고 갈 수 있다.

그런데 답사객들이 가장 많이 이용하는 공주에서 들어오는 길은 풍광이라고 해야 싱겁기 짝이 없는 언덕길을 어느만큼 달리다가는 느닷없이 남의 집 뒷문을 열고 안방으로 곧장 들어가듯 부여읍내에 당도하게 되므로 사람들은 때로는 당황스러움을, 때로는 황당함을 느끼게 된다. 그래서 공주로 해서 올 경우에도 먼저 능산리 고분군을 답사하는 것이 좋다고 하는 것이다. 능산리에서 부여 초입까지는 불과 2킬로미터밖에 안되니 그것을 돌아갔다고 할 사람은 없을 것이다.

능산리 고분과 모형관의 무덤들

능산리에는 10여 기의 고분 중 7기를 정비하여 고분공원으로 만들어놓았는데 그것은 정말 멋지게 잘해놓았다. 20세기 인간도 이렇게 잘할 때가 있구나 싶을 정도로 잘해놓았다. 능산리 고분군 산자락 반대편에 백제고분모형관을 유적 자체에 대한 방해 없이 세운 뜻부터 훌륭하다. 모형관 안에는 서울 가락동 제5호 돌방무덤, 영암 양계리의 독무덤, 부여 중정리의 화장무덤 등 종류별로 아홉개의 무덤 내부를 해부하듯 재현해놓아 그 까다로운 백제의 분묘구조를 한눈에 이해할 수 있게 해준다.

뿐만 아니라 무덤의 구조는 그 자체로도 건축작품 같기도 하고 설치미술 같기도 한 조형성을 지니고 있다. 나주 흥덕리의 특이한 돌방무덤은 쌍분(雙墳)의 구조도 신기하지만 측면의 돌쌓기가 아주 예쁘다. 또 부여 중정리 당산 무덤의 뼈단지들은 이승과 저승을 다시 한번 생각게 하는 실존적 의미까지 풍긴다. 그 가운데 누가 보아도 가장 멋있는 무덤은 공주 시목동(柿木洞) 돌방무덤이다. 그것은 시신의 집이 아니라 신전의 축

| 능산리 고분군 | 사비시대 왕릉묘역으로 온화한 백제의 분위기가 잘 느껴진다. 여기와 인접한 곳에서 백제금동용
봉향로가 발견되었다.

소판인 듯 장중한 종교적 감정조차 일어난다.

　사실 나는 처음엔 왜 시목동 돌방무덤이 다른 무덤보다 강한 인상을
주는지 잘 몰랐었다. 그저 구조상 세모형 지붕이 주는 엄숙함으로 이해
했다. 그런데 나중에 몇차례 가보고 나서 그 이유를 알았다. 다른 돌방무
덤들은 2분의 1로 축소한 모형임에 반해 이것만은 실물대 크기로 만들었
기 때문에 상대적으로 강렬한 느낌을 준 것이었다. 기왕이면 다른 3기마
저 실물대로 해주시지…… (이 고분전시관이 근래에는 능사전시관으로
바뀌어 옛 답사객을 서운케 한다.)

　능산리 고분군은 예부터 왕릉으로 전해져왔고 또 사신무덤 같은 특수
한 예를 볼 때 더욱 왕릉으로 추정케 된다. 그러나 그 모두 왕릉일 수는
없다. 왜냐하면 사비시대 백제의 왕은 모두 여섯분인데 그중 성왕은 공

주, 무왕은 익산, 의자왕은 중국에 그 무덤이 있는 것으로 생각되고 있으니 위덕왕, 혜왕, 법왕 세분만이 여기에 해당되는 셈이다. 그렇다면 능산리는 왕가(王家)의 묘역이거나 어느 왕, 아마도 위덕왕을 중심으로 하는 신하들의 딸린무덤(陪塚)이 된다. 아무튼 귀인의 무덤인 것은 틀림없다.

신라의 무덤에 비할 때 이 백제의 무덤들은 초라한 느낌을 줄 수도 있다. 그래서 부여사람 중에는 "우리도 무덤에 흙을 들입다(많이) 갖다부어 경주처럼 우람하게 해야 관광객이 많이 올 것 아니어!"라고 천진한 주장을 펴는 분이 끊임없이 나온다. 그러나 인간의 이지가 발달할 대로 발달한 6,7세기 상황에서 무덤을 크게 만든 것이 곧바로 발달된 문화를 의미하는 것은 아니다. 더욱이 당시는 고분미술시대를 지나 불교미술시대로 들어서 있어서 고분과 금관에 쏟은 정열을 사찰 사리장엄구에 바쳤다. 그들이 지녔던 권위에 대한 예의를 다했으면 그것으로 무덤의 역할은 끝난 것이다. 그런 뜻에서 나는 백제의 무덤들이 훨씬 인간적이고 온화한 품성을 지녔다는 생각을 해오고 있다.

능산리 고분군은 잔디가 아주 잘 자랐고 여기에 올 때마다 그 잔디밭에 뒹구는 아이들의 천진스러운 모습을 보게 되는데, 다른 데 같으면 관리인이 호루라기를 불면서 난리를 쳤을 테지만 여기는 그러는 일이 없다. 노는 아이도, 보는 어른도 모두 평화로운 미소를 띠게 된다. 나는 그것을 또한 고맙고 기쁘게 생각한다.

능산리 고분군에 오면 나는 항시 한쪽 컨 솔밭을 따라 마냥 걷는다. 그리고 맨 위쪽 무덤까지 올라가 거기서 7기의 무덤들이 만들어낸 곡선을 그림 그리듯 따라가보기도 하고 그 너머 들판과 낮은 능선을 따라 시선

| 백제금동용봉향로 | 백제 금속공예의 난숙함을 유감없이 보여주는 이 금동향로는 디테일이 아름다워 연판과 산봉우리마다 100가지 도상이 조각되어 있다.

을 옮겨보곤 한다. 그럴 때면 육당이 말한 "보드랍고 훗훗하고 정답고 알뜰한 맛"이라는 것은 꼭 이런 정취를 말하는 것 같았다.

능산리 고분군은 최근 몇년 사이에 더욱 유명해졌다. 그것은 고분모형관이 있는 바로 옆 논에서 그 유명한 백제금동용봉향로가 출토되었기 때문이다. 이 자리는 원래 절터로 전형적인 백제의 가람배치인 1탑 1금당식 구조인데 공방(工房)으로 생각되는 자리에서 이 향로가 발견됐다. 그리고 목탑 자리에서는 화강암으로 만든 사리감이 발견됐는데, 이 사리감에는 "백제 창왕(昌王, 즉 위덕왕) 13년(567)에 공주가 사리를 공양했다"는 내용의 글자가 씌어 있어서 이 절은 왕궁의 원당사찰, 말하자면 백제의 정릉사(定陵寺)였던 것으로 추정된다.

조만간 발굴작업이 끝나면 건물지의 주춧돌을 드러내놓고 가람배치를 확연히 보여주도록 정비해놓을 것이니 이 절터는 그 출토유물과 함께 대한의 명소가 될 것이고 능산리 고분군은 덩달아 큰 이름을 얻을 것이 분명하다.

사비성의 실체는 '부여 나성'

뿐만 아니라 능산리 절터 서쪽 산등성이에는 부여 나성의 한자락이 남아 있어서 이 일대의 유적 가치가 더욱 높아진다. 나성은 백제의 수도 사비를 보호하는 외곽성으로 우리가 사비성이라고 하는 것은 이 나성을 의미하는 것이다. 웅진에서 사비로 옮기는 538년을 전후하여 쌓은 것이 분명한데, 이 성은 진흙판을 떡시루 앉히듯 층층이 얹어쌓는 판축공법(版築工法)의 토성이어서 오늘날에는 인력이 너무 많이 들어 옛 모습을 도저히 복원하지 못한다. 몽촌토성처럼 보이는 바와 같이 성 외벽은 급경사를 이루게 하고 성벽 안쪽은 완만하게 다듬어서 말을 타고 달릴 수 있

| **낙화암에서 본 백마강** | 부소산성의 누각과 정자들은 모두 이처럼 아름다운 한 폭의 강변 풍경화를 연출한다. 나는 그중에서 이 경치를 제일로 치고 있다.

을 정도로 했고, 곳곳에 초소가 있었다.

　부소산성에서 시작해 산자락과 강줄기를 따라 사비 고을을 감싸안으며 축조한 이 나성은 약 8킬로미터 되는데, 그 동쪽으로 둘러쳐진 나성의 잔편이 지금 능산리 절터 옆에 완연히 남아 있는 것이다. 언젠가 때가 되면 나성과 절터와 고분모형관과 고분군을 한데 묶어 능산리 사적공원을 만들게 될 것이고, 그때 가서 우리는 더이상 부여에 대한 허망을 말하지 않아도 좋을지 모른다.

　우리가 부여 하면 듣고 배워서 알고 있는 것이 백마강, 낙화암, 부소산, 고란사 등이다. 조금 주의깊은 사람이면 학창시절에 정림사 오층석탑을 배운 것(사실은 외운 것)을 기억할 것이고 능산리와 부여 나성 같은 것은 죄다 초면인 셈이다.

　그래서 부여에 오면 우선 부소산에 올라 낙화암에서 삼천궁녀가 떨어졌다는 '거지 같은' 전설의 절벽과 백마강을 내려다보고, 고란사에 가서 고란초라도 봐야 부여에 다녀왔다 소리를 할 수 있을 것 같은 생각을 갖게 된다. 바로 이 점 때문에 부소산에 오르는 사람은 또다시 부여를 욕되게 말할지도 모른다. 엉겁결에 보는 낙화암은 그 스케일이 전설에 어림없고, 고란사는 초라한 암자로 절맛이 전혀 없으며, 부소산성이라는 것은 말이 산성이지 뒷동산 언덕에 지나지 않는 것이다. 한마디로 모든 게 잔망스러워서 무슨 전설과 역사를 여기다 갖다붙인 것이 가당치 않다는 생각이 절로 날 것이다.

그러나 부소산은 결코 그렇게 조급한 마음으로 무슨 볼거리를 찾아 오를 곳이 못된다. 부소산성은 그냥 편한 마음으로 걷는 것만으로 족한 곳이다. 거기에서 별스런 의미를 찾을 것 없이 고목이 다 된 참나무와 잘생긴 소나무를 바라보면서 봄이면 새순의 싱그러움을 보고, 여름이면 짙푸른 녹음과 강바람을 끌어안고, 가을이면 오색 낙엽을 헤아리고, 겨울이면 나뭇가지에 얹힌 눈꽃을 보는 것으로 얼마든지 즐거울 수 있는 곳이다. 세상천지 어디에 이렇게 편안한 한두시간 코스의 산책길이 있단 말인가.

그런 중 부소산이 정말로 아름답게 느껴지는 때가 따로 있다고 주장한 사람이 있었다. 지금은 어디로 갔는지 알 수 없지만, 한동안 사비루에 걸려 있던 한 현판의 시구에는 "늦가을, 비 오는 날, 저녁 무렵, 혼자서" 여기를 찾을 때에 비로소 부소산의 처연한 아름다움을 만끽할 것이라고 했다.

'의자왕은 죄가 없도다'

부소산은 부여의 진산이면서 동시에 국방상 최후의 방어진이 되므로 산 정상과 계곡에 흙과 돌로 성을 쌓아 보강하였다. 그것이 부소산성이며, 산성 안에서 군량미를 보관했던 군창(軍倉)터와 이를 지키던 군대 움막이 발견됐다. 그런데 이 산성은 꼭 군사적 목적만이 아니라 산성 남쪽 자락에 자리잡은 왕궁의 원림 구실을 한 듯 곳곳에 누정이 세워져 있다. 바로 이 누각과 정자는 부소산에서 내다보는 전망 좋은 곳을 택한 것이니 우리는 그 누정의 생김새를 유적이라고 살피는 것보다도 그 누정에 올라 그 자리에 쉼터를 세운 옛사람들의 안목과 서정을 기리면서 그 풍광을 즐기는 것으로 훌륭한 답사가 되는 것이다.

부소산성의 산책로는 여러 갈래가 있지만 정문으로 들어가서 영일루, 반월루, 사비루, 백화정, 낙화암, 고란사를 보고 나서 서복사터 옆문으로 나오는 길이 제일 좋다. 그 산책에서 일어나는 감흥과 감회야 제각기 다를 것이니 내가 굳이 누정마다 사견과 사감(私感)을 일일이 말할 필요는 없을 것 같지만 그중 영일루 하나를 함께 가보고 싶다.

영일루는 본래 영월대(迎月臺)가 있던 곳으로 가람과 육당의 기행문에만 해도 분명 '달맞이대'로 되어 있는데 어느 순간에 왜 '해맞이'로 바뀌었는지 알 수 없다. 누대에 기문이 걸려 있어 읽어보니 그런 사연은 없고 쓸데없는 경위만 장황하게 늘어놓았다.

1919년 송월대터에 군수 김창수가 임천군의 객사 건물을 옮겨 짓고 사자루라 일컬었으나 영일대에는 누각이 없이 반세기가 지나 전임군수 권의직씨가 교육장 조남윤씨와 협력하여 구 홍산군 동헌 정문인 집홍루의 건물을 이곳에 옮겨 지으려는 추진 도중에 권군수는 논산군수로 전임되고 불민한 몸이 뒤를 이어 준공을 보았으니 이로써 이 사업은 완성되었다.

1964. 8. 부여군수 박욱래 적음

아무튼 지금의 영일루, 원래의 영월대를 옛사람들은 부소산 최고의 경관이라고 상찬을 아끼지 않았다. 가람 선생은 그것을 이렇게 예찬했다.

영월대를 찾았다. 이 산의 가장 높은 곳이다. 좋은 전망대다. 이 산을 강으로 두르고 봉으로 둘렀다. 그 봉들은 천연 꽃봉오리다. 현란한 꽃밭 속이다. 호암산, 망월산, 부소산, 백마강 할 것 없이 주위에 있는 멀고 가까운 산수들은 오로지 이곳을 두고 포진하고 있다. 나는 이윽히 바라보다가 포근포근한 금잔디를 깔고 앉아 그 놀라운 영화와 향락을 고요히 그려보았다.

그렇게 볼 때 비로소 부여가 보이는 것이다. 나는 차라리 가람의 이 글을 새겨 '군수 인수인계판' 같은 글 옆에 걸고 싶었다.

그러나저러나 나는 이태 전까지만 해도 이 영월대에서 달을 맞아본 적이 없었다. 그러다 그해 여름 답사 때 시간상 여유가 있어서 달맞이를 가겠다고 나서니 회원들이 주르르 따라나왔다. 그래서 답사회 총무에게 입장료 좀 지원해달라고 하니까 총무가 하는 말이 지난겨울에 왔는데 6시 넘으니까 안 받더라는 것이었다. 그런 줄 알고 갔건만 막상 부소산성 매표소에 당도하니 입장료를 내라는 것이었다. 까닭을 알아보니 부소산성의 입장료는 오전 8시부터 오후 6시까지가 아니라 '해뜨는 시각부터 해지는 시각까지'라는 것이다. 참으로 묘한 제도라고 감탄했는데 사실 이런 발상은 충청도가 아니면 나오지 않는 것이다. 충청도사람들의 속내를 쉽게 알 수 없고, 간혹 외지인들이 멍청도라고 놀려대지만 결코 그렇지 않음은 이 입장료 받는 제도에서도 볼 수 있다.

손재수가 있기는 했지만 그날 밤 부소산 영월대에서 맞은 '백마강 달밤'은 정말로 멋있었다. 그 황홀경에 문득 내 머릿속에 떠오르는 시구가 하나 있었다. 어느 옛 시인이 읊었다는 '강산여차호 무죄의자왕(江山如此好 無罪義慈王)'이다. 풀이하자면 '강산이 이토록 좋을지니 의자왕은 죄가 없도다'.

답사의 하이라이트는 정림사터 오층석탑

내가 제시한 일정표에 따르면 부여의 아침 답사는 정림사터로 산보 가는 것이다. 한적한 시골 소읍인 부여의 아침은 언제나 고요하고 백마강에서 일어나는 안개가 은은히 덮여 있다. 그래서 부여는 더욱 초연한 분위기를 띠게 된다.

부여답사에서 하이라이트는 아무래도 정림사터 오층석탑이라고 해야 할 것이다. 정림사탑은 멀리서 보면 아주 왜소해 보이지만 앞으로 다가갈수록 자못 웅장한 스케일도 느껴지고 저절로 멋지다는 탄성을 지르게 한다. 본래 회랑 안에 세워진 것이니 우리는 중문(中門)을 열고 들어온 위치에서 이 탑을 논해야 한다. 이 탑의 설계자가 요구하는 바로 그 자리에서 볼 때 정림사탑은 우아한 아름다움의 한 표본이 되는 것이다. 완만한 체감률과 높직한 1층 탑신부는 우리에게 준수한 자태를 탐미케 하며 부드러운 마감새는 그 고운 인상을 말하게 하는 것이다. 헌칠한 키에 늘씬한 몸매 그러나 단정한 몸가짐에 어딘지 지적인 분위기, 절대로 완력이나 난폭한 언행을 할 리 없는 착한 품성과 어진 눈빛, 조용한 걸음걸이에 따뜻한 눈인사를 보낼 것 같은 그런 인상의 석탑이다. 특히 아침안개 속의 정림사탑은 엘리건트(elegant)하고, 노블(noble)하며, 그레이스풀(graceful)한 우아미의 화신이다.

만약에 안목있는 미술사가에게 가장 백제적인 유물을 꼽으라고 주문한다면 서산마애불, 금동미륵반가사유상, 산수문전(山水文塼) 등과 함께

이 정림사 오층석탑이 반드시 꼽힐 것이며, 나에게 말하라고 한다면 정림사 오층석탑이야말로 검소하지만 누추하지 않았다는 백제 미학의 상징적 유물이라고 답할 것이다. 극단적으로 말해서 100개의 유물과도 바꿀 수 없는 위대한 명작인 것이다. 이런 것을 일컬어 세속에서는 '백고가 불여(不如)일부'라고 했다. 풀이하여 '고고춤 백번보다 부루스(블루스) 한 번이 더 낫다'고 했듯이, 정림사탑은 폐허의 왕도 부여의 '부루스'이다.

정림사 오층석탑의 구조를 정확히 실측한 사람은 석굴암을 측량한 요네다 미요지이고, 그 구조의 미학과 양식적 전후관계를 밝힌 것은『조선 탑파의 연구』를 저술한 우현 고유섭 선생이다.

우현 선생은, 우리나라 석탑의 시원양식인 익산 미륵사탑은 목조탑파를 충실히 모방한 것으로 다만 재료를 돌로 한 목탑이라고 할 수 있음에 반하여 정림사탑은 이제 목조탑파의 모습에서 떠나 석탑이라는 독자적인 양식을 획득하는 단계로 들어선 기념비적 유물로 평가하면서 이 탑의 특색을 다음과 같이 설명하였다.

이 탑에 있어서 소재의 취급은 저 미륵사탑과는 판이하여 외용(外容)의 미는 소재 정리의 규율성과 더불어 율동의 미를 나타내고 (…) 각층의 수축성과 더불어 아주 운문적인 미를 갖고 있는 것이다. 소재 조합의 정제미뿐만 아니라 소재 자체의 세련미도 갖고 있어서 온갖 능각(稜角)이 삭제되어 (…) 매우 온화한 평탄면을 갖고 있다. 더욱이 지붕돌은 낙수면의 경사가 거의 완만하여 수평으로 뻗다가 전체 길이 10분의 1 되는 곳에서 약간의 반전을 나타내어 강력한 장력(張力)

| 정림사터 오층석탑 | 부여에 있는 유일한 백제시대 유적으로 우아한 아름다움의 상징이 된 석탑이다. 1층은 성큼 올라서 있고 2층부터 5층까지는 알맞은 체감률을 지니고 있다.

을 보이고 있다. 또 각 지붕돌 끝을 연결하는 이등변삼각형의 사선은 약 81도를 이루어 일본 법륭사 오층탑과 거의 같다. 곧 안정도의 미를 볼 수 있다.

우현 선생의 이런 분석은 결국 정림사탑에서 느끼는 그 미감의 동인(動因)을 잡아내는 작업인데 그것은 한국미술사 연구에서 최초로, 모범적으로 보여준 양식사적 해석이었다.

석굴암을 측량하면서 통일신라 때 사용한 자가 곡척(曲尺, 30.3cm)이 아니라 당척(唐尺, 29.7cm)이었음을 밝힌 요네다는 백제 때 사용한 자는 곡척이 아니라 고려척임을 또 밝혀냈다. 고려척은 고구려척의 준말로 동위척(東魏尺)이라고도 하는데, 일본 호오류우지 등 아스까시대의 여러 건축에 사용한 것으로 신라의 황룡사, 익산의 미륵사 등도 고려척을 사용한 것이다. 1고려척은 약 1.158척(35.15cm)이다.

고려척으로 측량한 결과, 요네다는 이 탑의 설계에서 기본 단위는 7척에 있었음을 알아낼 수 있었다. 1층 탑신 폭은 7척, 1층 총높이는 7척, 기단의 높이는 7척의 반인 3.5척이고 기단 지대석(址臺石) 폭은 7척의 한배 반인 10.5척이다. 그런 식으로 연관되는 수치를 요네다는 기하학적 도면으로 제시하기에 이르렀다. 그리고 요네다는 정림사탑의 아름다움의 요체는 체감률(遞減率)에 있는데 그것은 등비(等比) 급수 또는 등차(等差) 급수적 체감이 아니라 기저부 크기의 기본 되는 길이에서 발전하는 등할적(等割的) 구성으로 되어 있음을 밝혀냈다.

신비로운 비례의 파괴

예를 들어 1층부터 5층까지 각층의 높이를 보면 층마다 10분의 1씩 줄어들어 결국 1층은 6.9척, 2층과 5층을 더한 것이 7척, 3층과 4층을 더한 것이 6.9척이 되므로 대략 7척과 맞아떨어진다. 또 1층부터 5층까지 탑신의 폭을 보아도 1층이 7척이고, 3층과 4층을 더한 것이 7척, 2층과 5층을 더한 것이 7.2척이므로 이 또한 대충 7척과 맞아떨어진다.

그런데 요네다는 모든 수치관계가 대략만 맞는다는 사실을 그대로 용인하고 그 정도의 차이는 여러 돌을 쌓기 때문에 수평고름을 하기 위하여 시공 때 상하면을 약간씩 다듬은 데서 생긴 오차로 보았다. 그러나 과연 그럴까? 나는 그렇지 않다고 생각한다. 그렇다면 왜 높이가 아닌 폭까지 그런 차이를 보였을까. 백제의 건축가들이 그런 식으로 대충 설계했을 리가 없다. 거기에는 그래야만 했던 이유와 깊은 뜻이 따로 있을 것이다.

요네다가 제시한 측량에 의하면 모든 수치에서 5층이 관계되면 반드시 다른 층보다 약간씩 커짐을 알 수 있다. 그러니까 5층은 4층까지의 체감률을 적용하지 않고 약간 크게 만들었기 때문에 요네다가 제시하는 치수들이 약간씩 빗나가고 있는 것이다. 나는 이 점을 이렇게 이해하고 있다. 5층이 약간 커야만 했던 이유는 도면상의 문제가 아니라 완성된 탑을 절집 마당에서 바라보는 입장에서 보았을 때 실제로 느끼는 체감률 때문이라 생각한다. 즉 5층이 약간 커야 보는 사람 입장에서는 비례가 맞다고 느끼는 것이다. 정림사탑의 설계자는 바로 이 점까지 고려하여 설계했던 것이다.

이 점은 고대국가 시절의 조각과 건축에 자주 나타나는 고대인의 체험논리이다. 석굴암 본존불, 경주 남산 보리사 석불은 얼굴이 크게 되어 있다. 아이들 표현으로 짱구라고 할 정도로 눈에 두드러지게 머리를 크게 한 것은 아래에서 올려다볼 때의 비례감에 맞춘 것이다. 감은사탑은 2층과 3층의 탑신 높이가 똑같은 치수지만 탑 앞에서 보는 사람의 시각에서

| 납석여래좌상 | 군수리에서 출토된 이 불상은 고개를 살짝 기울여 더욱 친근감이 감돈다.

는 3층이 약간 작게 느껴지는 것과 같은 원리다. 그러니까 도면상에서는 7:7.2로 나타나지만 실제 느끼는 체감으로는 7:7이 되는 것이다. 이 실제 체감에 적용될 비례를 위해 고대인들은 슬기롭게 도면상의 비례를 파기한 것이다.

부여박물관 가이드라인

나는 부여답사에서 국립부여박물관을 들르지 않으면 백제답사가 아니라 부여지방 풍광기행에 불과하다고 말한다. 부여답사의 핵심은 어쩌면 이 박물관 관람에 있다 해도 과언이 아니다. 국립부여박물관은 종합

| **규암리 출토 금동보살입상** | 본래 불상과 보살상은 당시의 미인관을 반영하고 있는데, 특히 이 규암리 출토의 보살상은 어여쁜 맵시를 하고 있어서 미술사학도들은 '미스 백제'라고 부른다. 이 보살상은 특히 뒷모습도 아름답다.

박물관이 아니라 부여를 중심으로 한 백제문화권 지방박물관으로서 아주 특색있게 꾸며져 있다. 그러니까 지상에서 사라져버린 백제의 유산을 땅속에서 찾아 다시 지상에 복원한 것이 국립부여박물관인 것이다.

선사실에 들어가면 이 지역 청동기문화의 큰 특징인 '송국리형 문화'가 출토지별, 종류별로 세심하게 전시되어 있다. 여기에 전시된 청동유물들은 서울의 국립중앙박물관 못지않은 양과 질을 보여준다.

역사실에 들어가면 고분 출토 유물들이 전시되어 있는데 그중에서 백제의 큰 항아리를 보는 것은 정말로 큰 기쁨이다. 그렇게 부드러운 질감과 우아한 곡선의 항아리를 만든 사람은 백제인밖에 없다. 그리고 산수문전에 나타난 그 세련된 조형미는 여기서 말로 다 설명하지 못한다. 산봉우리를 살짝 공그르면서 윤곽선을 슬쩍 집어넣은 기교와, 구름과 소나무를 문양으로 처리하면서도 생동감을 부여한 것은 거의 마술에 가깝다. 사실상 화려하지만 사치스럽지 않았다는 백제의 미학을 단 하나의 유물로 표현해보라고 할 때 여기에 표를 던지는 분이 많다.

불교미술실에서 우리는 백제 불상만이 갖는 여러 표정을 만나게 된다. 삼불 선생이 주장한 백제의 미소를 여기서 다시 만나게 된다. 군수리 절터에서 나온 납석여래좌상을 보면 고개를 6시 5분으로 갸우뚱하게 기울임으로써 그 친숙감이 절묘하게 살아나고 있다. 본래 좌상은 입상보다 권위적이기 쉽다. 그러나 약간 고개를 기울임으로써 근엄한 자세가 아니라 인간적 자태로 환원된 것이다. 이는 절대자의 친절성을 극대화하면서 그 인자한 모습을 담아내려는 조형의지의 발로라 할 것이다.

또 규암리에서 출토된 금동보살입상을 보면 그 수려한 몸매와 맵시있는 몸가짐, 귀엽고 복스러운 얼굴에서 당대의 미인, 말하자면 '미스 백제'를 보는 듯한 착각조차 일어난다. 뒷모습이 유난히 예쁜 이 보살상은 한때 일본에 약탈될 뻔했다가 구사일생으로 살아남았는데(이구열『한국문화재 수난사』) 얼마 전에는 보물에서 국보로 승격시킨다는 보도가 있었다.

그리고 나는 구아리 유적에서 나온 나한상(羅漢像)의 강렬한 인상을 잊지 못한다. 광대뼈와 골격이 또렷하여 그 표정이 확연히 살아있는데 이 나한의 얼굴에 서린 고뇌의 빛깔은 모든 인간이 이따금 드러내고 마는 인간 실존의 비극적 표정의 하나라고 생각하고 있다.

그러나 불행하게도 우리가 지금 만나고 있는 불, 보살, 나한상이 모두

소품인지라 그 감동의 폭이 작다고 불만을 토로하는 이가 적지 않다. 그런 분들의 아쉬움을 한번에 달래주는 유물이 청양 본의리에서 출토된 테라코타 불상좌대다. 저 큰 좌대에 앉아 있을 불상은 어떤 모습이겠으며, 저 맵시있게 반전된 연꽃에 어울릴 옷주름은 어떤 것일까를 생각하노라면 금세 보았던 백제의 불, 보살, 나한상 들이 열배 스무배 크기의 영상으로 다가온다. 그

| **나한상** | 테라코타로 제작된 이 나한상은 수도자의 처연한 아픔을 극명하게 표현해내고 있다. 백제 미술의 또 하나의 명작이다.

런 가운데 백제의 숨결은 살아나고 백제의 미학은 고양된다.

그러나 꼭 크고 웅장해야 위대하다고 생각하는 것은 잘못된 가치관일 뿐만 아니라 거의 병적인 현상이다. 환경운동가들은 요즘 '작은 것이 아름답다'며 절제의 정신을 부르짖고 있는데 그런 소극적인 뜻이 아니라 적극적인 사고로도 '작은 것이 위대하다'는 격언이 있다. 그것을 소중현대(小中現大)라 한다. 즉 '작은 것 속에 큰 것이 다 들어가 있다'는 뜻이다. 이는 명나라의 문인화가인 동기창(董其昌)이 작은 화첩에 역대 명화 대작들을 축소하여 복사하듯 그려보고는 그 표장에 '소중현대'라고 적어서 유명한 말이 된 것인데, 나는 지금 우리야말로 소중현대의 철학을 배워야 할 시점이며, 그것을 백제의 유물들이 시범적으로 보여주고 있음에 감사하고 싶은 것이다. 요컨대 백제의 미학은 '검이불루 화이불치'에 '소중현대'를 합치면 제격을 갖추게 된다고 믿는다.

백마강변의 신동엽 시비

이제 우리는 부여를 떠날 때가 되었다. 임천 대조사, 외산 무량사, 보령 성주사로 백제행 그다음의 여로를 위해 떠나야 한다. 부여를 떠날 때면 나는 몇번의 예외는 있었지만 백제교를 건너기 바로 직전 백마강변 나성 한쪽에 조촐한 모습으로 세워진 불교전래사은비와 신동엽(申東曄) 시비에 꼭 들른다. 멀리서 보면 우람한 반공열사비에 눌려 존재조차 보이지 않지만 일본 민간단체에서 마음을 담아 감사한 사은비는 우리가 따뜻한 마음으로 받아들여도 좋을 감사의 뜻이 서려 있고, 친지와 유족이 뜻을 모아 세운 신동엽 시비에는 우리의 소망, 백제의 혼이 서려 있어 거기를 차마 그냥 지나치지 못한다. 신동엽은 현대 한국문학사상 최고의 시인이자 부여가 낳은 최고의 시인이며 내 마음의 스승이시다.

나는 생전에 그분을 뵌 일이 없다. 신동엽이 세상을 떠난 1969년에 대학 3학년이었으니 뵐 처지도 아니었다. 그러나 그때 내게 현실과 역사의식을 가르쳐준 것은 신동엽이었다. 그 당시 나는 루쉰(魯迅)과 신동엽으로 내 의식을 키웠고 마음을 다스렸다.

나는 처음엔 신동엽 시 중에서 역사의식이 넘치는 「껍데기는 가라」와 「금강」을 좋아했고, 나중에는 현실성이 극대화된 「향아」「종로 5가」를 좋아했다. 그리고 지금은 「산에 언덕에」 같은 맑은 서정의 노래를 더 좋아한다. 신동엽의 「산에 언덕에」에는 짙은 그리움이 있다. 어쩌면 우리들 모두가 찾고 찾아야 할 그런 대상에 대한 그리움이 넘쳐흐른다.

나는 우리나라 예술 속에서 그리움을 노래한 몇몇 대가를 알고 있다. 한분은 김소월(金素月)이다. 그분의 시는 거의 다 그리움으로 가득하다는 느낌이다. 「초혼」 같은 시는 그리움에 지쳐 쓰러지는 모습까지 보여준다. 소월이 보여준 그리움이란 항시 이루어보지 못한 어떤 대상에 대한

山에 언덕에

산에 언덕에

그리운 그의 얼굴
다시 찾을 수 없어도
산에 언덕에 피어날지어이.

그리운 그의 얼굴
다시 찾을 수 없어도
화사한 그의 꽃
산에 언덕에 피어날지어이.

그리운 그의 노래
다시 들을 수 없어도
맑은 그 숨결
들에 숲 속에 살아 갈지어이.

그리운 그의 모습
다시 찾을 수 없어도,
울고 간 그의 영혼
들에 언덕에 피어, 날지어이.

| 신동엽 시비 | 부여가 낳은 민족시인 신동엽의 시비는 백마강변 나성 한쪽에 세워져 있다. 여기에는 그의 명시 「산에 언덕에」가 새겨져 있다.

애절한 동경의 그리움이었다.

이에 반하여 이중섭(李仲燮)의 그림은 잃어버린 행복에 대한 그리움으로 가득하다. 그는 멀리 떨어져 있는 아내와 아들을 만나고 싶은 그리움의 감정을 황혼녘에 울부짖는 「소」 「달과 까마귀」 「손」에 실었다. 그는 개인적으로 겪는 그리움의 고통을 보편적 가치로 전환하는 데 성공했고, 그래서 그의 그리움에서는 살점이 떨어지는 듯한 애절함이 느껴진다.

그러나 김소월과 이중섭의 그리움에는 치열한 현실의식이나 역사인식이 들어 있지 않다. 역사의 아픔과 그 아픔을 넘어서는 희망까지를 말하는, 역사 앞에서의 그리움은 신동엽의 차지였다. 그의 「산에 언덕에」에는 그런 그리움의 감정이 남김없이 서려 있다. 지금도 백마강변 나성에 세워져 있는 신동엽 시비에는 이 「산에 언덕에」가 조용한 글씨체로 잔잔하게 새겨져 있다.

그리운 그의 얼굴 다시 찾을 수 없어도
화사한 그의 꽃
산에 언덕에 피어날지어이.

그리운 그의 노래 다시 들을 수 없어도
맑은 그 숨결
들에 숲속에 살아갈지어이.

(…)

그리운 그의 모습 다시 찾을 수 없어도
울고 간 그의 영혼
들에 언덕에 피어날지어이.

그런 그리움의 시인 신동엽, 부여에서 태어나서 숙명적으로 백제를 사랑하며 백제의 마음으로 살고 싶어했던 신동엽이 마음속에 그린 백제는 과연 어떤 것일까? 만약 그런 것이 있다면 우리는 그것을 '회상의 백제행'의 마지막 여운으로 삼아도 좋지 않겠는가. 그의 장시 「금강」 제23장은 다음과 같이 끝맺는다.

백제,
옛부터 이곳은 모여
썩는 곳,
망하고, 대신

거름을 남기는 곳,

금강,
옛부터 이곳은 모여
썩는 곳,
망하고, 대신
정신을 남기는 곳

1996. 12.

답사 일정표와 안내지도

이 책에 실린 글을 길잡이로 직접 답사하실 독자분을 위하여 실제 현장답사를 토대로 작성한 일정표와 안내도를 실었습니다. 시간표는 휴일·평일에 따라 차이가 있을 수 있습니다.

일러두기

1. 서울을 비롯한 다른 지역에서 출발해도 오후 1시경에 1차 목적지나 주요 접근지(고속도로 나들목 등)에 도착하는 것으로 일정을 설계했다.

2. 답사일정은 1박2일을 원칙으로 하며 늦어도 3시경에는 출발지로 떠나는 것으로 했다.

3. 숙소나 식당은 따로 소개하지 않았다. 다만 그곳에서만 맛볼 수 있거나 특별한 체험(전통가옥이나 삼림욕장)이 있으면 코스 말미에 부기했다.

4. 계절에 따른 특별한 풍광이나 체험이 있는 경우는 코스 말미에 부기했다.

5. 답사지간 구간거리의 소요시간은 시속 60킬로미터를 기준으로 삼았다.

6. 이 책에 소개된 유적지를 답사하는 것을 기본으로 하되 상황에 따라 코스를 추가하거나 삭제했으며 일부 코스는 나누기도 했다.

백제의 미소를 찾아서 — 서산과 태안

첫째날

13 : 00	당진 – 대전고속도로 고덕IC
13 : 10	예산 화전리 사면석불
13 : 30	출발
13 : 50	서산마애삼존불
14 : 30	출발
14 : 40	보원사터
15 : 30	출발
16 : 00	개심사
17 : 00	출발
18 : 20	천리포해수욕장 숙소 도착

둘째날

09 : 00	출발
09 : 10	천리포수목원
10 : 40	출발
11 : 00	신두리 해안사구 (천연기념물 제431호)
12 : 00	점심식사(신두리해수욕장)
13 : 00	출발
13 : 25	태안마애삼존불
14 : 00	귀가

＊천리포수목원은 30명 이상 단체는 미리 예약을 하고 관람안내를 받아야 한다. 개별 또는 소수의 인원이 관람하고자 할 때도 누리집을 참고하는 것이 좋다.

＊태안마애삼존불을 답사하고 귀가할 때 태안 굴포운하유적을 짬내어 돌아보는 것도 좋다. 조선시대에 삼남지방의 세곡을 서울로 운송할 때 반드시 태안반도의 안흥량을 통과해야만 했는데, 안흥량은 수로가 매우 험하고 암초가 많았다. 때문에 사고를 방지하고 서울까지의 항해시간을 단축하기 위해 굴포운하를 계획한 것인데, 끝내 완공되지 못했다. 현재 태안군 태안읍 인평리와 서산시 팔봉면 어송리 사이에 7킬로미터에 달하는 운하유적이 남아 있는데, 귀가하는 길인 태안 – 서산간 32번 국도의 인평교(인평저수지 / 팔봉휴게소) 주변에서 그 흔적을 볼 수 있다.

＊주요 누리집

서산시청 서산문화관광 www.seosantour.net   태안군청 www.taean.go.kr

보원사 www.bowonsa.or.kr   개심사 www.gaesimsa.org

천리포수목원 www.chollipo.org

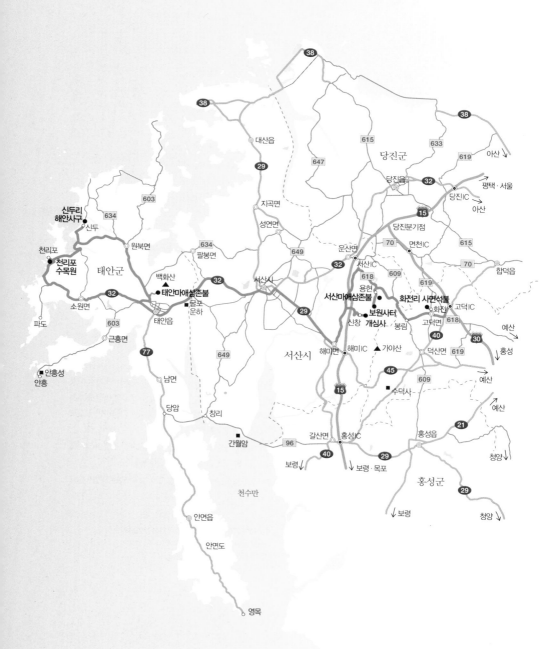

신두리
해안사구

신두

천리포
천리포
수목원

태안군

603

634

원북면

634
팔봉면

백화산
태안마애삼존불

물포
운하

32

서산시

소원면

파도

근흥면

603

32

안흥성

안흥

77

남면

649

당암

창리

간월암

96

천수만

안면읍

안면도

영목

대산읍

29

지곡면

성연면

649

운사면

서산IC

32

618

용현
서산마애삼존불

보원사터

신창 개심사

해미면 해미IC

봉림

가야산

15

45

수덕사

609

갈산면 홍성IC

40

29

보령↓ ↓보령·목포

홍성군

38

615

647

당진군

당진읍

32

당진IC

평택·서울

아산

633

619

아산

당진분기점

15

70

면천IC

615

609

70

합덕읍

619

화전리 사면석불

화전

618

고덕IC

고덕면

40

618

덕산면 619

예산

30

홍성

예산

609

예산

홍성읍

21

청양↓

29

↓보령 청양↓

지리산 주변, 섬진강을 따라 만나는
환상의 승탑여행— 구례와 하동

첫째날		**둘째날**	
13 : 00	순천-완주고속도로 황전IC	09 : 00	출발
13 : 20	화엄사	09 : 10	쌍계사
14 : 30	출발	10 : 30	출발
14 : 45	천은사	10 : 45	칠불사
15 : 00	출발	11 : 30	출발
15 : 20	운조루	12 : 00	점심식사
16 : 00	출발		(악양 평사리 고소산성 입구)
	(19번 국도 섬진강변 휴식 포함)	13 : 00	평사리와 고소산성
16 : 40	연곡사		(소설『토지』의 무대)
17 : 40	출발	14 : 30	귀가
18 : 00	쌍계사 입구 숙소 도착		

* 19번 국도을 따라가는 섬진강은 때묻지 않은 강변 경관을 자랑하고 있지만 오고가는 차량과 주변의 가로수 가 드레일로 인해 차 안에서는 아름다운 풍광을 즐기기 어렵다. 황전IC로 돌아가는 귀가 때는 답사를 연장하여 하동읍 섬진강에 펼쳐진 하동송림(천연기념물 제445호)에 들른 뒤 강을 건너 861번 지방도로를 이용하면 국도보다 한적하여 섬진강의 본 모습을 제대로 볼 수 있다. 화계의 남도대교를 건너도 된다.

* 3월 말 매화가 필 때와 4월 벚꽃이 필 때면 꽃축제와 상춘객으로 섬진강 주변은 매우 혼잡하다. 호젓한 답사를 즐기려면 되도록 이때를 피하는 것이 좋고, 이 시기에 답사를 하려면 주말보다는 평일이 낫다.

* 5월 초순 쌍계사 입구에 있는 하동차문화쎈터(055-880-2402)에서는 직접 녹차를 덖어볼 수 있는 체험학습도 할 수 있다.

* **주요 누리집**

구례군청 구례문화관광 culture.gurye.go.kr · 하동군청 하동문화관광 tour.hadong.go.kr
화엄사 www.hwaeomsa.org · 천은사 www.choneunsa.org
운조루 www.unjoru.net · 쌍계사 www.ssanggyesa.net
칠불사 www.chilbulsa.co.kr

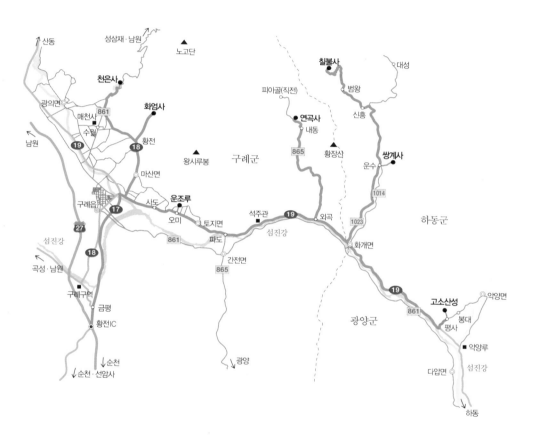

↑ 산동

성삼재·남원

▲ 노고단

천은사

광의면

매천사

861

수월

↗

남원

19

화엄사

18

황전

대성

칠불사

피아골(직전)

범왕

▲ 왕시루봉

마산면

구례군

연곡사

내동

865

신흥

▲
황장산

쌍계사

운수

1014

구례읍

17

사동

운조루

오미

토지면

석주관

19

외곡

1023

하동군

27

섬진강

861

파도

섬진강

간전면

화개면

↗

곡성·남원

18

865

구례구역

금평

황전IC

광양

광양군

고소산성

19

악양면

봉대

861

평사

↓ 순천

악양루

↓ 순천·선암사

다압면

섬진강

↓ 하동

경북 북부 순례 1— 의성과 안동

첫째날

13 : 00	중앙고속도로 의성IC
13 : 20	탑리 오층석탑
13 : 45	출발
14 : 00	빙산사터 오층석탑
14 : 20	출발
15 : 10	소호헌
15 : 30	출발
15 : 40	조탑동 오층석탑
16 : 00	출발
16 : 05	동부동 전탑
16 : 15	출발
16 : 20	임청각과 군자정, 법흥동 칠층전탑
17 : 20	출발
18 : 00	하회마을 숙소 도착

둘째날

06 : 30	하회마을과 부용대
08 : 00	아침식사
09 : 00	출발
09 : 15	병산서원
10 : 00	출발
10 : 20	채미정
10 : 30	출발(금계리 검제 학봉 종가 경유)
11 : 00	봉정사
12 : 00	출발
12 : 30	점심식사(도산면 서부리: 예안)
13 : 20	출발
13 : 30	도산서원
14 : 20	출발(퇴계 종택 경유)
14 : 35	퇴계 묘소
15 : 00	귀가

---

* 하회는 우리나라 전통마을을 대표하는 곳으로 항상 관광객들로 붐비니 하회를 제대로 보려면 하회를 숙소로 정한 뒤 관광객이 모두 돌아간 저녁이나 이른 아침에 둘러보는 것이 좋다. 또한 만송정 앞에서 배를 타고 강을 건너가 꼭 부용대에 올라가서 하회마을 전경을 내려다볼 것을 추천한다.

* 주요 누리집

의성군청 의성문화관광 tour.usc.go.kr 　안동시청 안동관광 www.tourandong.com
하회마을 www.hahoe.or.kr 　병산서원 www.byeongsan.net
학봉 종택 www.hakbong.co.kr 　봉정사 www.bongjeongsa.org
도산서원 www.dosanseowon.com

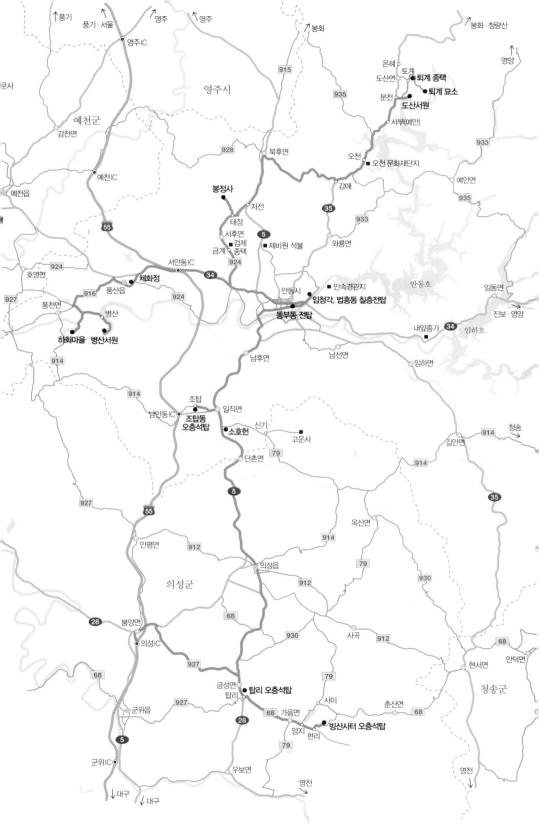

북부 경북 순례 2 — 안동과 영양

첫째날

13 : 00	중앙고속도로 남안동IC
13 : 20	부용대에서 하회마을 조망 (겸암정사 경유)
13 : 50	출발
14 : 10	병산서원
15 : 00	출발
15 : 20	체화정
15 : 30	출발
15 : 55	태사묘
16 : 15	출발
16 : 20	임청각과 군자정, 법흥동 전탑
17 : 00	출발
17 : 20	의성 김씨 내앞 종가
17 : 50	출발
18 : 20	숙소 도착(진보 또는 지례예술촌)

둘째날

09 : 00	출발
09 : 20	봉감 모전석탑
09 : 40	출발
09 : 50	서석지
10 : 20	출발
10 : 50	주실마을
11 : 40	출발
12 : 30	점심식사(청량산 도립공원 입구)
13 : 20	출발
13 : 40	도산서원
14 : 30	출발
14 : 45	오천 문화재단지
15 : 20	귀가

* 첫날 일정을 위에서 제시한 코스대로 의성 김씨 내앞 종가에서 마친다면 주변에 마땅한 숙소가 없다. 다음날 일정을 위해서라면 청송군 진보(김주영의 소설 『객주』의 무대)에서 숙식하는 것이 좋으나 고택들로 형성된 지례 예술촌에서 숙식하는 방법도 있다.

* 영양지역의 답사는 주실마을숲의 250여년 된 느티나무·느릅나무 등이 한창 우거지고, 서석지에 연꽃이 피는 7~8월경이 좋다.

* 주요 누리집

영양군청 영양문화관광 tour.yyg.go.kr   태사묘 www.tsm3.or.kr

임청각 www.imcheonggak.com   지례예술촌 www.jirye.com

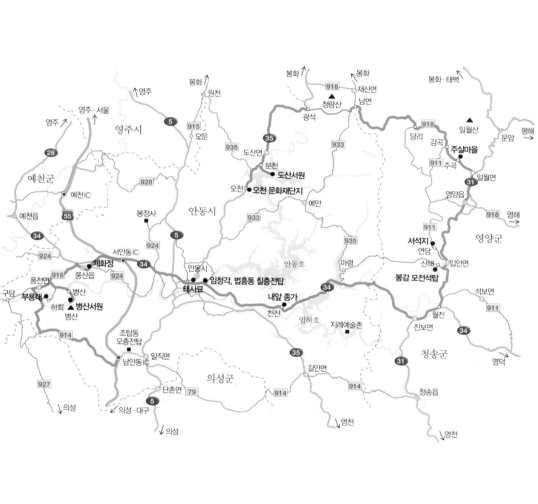

영주↑
영주·서울↑

봉화
원천

봉화
봉화

봉화·태백

영주↗
영주시

5
915
오운

935
도산면
분천
35
도산서원
오천 오천 문화재단지

청량산
광석

918
재산면
남면

918
당리
감곡

911
주곡
주실마을

일월산
문암

평해→

영양읍

28
예천군
예천IC

928

봉정사
안동시

예안

933

933
935

서석지
연당
신해
입안면

911

911
영해

918
영해

영양군

34
예천읍
924

916
풍천면
구담
부용대
하회

55
예천IC

서안동IC
924
체화정
풍산읍
병산
병산서원
병산

924
34
34

안동시
태사묘
임청각, 법흥동 칠층전탑
내앞 종가
천전
임하호

안동호

마령
34

봉감 모전석탑

석보면
월전
진보면

911

34
영덕

927

조탑동
오층전탑
남안동IC
일직면

79
단촌면

5
의성·대구↙
의성↓

의성군

35
914
길안면

914

31
청송군

청송읍

청송↙ 영천↓
영천↓

이루어지지 않은 왕도의 꿈 — 익산과 완주

당일 답사

10 : 00 호남고속도로 익산IC

10 : 15 미륵사터

11 : 20 출발

11 : 30 익산 쌍릉

11 : 50 출발

12 : 00 점심식사(금마)

12 : 55 출발

13 : 00 동고도리 석불입상

13 : 25 출발

13 : 30 왕궁리 오층석탑과 왕궁평성

14 : 10 출발

14 : 50 완주 화암사

16 : 00 귀가

* 주요 누리집

익산시청 익산문화관광 www.iksan.go.kr/tour

완주군청 완주문화관광 tour.wanju.go.kr

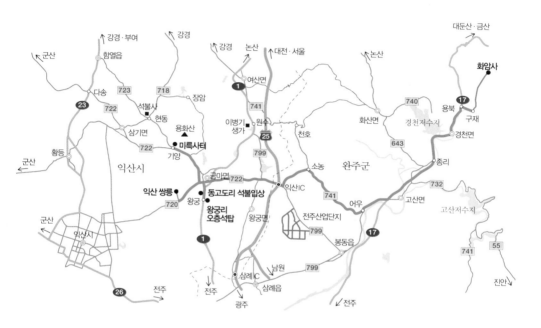

↑ 강경 · 부여   ↑ 강경   ↑ 강경 ↑ 논산 ↑ 대전 · 서울   ↑ 논산   ↑ 대둔산 · 금산

군산
함열읍   여산면   **화암사**

다송   **723**   **718**   장암   **①**
                                                                          740   용북
23   **722**   석불사 현동   **741**   화산면   경천저수지   **17**   구재
      삼기면   용화산▲   이병기 생가 원수   천호   경천면
황등   **722**   **미륵사터**   **25**   **643**   종리
군산 ←   기양   **799**   소농   **완주군**
      익산시   금마면   **722**   익산IC   **732**
                                                                              741   어우   고산면
      익산 쌍릉   **동고리 석불입상**   고산저수지
                    720   왕궁   **왕궁리   전주산업단지
군산 ←   오층석탑**   왕궁면   **741**   **55**
    익산시
                          ①   **799**   봉동읍   **17**
                                                                                                                      진안
                    삼례IC   남원
26   전주   **799**
            전주 ↙   삼례읍   ↙ 전주
                  광주

우리나라 문화재의 얼굴 — 경주 불국사

첫째날
13 : 00	경부고속도로 경주IC
13 : 15	낭산 신문왕릉, 사천왕사, 선덕여왕릉
14 : 30	출발
14 : 40	괘릉
15 : 10	출발
15 : 20	영지
15 : 50	출발
16 : 15	신라역사과학관
17 : 00	출발
17 : 15	불국사
18 : 15	숙소(불국사관광단지)

둘째날
08 : 45	출발
09 : 00	석굴암
10 : 00	출발
10 : 15	장항리 절터
11 : 00	출발
11 : 20	감은사터
11 : 55	출발
12 : 00	대왕암과 이견대 (점심식사)
13 : 15	출발
13 : 30	기림사
14 : 20	출발
14 : 50	진평왕릉
15 : 10	귀가

* 경주는 우리나라 최대의 관광도시답게 항시 관광객이 많지만 4월 초 벚꽃이 필 적이면 불국사로 가는 7번 국도와 보문단지 일대가 상춘객으로 몹시 혼잡하다. 또한 5월은 수학여행철이라 관광버스와 학생들로 붐빈다. 호젓한 답사를 원한다면 이 시기를 피하는 것이 좋다.

* 석굴암은 현재 보존을 위해 석굴 내부로 들어갈 수 없어 정작 석굴암답사 때는 석굴암을 자세히 살펴볼 수 없다. 석굴암의 이해를 위해서는 신라역사과학관 방문이 매우 큰 도움이 된다. (신라역사과학관 : 경북 경주시 하동 201, 054-745-4998)

* 새벽에 석굴암 일출을 보는 답사를 한다면 위에서 제시하는 답사일정에 골굴암을 더할 수 있다. 예) 기림사→ 골굴암→진평왕릉

* 주요 누리집
  불국사 www.bulguksa.or.kr   기림사 www.kirimsa.com
  석굴암 www.sukgulam.org   신라역사과학관 www.sasm.or.kr

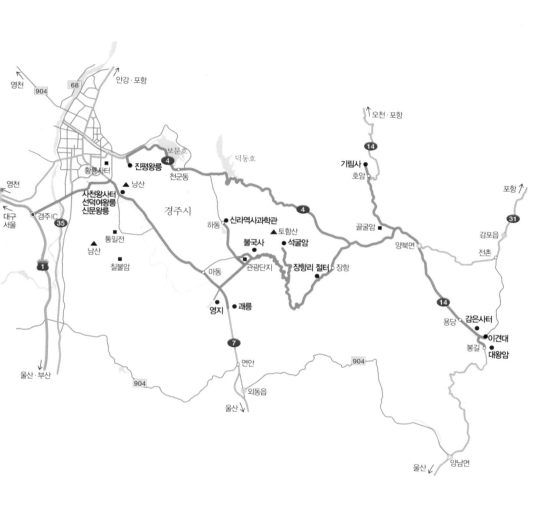

영천
904
68
안강·포항
영천
영천
경주IC
35
대구
서울
울산·부산
1
904
황룡사터
진평왕릉
4
보문호
덕동호
천군동
낭산
경주시
사천왕사터
선덕여왕릉
신문왕릉
하동
신라역사과학관
통일전
남산
칠불암
불국사
토함산
석굴암
관광단지
마동
장항리 절터
장항
영지
괘릉
7
연안
외동읍
울산↓
904
오천·포항
14
기림사
호암
포항↑
31
4
골굴암
감포읍
양북면
전촌
904
용당
14
감은사터
이견대
봉길
대왕암
울산↓
양남면
울산↓

회상의 백제행 — 공주와 부여

첫째날

13 : 00	당진영덕고속도로 공주IC
13 : 10	공산성
14 : 20	출발
14 : 25	무령왕릉과 송산리 고분군
15 : 00	출발
15 : 05	국립공주박물관
15 : 55	출발
16 : 00	곰나루
16 : 20	출발
17 : 00	능산리 고분군
17 : 50	출발
18 : 00	부여읍내 숙소 도착

둘째날

09 : 00	출발
09 : 10	부소산성 고란사에서 유람선을 타고 구드래나루까지
11 : 00	출발
11 : 05	정림사터(박물관)
12 : 00	점심식사
13 : 00	국립부여박물관
14 : 00	출발
14 : 05	궁남지
14 : 35	출발
14 : 40	신동엽 생가
15 : 00	출발
15 : 05	백마강변 신동엽 시비
15 : 25	귀가

---

* **주요 누리집**

공주시청 공주문화관광 tour.gongju.go.kr   부여군청 부여문화관광 www.buyeotour.net
국립공주박물관 gongju.museum.go.kr   국립부여박물관 buyeo.museum.go.kr

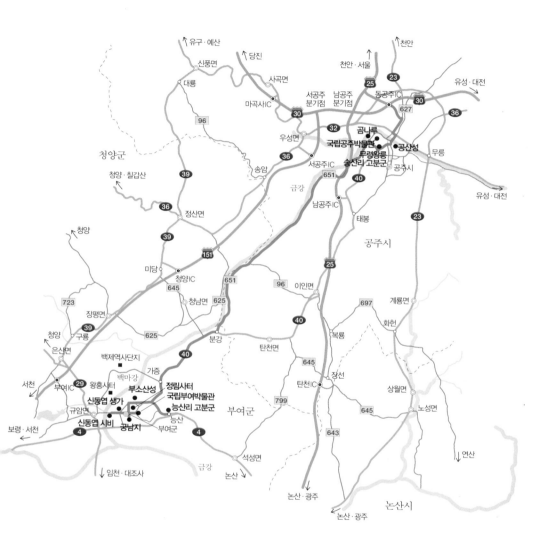

본문 사진

권태균 101면, 363면

김대벽 294면, 295면, 297면

김복영 105면, 110면, 121면, 145면, 184면, 188면, 195면

김봉규 173면 좌측 상단

김성철 27면, 37면, 38면, 40면, 54면, 57면, 72면, 87면, 128면, 138면, 148면, 213면,
214면, 240~41면, 249면, 256면, 306면, 324면, 351면, 369면, 372면, 399면

김효형 245면, 361면, 370면

문화재청 147면

안동하회마을보존회 173면 우측 상단, 우측 하단, 좌측 하단

이경모 23면

차윤정 288면, 289면

유물 소장처

개인 소장(「계상정거도」) 181면 / 개인 소장(「숙조도」) 333면 / 국립공주박물관 380면, 381면,
383면, 389면 / 국립문화재연구소 258면 / 국립부여박물관 41면, 401면, 412면, 413면,
415면 / 불교중앙박물관 317면

나의 문화유산답사기 3

말하지 않는 것과의 대화

초판 1쇄 발행 1997년 7월 15일
초판 44쇄 발행 2010년 11월 10일
개정판 1쇄 발행 2011년 5월 11일
개정판 24쇄 발행 2024년 5월 17일

지은이 / 유홍준
펴낸이 / 염종선
책임편집 / 박영신 고경화
디자인 / 디자인 비따 김지선 채민지
펴낸곳 / (주)창비
등록 / 1986년 8월 5일 제85호
주소 / 10881 경기도 파주시 회동길 184
전화 / 031-955-3333
팩시밀리 / 영업 031-955-3399 편집 031-955-3400
홈페이지 / www.changbi.com
전자우편 / nonfic@changbi.com

* 이 책 내용의 전부 또는 일부를 재사용하려면
  반드시 지은이와 창비 양측의 동의를 받아야 합니다.
* 이 책에 수록된 사진은 대부분 저작권자의 사용 허가를 받았으나,
  일부 저작권자를 찾지 못한 경우는 확인되는 대로 허가 절차를 밟겠습니다.
* 책값은 뒤표지에 표시되어 있습니다.